황정견시집주 7
黃庭堅詩集注

Anotations of Hwang Jeong-gyeon's Poems

옮긴이

박종훈 朴鍾勳 Park Chong-hoon
지곡서당(芝谷書堂)에서 한학(漢學)을 연수했으며, 조선대학교 국어국문학부(고전번역전공)에 재직 중이다.

박민정 朴玟貞 Park Min-jung
고려대학교에서 중국고전시 박사학위를, 중국저장대학(浙江大學)에서 대외한어교학 박사학위를 취득했다. 현재 세종사이버대학교 국제학과 교수로 재직 중이다.

이관성 李灌成 Lee Kwan-sung
곡부서당에서 서암 김희진 선생에게 한문을 배웠다. 현재 퇴계학연구원에 재직 중이다.

황정견시집주 7

초판발행 2024년 8월 15일

지은이 황정견
옮긴이 박종훈·박민정·이관성

펴낸이 박성모
펴낸곳 소명출판
출판등록 제1998-000017호
주소 06641 서울시 서초구 사임당로14길 15 서광빌딩 2층
전화 02-585-7840
팩스 02-585-7848
이메일 somyungbooks@daum.net
홈페이지 www.somyong.co.kr

ISBN 979-11-5905-921-6 94820
979-11-5905-914-8 (전14권)
정가 37,000원

이 저서는 2019년 대한민국 교육부와 한국연구재단의 지원을 받아 수행된 연구임 (NRF-2019S1A5A7069036).
This work was supported by the Ministry of Education of the Republic of Korea and the National Research Foundation of Korea (NRF-2019S1A5A7069036).

한국연구재단
학술명저번역총서

황정견시집주 7

黃庭堅詩集注

Anotations of Hwang Jeong-gyeon's Poems

황정견 저

박종훈 · 박민정 · 이관성 역

일러두기

1. 본 번역은 『黃庭堅詩集注』(전5책)(北京 : 中華書局, 2007)를 저본으로 삼았다.

2. 위 저본에 있는 '교감기'는 해당 구절의 원문에 각주로 붙였고 [**교감기**]라고 표시해 두어, 번역자가 붙인 각주와 구별했다.

3. 서명과 작품명이 동시에 나올 때는 '『 』'로 모았고, 작품명만 나올 때는 '「 」'로 처리했다.

4. 번역문과 원문 중에 나오는 소자(小字)는 【 】로 표시해 묶어 두었다.

5. 번역문과 원문 중에 나오는 '○'는 저본에 있는 것을 그대로 옮겨온 것으로, 주석 부분에 추가로 주석을 붙인 부분이다.

6. 번역문에는 1차 인용, 2차 인용, 3차 인용까지 된 경우가 있는데, 모두 큰따옴표("")로 처리했다.

1. 황정견은 누구인가?

황정견黃庭堅, 1045~1105은 북송北宋의 대표 시인으로, 자는 노직魯直, 호는 산곡山谷 또는 부옹涪翁이며 홍주洪州 분녕分寧, 지금의 장시江西성 슈수이修水 사람이다. 소식蘇軾, 1036~1101의 문하생 중 가장 핵심적인 인물로, 장뢰張耒·조보지晁補之·진관秦觀 등과 함께 '소문사학사蘇門四學士'로 불린다. 어릴 때부터 총명했던 황정견은 23세에 진사에 급제하여 국사편수관까지 역임했으나 이후 여러 지방관과 유배지를 전전하는 등 벼슬길이 순탄치 않았다. 두보杜甫, 712~770를 존경했고 소식의 시학詩學을 계승했으며, 소식과 함께 소·황蘇·黃으로 불린다.

중국시가의 최고 전성기라 할 수 있는 당대唐代를 뒤이어 등장한 북송의 시인들에게는 당시에서 벗어난 송시만의 특징을 만들어 내야 하는 일종의 숙명이 있었다. 이러한 숙명은 북송 초 서곤체에 의해 시도되었으며 북송 중기에 이르러 비로소 송시다운 시가 시대를 풍미하기에 이르렀다. 황정견이 그 중심에 있었으며 그를 중심으로 진사도陳師道 등 25명의 시인이 황정견의 문학을 계승하며 하나의 유파로 활동했다. 이들을 일컬어 '강서시파江西詩派'라 했는데, 이 명칭은 남송 여본중呂本中, 1084~1145의 『강서시사종파도江西詩社宗派圖』에서 비롯되었다. 25인 모두 강서江西 출신은 아니지만, 여본중은 유파의 시조인 황정견이 강서

출신이라는 점에서 강서시파로 붙인 것이다. 시파의 성원들은 모두 두보를 배웠기에 송대 방회方回, 1227~1305는 두보와 황정견, 진사도, 진여의陳與義를 강서시파의 일조삼종一朝三宗이라 칭하였다.

여본중이 『강서종파시집江西宗派詩集』 115권을 편찬했으며, 뒤이어 증굉曾紘, 1022~1068이 『강서속종파시江西續宗派詩』 2권을 편찬했다. 송대 시단에 있어서 황정견의 영향력은 남송南宋에까지도 미쳤는데, 우무尤袤, 양만리楊萬里, 범성대范成大, 육유陸游, 소덕조蕭德藻 같은 남송의 대가들도 모두 그 풍조에 영향을 받았다. 황정견강서시파의 시풍詩風은 송대 뿐만 아니라 원대元代 및 조선의 시단에도 적지 않은 영향을 미쳤다.

2. 북송의 시대 배경과 문학풍조

송나라는 개국開國 왕조인 태조부터 인종조仁宗朝를 거치면서 만당晩唐ㆍ오대五代의 장기간 혼란했던 국면이 어느 정도 정리되어 나라가 안정되고 백성들의 생활환경 또한 비교적 안정을 찾게 되었다. 전대前代의 가혹했던 정세가 완화됨에 따라 농업이 급속도로 발달하였고 안정된 농업의 경제적 기초 위에서 상공업이 번창하고 번화한 도시가 등장하는 등 사회 전반에 걸쳐 전대에 비해 상당한 풍요를 구가하게 되었다. 이처럼 사회 전체가 안정되고 발전함에 따라 일반 백성들은 점차 단조로운 것보다는 복잡하고 화려한 것을 추구하게 되었다. 시대적·사회적 환경은 곧 문학 출현의 배경이고, 문학은 사회생활이 반영된 예술이라고 할 만큼 불가분의 관계에 있다. 유협劉勰이 "문학의 변천은 사회정황에 따르다文變染乎世情, 興廢繫乎時序"고 한 것처럼, 사회의 각종 요인은 문학적 현상을 결정하기 때문에 이러한 요소의 변화는 필연적으로 문학 풍조의 변혁을 동반한다. 송초 시체詩體의 변천은 이러한 사실을 보여주는 객관적인 증거이다. 특히 송대에는 일찍부터 학문이 중시되었다. 이는 주로 군주들의 독서열과 학문 제창으로 하나의 사회적 풍조로 자리잡게 되어 송대의 중문중학重文重學적 분위기가 마련되었다.

중국 시가의 전성기라 할 수 있는 당대唐代가 마무리되고 뒤이어 등장한 북송 초는 중국시가발전사 측면에서 보면 일종의 '답습의 시기'이면서 '개혁의 시기'였다고 할 수 있다. 이 시기 시단에서는 백체白體, 만당체晚唐體, 서곤체西崑體 등 세 시풍이 크게 유행했다. 이중 개국 초 성세기상盛世氣象 및 시대 분위기와 사람들이 추구하던 심미취향에 매우 적합했던 서곤체가 시간상 가장 늦게, 가장 긴 기간 동안 성행했고 결과적으로 이러한 시대적 문학적 요구는 황정견 시를 통해 꽃을 피우며 북송 시단 및 송대 시단을 대표하게 되었다.

3. 황정견 시의 특징과 시사적 위상

황정견은 시를 지을 때 힘써 시의 표현을 다지고 시법을 엄격히 지켜 한 마디 한 글자도 가벼이 쓰지 않았다. 황정견은 수많은 대가들을 본받으려고 했지만, 그중에서도 두보杜甫를 가장 존중했다. 황정견은 두보 시의 예술적인 성취나 사회시社會詩 같은 내용 측면에서의 계승보다는, 엄정한 시율과 교묘巧妙한 표현 등 시의 형식적 측면을 본받으려 했다. 『창랑시화滄浪詩話』·『시인옥설詩人玉屑』·『허언주시화許彦周詩話』·『후산시화后山詩話』·『왕직방시화王直方詩話』·『초계어은총화苕溪漁隱叢話』 등에 보이는 황정견 시론의 요점을 정리하면 대략 다음과 같다.

첫째, 시의 조구법造句法으로서의 환골법換骨法과 탈태법奪胎法이다. 이에 대해 황정견은 "시의 의미는 무궁한데 사람의 재주는 한계가 있다. 한계가 있는 재주로 무궁한 의미를 좇으려고 하니, 비록 도잠과 두보라고 하더라도 공교롭기 어렵다. 원시의 의미를 바꾸지 않고 그 시어를 짓는 것을 환골법이라고 하고, 원시의 의미를 본떠서 형용하는 것을 탈태법이라고 한다[詩意無窮, 而人才有限. 以有限之才, 追無窮之意, 雖淵明少陵, 不得工也. 不易其意而造其語, 謂之換骨法. 規摹其意而形容之, 謂之奪胎法]"라고 한 바 있다『시인옥설(詩人玉屑)』에 보인다. 이로 보건대, 황정견이 언급한 환골법은 의경을 유사하게 하면서 어휘만 조금 바꾼 것을 일컫고, 탈태법은 의경을 변형하여 사용하는 방법이라고 할 수 있다.

예를 들면, 당대唐代 유우석劉禹錫의 "멀리 동정호의 수면을 바라보니, 흰 은쟁반 속에 하나의 푸른 고동 있는 듯[遙望洞庭湖水面, 白銀盤里一靑螺]"를 근거로 황정견이 "아쉬워라, 호수의 수면에 가지 못해, 은빛 물결 속에서 푸른 산을 보지 못한 것[可惜不當湖水面, 銀山堆裏看靑山]"이라 읊은 것은 환골법이고 백거이白居易의 "사람의 한평생 밤이 절반이고, 한 해의 봄철은 많지 않다오[百年夜分半, 一歲春無多]"라 한 것을 기반으로 황정견이 "한평생 절반은 밤으로 나눠 흘러가고, 한 해에도 많지 않노니 봄 잠시 오네[百年中去夜分半, 一歲無多春再來]"라고 읊은 것은 탈태법이다. 황정견이 환골법과 탈태법을 활용한 작품에 대해서는 『시인옥설詩人玉屑』에서 언급한 바 있다.

둘째, 요체拗體의 추구이다. 요체란 근체시의 평측平仄 격식을 반드시 엄정하게 따르지는 않은 것을 말한다. 이를테면, 평성이 들어가야 할 자리에 측성을 두거나 측성의 위치에 평성을 두어 율격적 참신성을 획득하는 방식으로 두보와 한유韓愈도 추구했던 것이다. 황정견은 더욱 특이한 표현을 추구하기 위해 시율에 어긋나는 기자奇字를 자주 사용하면서 강서시파 특징 중 하나가 되었다. 이와 관련하여, 송대 위경지魏慶之가 찬술한 『시인옥설詩人玉屑』에 '촉구환운법促句換韻法'과 '환자대구법換字對句法' 등을 소개하면서, "기세를 떨쳐 평범하지 않으려는 의도에서 비롯되었다. 이전에는 이러한 체제로 시를 지은 사람은 없었는데, 오직 황정견이 그것을 바꾸었다[欲其氣挺然不群, 前此未有人作此體 , 獨魯直變之]"라는 평어가 보인다.

셋째, 진부한 표현이나 속된 말을 배척하고 특이한 말과 기이한 표현을 추구했다. 구체적으로는 술어를 중심으로 평이한 글자를 기이하게 단련鍛鍊시켰고 조자助字의 사용에 힘을 특히 기울였으며, 매우 궁벽하고 어려운 글자를 사용했고 기이한 풍격을 형성하기 위해 전대前代 시에서 잘 쓰지 않던 비속非俗한 표현을 시어로 구사하여 참신한 의경을 만들어내곤 했다. 이와 관련해 황정견은 "차라리 음률이 조화롭지 않을지언정 구句를 약하게 만들지 말아야 하며, 차라리 글자 구사가 공교롭지 않을지언정 시어를 속되게 만들어서는 안 된다[寧律不諧, 而不使句弱. 寧用字不工, 不使語俗]"라고 했으며『시인옥설(詩人玉屑)』, 황정견의 시구 중에는 "다른 사람을 따라 계획을 세우는 것은 결국 사람에게 뒤지게 된다[隨人作計終後人]"라는 구절과 "문장에게 가장 피해야 할 것은 다른 사람을 따라 짓는 것이다[文章最忌隨人後]"라는 구절도 있다.

또한 엄우嚴尤는『창랑시화滄浪詩話』에서 "소식과 황정견에 이르러 비로소 자신의 기법에서 나온 것을 시로 여기며, 당대 시인들의 시풍에서 벗어난 것이다. 황정견은 공교로운 말을 쓰는 것이 더욱 심해졌고, 그 후로 시를 짓는 자리에서 황정견의 시풍이 성행했는데 세상에서는 '강서종파'라 불렀다[至東坡山谷始自出己法以爲詩, 唐人之風變矣. 山谷用工尤深刻, 其後法席盛行, 海內稱爲江西宗派]"라고 했다. 송대 허의許顗의『허언주시화許彦周詩話』에 "시를 지을 때 평이하고 비루한 기운을 제거하지 않으면 매우 잘못된 작품이 된다. 객이 묻기를 "어떻게 하면 그런 것을 제거할 수 있습니까" 라 하였다. 이에 내가 "당의 의산 이상은의 시와 본조 황정견의 시를 숙독하여 깊이 생각하면 제거할 수 있다"라고 대답했다作詩淺易鄙陋之氣不除, 大可惡. 客問, 何從去之. 僕曰, 熟讀唐李義山詩與本朝黃魯直詩而深思之, 則去也"라는 구절이 보인다. 이밖에 『후산시화后山詩話』이나 『왕직방시화王直方詩話』 및 『초계어은총화苕溪漁隱叢話』 등에도 황정견이 시어 사용에 있어서의 기이한 측면에 대한 언급이 보인다.

넷째, 전고典故의 정밀한 사용을 추구했다. 이는 황정견 시론의 "한 글자도 유래가 없는 것은 없다[無一字無來處]"와 연관된다. 강서시파는 독서를 중시했는데, 이것은 구법의 차원에서 전대 시의 장점을 수용하기 위한 것이지만, 이는 전고의 교묘巧妙한 활용이라는 결과로 표현되기도 했다. 그러면서 전인의 전고를 그대로 답습하지 않고 자신의 의도에 맞게 변용했다.

이와 같은 황정견의 환골탈태법과 요체와 기이한 표현 및 전고의 활용이라는 창작법에 대해 부정적 평가도 적지 않다. 『예원치원』에서는 "시격이 소식과 황정견으로부터 변했다고 한 논의는 옳다. 황정견의 뜻은 소식이 불만스러워 곧바로 능가하려 했는데도 소식보다 못하다. 어째서인가? 교묘하게 하려고 하면 할수록 졸렬해지고 새롭게 하려고 하면 할수록 진부해지며, 가까워지려고 하면 할수록 멀어지기 때문이다[詩格變自蘇黃, 固也. 黃意不滿蘇, 直欲凌其上, 然故不如蘇也. 何者. 愈巧愈拙, 愈新愈陳, 愈近愈遠]", "노직 황정견은 소승이 되기에는 부족하고 다만 외도일 따름이며, 이미 방생 가운데 빠져 있었다[魯直不足小乘, 直是外道耳, 已墮傍生趣中]", "노직 황정견은 생경生硬한 기법을 구사했는데 어떤 경우는 졸렬하고 어떤 경우는 공교로우니, 두보의 가행체에서 본받았다[魯直用生拗句法, 或拙或巧, 從老杜歌行中來]"라고 평가했다. 이러한 부정적 평가는 황정견 시의 파급력에 대한 반증이기도 하다. 황정견을 중심으로 한 강서시파가 당대當代는 물론 후대 및 조선의 문인들에도 적지 않은 영향을 미쳤다.

한국 한시는 중종中宗 연간에 큰 성과를 이루어 이행李荇, 1478~1534, 박상朴祥, 1474~1530, 신광한申光漢, 1484~1555, 김정金淨, 1486~1521, 정사룡鄭士龍, 1491~1570, 박은朴誾, 1479~1504 등의 시인을 배출했고 선조宣祖 연간에는 이를 이어 노수신盧守愼, 1515~1590, 황정욱黃廷彧, 1532~1607, 최경창崔慶昌, 1539~1583, 백광훈白光勳, 1537~1582, 이달李達, 1539~1612 등 걸출한 시인을 배출했다. 이때 우리 한시의 흐름은 고려 이래 지속되어 온 소식을 위주로 한 송시풍宋詩風의 연장선상에 있다가, 황정견과 진사도를 배우게 되었으며, 다시 변해 당시唐詩를 배우게 되었다. 이에 따라 이 시기 시인은 송시를 모범으로 삼는 부류와 당시를 모범으로 삼는 경우로 대별된다. 또한 송시를 모범으로 삼는 경우도 다시 소식을 배우고자 했던 인물과 황정견이나 진사도를 배우고자 했던 인물로 나눌 수 있다. 그만큼 황정견의 영향력이 컸다는 것을 알 수 있다.

황정견과 진사도를 배웠다고 언급되는 시인으로는 박은, 이행, 박상, 정사룡, 노수신, 황정욱 등을 들 수 있다. 이들은 각기 한 시대를 대표하는 시인으로, 우리 한시사韓詩史에서 심도 있게 다루어지고 있다. 이들 시인을 '해동강서시파海東江西詩派'라고 규정하고 있는데, 그 이유는 황정견과 진사도로 대표되는 '강서시파'의 영향력 아래에서 찾아볼 수 있다.

이인로李仁老, 1152~1220는 『보한집補閑集』에서 "소식과 황정견의 문집을 읽는 것이 좋은 시를 짓는 방법이다"라고 했으니, 고려 중기에 황정견의 문집이 유통되고 있었음을 확인할 수 있다. 이후 공민왕恭愍王 때에는 『산곡시집주山谷詩集註』가 간행되었고 조선조에는 황정견을 중심으로 한 강서시파 시인의 작품을 뽑은 시선집이나 문집이 여러 차례 간행되었다. 안평대군安平大君도 황정견 등을 포함한 『팔가시선八家詩選』을 엮었고 황정견 시를 가려 뽑아 『산곡정수山谷精粹』를 엮은 바 있다. 성종成宗 때에도 한 차례 황정견 시집을 간행했고 성종의 명으로 언해諺解를 시도했지만 실행되지는 못했다. 이후 유호인俞好仁, 1445~1494이 『황산곡집黃山谷集』을 발간하였고 중종에서 명종 연간에 황정견의 문집이 인간印刊되었다. 황정견 시문집에 대한 잇닿은 간행은 고려와 조선의 시인들이 지속적으로 강서시파를 배우고자 했다는 당대當代 시단의 흐름을 반영한 것이다.

고려시대부터 조선 초기까지 강서시파의 영향을 확인할 수 있는 시인으로 이인로李仁老, 임춘林椿, ?~?, 이담李湛, ?~?, 이색李穡, 1328~1396, 신숙주申叔舟, 1417~1475, 성삼문成三問, 1418~1456, 조수趙須, ?~?, 김종직金宗直,

1431~1492, 홍귀달洪貴達, 1438~1504, 권오복權五福, 1467~1498, 김극성金克成, 1474~1540, 조신曺伸, 1454~1529 등 셀 수 없을 정도이다. 이러한 흐름은 두보의 시를 배우고자 한 것으로 파악되는데, 앞서 보았듯이 황정견이 두시杜詩를 가장 잘 배웠다고 칭송되고 있었기에, 황정견을 통해 두보의 시에 접근해 보려는 노력도 깔려있었다고 할 수 있다. 정사룡도 이달에게 두시를 가르쳤고 노수신은 그의 시가 두시의 법도를 얻은 것으로 평가되고 있으며, 황정욱도 두보의 시를 엿보고 있다는 지적을 받고 있다. 그 밖에 박은, 이행, 박상의 시가 두시의 숙독에서 나온 것을 작품의 도처에서 확인할 수 있다. 이러한 경향으로 볼 때, 두보의 시를 배우는 한 일환으로 강서시파의 핵심인 황정견에 관심을 기울인 것으로 보인다. 이 밖에도 조선 초 화려한 대각臺閣의 시풍에 대한 반발도 강서시파의 작품을 배우고자 하는 한 배경으로 작용했다.

지속적인 강서시파 관련 서적의 수입과 인간印刊을 바탕으로 강서시파에 대한 학습이 고려에서부터 조선 초까지 지속되었고 이를 배경으로 강서시파를 배우고자하는 움직임이 성종 연간에 집중적으로 나타났으며, 한시사에게 거론되는 주요 시인들이 등장하게 되었다. 이러한 연장선상에서 소위 '해동강서시파'가 출현하게 된다.

해동강서시파는 강서시파의 영향을 받고 이에 따라 유사한 시풍을 견지했던 일군의 시인을 지칭하는 개념이다. 이 점에서 해동강서시파는 강서시파의 시풍이나 창작방법론을 대거 수용하고 이에서 한 걸음 더 나아가 자신만의 변용을 꾀한 시인들이라 평가할 수 있다. 황정견을 위주로 한 강서시파를 배웠다고 언급되는 해동강서시파의 시인으로는 박은, 이행, 박상, 정사룡, 노수신, 황정욱 등을 들 수 있다. 이들 시인들이 강서시파의 배웠다는 구체적인 기록도 남아 있다.

해동강서시파의 시가 중국 강서시파의 작법을 수용했다는 것은 단순히 자구를 모방하는 차원의 것이 아니라, 시를 쓰는 법을 배워 우리의 정서와 실정에 맞는 시를 쓰기 위해 노력한 것이다. 결국 해동강서시파의 작품에 대한 올바른 접근은 강서시파에 대한 접근에서부터 비롯되어야 한다. 시작법을 어떻게 수용하고 있는지, 또 어떠한 변용이 이루어진 것인지에 대한 입체적인 접근이 있어야만 해동강서시파에 대한 올바른 평가를 내릴 수 있다. 그 출발점이 바로 해동강서시파에 지대한 영향을 미쳤던 황정견 문집에 대한 완역이다.

4. 『황정견시집주黃庭堅詩集注』는?

『황정견시집주』는 북경北京 중화서국中華書局에서 2007년에 출간한 책이다. 전5책으로『산곡시집주山谷詩集注』권1~20,『산곡외집시주山谷外集詩注』권1~17,『산곡별집시주山谷別集詩注』상·하,『산곡시외집보山谷詩外集補』권1~4,『산곡시별집보山谷集別集補』권1로 구성되어 있다.

『산곡시집주』권1~20은 송宋 임연任淵이,『산곡외집시주』권1~17

은 송宋 사용史容이, 『산곡별집시주』 상·하는 송宋 사계온史季溫이 각각 주석을 붙여놓은 것이다. 『산곡시외집보』 권1~4와 『산곡시별집보』 권1은 청淸 사계곤謝啓崑이 엮은 것이다.

『황정견시집주』의 체계와 구성을 정리하면 다음 표와 같다.

책	권	비고
제1책	집주(集注) 권1~9	임연(任淵) 주(注)
제2책	집주(集注) 권10~20	
제3책	외집시주(外集詩注) 권1~8	사용(史容) 주(注)
제4책	외집시주(外集詩注) 권9~17	사용(史容) 주(注)
제5책	별집시주(別集詩注) 上·下	사계온(史季溫) 주(注)
	외보유(外補遺) 권1~4	사계곤(謝啓崑) 주(注)
	별집보(別集補)	

각 권에 수록된 시작품 수를 일람하면 다음 표와 같다.

권수	수록 작품 수	권수	수록 작품 수
山谷詩集注卷第一	22제(題) 30수(首)	山谷外集詩注卷第三	23제(題) 61수(首)
山谷詩集注卷第二	14제(題) 18수(首)	山谷外集詩注卷第四	18제(題) 31수(首)
山谷詩集注卷第三	19제(題) 30수(首)	山谷外集詩注卷第五	13제(題) 43수(首)
山谷詩集注卷第四	8제(題) 30수(首)	山谷外集詩注卷第六	20제(題) 25수(首)
山谷詩集注卷第五	9제(題) 29수(首)	山谷外集詩注卷第七	27제(題) 31수(首)
山谷詩集注卷第六	28제(題) 29수(首)	山谷外集詩注卷第八	27제(題) 40수(首)
山谷詩集注卷第七	25제(題) 40수(首)	山谷外集詩注卷第九	35제(題) 39수(首)
山谷詩集注卷第八	21제(題) 28수(首)	山谷外集詩注卷第十	30제(題) 33수(首)
山谷詩集注卷第九	28제(題) 44수(首)	山谷外集詩注卷第十一	29제(題) 45수(首)
山谷詩集注卷第十	17제(題) 23수(首)	山谷外集詩注卷第十二	28제(題) 50수(首)
山谷詩集注卷第十一	23제(題) 47수(首)	山谷外集詩注卷第十三	34제(題) 48수(首)
山谷詩集注卷第十二	28제(題) 50수(首)	山谷外集詩注卷第十四	23제(題) 46수(首)
山谷詩集注卷第十三	27제(題) 41수(首)	山谷外集詩注卷第十五	34제(題) 40수(首)

권 수	수록 작품 수	권 수	수록 작품 수
山谷詩集注卷第十四	14제(題) 43수(首)	山谷外集詩注卷第十六	35제(題) 47수(首)
山谷詩集注卷第十五	29제(題) 54수(首)	山谷外集詩注卷第十七	27제(題) 44수(首)
山谷詩集注卷第十六	18제(題) 42수(首)	山谷別集詩注卷上	36제(題) 37수(首)
山谷詩集注卷第十七	25제(題) 29수(首)	山谷別集詩注卷下	25제(題) 46수(首)
山谷詩集注卷第十八	17제(題) 27수(首)	山谷詩外集補卷第一	50제(題) 58수(首)
山谷詩集注卷第十九	28제(題) 45수(首)	山谷詩外集補卷第二	70제(題) 93수(首)
山谷詩集注卷第二十	19제(題) 27수(首)	山谷詩外集補卷第三	91제(題) 138수(首)
山谷外集詩注卷第一	24제(題) 29수(首)	山谷詩外集補卷第四	95제(題) 128수(首)
山谷外集詩注卷第二	22제(題) 30수(首)	山谷詩別集補	25제(題) 28수(首)
총 1,260제(題) 1,916수(首)			

　『황정견시집주』에는 총 1,260제題 1,916수首의 시작품이 수록되어 있다. 이 거질의 서적에 임연任淵·사용史容·사계온史季溫·사계곤謝啓崑이 주석을 부기했는데, 이를 통해서도 황정견의 박학다식함을 재삼 확인할 수도 있다.

　임연·사용·사계온·사계곤은 주석에서 시구의 전체적인 표현이나 단어 및 고사와 관련해 『시경』·『논어』·『장자』·『초사』·『문선』·『한서』·『사기』·『이아』·『좌전』·『세설신어』·『본초강목』·『회남자』·『포박자』·『국어』·『서경잡기』·『전국책』·『법언』·『옥대신영』·『풍토기』·『초학기』·『한시외전』·『모시정의』·『원각경』·『노자』·『명황잡록』·『이원』·『진서』·『제민요술』·『오초춘추』·『신서』·『이문집』·『촉지』·『통전』·『남사』·『전등록』·『초목소』·『당본초』·『왕자년습유기』·『도경본초』·『유마경』·『춘추고이우』·『초일경』·『전심법요』·『여씨춘추』·『부자』·『수훤록』·『박물지』·『당서』·『신어』·『적곡자』·『순자』·『삼보결록』·『담원』·『한서음의』·『공자가어』·『당척언』·『극담록』·『유양잡조』·『운서』·『묘법연화경』·『지도론』·『육도삼략』·『금강경』·『양양기』·『관자』·『보적경』 등의 용례를 들어 자세하게 구절의 의미를 부연 설명했다. 또한 두보를 필두로 ·도잠·소식·한유·백거이·유종원·이백·유몽득·소무·이하·좌사·안연년·송옥·장적·맹교·유신·왕안석·구양수·반악·전기·하손·송기·범중엄·혜강·예형·왕직방·사령운·권덕여·사마상여·매요신·유우석·노동·구준·조하·강엄·장졸 등의 작품에 보이는 구절을 주석으로 부연하여 작품의 전례前例와 전체적인 의미를 상세하게 서술했다. 이밖에도 여타의 시화집에 보이는 황정견의 작품과 관련된 시화를 주석으로 부기하여, 작품의 창작배경이나 자신의 상황 및 의미를 자세하게 설명한 있다.

이처럼 『황정견시집주』 전5책은 황정견 작품의 구절 및 시어詩語 하나하나가 갖는 전례와 창작배경 그리고 구절의 의미 및 전체적인 의미를 상세하게 주석을 통해 소개해 주어, 황정견 작품의 세밀한 이해를 돕고 있다.

5. 향후 연구 전망

황정견과 강서시파에 대한 연구는 지금까지 꾸준히 진행되어 왔다. 그러나 아직까지 황정견 시작품에 대한 전체적인 번역이 이루어지지 않았기에, 구체적인 실상의 일면만을 위주로 하거나 혹은 피상적으로 연구가 진행되었다는 점에서 아쉬움이 남는다. 이에 상세한 주석을 통해 작품에 대한 이해를 돕는 『황정견시집주』에 대한 완역은, 부족하나마 후학들에게 실질적으로 황정견 시를 이해하기 위한 토대 내지는 발판의 역할 정도는 할 수 있을 것으로 판단되며, 이를 계기로 유관 연구가 활발하게 진행되기를 기대하는 바이다.

첫째, 중국 문학 연구의 측면에서도 황정견을 중심으로 한 강서시파에 대한 연구가 활발하게 진행 될 것으로 기대한다. 강서시파 시론의 핵심이라고 할 수 있는 시의 조구법造句法으로서의 환골법換骨法과 탈태법奪胎法, 요체拗體의 추구, 진부한 표현이나 속된 말을 배척하고 특이한 말과 기이한 표현을 추구, 전고의 정밀한 사용 등에 대한 실제적인 접근이 이루어질 수 있는 계기가 될 것이며, 이로 인해 황정견뿐만 아니라 강서시파, 그리고 강서시파의 영향을 받았던 원대 시인에 대한 연구가 활발하게 진행 될 것이다.

둘째, 조선 문단에 대한 연구도 활발해질 것으로 기대한다. 고려 이후 지속적인 강서시파 관련 서적의 수입과 인간印刊을 바탕으로 강서시파에 대한 학습이 고려에서부터 조선 초까지 지속되었고 이를 배경으로 강서시파를 배우고자하는 움직임이 성종 연간에 집중적으로 나타났으며, 한시사에게 거론되는 주요 시인들이 등장하게 되었다. 이러한 연장선상에서 소위 '해동강서시파'가 출현했다.

해동강서시파로 지목된 박은朴誾, 이행李荇, 박상朴祥, 정사룡鄭士龍, 노수신盧守愼, 황정욱黃廷彧 등 이외에도 이인로李仁老, 임춘林椿, 이담李湛, 이색李穡, 신숙주申叔舟, 성삼문成三問, 조수趙須, 김종직金宗直, 홍귀달洪貴達, 권오복權五福, 김극성金克成, 조신曺伸 등도 모두 황정견이 주축이 된 강서시파의 영향 하에 있다는 연구 성과도 보고된 바 있다.

이로 보건대, 『황정견시집주』전5권의 완역은 강서시파의 영향을 받았던, 소위 해동강서시파의 실체를 밝히는데 적지 않은 도움이 될 것으로 보인다. 또한 어떠한 부분에서 적극적으로 수용하려고 했는지, 그 목적이 무엇이었는지에 대한 연구의 초석이 될 것이다. 더불어, 강서시파의 영향 하에서 해동강서시파는 어떠한 변용을 통해, 각 개인의 특장을 살려 나갔는지에 대한 연구도 활발하게 진행될 것이다. 시인 개개인에 대한 접근을 통해, 해동강서시파의 특장을 밝히는데 있어 출발점이 될 것으로 기대한다.

황정견시집의 완역은 황정견 시작품과 중국 강서시파의 실체를 밝힐 수 있는 계기가 될 것이며, 동시에 지속적인 관심을 쏟았던 조선의 해동강서시파의 영향 관계 및 변용에 대한 연구가 본격적으로 진행될 수 있는 초석이 되리라 기대한다.

대저 시로써 세상에 이름을 날린 자는 한 글자 한 구절을 반드시 달로 분기로 단련하여 일찍이 함부로 드러내지 않고서 반드시 심사숙고한 바가 있다. 옛날 중산中山 의 유우석劉禹錫이 일찍이 말하기를 '시에 벽자僻字를 사용할 때는 반드시 근거한 바가 있어야 한다'라고 했다. 공考功 송지문宋之問의 「도중한식塗中寒食」에서 "말 위에서 한식을 맞으니, 봄이 와도 당락을 보지 못하네[馬上逢寒食, 春來不見餳]"라고 하였다. 일찍이 '당餳'이란 글자가 벽자임을 의아하게 생각하였는데, 이윽고 『모시毛詩』의 고주舊注를 읽고 나서 이에 육경 가운데 오직 이 주에서 이 '당餳'자에 대한 설명이 있는 것을 알게 되었다. 경문공景文公 송기宋祁 또한 이르기를 "몽득夢得 유우석이 일찍이 「구일九日」이란 시를 지으면서 '고餻'자를 쓰려고 하였는데 생각해보니 육경에 이 글자가 없어서 결국 쓰지 못하였다"라고 했다. 그러므로 경문공 송기의 「구일식고九日食餻」에서 "유랑은 기꺼이 '고餻'자를 쓰지 않았으니, 세상 당대의 호걸을 헛되이 저버렸어라[劉郎不肯題餻字, 虛負人間一世豪]"라고 했다. 이처럼 전배들의 글자 사용은 엄밀하였으니 이 시주詩注를 짓게 된 까닭이다.

본조 산곡山谷 노인의 시는 『이소離騷』와 『시경·이아雅』의 변체變體를 다하였으며 후산後山 진사도陳師道가 그 뒤를 이어 더욱 그 결정을 맺었다. 그러므로 두 사람의 시는 한 구절 한 글자가 고인古人 예닐곱 명을 합쳐 놓은 것과 같다. 대개 그 학문은 유儒, 불佛, 노老, 장莊의 깊은 이치를 통달하였으며, 아래로 의서醫術, 복서卜筮, 백가百家의 학설에 이르기까지 그 정수를 모두 캐어내어 시로 발하지 않음이 없다.

처음 산곡이 우리 고을에 와서 암곡 사이를 소요할 때 나는 경전經典을 배웠다. 한가한 날에는 인하여 두 사람의 시를 가지고 조금씩 주를 달았는데, 과문하여 그 깊은 의미를 자세히 파악하기 어려운 것이 한스러웠다. 일단 집에 보관하고서 훗날 나와 기호가 같은 군자를 기다려 서로 그 의미를 넓혀 나갔으면 한다.

정회政和 신묘년辛卯年, 1111 중양절重陽節에 쓰다.

大凡以詩名世者, 一字一句, 必月鍛季鍊, 未嘗輕發, 必有所考. 昔中山劉禹錫嘗云, 詩用僻字, 須要有來去處. 宋考功詩云, 馬上逢寒食, 春來不見餳. 嘗疑此字僻, 因讀毛詩有餳注, 乃知六經中唯此注有此餳字, 而宋景文公亦云, 夢得嘗作九日詩, 欲用餻字. 思六經中無此字, 不復爲. 故景文九日食餻詩云, 劉郎不肯題餻字, 虛負人間一世豪. 前輩用字嚴密如此, 此詩注之所以作也. 本朝山谷老人之詩, 盡極騷雅之變, 後山從其游, 將寒冰焉. 故二家之詩, 一句一字有歷古人六七作者. 蓋其學該通乎儒釋老莊之奧, 下至於醫卜百家之説, 莫不盡摘其英華, 以發之於詩. 始山谷來吾鄉, 徜徉於嚴谷之間, 余得以執經焉. 暇日因取二家之詩, 略注其一二. 第恨寡陋, 弗詳其祕. 姑藏於家, 以待後之君子有同好者, 相與廣之. 政和辛卯重陽日書.[1]

---

1   [교감기] 근래 사람 모회신(冒懷辛)이 상단의 문자를 고정(考訂)하면서 "이 편의 서문은 광서(光緖) 26년(1900)에 의녕(義寧) 진씨(陳氏)가 복각(復刻)한『산곡시집주(山谷詩集注)』의 권 머리에 실려 있다. 원문(原文)과 파양(鄱陽) 허윤(許尹)의 서문은 함께 이어져 허윤 서문의 제1단락이 되어버렸다. 현재는 내용에

육경六經은 도道를 실어서 후세에 전해주는 것인데,『시경』은 예의禮義에 멈추니 도가 존재하는 바이다.『주시周詩』305편 가운데 그 뜻은 남아 있지만 그 가사가 없어진 것은 6편이다. 크게는 천지와 해와 별의 변화에서부터 작게는 충조초목蟲鳥草木의 변화까지, 엄한 군신과 부자, 분별이 있는 부부와 남녀, 온순한 형제, 무리의 붕우, 기뻐도 더러움에 이르지 않고 원망하여도 어지러움에 이르지 않으며 간하여도 고자질에 이르지 않고 화를 내어도 사람을 끊지 않으니, 이것이『시경』의 대략이다. 옛날 청묘淸廟에 올라 노래하며 제후들과 회맹할 때, 계자季子가 본 것과 정인鄭人이 노래한 것, 사대부들이 서로 상대할 때 이것을 제쳐두고 서로 마음을 통할 것이 없다. 공자孔子가 "이 시를 지은 자는 그 도를 아는구나"라고 했으며, 또한 "시를 배우지 말았으면 말을 할 수 없다"라고 했으니, 대개 세상에서 시를 사용하는 것이 이와 같다.周나라가 쇠하여 관원이 제 임무를 못하고 학교가 폐하여 대아大雅가 지어지지 못한 지 오래되었다. 한나라 이후로 시도詩道가 침체되고 무너져서 진晉, 송宋, 제齊, 양에 이르러서는 음란한 소리가 극심해졌다. 조식, 유정劉楨, 심전기沈佺期, 사령운謝靈運의 시는 공교롭지 않은 것은 아니지만 화려한 비단에 아름답게 장식한 것 같아 귀공자에게 베풀 수는 있지만 백성들에게 쓸 수는 없다. 연명淵明 도잠陶潛과 소주蘇州 위응

근거하여 이것이 임연(任淵)이 손수 쓴 서문임을 확정하고서 인하여 허윤의 서문에서 뽑아내어 기록한다"라고 하였으니 이 말을『후산시주보전(後山詩注補箋)·부록(附錄)』과 참고하여 볼 것이다.

물위韋應物의 시는 적막하고 고고枯槁하여 마치 깊은 계수나무 아래 난초 떨기 같아 산림에는 어울리지만 조정에 놓을 수는 없다. 태백太白 이백李白과 마힐摩詰 왕유王維의 시는 어지러운 구름이 허공에 펼쳐지고 차가운 달이 물에 비친 것 같아 비록 천만으로 변화하지만 사물에 미치는 곳은 또한 적었다. 맹교孟郊와 가도賈島의 시는 산한酸寒하고 험루儉陋하여 새우와 조개를 한 번 먹으면 곧 마치니 비록 하루 종일 씹어도 배가 부르지 않는 것과 같다. 다만 두보杜甫의 시는 고금을 드나들어 천하에 두루 퍼져 충의忠義의 기氣가 성대하니 이를 능가하는 후대의 작자는 없다.

송宋나라가 일어나고 이백 년이 흘러 문장의 성대함은 삼대三代를 뒤좇을만한데, 시로 세상에 이름을 날린 자로 예장豫章의 노직魯直 황정견黃庭堅이 있으며 그 후로는 황정견을 배웠으나 그에 약간 미치지 못한 자로 후산後山 무기無己 진사도陳師道가 있다. 두 공의 시는 모두 노두老杜에서 근본 하였으나 그를 직접적으로 따라 하진 않았다. 용사用事는 대단히 치밀한데다 유가와 불가를 두루 섭렵하였으며, 우초虞初의 패관소설稗官小說과 『준영雋永』·『홍보鴻寶』 등의 책에다가 일상생활의 수렵까지 모두 망라하였다. 후대의 학자들이 이 시의 비밀을 보지 못하여 이따금 알기 어려움에 어려움을 느낀다. 삼강三江의 군자 임연任淵은 군서群書에 박학하고 옛사람을 거슬러 올라가 벗하였는데, 한가한 날에 드디어 두 사람의 시에 주해를 내었으며 또한 시를 지은 본의의 시말에 대해 깊이 따져 학자들에게 알려주었다. 그러나 세상의 전주箋注와 같지 않고 다만 출처만을 드러내었을 뿐이다. 이윽고 완성되자 나에게 주면서 그 서문을 지어달라고 하였다.

내가 일찍이 두 시인의 시흥詩興이 고원高遠함에 의탁하여 읽어도 무슨 의미인지 알 수 없는 것을 걱정하였다. 임연 군의 풀이를 얻고서 여러 날에 걸쳐 음미해 보니 마치 꿈에서 깬 것 같고 술에 취했다가 깬 것 같으며, 앉은뱅이가 일어서게 된 것과 같으니 어찌 통쾌하지 않으랴. 비록 그러나 그림을 논하는 자는 형체는 비슷하게 할 수는 있지만 그림을 그려낸 심정을 포착하여 말로 표현하기 어렵고, 거문고 소리를 들은 자는 몇 번째 줄인 줄은 알지만 그 음은 설명하기 어렵다. 천하의 이치 가운데 형명도수形名度數에 관련된 것은 전할 수 있지만, 형명도수를 넘어서는 것은 전할 수 없다. 옛날 후산 진사도가 소장少章 진구秦覯에게 답하기를 "나의 시는 예장豫章의 시이다. 그러나 내가 예장에게 들은 것은 그 자상한 것을 말하고 싶지만, 예장이 나에게 말해주지 않았고 나 또한 그대를 위해 말하고 싶어도 못한다"라고 했다. 오호라, 후산의 말은 아마도 이를 가리킬 것이다. 지금 자연子淵 임연이 이미 두 공에게서 얻은 것을 글로 드러내었다. 정미하여 오묘한 이치는 옛말에 이른바 '맛 너머의 맛'이란 것에 해당한다. 비록 황정견과 진사도가 다시 태어난다 해도 서로 전할 수 없으니, 자연이 어찌 말해줄 수 있으랴. 학자들은 마땅히 스스로 얻는 것이 옳을 것이다.

자연子淵의 이름은 연淵으로 일찍이 문예류시유사文藝類試有司로써 사천四川의 제일이 되었다. 대개 금일의 국중의 선비이며 천하의 선비이다.

소흥紹興 을해년乙亥年, 1155 12월 파양鄱陽 허윤許尹은 삼가 서문을 쓰다.

六經所以載道而之後世,[2] 而詩者, 止乎禮義, 道之所存也. 周詩三百五篇, 有其義而亡其辭者, 六篇而已. 大而天地日星之變, 小而蟲鳥草木之化, 嚴而君臣父子, 別而夫婦男女, 順而兄弟, 羣而朋友, 喜不至瀆, 怨不至亂, 諫不至訐, 怒不至絶, 此詩之大略也. 古者登歌清廟, 會盟諸侯, 季子之所觀, 鄭人之所賦, 與夫士大夫交接之際, 未有舍此而能達者. 孔子曰, 爲此詩者, 其知道乎! 又曰, 不學詩, 無以言. 蓋詩之用於世如此.

周衰, 官失學廢, 大雅不作久矣. 由漢以來, 詩道浸微陵夷, 至於晉宋齊梁之間, 哇淫甚矣. 曹劉沈謝之詩, 非不工也, 如刻繪染縠, 可施之貴介公子, 而不可用之黎庶. 陶淵明韋蘇州之詩, 寂寞枯槁, 如叢蘭幽桂, 可宜於山林, 而不可置於朝廷之上. 李太白王摩詰之詩, 如亂雲敷空, 寒月照水, 雖千變萬化, 而及物之功亦少. 孟郊賈島之詩, 酸寒儉陋, 如蝦蠏蜆蛤, 一啖便了, 雖咀嚼終日, 而不能飽人. 唯杜少陵之詩, 出入今古, 衣被天下, 藹然有忠義之氣, 後之作者, 未有加焉.

宋興二百年, 文章之盛, 追還三代. 而以詩名世者, 豫章黃庭堅魯直, 其後學黃而不至者, 後山陳師道無已. 二公之詩皆本於老杜而不爲者也. 其用事深密, 雜以儒佛. 虞初稗官之說, 雋永鴻寶之書, 牢籠漁獵, 取諸左右. 後生晚學, 此祕未覩者, 往往苦其難知. 三江任君子淵, 博極羣書, 尙友古人. 暇日遂以二家詩爲之注解, 且爲原本立意始末, 以曉學者. 非若世之箋訓, 但能標題出處而已也. 旣成, 以授僕, 欲以言冠其首.

予嘗患二家詩興寄高遠, 讀之有不可曉者. 得君之解, 玩味累日, 如夢而寤,

---

2   [교감기] '而'는 전본에는 '傳'으로 되어 있는데, 의미가 더 분명하다.

如醉而醒, 如痿人之獲起也, 豈不快哉. 雖然論畫者可以形似, 而捧心者難言, 聞絃者可以數知, 而至音者難說. 天下之理涉於形名度數者可傳也, 其出於刑名度數之表者, 不可得而傳也. 昔後山答秦少章云, 僕之詩, 豫章之詩也. 然僕所聞於豫章, 願言其詳, 豫章不以語僕, 僕亦不能爲足下道也. 嗚乎, 後山之言, 殆謂是耶, 今子淵既以所得於二公者筆之乎. 若乃精微要妙, 如古所謂味外味者, 雖使黃陳復生, 不能以相授, 子淵相得而言乎. 學者宜自得之可也.

子淵名淵, 嘗以文藝類試有司, 爲四川第一, 蓋今日之國士天下士也.

紹興乙亥冬十二月, 鄱陽許尹謹叙.

황정견시집주—————

산곡외시집주

산곡외집시주권제사山谷外集詩注卷第四

산곡외집시주권제오山谷外集詩注卷第五

황정견시집주 전체 차례

1. 공정의 시에 차운하여 공정을 전송하다
次韻奉送公定

사사후는 두 아들을 두었는데, 석惜은 자가 공정公靜이며, 종悰은 자가 공정公定이다.

謝師厚二子, 惜, 字公靜, 悰, 字公定.

去年君渡河	지난해 그대가 황하를 건널 때
棗下實離離	대추나무 아래에 열매가 주렁주렁.
今年君渡河	올해 그대가 황하를 건널 때
剝棗詠豳詩	대추를 따며 「빈풍」을 노래하네.
直緣恩義重	다만 은의가 중한 까닭에
不憚鞍馬疲	말 타는 수고로움 꺼리지 않았네.
詩書半行李	시서를 여행에 짝하며
道路費歲時	길에서 새해를 보내겠지.
親交歎存亡[1]	친한 벗들의 살고 죽음을 탄식하고
學問訪闕遺	학문은 부족함을 배우러 찾아다니겠지.

---

1   [교감기] '存亡'은 고본에는 '存歿'로 되어 있다.

我多後時悔	나는 대부분 때늦은 후회를 하는데
君亦見事遲	그대도 또한 형세를 판단함은 느리네.
卽此有眞意	바로 여기에 참된 뜻이 있으니
定非兒女知	참으로 아녀자들이 알 바가 아니네.
虛名無用處	헛된 명성을 쓸 데가 없으니
北斗與南箕	북두성과 남쪽의 기성과 같네.
燕趙游俠子	연과 조의 유협과
長安輕薄兒	장안의 경박한 자들이,
狂掉三寸舌	세 치 혀를 함부로 놀려
躍登九級墀	아홉 계단 위로 뛰어 올랐네.
覆手雲雨翻	손을 뒤집으면 비요 펴면 구름이라
立談光陰移	서서 이야기 하니 세월은 흐르네.
歃血盟父子	피를 마시며 부자간에도 맹세하고
指天出肝脾	하늘을 가리켜 간과 비장을 꺼내었네.
從來國器重	이전부터 나라의 중요한 그릇은
見謂骨相奇	골상이 기이하다는 소릴 들었네.
築巖發夢寐	부암에서 성을 쌓다가 꿈자리에 현몽하고
獵渭非熊螭	위수에서 사냥하니 곰도 이무기도 아니네.
百工改繩墨	백공이 먹줄을 바꾸었고
一世擅文詞	한 시대에 문사를 주도했네.
全人脰肩肩	온전한 사람은 목이 가늘고 길며

甕盎嫵且宜	항아리만한 혹부리도 예쁘고 좋네.
大槐陰黃庭	큰 회나무가 대궐 뜰에 그늘을 드리우고
女蘿縣絡之	여라가 그것을 감싸 올라가네.
昭陽兩兄弟	소양궁의 두 자매
還自妒蛾眉	더욱 반첩여를 질투하네.
工顰又宜笑	공교롭게 찡그리고 아름답게 웃으니
百輩來茹咨	온갖 무리들이 와서 술책을 내네.
班姬輕鴻毛	기러기 털보다 가벼운 반희를
更合衆口吹	다시 여러 입이 모여 불어버리네.
引繩痛排根	줄로 묶어 완전히 내쫓아버리고
蒙蔽枉成帷	장막으로 감싸 덮어버렸네.
惟恐出己上	오직 자기 위에 설까 두려워하여
殺之如奕棊	바둑돌처럼 죽여 버리네.
塵埃百年琴	먼지 덮인 백년의 거문고
絶絃爲鍾期	줄을 끊은 것은 종자기 때문이네.
落落虎豹文	또렷한 호랑이, 표범 무늬여
義難管中窺	대롱으로도 보기가 어렵구나.
至今揚子雲	지금의 양웅은
不與俗諧嬉	세속과 화해하지 못하니,
歲晚草玄經	만년에 『태현경』을 짓는데
覃思寫天維	깊이 생각하여 하늘의 벼리를 쏟아내네.

脫身天祿閣	천록각에서 몸을 던지니
危於劒頭炊	칼날로 밥을 짓는 것보다 위험하네.
臥聞策董賢	동현을 세웠다는 소리를 듣고
閉門甘忍饑	문을 닫고서 굶주림을 달게 여겼네.
五侯盛賓客	다섯 제후에 빈객이 가득할 때
騵轡交橫馳	이쪽저쪽으로 말을 내달렸지.
時通問字人	때로 글자 묻는 사람을 만나고
得酒未曾辭	술을 얻으면 일찍이 사양하지 않았네.
近者君家翁	근래에 그대 부친에게
天與脫羈鞿	하늘이 굴레를 벗겨 주셨네.
已爲冥冥鴻	이미 아득한 하늘 나는 기러기 되니
矰繳尙安施	주살을 어찌 쏘겠는가.
養蘭尋僧圃	난초 키우려 절간의 정원을 찾고
愛竹到水湄	대나무 사랑하여 물가에 이르네.
北闕免朝請	북쪽 궁궐에 조회 면하고
西都分保釐	서경에 분사分司로 다스렸네.
文章九鼎重	문장은 구정보다 무겁지만
富貴一黍累	부귀는 거의 없다네.
趙良請灌園[2]	조량이 정원에 물 대며 살기를 청하자
但爲商君嗤	다만 상군의 비웃음만 받았네.

---

2 **[교감기]** '請'은 고본에는 '欲'으로 되어 있다.

棄甲尙文過	갑옷을 버리고서 아직도 허물을 꾸미며
兕多牛有皮	코뿔소 많고 소는 가죽이 있다 하네.
出仕書掣肘	벼슬에 나가 글씨 쓸 때 팔을 잡아당기고
歸來菊荒籬	돌아와 황폐한 울타리에 국화를 심네.
不爲五斗折	다섯 말 쌀 때문에 허리 굽힐 수 없는데
自無三徑資	자신에게는 은거할 밑천이 없구나.
勝箭洗蹀血	승전한 화살에 묻은 피를 씻고
歸鞍懸月支	돌아가는 안장에 월지를 매달았네.
斯人萬戶侯	이 사람 만호의 제후를
造物付鑪錘	조물주가 천지 화로에 넣었네.
我觀史臣篇	내가 『사기』를 보니
疏畧記糟醨	소략하게나마 술지게미를 기록해놨네.
譬如官池蛙	비유하면 관의 연못 개구리와 같은데
誰能問公私	누가 능히 공과 사를 물을 수 있나.
君懷明月珠	그대는 명월주를 품고서
簸弄滄海涯	푸른 바닷가에서 가지고 노네.
深房佩芳蘭	깊은 규방에서 향기로운 난초를 차니
固是王所姬	참으로 이는 왕의 배필감이로다.
南貢尙包橘	남쪽의 공물은 귤을 높이 치고
漢濱莫大隨	한수 동쪽은 수나라가 가장 크네.
每來促談塵[3]	매번 올 때마다 이야기하며

먼지떨이 휘두르니

風生庭竹枝[4]　바람은 뜰의 대나무 가지에서 이네.

骯髒得家法　강직한 이는 가법을 이루지만

伊優不能爲　아첨꾼은 그렇게 하지 못하네.

但聽呼搉蒲　다만 노름하는 소리만 들어도

便足解人頤　곧바로 입을 벌리며 웃네.

功成在漏刻　공의 성취는 경각에 있으니

穎利處囊錐　자루가 날카로운 송곳이 주머니에 들어 있네.

失勢落坑穽　세력을 잃으면 구덩이로 떨어지고

寒窘如愁鴟　처량하게 꽉 막힌 신세는 근심스런 수리 같네.

得馬折足禍　말을 얻었지만 발이 부러지는 재앙이 오고

亡羊多歧悲　양을 잃어 갈래 길이 많음이 슬프네.

屢敵因心計　적을 대적함은 마음속으로 계획하니

伏兵幾面欺　병사를 매복한들 어찌 속일 수 있으랴.

長戈仰關來　긴 창으로 관문을 향해 왔다가

吐款受羈縻　죄를 실토하고 오랏줄을 받았네.

萬事只如此　세상만사가 다 이와 같으니

畢竟誰成虧　끝내는 누가 이루고 무너뜨리는가.

愛君方寸間　마음속 깊이 그대를 사랑하니

3　**[교감기]** '促'은 고본에는 '捉'으로 되어 있다.
4　**[교감기]** '庭'은 고본에는 '塵'으로 되어 있다.

醇朴乃器師	순박함은 바로 나의 스승이네.
安得擺俗纆	어찌하면 세속의 속박을 풀어
東崗並鉏犁⁵	동쪽 언덕에서 호미질하고 밭갈까.
由來在陰鶴	이전부터 그늘에 있는 학이니
不必振羽儀	반드시 깃을 떨치고 날을 필요 없네.
送行傾車蓋	수레 일산 기울이며 전송할 때
載酒滿鴟夷	술 단지 가득 술을 담아 와야지.
天高木葉下⁶	하늘은 높아 나뭇잎은 떨어지고
潦退河流卑	장마는 그쳐 황하는 낮아졌네.
屯雲搴六幕	뭉게구름은 천지사방을 뒤덮고
新月吐半規	하늘은 반달을 토해내네.
人生會面難	인생은 만나기 어려우니
取醉聽狂癡	술에 취해 미치고 어리석은 이야기 듣네.
語穽發欺笑⁷	말의 함정은 속여 웃는 것에서 시작하고
詩鋒犯嘲譏	시의 예봉은 조롱과 비난을 범함에서 일어나네.
懸知履霜來	분명히 알겠네, 서리를 밟은 뒤에
少別爲不怡	잠깐 이별에도 즐겁지 않은 것을.

5　[교감기] '東崗'은 전본과 건륭본에는 '東岡'으로 되어 있다.
6　[교감기] '葉下'는 고본에는 '落葉'으로 되어 있다.
7　[교감기] '欺笑'는 고본에는 '期笑'로 되어 있으며, 원교에서 "달리 '欺笑'로 되어 있는 본도 있다"라고 하였다.

天津媚河漢	하늘 나루는 은하수에서 빛나고
闕角掛秋霓	궁궐 모서리에 가을 무지개가 걸렸네.
中有鬼與神	그 안에 귀신이 있으니
赤舌弄陰機	붉은 혀로 음기를 희롱하네.
夜光但十襲	야광주를 열 겹으로 싸는데
出懷卽瑕疵	품에서 꺼내니 곧 하자가 있네.
去去善逆旅	길을 가며 좋은 여관에서 묵고
凍醪約重持	언 막걸리 잘 가지고 가시오.
山藥倒藤架	산의 약초는 등나무 시렁에 매달려 있고
紅梨帶寒曦	붉은 배꽃은 싸늘한 햇빛을 받고 있네.
坐須騎奴還	앉아서 말 탄 노비가 돌아오기를 기다리다가
淹留歲恐期	지체되어 한 해가 저물까 두렵네.
無爲出門念	문을 나설 생각이 없으니
牽衣嬰孺啼	어린 아이들 옷을 붙들고 우네.
短韻願成誦	짧은 시를 외워 적어서
時時寄相思	때때로 그리움 담은 편지 전해주시오.

【주석】

去年君渡河 : 「공무도하」는 『악부』 편명으로 달리 「공후인」이라고
부른다.

公無渡河, 樂府篇名, 亦曰箜篌引.

棗下實離離 今年君渡河 剝棗詠圈詩 : 『문선』에 실린 반악의 「생부笙賦」에서 "노래하기를, "대추나무 아래 사람 모여드니, 붉은 열매 늘어져 있네""라고 하였다. 『시경·빈풍 칠월』에서 "팔월에 대추를 따네"라고 하였다.

文選笙賦, 歌曰, 棗下纂纂, 朱實離離. 圈七月詩, 八月剝棗.

直緣恩義重 不憚鞍馬疲 : 『남사·효의하』에서 "위경유의 아내가 시를 지어 "죽은 남편 은의가 중하여, 차마 다른 짝과 쌍으로 날 수 없네""라고 하였다.

南史孝義下, 衛敬瑜妻詩曰, 故人恩義重, 不忍復雙飛.

詩書半行李 道路費歲時 親交歎存亡 學問訪闕遺 : 사마천의 「보임소경서報任少卿書」에서 "또한 남의 과실을 바로잡거나 결점을 보완하지 못한다"라고 했는데, 그러므로 당나랑 보궐과 습유라는 관직이 있었다.

司馬遷書, 又不能拾遺補闕. 故唐有補闕拾遺之官.

我多後時悔 君亦見事遲 : 『사기·범수전』에서 "양후는 지혜로운 선비인데, 형세를 파악함은 느리다"라고 하였다. 『위서·무제기』에서 "원소는 비록 큰 뜻이 있지만 형세를 파악함은 느리다"라고 하였다.

史記范雎傳云, 穰侯, 智士也, 而見事遲. 魏武帝紀, 袁紹雖有大志, 而見事遲.

卽此有眞意 : 도연명의 「음주飮酒」에서 "이 가운데 자연의 참뜻이 있는지라, 말을 하려다가 할 말을 잊고 말았네"라고 하였다.

淵明詩, 此中有眞意, 欲辯已忘言.

定非兒女知 :『한서·고제기』에서 "이것은 아녀자들이 알 바가 아니다"라고 하였다.

漢高祖紀, 呂公曰, 此非兒女子所知.

虛名無用處 北斗與南箕 :『시경·소아·곡풍』에서 "남쪽에는 키 모양의 기성이 있어도, 키질 한 번도 못하네. 북쪽에는 국자모양의 북두성이 있어도, 술과 국을 뜨지 못하네"라고 하였다.『문선·고시』에서 "남쪽의 기성 북쪽에 북두성이 있고, 견우성도 멍에를 매지 못하네. 참으로 반석 같이 견고한 건 없으니, 헛된 명성이 무슨 도움 되겠는가"라고 하였다.

見上.[8]

燕趙游俠子 :『문선』에 실린 자건 조식의 「백마白馬」에서 "묻건대 어느 집 자제인가, 유주와 병주의 유협객이라네"라고 하였다. 곽경순의

---

8 [교감기] 영원본에는 이 두 글자가 없고, 달리 주가 있으니, "小雅大東, 維南有箕, 不可以簸揚, 維北有斗, 不可以挹酒漿. 文選古詩, 南箕北有斗, 牽牛不負軛. 良無磐石固, 虛名復何益"라고 하였다.

「유선시遊仙詩」에서 "경화는 협객들의 소굴이네"라고 하였다.

文選曺子建樂府云, 借問誰家子, 幽幷游俠兒. 郭景純詩, 京華游俠窟.

長安輕薄兒 : 심약의 「삼월삼일三月三日」에서 "낙양의 아름다운 여인, 장안의 경박한 소년"이라고 하였다. 『후한서』에서 "이보가 유가를 권하고 또한 성패를 관망케 하였다. 광무제가 듣고서 등우에게 "효손은 본래 조심스런 사람인데 이는 아마도 장안의 경박한 이들이 오도誤導한 것이다""라고 하였다. 유가의 자는 효손이다.

沈休文詩, 洛陽繁華子, 長安輕薄兒. 後漢書曰, 李寶勸劉嘉, 且觀成敗. 光武聞, 告鄧禹曰, 孝孫素謹, 當是長安輕薄兒誤之耳. 嘉字孝孫.

狂掉三寸舌 : 「장량전」에서 "장량이 이에 말하기를 "나는 세 치 혀로 황제의 군사가 되었다""라고 하였다.

張良傳, 良廼稱曰, 今以三寸舌, 爲帝者師.

躡登九級墀 : 「가의전」에서 "계단이 아홉 등급 이상이 되어 전당殿堂의 모서리가 땅과 멀면 당이 높다"라고 하였다.

賈誼傳, 故陛九級上, 廉遠地, 則堂高.

覆手雲雨翻 : 두보의 「빈교행貧交行」에서 "손을 펴면 구름이요 뒤집으면 비인가, 가벼운 세상 사귐 말해 무엇하리"라고 하였다.

杜詩, 翻手作雲覆手雨, 紛紛輕薄何須數.

立談光陰移 歃血盟父子 : 『좌전』에서 "진나라 공자 오보가 정백과 결맹하였는데, 피를 마실 때 마음이 맹약에 잊지 않은 듯하였다"라고 했는데, 주에서 "뜻이 피를 마시는 것에 있지 않았다"라고 하였다. 『곡량전』에서 "제나라는 이웃 나라와 열한 번의 평화의 회합을 가져 일찍이 피를 마시는 맹세를 하지 않았다"라고 하였다.

左傳, 陳五父及鄭伯盟, 歃如忘. 注, 志不在於歃血. 穀梁, 齊相衣裳之會十有一, 未嘗有歃血之盟.

指天出肝脾 : 한유의 「자후묘지명」에서 "손을 맞잡고 폐와 간을 꺼내서로 보여주며 하늘의 해를 가리켜 눈물을 흘리며 생사를 걸고 서로 배반하지 않겠다고 맹세하니, 정녕 믿을 만하였다"라고 하였다.

退之作子厚墓誌云, 握手出肺肝相示, 指天日涕泣, 誓生死不相背負, 眞若可信.

從來國器重 : 『한서 · 한안국전』에서 "다만 천자만이 국정을 감당할 국기國器로 삼을 수 있습니다"라고 하였다.

韓安國傳, 惟天子以爲國器.

見謂骨相奇 : 『한서 · 예관전』에서 "예관이 유생으로 정위부에 있으

면서 일을 익히지 않는다는 소리를 들었다"라고 하였다.

兒寬傳, 見謂不習事.

築巖發夢寐:『서경』에서 "부열이 부암의 들판에서 성을 쌓았다"라고
하였다.

書云說築傅巖之野.

獵渭非熊螭:『사기·제태공세가』에서 "주나라 서백이 장차 사냥하려
하는데, 점괘가 "잡은 것이 용도 아니고 이무기도 아니며 호랑이도 아니
고 곰도 아니고, 바로 제왕을 돕는 자다""라고 했는데, 주에서 "'彲'의 음
은 '敕'와 '知'의 반절법이다"라고 하였다.『사기색은』에서 "나머지 본에
서는 또한 '螭'로 된 본도 있다"라고 하였다.

史記齊太公世家, 周西伯將出獵, 卜之曰, 所獲非龍非彲, 非虎非羆, 所獲霸
王之輔. 注云, 彲, 敕知反. 索隱曰, 餘本亦作螭字.

百工改繩墨:『맹자』에서 "큰 장인은 졸렬한 장인을 위하여 먹줄을
바꾸지 않는다"라고 하였다.

孟子, 大匠不爲拙工改廢繩墨.

一世擅文詞 全人胅肩肩 甕盎嫗且宜:『장자·덕충부』에서 "인지지리
무순[9]이 위령공에게 유세하자 영공이 기뻐하였는데 그 이후로 온전한

사람들을 보면 목이 가늘고 길어 이상하게 느껴졌다. 옹앙대영[10]이 제환공에게 유세하자 환공이 기뻐하였는데 그 이후로 온전한 사람을 보면 목이 가늘고 길어 이상하게 느껴졌다"라고 했는데, 주에서 "치우친 감정이 굳으면 추한 자가 예뻐 보이고 예쁜 자가 추하게 보인다"라고 하였다. 산곡의 시의 의미는 다음과 같다. "희녕 연간에 사람을 기용함에 어질지 않은데 어질다고 하며 어진 이는 어리석다고 한다. 이른바 유협자游俠子와 경박아輕薄兒라는 것은 대개 권세가에 아부하고 구차하게 영합하며 말재주가 뛰어나고 등급을 뛰어넘어 벼슬길에 오른 당시의 신진 소년을 가리키는데, 비록 피를 마시고 맹세하면서 "내 배를 갈라 간과 위를 꺼내어 보여준다"고 하지만, 그 말은 모두 믿을 수 없다. 개보 왕안석은 본래 중망을 받은 인물로 국기國器라는 칭송을 받았다. 그가 부암에서 성을 쌓은 부열이나 위수에서 낚시하던 태공처럼 임금의 지우를 받아 권력을 잡아 제도를 바꾸고 법을 세웠으며, 스스로 문사를 자랑하여 자신에게 아부하는 자는 등급을 뛰어넘게 추천하며 자신과 의견이 합치되지 않은 자는 곧바로 물리쳐 기용하지 않았다. 이른바 인지지리무순과 옹앙대영 같은 이들을 온전한 사람으로 여기고, 병이 없는 사람을 추악하다고 비방하였다"『전집 · 신종만사』에서 "성을 쌓고 낚시한 어진 재상을 거뒀네"라고 하였는데, 이 시는 기롱과 풍

---

9   인지지리무순 : 절름발이에다 곱사등이에다 언청이인 가공의 인물. 宣穎이 "여러 가지 추한 형상을 총괄해서 호칭으로 삼은 것이다.
10   옹앙대영 : 항아리만한 큰 혹이 붙어 있는 가공의 인물이다.

자를 담고 있다. 한 번 이야기하고 끝낼 수 없어서 이 시에서 자세히 말하고 있다.

莊子德充符篇云, 闉跂支離無脤說衞靈公, 靈公說之, 而視全人, 其脰肩肩. 甕盎大癭說齊桓公, 桓公說之, 而視全人, 其脰肩肩. 注云, 偏情一性, 則醜者更好, 而好者更醜也. 山谷詩意, 謂熙寧用人, 非賢而謂之賢, 賢則指爲不肖也. 所謂游俠子輕薄兒, 蓋言當時新進少年, 趨時苟合, 以口舌捷給, 躐等進用. 雖歃血而盟, 自謂披腹而出肝脾, 其言皆不足信也. 王介甫素有重名, 稱爲國器. 其遇主得時, 如起於築巖釣渭, 而改制立法, 自眩文詞, 附已者超遷之, 語不合意, 輒擯斥不用. 所謂悅闉跂支離甕盎大癭而視全人, 無疾者乃詆爲醜惡也. 前集神宗挽詞固云, 築釣收賢輔, 此詩含譏諷, 非一過可了, 故詳言之.

大槐陰黃庭 女蘿縣絡之 :『장자』에서 "음양이 잘못 운행하면 물속에 불이 나서 커다란 홰나무를 불태우게 된다"라고 했으니, 대괴大槐는 권력을 장악한 이를 비유하였다.『황정경』의 주에서 "황정은 오방五方의 중앙으로 이름을 얻었다. 지금 본에는 중정中庭이라 하였다"라고 하였다.『시경·규변頍弁』에서 "누홍초와 새삼이, 소나무와 잣나무에 뻗어 가네"라고 했는데, 소인이 권력자에게 아부하여 나아가는 것을 비유하였다.

莊子, 水中有火, 乃焚大槐. 大槐以喻用事者. 黃庭經注云, 黃庭以中得名, 今本云中庭. 詩云, 蔦與女蘿, 施于松栢. 以喻小人附離而進也.

昭陽兩兄弟 還自妒蛾眉 工饗又宜笑 : 『초사·구가』에서 "정겹게 곁눈
질로 바라보며 미소 짓네"라고 하였다.

楚辭九歌云, 既含睇兮又宜笑

百辈來茹咨 : 『시경·주송』에서 "왕이 네게 이루어진 법을 내려 주시
니, 와서 자문하며 와서 헤아릴지어다"라고 했는데, 전에서 "자咨는 꾀
함이요, 여茹는 헤아림이다. 너에게 일을 주니 마땅히 와서 꾀하고 와
서 헤아리라는 말이다"라고 하였다.

周頌, 王釐爾成, 來咨來茹. 箋云, 咨謀茹度, 汝有事, 當來謀之來度之.

班姬輕鴻毛 更合眾口吹 : 『한서·한성제반첩여전』에서 "처음에 소사
가 되었다가 곧 임금의 사랑을 받게 되었다. 후에 조비연 자매가 미천
한 신분에서 일어나 점점 위세가 성대해졌다. 허황후와 반첩여가 미도
媚道[11]를 가지고 후궁인 자신을 저주하고 주상을 비방하였다고 참소하
니, 허후는 이로 인해 폐위되고 반첩여는 양태후의 장신궁으로 물러나
태후를 봉양하였다"라고 하였다. 『한서·조황후전』에서 "궁에서 불러
입궁하여 임금의 사랑을 받게 되었다. 여동생이 있었는데, 그녀도 불
려 들어갔다. 조비연이 황후에 오른 뒤에 임금의 총애가 조금 시들자
아우가 사랑을 독차지하여 소의가 되어 소양궁에 거처하게 되었다"라

---

11 미도(媚道) : 여인들이 남자에게 잘 보이기 위하여 무당의 방술로 자기를 좋아하
    게 만드는 것을 이른다.

고 하였다.『조비연외전』에서 "황후조비연가 노하여 술잔으로 소의조합덕의 치마를 쳤다. 소의가 울면서 "언니는 우리가 함께 힘들고 고달팠던 때를 잊었는가. 지금 다행히 귀하에 되었는데 차마 나를 치는가"'라고 하였다. 이 일로 왕안석과 여혜경이 처음에는 같은 당이 되었다가 후에 어그러져 다투게 된 것을 비유하였다. 반첩여는 당시 쫓겨난 인물들을 비유한 것이다. 살펴보건대『실록』에서 "희녕 7년 3월에 왕안석은 재상에서 쫓겨나 강녕군부를 맡았다. 8년 정월에 비각교리 왕안국[12]은 벼슬길에 나온 이후의 작품에 대해 뒤미처 비방을 당하여 벼슬에서 내쫓겨 고향으로 돌아갔다. 정주편관인 정협이 이에 대해 소장을 올렸다가 옥에 갇힌 뒤에 영주로 좌천되었다. 애당초 왕안석이 재상에서 파직되었을 때 여혜경을 끌어서 정사를 맡게 하였는데, 여혜경은 왕안국과 사이가 좋지 않았다. 정협의 옥사로 인하여 왕안국의 죄까지 따지게 되었다. 이 해 2월에 왕안석이 재상에 복귀하였는데, 그 후로 왕안석과 여혜경의 교유는 마침내 끊어지게 되었다"라고 하였다. 산곡은 당시에 북경에 있었다.『한비자』에서 "제경공이 "중니를 내쫓는 것은 터럭을 부는 것 같이 쉽다"라고 하고 이에 애공에게 미녀와 악공을 보내 애공이 정사에 태만하게 하였다. 이에 중니는 제나라로 떠났다"라고 하였다.

漢成帝班婕妤傳, 始爲少使, 俄而大幸. 後趙飛燕姊弟, 自微賤興, 寖盛於前. 譖告許皇后班婕妤挾媚道, 祝詛後宮, 罵及主上,[13] 許后坐廢, 婕妤求供養

---

12 왕안국 : 왕안석의 아우이다.

太后長信宮. 趙皇后傳云, 召入宮, 大幸. 有女弟, 復召入. 后旣立, 後寵少衰. 而弟絶幸, 爲昭儀, 居昭陽舍. 飛燕外傳云, 后怒, 以杯抵昭儀裙. 昭儀泣曰, 娣忘共被苦寒時耶. 今幸貴, 其忍相搏乎. 此事以喩王呂初爲黨, 而後乖爭. 班姬以喩當時逐客也. 按實錄, 熙寧七年三月, 王安石知江寧軍府. 八年正月, 秘閣校理王國安, 追毁出身以來文字, 放歸田里. 汀州編管人鄭俠, 改英州. 初王安石將罷相, 引呂惠卿執政, 惠卿素與安國有隙, 因俠獄抵安國罪. 是年二月, 安石復相, 自後王呂之交遂絶. 山谷時在北京. 韓非子云, 齊景公曰, 去仲尼如吹毛耳. 乃遺哀公女樂. 哀公怠於政, 仲尼之齊.

引繩痛排根 : 자주에서 "根은 음이 뿌리 채 뽑아버린다는 뜻을 지닌 痕이다"라고 하였다. 『한서·관부전』에서 "위기후 두영이 실세하고 나서 또한 관부에 의지하여 평소 자신을 존모하다가 뒤에 그를 버린 자들을 모조리 묶어 내쫓아버리고자 하였다"라고 하였다.

自注云, 音痕. 漢書灌夫傳, 竇嬰失勢, 亦欲倚夫引繩排根生平慕之後棄者.

蒙蔽枉成帷 惟恐出己上 殺之如奕碁 : 『좌전·양공 25년』에서 "지금 영자는 임금 보기를 바둑 두는 것만치도 여기지 않았으니 그가 어찌 화난을 면할 수 있겠는가?"라고 하였다.

---

13 [교감기] '祝詛後宮, 罵及主上'는 원래 없었으니, 그렇다면 '後宮罵及主上' 여섯 글자는 문장의 의미가 분명하지 않게 된다. 지금『한서』97권 원문에 의거하여 보충하였다.

左傳襄二十五年, 甯子視君不如弈碁.

塵埃百年琴 絶絃爲鍾期 : 『여씨춘추』에서 "백아가 거문고를 뜯으면서 산에 대해 연주하면 종자기는 "높고도 높구나"라 하였으며, 강에 대해 연주하면 종자기는 "물이 넘실거리는구나"라 하였다. 종자기가 죽자 백아는 마침내 줄을 끊어 버렸으니 세상에 그의 음악을 알아주는 이가 없어졌기 때문이었다"라고 하였다.

見上注.

落落虎豹文 義難管中窺 : 『진서』에서 "이 낭관은 대롱으로 표범을 엿보아 가끔 한 무늬만 보았다"라고 하였다.

晉王獻之傳, 管中窺豹, 時見一班.

至今揚子雲 不與俗諧嬉 歲晚草圖經 覃思寫天維 : 『서경·서문』에서 "정밀하게 연구하고 깊이 생각하다"라고 하였다. 한유의 「감춘感春」에서 "자리 위의 밝은 해가 서쪽 하늘로 기우네"라고 하였다.

書序, 研精覃思. 退之詩, 白日座上傾天維.

脫身天祿閣 危於劍頭炊 : 『진서·고개지전』에서 "환현과 고개지가 은중감을 함께 모시고 앉아 함께 괴이한 시구를 짓기로 하였다. 환현이 "창끝으로 쌀을 일고 칼날로 밥을 짓는다""라고 하였다.

晉顧愷之傳, 桓玄與愷之, 同在殷仲堪坐, 共作危語. 玄曰, 矛頭淅米劍頭炊.

臥聞策董賢 閉門甘忍饑: 『당척언』에서 실린 진도옥의 「귀공자행」에서 "서책 잡은 유생이, 굶주림을 참던 안회를 배우는 것을 비웃네"라고 하였다.

撫言載秦韜玉貴公子行云, 卻笑儒生把書卷, 學得顏回忍飢面.

五侯盛賓客 騶轡交橫馳: 『한서·누호전』에서 "황실 외척인 왕 씨들이 바야흐로 흥성하여 빈객들이 문에 가득하였다. 제후로 봉해진 왕 씨의 다섯 형제들이 명성을 다퉈 그 빈객들이 다른 집으로 가지 못하였지만, 누호만은 다섯 집을 자유롭게 드나들었다"라고 하였다. 『문선』에 실린 완적의 「영회詠懷」에서 "짐승들이 가로 세로로 내달리네"라고 하였다.

樓護傳云, 王氏方盛, 賓客滿門. 五侯兄弟爭名, 其客不得左右. 文選阮嗣宗詩, 走獸交橫馳.

時通問字人 得酒未曾辭: 『한서·양웅찬』에서 "낭관이 되어 왕망, 유흠 등과 나란하였다. 또한 동현과 같은 벼슬을 하였다"라고 하였다. 또한 "왕망이 정권을 잡았을 때 유흠과 견풍은 모두 상공이 되었는데, 왕망이 이미 부신으로 명하여 스스로 황제가 된 뒤에 신격화 하는 싹을 자르려고 하였다. 그런데 견풍의 아들 견심과 유흠의 아들 유분이 다시 부신을

올리니 왕망이 견풍 부자를 죽이고 유분을 변방으로 귀양 보냈다. 공사供
辭[14]가 연달아 이르러 석방을 요청하여도 곧바로 거둬들이고 받아들이
지 않으니 더 이상 요청하지 않았다. 당시 양웅은 책을 검열하러 천록각
위에 있었는데, 옥리가 와서 양웅을 잡으려 하자 양웅은 천록각 위에서
투신하여 거의 죽을 뻔하였다. 왕망이 듣고서 그 까닭을 물으니 유분이
양웅을 따라 배워 기이한 글자를 만들었기 때문이라고 하였다. 양웅은
그 실정을 알지 못하였기 때문에 조서를 내려 더 이상 추궁하지 말라고
하였다"라고 하였다. 『한서·양웅전』에서 "유분이 일찍이 양웅에게 배
워 기이한 글자를 만들었다"라고 하였다. 동현[15]은 『사기·영행전』에 보
인다.

揚雄贊云, 爲郎, 與王莽劉歆並. 又與董賢同宦云云. 又云, 王莽時, 劉歆甄
豐皆爲上公. 莽既以符命自立, 欲絶其原以神前事, 而豐子尋歆子棻復獻之.
莽誅豐父子, 投棻四裔, 辭所連及, 便收不請. 時雄校書天祿閣上, 治獄使者
來, 欲收雄, 雄從閣上自投下, 幾死. 莽聞之, 問其故, 廼棻從雄學作奇字. 雄
不知情. 有詔不問. 問字見上注. 董賢見佞幸傳.

近者君家翁 天與脫羈靮：『장자·마제』에서 "연이어 굴레를 씌우고 다
리를 묶다"라고 했는데, '羈'의 음은 '丁'과 '立'의 반절법이며, 또한
'陟'과 '立'의 반절법이다. 『좌전』에서 "한궐이 말의 발을 묶는 끈을 잡

---

14 공사 : 죄인이 자신의 죄를 진술한 문서이다.
15 동현 : 전한(前漢) 애제(哀帝)가 총애하던 신하이다.

았다"라고 하였다. 『이소』에서 "내가 비록 덕행을 닦아 자신을 억제하였지만"이라고 했는데, 주에서 "굴레가 입에 있는 것을 재갈이라고 하고 가죽이 머리를 감싸는 것을 굴레라고 한다"라고 하였다. 한유의 「제자후문」에서 "그대는 벼슬길에서 중도에 쫓겨났지만 그것은 하늘이 속박을 풀어준 것이네"라고 하였다.

莊子馬蹄篇, 連之以羈靮. 丁立, 陟立兩切. 左傳云, 轉厥執靮. 離騷云, 余雖好修姱以鞿羈兮. 注, 韁在口曰鞿, 革絡頭曰羈. 退之祭子厚文云, 子之中棄, 天脫靮羈.

已爲冥冥鴻 矰繳尙安施 : 양웅의 『법언』에서 "기러기 하늘 멀리 날아가면 사냥꾼이 어찌 잡을 수 있으리"라고 하였다. 『한서·장량전』에서 "척부인이 흐느껴 울자, 황상이 "나를 위해서 초나라 춤을 추면, 내가 그대를 위해 초나라 노래를 부르리라"라고 했다. 그 노래에 "기러기와 고니가 높이 날아, 한 번에 천 리를 나네. 날개가 이미 자라, 사해를 가로로 질러가네. 사해를 가로로 질러가니, 어찌할 수 있겠는가. 비록 주살이 있더라도, 오히려 어디에 쏠 것인가""라고 하였다.

揚子法言, 鴻飛冥冥, 弋人何慕焉. 張良傳, 戚夫人泣涕, 上曰,[16] 爲我楚舞, 吾爲若楚歌. 歌曰, 鴻鵠高飛, 一擧千里. 羽翼已就, 橫絶四海. 橫絶四海, 又可奈何. 雖有矰繳, 尙安所施.

---

16 [교감기] '上曰'은 원래 '上曷'로 되어 있었는데, 지금 영원본과 전본을 따르고 아울러 『한서』에 의거하여 고쳤다.

養蘭尋僧圃 愛竹到水湄 北闕免朝請 西都分保釐 : 『서경·필명』에서 "강왕이 책을 만들라고 명하여 마치자, 성주의 무리를 필공에게 명하여 동교를 편안히 다스리게 하였다"라고 하였다. 산곡의 율시 가운데 「화사후부관분사서경和師厚復官分司西京」이 있다.

書畢命, 康王命作冊畢, 以成周之衆, 命畢公保釐東郊. 律詩中有和師厚復官分司西京詩.

文章九鼎重 : 『사기·평원군전』에서 "평원군이 "모수 선생이 한 번 초나라에 이르자 조나라를 구정이나 대려[17]보다 더 무겁게 하였소""라고 하였다.

史記平原君傳, 毛先生一至楚, 而使趙重於九鼎大呂.

富貴一黍累 : 『한서·율력지』에서 "길고 짧음을 재는 자는 호리도 틀리지 않고, 많고 적음을 헤아리는 자는 규촬圭撮도 틀리지 않고, 가볍고 무거운 것을 재는 자는 서루黍累도 틀리지 않는다"라고 했는데, 주에서 "호는 토끼털로 10호가 리가 된다. 육십 개의 기장 알이 규가 되며 4규가 촬이 된다. '撮'의 음은 '倉'과 '括'의 반절법이다. 열 개의 기장 알이 루가 되며 10루가 1수가 된다. '絫'의 음은 '來'와 '伐'의 반절법이며 또한 '루계纍繼'의 루이다"라고 하였다. 심괄의 『몽계필담』에서 "당나

---

17 구정이나 대려 : 구정은 하나라의 솥이고 대려는 주나라 종묘의 종. 즉 천자국보다 더 안정되게 만들었다는 의미이다.

라 개원 연간의 돈은 무게가 2수 4루이다. 지금 촉중에서도 10삼參을 1루라고 한다. 삼參은 옛날의 루絫자로 전해 내려오다가 와전되었다"라고 하였다.

漢書律曆志, 度長短者, 不失豪氂. 量多少者, 不失圭撮. 權輕重者, 不失黍累. 注云, 豪, 兔豪也, 十豪爲氂. 六十黍爲圭, 四圭爲撮. 音倉括反. 十黍爲絫, 十絫爲一銖. 絫來戈反, 亦音蘽繼之蘽. 沈存中筆談云, 唐開元錢, 重二銖四絫, 今蜀中亦以十參爲一銖. 參乃古絫字, 相傳誤耳.

趙良請灌園 但爲商君嗤 : 『사기·상군앙전』에서 "조량이 상군을 만나서 "군의 위태로움은 아침의 이슬과도 같은데 아직도 목숨을 연장하여 더 오래 살기를 바라십니까. 그렇다면 어찌하여 상과 오의 열다섯 개의 성을 돌려주고 전원으로 물러나와 동산에 물을 주며 살지 않습니까"라 하였는데, 상군은 따르지 않았다. 5월에 진효공이 죽고 태자가 등극하자, 공자건의 무리들이 상군이 반란을 일으켰다고 고하자 관리를 보내 상군을 붙잡아 들였다"라고 하였다.

史記商君鞅傳, 趙良見商君曰, 君之危若朝露, 尙欲延年益壽乎, 則何不歸十五都, 灌園於鄙. 商君弗從. 五月而秦孝公卒, 太子立. 公子虔之徒, 告商君反, 發吏捕商君.

棄甲尙文過 兒多牛有皮 : 『좌전·선공 2년』에서 "송나라가 성을 쌓는데 화원이 대장이 되어 성 쌓는 것을 순찰하였다. 성 쌓는 자들이 노래

하기를 "통방울 눈에 배불뚝이. 갑옷 버리고 돌아왔다네. 수염 더부룩
한데 갑옷 버리고 돌아왔다네"라 하였다. 이에 참승을 시켜서 말하기를
"소는 가죽이 있고 무소와 코뿔소는 아직 많은데 갑옷을 버린들 어떠한
가"라 하니, 일꾼들이 "가죽이 있다한들 붉은 옷칠은 어찌할 것인가"라
하자, 화원이 "가자. 저들은 입이 많고 우리는 적다"'라고 하였다.

左宣二年, 宋城, 華元爲植, 巡功. 城者謳曰, 睅其目, 皤其腹, 棄甲而復.
于思于思, 棄甲復來. 使其驂乘謂之曰, 牛則有皮, 犀兕尚多, 棄甲則那. 役人
曰, 從其有皮, 丹漆若何. 華元曰, 去之, 夫其口衆我寡.

出仕書掣肘 : 『공자가어』에서 "복자천宓子賤이 단보單父의 수령이 되었
는데, 사양하고 떠나려 하면서 임금의 측근인 사관史官 두 사람과 함께
가기를 청하였다. 두 사관이 쓸려고 하면 복자천은 사관의 팔뚝을 잡
이 끌었기에 사관의 글씨가 좋지 못하자, 이에 사관들은 화를 내었다"
라고 하였다.

見墨竹賦注.

歸來菊荒籬 : 도연명의 「귀거래사」에서 "세 갈래 길 이미 황폐해졌지
만, 소나무 국화는 여전히 있네"라고 하였다.

淵明歸去來辭云, 三徑就荒, 松菊猶存.

不爲五斗折 自無三徑資 : 소명태자가 지은 「도연명전」에서 "도연명이

벗에게 이르기를, "애오라지 작은 고을의 수령[18]이 되어 은거 생활[19]의 밑천을 마련하려 하는데 가능할까'라고 하였다. 이 말을 상관上官이 듣고 그를 팽택령彭澤令으로 삼았다. 세밑이 되었을 때, 군郡에서 보낸 독우督郵[20]가 현縣에 이르자 아전이 청하기를 "응당 띠를 묶고서 만나야 합니다"라 하자, 연명이 탄식하면서 "내가 어찌 다섯 말의 쌀 때문에 향리의 어린놈에게 허리를 굽히겠는가"라 하고 그날로 인끈을 벗어던지고 벼슬에서 물러났다"라고 하였다.

昭明太子作淵明傳云, 謂親朋曰, 聊欲絃歌, 以爲三徑之資乎. 執事者聞之, 以爲彭澤令. 歲餘, 郡遣督郵至縣, 吏請曰, 應束帶見之. 淵明歎曰, 我豈能爲五斗米, 折腰向鄕里小兒. 卽日解印綬去職.

勝箭洗蹀血 : 두보의 「비진도」에서 "반란군들 돌아가며 피로 화살을 씻고"라고 하였다. 『한서・효문본기』에서 "지금 이미 여씨들을 죽여 도성을 피로 씻어 냈으니 이로써 대왕을 맞이한다는 명분은 믿을 수가

---

18 작은 고을의 수령 : '현가(絃歌)'는 고을의 수령이 되어 잘 다스린다는 말이다. 『논어』「양화(陽貨)」에 공자(孔子)의 제자인 자유(子游)가 무성(武城)의 읍재(邑宰)가 되어 백성들에게 예악을 가르쳤으므로, 곳곳마다 현가의 소리를 들을 수 있었다는 내용이 보인다.
19 은거 생활 : '삼경(三徑)'은 세 줄기 길인데, 시골로 돌아가서 전원생활을 즐긴다는 의미이다. 한(漢)나라 장후(蔣詡)가 향리로 돌아가서 모든 교분을 끊은 채 정원에다 오솔길 세 개[三徑]를 만들어 놓은 뒤에 오직 양중(羊仲)・구중(求仲) 두 사람과 어울려 노닐었다는 고사가 있다. 『삼보결록(三輔決錄)』「도명(逃名)」에 보인다.
20 독우(督郵) : 지방 행정을 감찰하기 위해 나온 중앙 관원을 말한다.

없습니다"라고 하였다.

老杜悲陳陶, 群胡歸來血洗箭. 喋血字, 見前漢書.

歸鞍懸月支 : 『한서 · 장건전』에서 "흉노가 월지왕을 죽이고 그 머리로 술잔을 만들었다"라고 하였다. 왕유의 「연지행」에서 "칼을 뽑아 흉노의 팔을 베고서, 돌아오는 안장 위에서 월지의 두개골로 술을 마시네"라고 하였다. 『문선』에 실린 조식의 「백마편白馬篇」에서 "활시위 당겨 왼쪽의 과녁을 부수고, 오른쪽으로 쏘아 월지를 꺾네"라고 했는데, 주에서 "월지는 과녁이다"라고 하였다. 한단순의 『예경지』에서 "말 타고 활을 쏠 때 왼쪽에 과녁 세 개와 발굽 두 개가 있다"라고 하였다. 두 주장에 결정을 내릴 수가 없어서 함께 싣는다.

漢張騫傳, 匈奴破月氏, 王以其頭爲飮器. 王摩詰燕支行云, 拔劍已斷天驕臂, 歸鞍共飮月支頭. 文選曹子建詩, 控弦破左的, 右發摧月支. 注云, 月支, 射帖也. 邯鄲淳藝經云, 馬射, 左邊爲月支三枚, 馬蹄二枚. 二說疑不能決, 故並列之.

斯人萬戶侯 造物付鑪錘 : 『장자 · 대종사』에서 "가장 아름답다는 무장이 그 미모를 잊어버리고, 가장 힘센 거량이 그 힘을 잃으며, 모르는 것이 없다는 황제가 그 지혜를 잊어버린 것은 모두 천지라는 큰 화로 속에서 도야하고 단련해서 그리된 것입니다"라고 하였다.

莊子大宗師篇, 皆在鑪錘之間耳.

我觀史臣篇 疏舂記糟醨 : 『사기·굴원전』에서 "어찌하여 그 술지게미를 배불리 먹고 그 막걸리나마 마시지 않고서"라고 했는데, '조리糟醨' 자를 빌려서 술지게미를 말하였다.

史記屈原傳, 何不餔其糟而歠其醨. 借其字以言糟粕.

譬如官池蛙 誰能問公私 : 『진서·혜제기』에서 "황제가 일찍이 화림원에 있다가 청개구리가 우는 소리를 듣고서 좌우에게 "이놈들 우는 것이 공적으로 우느냐, 사적으로 우느냐"라 묻자 어떤 이가 '국유지에 있는 것은 공적으로 울고 사유지에 있는 것은 사적으로 웁니다'"라고 하였다.

晉惠帝紀, 帝嘗在華林園聞蝦蟆聲, 謂左右曰, 此鳴者, 爲官乎私乎. 或對曰, 在官地爲官, 在私地爲私.

君懷明月珠 簸弄滄海涯 : 한유의 「별조자別趙子」에서 "바닷가 남쪽에서 서성이며, 명월주달를 굴리며 노네"라고 하였다.

退之詩, 婆娑海水南, 簸弄明月珠.

深房佩芳蘭 固是王所姬 : 한유의 「송구홍남귀送區弘南歸」에서 "처녀가 아름다고 정숙하면 왕의 배필이 되고, 진실로 아름다운 덕이 있으면 숨어 살아도 허물없네"라고 하였다.

退之詩, 處子窈窕王所妃, 苟有令德隱不腓.

南貢尚包橘 : 『서경』에서 "그들의 보따리에는 귤과 유자를 싸서 공물
로 바쳤다"라고 하였다.

包橘見前篇.

漢濱莫大隨 : 『좌전』에서 "한수 동쪽 나라 중에 수나라가 큰 나라입
니다"라고 하였다

左傳, 漢東之國隨爲大.

每來促談麈 : 사슴 가운데 큰 것을 '주麈'라고 한다. 여러 사슴들이 그
를 따라다니다가 주의 꼬리가 도는 것을 보니, 그러므로 말하는 자가
먼지떨이를 휘두른다. 『조정사원』에 보인다.

鹿之大者曰麈, 羣鹿隨之, 視麈尾所轉, 故談者揮之. 見祖庭事苑.

風生庭竹枝 骩骳得家法 伊優不能爲 : 『한서 · 조일전』에서 "진나라 객
이 있었는데, 그를 위해 조일이 시를 지어주었다. "학문이 뱃속에 가득
하여도, 주머니 속 동전 한 닢만 못하네. 아첨꾼은 총애받아 북당으로
올라가고, 강직한 이는 초라하게 문간에 기대섰네""라고 하였다.

漢趙壹傳, 有秦客者, 爲詩曰, 文籍雖滿腹, 不如一囊錢. 伊優北堂上, 骩骳
倚門邊.

但聽呼搦蒲 便足解人頤 : 『한서 · 광형전匡衡傳』에서 "광형이 시에 대해

말하기만 하면 사람의 턱을 빠지게 하였다"라고 하였다.

漢匡衡傳, 匡說詩, 解人頤.[21]

功成在漏刻 :『한서·광무기』에서 "왕심과 왕읍이 곤양성을 포위하고는 공로를 세우는 것이 경각에 달렸다고 여겨 그 기세가 대단히 드세었다"라고 하였다.

漢光武紀, 王尋王邑, 圍昆陽城, 自以爲功在漏刻, 意氣甚逸.

穎利處囊錐 :『사기·평원군전』에서 "평원군이 모수에게 이르기를 "대저 어진 선비가 세상에 처하는 것은 비유하자면 송곳이 주머니 안에 있는 것과 같아서 그 끝이 곧 드러나야 합니다. 지금 선생께서 나의 문하에 계신지가 3년이 되었는데, 좌우에서 일컫지 않으니 제가 들은 바가 없습니다. 이는 선생이 가진 것이 없기 때문입니다"라 하자, 모수가 "신이 지금에야 주머니 안에 놓아줄 것을 부탁합니다. 만약 제가 일찍 주머니 안에 있었다면 자루 채 나왔을 것이니 다만 그 끝만 보일 뿐이 아닙니다""라고 하였다.

史記平原君傳, 平原君謂毛遂曰, 夫賢士之處世也, 譬若錐之處囊中, 其末立見. 今先生處勝之門下, 三年於此矣. 左右未有所稱, 勝未有所聞. 是先生無

---

21 [교감기] '匡衡傳, 匡說詩'의 '匡'은 원래 '康'으로 되어 있었다. 대개 송나라 사람들은 태조와 태종의 휘를 피하여 글자를 고친다. 지금 전본을 따르고 아울러『한서』81권에 의거하여 바로잡아 원래대로 되돌렸다.

所有也. 毛遂曰, 臣乃今日請處囊中耳. 使遂早得處囊中, 乃脫穎而出, 非特其末見而已.

失勢落坑穽 : 한유의 「청영사탄금聽穎師彈琴」에서 "한 번 놓치면 천 길 넘게 떨어진다네"라고 하였다.

退之詩, 失勢一落千丈强.

寒窘如愁鴟 得馬折足禍 : 『회남자淮南子』에서 "변방 가까이에 사는 사람 가운데 점을 잘 치는 자가 있었다. 그의 말이 까닭 없이 도망가서 오랑캐 땅에 들어가 버리니, 사람들이 모두 그를 위로하였다. 그러자 그 노인이 "이것이 어째서 복이 될 수 없겠는가"라 하였다. 여러 달이 지나서, 그 말이 오랑캐의 준마를 거느리고 돌아와, 사람들이 모두 그를 축하하였다. 그러자 그 노인이 "이것이 어째서 화가 될 수 없겠는가"라 하였다. 집에 좋은 말이 많아지자, 그 아들이 말 타기를 좋아하다 떨어져 다리가 부러지자, 사람들이 모두 그를 위로하였다. 그러자 그 노인이 "이것이 어째서 복이 될 수 없겠는가"라 하였다. 1년이 지나자, 오랑캐들이 변방에 쳐들어와, 건장한 청년들 중에 죽은 이들이 열에 아홉이나 되었는데, 이 사람은 홀로 절름발이라는 이유로 부자父子가 서로 보존할 수 있었다"라고 하였다.

淮南子曰, 近塞上之人有善術者, 馬無故亡入胡, 人皆弔之. 其父曰, 此何遽不爲福乎. 居數月, 其馬將胡駿馬而歸, 人皆賀之. 其父曰, 何遽不爲禍乎.

家富馬良, 其子好騎, 墮而折其髀, 人皆弔之. 其父曰, 何遽不爲福乎. 居一年, 胡人入塞, 丁壯死者十九, 此獨以跛之故, 父子相保.

亡羊多歧悲 : 『열자』에서 "양자楊子의 이웃 사람이 양을 잃어버려서 자신의 집안사람을 동원하고 또 양자에게 양자의 종들을 요청하여 양을 뒤쫓았다. 양자가 "아! 잃어버린 양은 한 마리인데 어찌하여 뒤쫓는 자들이 이리 많은가?"라 묻자, 이웃 사람은 "갈래 길이 많아서이다"라 대답하였다. 이윽고 그들이 되돌아오자, "양을 잡았는가?"라 물었는데, "잃어버렸습니다"라고 하였다. "어찌하여 잃어버렸는가?"라 하자 "갈래 길 안에 또다시 갈래 길이 있어서 양이 어디로 갔는지 알 수가 없어 결국 돌아왔습니다"라고 하였다. 공도자가 "큰 도는 많은 갈래 길에서 양을 잃어버린 것과 같으니, 학자는 여러 방면으로 배우기 때문에 본성을 잃는다"'라고 하였다.

列子云, 楊子之鄰人亡羊, 旣率其黨, 又請楊子之竪追之. 楊子曰, 嘻, 亡一羊, 何追者之衆. 鄰人曰, 多歧路. 旣反, 問獲羊乎. 曰亡之矣, 歧路之中, 又有歧焉. 吾不知所入, 所以反也. 公都子曰, 大道以多歧亡羊, 學者以多方喪生.

屢敵因心計 : '루屢'는 마땅히 '려慮'로 지어야 한다. 『식화지』에서 "상홍양이 마음속으로 헤아렸다"라고 하였다.

屢當作慮. 食貨志, 桑弘羊以心計.

伏兵幾面欺：『한서·계포전』에서 "번쾌는 천하를 동요시키려고 십만의 무리로 횡행하겠다고 망언을 하니, 이는 면전에서 속이는 것입니다"라고 하였다. 『사기』에서는 '면만面謾'이 '면기面欺'로 되어 있다.

漢季布傳, 今噲面謾. 史記作面欺.

長戈仰關來：가의의 「과진론」에서 "6국의 군사가 함곡관을 향해 진나라를 공격하였다"라고 하였다.

過秦論云, 仰關而攻秦.

吐款受羈縻：『남사·범엽전』에서 "범엽이 공희선과 반역을 도모하였다가 사로잡혔다. 공희선은 묻자마자 당당하게 죄를 실토하면서 말투를 조금도 굽히지 않았다"라고 하였다.

南史范曄傳, 曄與孔熙先謀逆, 熙先望風吐款, 辭氣不撓.

萬事只如此 畢竟誰成虧：『장자』에서 "완성과 파괴가 있는 까닭은 소씨가 거문고를 뜯었기 때문이고, 완성과 파괴가 없는 까닭은 소씨가 거문고를 뜯지 않기 때문이다"라고 하였다. "다만 노름하는 소리만 들었네[但聽呼撐蒲]"부터 "누가 이루고 허물겠는가[誰成虧]"는 모두 저포 놀이를 읊은 것이다. 살펴보건대 『이고집』에 「오목경」이 있는데, 그 대략을 들어보면 "저포는 다섯 나무토막에 위쪽은 검은색을 아래쪽은 흰색을 칠한다. 그 가운데 두 개는 치雉를 만들고 치의 뒤쪽에는 우牛를

만든다. 왕채王采[22]는 네 개로 노, 백, 치, 우이며, 맹채는 여섯 개로 개,
색, 탑, 독, 궐, 효이다. 던진 나무토막이 온전히 한 색이 왕채가 되고
색이 섞이면 맹채[23]가 된다"라고 하였다. 또한 "관문을 두 개 설치하여
말이 처음 관문을 나오면 중첩해서 간다. 왕채가 아니면 관문을 나올
수 없으며 구덩이를 넘을 수 없다. 구덩이에 들어가면 귀양을 가며 말
을 움직일 때 한 말이든 여러 말이든 가리지 않는데, 화살 한 대에 구
덩이로 빠진다"라고 하였다.

莊子曰, 有成與虧, 故昭氏之鼓琴也. 無成與虧, 故昭氏之不鼓琴也. 自但
聽呼摴蒱, 至誰成虧, 皆言摴蒱也. 按李翶集中有五木經, 其畧云,[24] 摴蒱五木
玄白判, 厥二作雉, 背雉作牛, 王采四盧白雉牛, 甿采六開塞塔禿撅梟, 全爲王
駁爲甿. 又曰, 設關二, 馬出初關疊行, 非王采不出關, 不越坑, 入坑有謫, 行
不擇筴馬, 一矢爲坑.

愛君方寸間 醇朴乃器師 : '기사器師'는 아마도 '오사吾師'인 듯하다.

器師疑是吾師

---

22 왕채 : 귀채(貴采)라고도 하며 연속해서 던질 수 있고, 상대의 말을 잡을 수 있으
    며, 관문을 넘을 수 있다.
23 맹채 : 잡채(雜采)라고도 하며 왕채와 반대이다.
24 [교감기] '按'은 원래 '援'으로 되어 있었는데, 지금 전본을 따른다. 아래에 인용한
    『이고집』에는 오탈자가 있다. 즉 '樗'는 원래 '駁'으로 되어 있으며, '白'은 원래
    '曰'로 되어 있으며, '塔'은 원래 '今'으로 되어 있으며, '出初'는 원래 뒤집어서
    '初出'로 되어 있으며, 마지막 구의 '一矢爲坑'의 위에 '外'자가 있었다. 지금 문연
    각 사고전서본 『이문공집(李文公集)』 18권에 의거하여 바로잡는다.

安得擺俗羈 東崗並鉏犁 由來在陰鶴 不必振羽儀 : 『주역·중부괘』 구이에서 "우는 학이 그늘에 있거늘, 그 새끼가 화답하도다"라고 했고, 『주역·점괘』 상구에서 "기러기가 육지로 나아가는데 그 깃이 물物의 표가 될 만하다"라고 하였다.

易中孚之九二, 鳴鶴在陰, 其子和之, 漸之上九, 鴻漸于陸, 其羽可用爲儀.

送行傾車蓋 載酒滿鴟夷 : 『한서·진준전』[25]에서 "이렇게 쓰일 바에는 술 단지가 되는 것만 못하지. 술 단지는 모난 데가 없이 매끄럽고, 배가 호리병처럼 불룩하네"라고 하였다.

漢陳遵傳, 自用如此, 不如鴟夷. 鴟夷滑稽, 腹大如壺.

天高木葉下 : 『초사』에서 "동정호는 물결치며 나뭇잎은 떨어지네"라고 하였다.

楚辭, 洞庭波兮木葉下.

潦退河流卑 屯雲搴六幕 : 한유의 「송유사복送劉師服」에서 "여름 홰나무는 크고 무성하게 자랐네"라고 하였다. 『전한서·예악지』에서 "어지러운 육합이 대해에 떠 있다"라고 했는데, 안사고는 "육막六幕은 육합六合과 같은 말이다"라고 하였다.

退之詩, 夏槐作雲屯. 前漢禮樂志云, 紛紜六幕浮大海. 師古曰, 六幕, 猶言

---

25 이 작품은 양웅의 「주잠(酒箴)」이다.

六合.

新月吐半規 : 한유의 「완월玩月」에서 "전날 밤이 비록 15일이었지만, 둥근 원을 이루지 못하였네"라고 하였다.

韓詩, 前夕雖十五, 月圓未滿規.

人生會面難 取醉聽狂癡 : 두보의 「증위팔처사贈衛八處士」에서 "주인은 만나기 어렵다며, 한꺼번에 열 잔씩 따라주네"라고 하였다. '취취取醉'는 위에 보인다. 『남사』에서 "심소략이 장약에게 "네가 장약인가. 어찌 그리 살찌고 어리석은가"라 하자, 장약이 "네가 심소략인가. 어찌 그리 마르고 미쳤는가"라 하였다. 이에 소략이 크게 웃으면서 "파리한 것이 살진 것보다 낫고 미친 것이 어리석은 것보다 낫다""라고 하였다.

杜詩, 主稱會面難, 一擧累十觴. 取醉見上. 南史, 沈昭畧謂張約曰, 汝張約耶, 何乃肥而癡. 約曰, 汝沈昭畧耶, 何乃瘦而狂. 昭畧大笑曰, 瘦已勝肥, 狂又勝癡.

語窐發欺笑 : 한유의 「추회秋懷」에서 "일부러 어렵게 지어 말의 함정 피하려니"라고 하였다.

退之詩, 詰屈避語窐.

詩鋒犯嘲譏 懸知履霜來 : 『주역』에서 "서리를 밟게 되면 두꺼운 얼음

이 곧 얼게 된다"라고 하였다.

易履, 霜堅冰至.

少別爲不怡 天津媚河漢 :『이아』에서 "석목성析木星을 진津이라 이르니 기성과 두성 사이의 나루이다"라고 했는데, 주에서 "한진漢津이니 은하 수의 나루이다"라고 하였다.

爾雅, 析木謂之津, 箕斗之間津也. 注, 漢津也, 天漢之津梁.

闕角掛秋霓 : '궐각'은 「전설낙도」의 제목 아래 주에 보인다.

闕角, 見餞薛樂道詩題下注.

中有鬼與神 赤舌弄陰機 :『태현경』에서 "붉은 혀가 성을 태우고, 병에 서 물이 쏟아진다"라고 했는데, 풀이에서 "위의 말은 군자가 재앙을 해 소한다"라고 하였다. 왕연수의 「몽귀물부」에서 "뾰쪽한 코를 자르고 붉은 혀를 밟아 놓은 듯하다"라고 하였다. 한유의 「설」에서 "펄펄 날리 며 음기를 희롱하네"라고 하였다.

太玄云, 赤舌燒城, 吐水于甁. 測曰, 赤舌吐水, 君子以解崇也.[26] 王延壽夢 鬼物賦云, 劓尖鼻, 踏赤舌. 退之雪詩. 譁譁弄陰機.

---

26 [교감기] '崇'는 원래 잘못 '崇'으로 되어 있었는데, 지금 전본을 따르고 아울러
    『태현경·간(干)』에 의거하여 원문을 바로잡는다.

夜光但十襲 出懷卽瑕疵：『감자』에서 "송나라의 어리석은 백성이 연석을 주웠다"[27]라고 하였다. 『서경』에서 "너를 허물이 있다고 여겨 멀리하지 않는다"라고 하였다.

闞子云, 宋之愚. 不汝瑕疵.

去去善逆旅 凍醪約重持 山藥倒藤架 紅梨帶寒曦 坐須騎奴還 淹留歲恐期：
'기노騎奴'는 앞의 주에 보인다.

騎奴見上.

無爲出門念 牽衣嬰孺啼：이백의 「남릉별아南陵別兒」에서 "아들딸은 크게 웃으며 옷을 잡고 늘어지네"라고 하였다.

李白詩, 兒女歡笑牽人衣.

短韻願成誦 時時寄相思：『문선』에 실린 육기의 「문부」에서 "간혹 짧은 시에 말을 의탁하기도 하고"라고 하였다. 한유의 「제이침주祭李郴州」에서 "「차어」라는 짧은 시를 보내주었지"라고 하였다. 『당서·육우전』에서 "장형의 「남도부」를 얻고서 읽을 수가 없었다. 무릎을 꿇고 앉아서 어린아이들처럼 웅얼거려 대충 외울 수 있게 되었다"라고 하였

27 송나라의 (…중략…) 주웠다 : 송나라의 어리석은 사람이 옥돌과 비슷하면서도 보통의 돌멩이에 불과한 연석(燕石)을 보옥인 줄 알고 주황색 수건으로 열 겹이나 싸서 깊이 보관하며 애지중지하다가 주(周)나라의 어떤 나그네에게 비웃음을 당한 고사가 전한다. 『후한서·응소열전(應劭列傳)』에 보인다.

다. 한유의 「기악악리대부寄鄂嶽李大夫」에서 "원컨대 그리움 담은 편지를
보내주시오"라고 하였다.

文選陸士衡文賦, 或托言於短韻. 退之祭文, 投叉魚之短韻. 唐陸羽傳, 得
南都賦不能讀, 危坐效羣兒, 囁嚅若成誦狀. 韓詩, 願寄相思字.

2. 사공정의 「하삭만성」에 화운하다. 8수

和謝公定河朔漫成. 八首

첫 번째 수其一

急雨長風溢兩河[28]	소나기 거센 바람에 양하[29]의 물살 넘치는데
欣然河伯順風歌	기분 좋게 하백은 바람 따라 노래 부르네.
行觀東海方寸少[30]	길을 가며 동해를 보면 마음은 작아지는데
不以黃流更自多	황류를 보고 웅장하다고 하지 말게나.

【주석】

急雨長風溢兩河 欣然河伯順風歌 行觀東海方寸少 不以黃流更自多 : 『문선』에 실린 사령운의 「의위태자업중집擬魏太子鄴中集」에서 "황하의 섬에 모래먼지가 많으니, 바람 서글픈데 누런 먼지 일어나네"라고 하였다.

注見第一卷下.

---

28 [교감기] '溢'은 원래 '謚'으로 되어 있었는데, 영원본과 고본, 전본과 건륭본에 의거하여 바로잡았다.
29 양하(兩河) : 하동과 하북을 이른다.
30 [교감기] '方寸'은 고본과 전본, 그리고 건륭본에는 '方存'으로 되어 있다. 시율을 살펴보건대 이 자리에는 마땅히 평성이 들어가야 한다.

두 번째 수 其二

直渠殺勢煩才吏	직거와 쇄세의 물살은 관리를 고민스럽게 하고
機器爬沙聚水兵	기계를 움직이고 모래 위로 끄느라 수병들을 모으네.
河面常從天上落	황하 물결은 항상 하늘 높이에서 줄어드는데
金堤千里護都城	천리 금제는 도성을 보호하네.

【주석】

直渠殺勢煩才吏 : 분쇄수력과 천직거는 모두 『한서·구혁지』에 보인다.

分殺水力穿直渠, 皆見漢溝洫志.

機器爬沙聚水兵 : '기기機器'는 철룡과와 준천파[31]를 이른다. 6권의 「동요민유영원묘」에 보인다. '파사爬沙'는 한유의 「월식」에 보이는데, 즉 "기어가느라 다리와 팔이 둔해지니, 누가 하늘에 묶인 너를 풀어주랴"라고 하였다.

機器謂鐵龍爪, 濬川杷也, 見第六卷同堯民遊靈遠廟注. 爬沙字見退之月蝕詩. 爬沙脚手鈍, 誰使汝解緣青冥.

河面常從天上落 金堤千里護都城 : 『한서·구혁지』에서 "홍수가 나서

---

31 철룡과와 준천파 : 강물을 준설하는 도구이다.

산조를 터뜨려 금제를 보호하였다"라고 하였다.

溝洫志云, 決酸棗, 護金堤.

세 번째 수其三

直今南粤還歸帝	지금 남월이 황제라고 칭하니
願見推財多卜式	복식처럼 재물 기증함을 많이 보고픈데
未須算賦似桑羊	상홍양처럼 재물 계산 잘하는 이는
	필요치 않네.
誰謂匈奴不敢王[32]	흉노가 왕 노릇 안 하리라고 그 누가 장담하리.

【주석】

直今南粤還歸帝 :『한서 · 남월왕 조타전』에서 "망령되이 황제의 칭호를 훔쳐서 에오라지 스스로 즐겼다. 그러나 명칭을 바꾸었지만 감히 황제처럼 하지는 않았다"라고 하였다.

漢南越王趙佗傳, 妄竊帝號,[33] 聊以自娛. 改號不敢爲帝矣.

誰謂匈奴不敢王 願見推財多卜式 未須算賦似桑羊 :『한서 · 복식전』에서

32　[교감기] '誰謂'는 고본에는 '誰爲'로 되어 있다.
33　[교감기] 원래 '號'자가 빠졌는데, 지금 전본을 따르고 아울러『한서』95권「남월
　　왕조타전」에 의거하여 바로잡았다.

"당시 한나라는 바야흐로 흉노와 전쟁을 하고 있었다. 복식이 상소하여 자신 집안의 재산의 반을 변방으로 옮겨 도우려고 하였다. 이에 황제가 승상 공손홍에게 말하자, 공손홍은 "이는 일반적인 사람의 마음이 아니니, 법도를 따르지 않는 신하입니다"라 고하는 복식을 파직하였다. 세모에 회혼야 등이 항복하여 현관縣官에 비용이 많이 들어가 창고가 비게 되었다. 복식이 다시 30만 전을 가지고 하남 태수에게 주었다"라고 하였다. 『한서 · 식화지』에서 "동곽함양과 공근에게 염철을 맡게 하였으며 상홍양을 총애하였다. 상홍양은 장인의 아들로 암산을 잘하였다. 세 사람이 이익을 따질 때는 추호까지도 맞출 정도로 정밀하였다"라고 하였다.

卜式傳, 時漢方事匈奴, 式上書, 願輸家財半助邊. 上以語丞相弘, 弘曰, 此非人情, 不軌之臣. 乃罷式. 崴餘, 會渾邪等降, 縣官費衆, 倉府空. 式復持錢三十萬與河南太守. 食貨志, 以東郭咸陽孔僅領鹽鐵, 而桑弘羊貴幸, 弘羊賈人之子 以心計, 三人言利, 事析秋毫矣.

네 번째 수其四

萊公廟畧傳耆舊	래공의 지략은 노인들에게 전해져 내려오고
韓令風流在井疆	한공의 풍류는 민가에 남아 있네.
安用鳴鼕增漢壘	어찌 북을 쳐서 한의 성루를 넓힐 필요 있나
不妨羅拜下諸羌	줄지어서 절하며 흉노에 항복해도 무방하네.

【주석】

萊公廟묘傳耆舊 韓令風流在井彊 安用鳴鼕增漢壘 不妨羅拜下諸羌 : 이는
모두 하삭의 일이다. 내공 구준寇準이 진종에게 힘껏 요청하여 단주로
행차하여 적을 물리쳤는데, 노인들이 이에 대한 이야기를 멈추지 않고
계속한다. 충헌공 한기韓琦는 상주 안양 사람이다. 희녕 8년에 상주에서
타계하였으니, 이 작품은 아마도 8년 이후의 작품으로 보이는데, 당시
에 산곡은 북경에서 교수를 하고 있었다. '정강井彊'은 우물에 따라 사
는 마을과 밭이 있는 곳을 말한다. 『서경』에서 "가르치는 법을 따르지
않거든 사는 곳을 달리하여 두려워하고 사모하게 한다"라고 하였다.

此皆河朔事, 冠萊公力請眞宗幸澶州克敵, 耆舊談之未已. 韓忠獻公, 相州
安陽人, 熙寧八年歿於相州, 此蓋八年以後作, 時敎授北京也. 井彊, 言其井邑
彊畔所在. 書, 殊厥井彊.

다섯 번째 수其五

漢時水占十萬頃[34]	한나라 때 물은 10만 경頃이나 범람하여
官寺民居皆濁河	관사와 민가는 모두 물에 더럽혀졌네.
豈必九渠亡故道	어찌 아홉 강이 오랜 길을 없앴다고 탄식하랴
直緣穿鑿用功多[35]	다만 물길을 내면 이익이 훨씬 많은 것을.

34　[교감기] '頃'은 원래 잘못 '項'으로 되어 있었는데, 영원본과 전본, 건륭본에 의거
　　하여 바로잡았다.

【주석】

漢時水占十萬頃 官寺民居皆濁河 : 『한서·구혁지』에서 "성제 때 황하가 도관에서 둑을 터뜨렸는데 동도에 이르러 4군 32현이 물에 잠겼다. 강물은 15만여 경頃을 범람하였는데, 깊이는 3길이었으며 무너뜨린 궁정과 민가는 4만여 호나 되었다"라고 하였다. 또 살펴보건대 『한서·효원제기』에서 "관사官寺와 민가를 무너뜨렸다"라고 했는데, 주에서 "관청의 뜰에 있는 건물을 모두 '사寺'라고 이른다"라고 하였다.

溝洫志, 成帝時, 河決於館陶, 及東郡, 凡灌四郡三十二縣, 水居地十五萬餘頃, 深者三丈, 壞敗宮庭民居四萬所. 又按孝元帝紀, 敗壞官寺民室. 注. 凡府庭所在皆謂之寺.

豈必九渠亡故道 直緣穿鑿用功多 : 『한서·구혁지』에서 "이 해에 황하가 범람하여 관청과 민가 4만여 호를 무너뜨렸다. 손금이 평원의 금제를 터뜨려 대하로 연결시키면, 바다까지 5백여 리와 3군에 잠긴 땅이 말라서 좋은 밭 20만여 경頃을 얻을 수 있다고 하였다. 허상이 또 이르기를 "옛말에 구하의 명칭은 격鬲 이북으로 도해까지 2백여 리 안에 있었으니, 지금 황하가 비록 여러 번 물길을 바꿨어도 이 지역을 떠나지 않았다""라고 하였다.

溝洫志, 是歲河水溢溢, 敗官庭民舍四萬, 孫禁以爲可決平原金堤,[36] 開通

---

35 [교감기] '用工'은 영원본과 고본에는 '用功'으로 되어 있다.
36 [교감기] '孫禁以爲可決平原金堤'에서 '孫禁'은 원래 '許商'으로 되어 있고, '可'는

大河. 至海五百餘里, 又乾三郡水地, 得美田且二十餘萬頃. 許商又云, 古說九河之名, 自鬲以北至徒駭, 相去二百餘里,[37] 今河雖數徙, 不離此域.

여섯 번째 수其六

虜庭數遣林牙使[38]	오랑캐 궁정에서 자주 임아 사신을 보내며
羌種來窺鴈塞耕	흉노는 와서 밭가는 안새를 넘겨다보네.
壯士看天思上策	장사는 하늘을 보고 좋은 계책 생각하는데
月邊鳴笛爲誰橫	달빛 아래 피리 부는 이는 누구를 그리워하나.

【주석】

漠庭數遣林牙使 羌種來窺鴈塞耕 壯士看天思上策 月邊鳴笛爲誰橫 : '임아林牙'는 거란의 한림학사로, 『실록』에 보인다. 강휴복江休復이 지은 『강린기잡지』에서 "기주성 남쪽에 장이의 묘가 있는 송객정 북쪽에 있다. 거란의 사신 임아란 자가 한림학사로 있다가 사신으로 나왔다가 주를 다스

원래 '河'로 되어 있었는데, 지금 전본을 따르고 아울러 『한서』 29권 「구혁지」에 의거하여 바로잡았다. 또한 『한서』에는 '堤' 아래에 '間'이 있다.

37　[교감기] '許商又云'부터 '二百餘里'까지 살펴보면, '又云'은 『한서』에는 '以爲'로 되어 있으며, '徒駭' 아래에 '間'자가 있다. 또한 '里'는 원래 없는데, 『한서』에 의거하여 보충하였다.

38　[교감기] '虜'는 전본에는 '漠'으로 되어 있다. 살펴보건대 아래 제8수의 주에서 '北虜'는 전본에는 '契丹'으로 되어 있다고 했는데, 아마도 청나라 사람들이 '虜'자를 기휘하여 마음대로 고친 것 같다.

리던 왕평중에게 장이가 누구냐고 물었는데, 장이가 어떤 시대 사람인줄 모른다고 대답하였다. 이에 사신의 우두머리인 야율방이 아무것도 모르고 질문한 일에 대해 사과하면서 "거란의 한림학사는 명목으로 둘 따름입니다"라고 하였다.

林牙, 契丹翰林學士也, 見實錄. 江鄰幾雜志云, 冀州城南有張耳墓, 在送客亭北. 戎使林牙者, 由翰林學士出使, 問知州王仲平, 不知張耳何代人. 大使耶律防謝曰, 契丹家翰林學士, 名目而已.

일곱 번째 수其七

蛛蒙黃畫屛初暗	거미가 줄을 친 그림 병풍은 막 어두워지고
塵澁金門鎖不開	먼지 내려앉은 금문은 잠가 열리지 않네.
六十餘年望瑂輦	육십여 년을 옥 수레를 바라보았으니
赭袍曾是映宮槐	천자의 곤룡포가 일찍이
	궁전 홰나무에 비치네.

【주석】

蛛蒙黃畫屛初暗 塵澁金門鎖不開 六十餘年望瑂輦 赭袍曾是映宮槐 : 이 시는 단연의 행궁을 읊었다. 경덕 원년 갑진년에 거란과 우호를 맺어 전쟁을 멈추었으니, 희녕 원년 무신년까지 65년간 평화가 지속되었다.

此言澶淵行宮也. 自景德元年歲甲辰, 與北虜通好息兵, 至熙寧元年戊申,蓋六十五年.

여덟 번째 수其八

百里棄疆王自直	백 리 버린 영토에 왕은 스스로 곧아지고
萬金捐費物皆春	만 금을 던져 주니 만물은 모두 봄이네.
更遣彎弓不射人	다시 궁사를 보내지만 사람은 쏘지 않게 하네.
須令牧馬甘踰幕	모름지기 키우는 말이 사막을 넘어 가게하고

【주석】

百里棄疆王自直 : 희녕 7년 9월에 거란이 사신을 보내와서 "대북의 국경 맞은편에 우리 땅을 침범한 것이 있다"라 하니, 황제가 손수 조서를 내려 노신인 한기, 부필, 문언박 등에게 물어보니, 모두 줄 수 없다고 하였다. 왕안석이 다시 재상으로 들어와 "장차 취하려고 한다면 일단은 준다"라고 하고는 붓으로 지도를 그렸다. 8년 9월에 국경을 나누고 5백여 리를 던져주었다. 이 시는 대개 그 때 일을 완곡하게 말하고 있다.

熙寧七年九月, 契丹遣使來, 言代北對境有侵地. 帝以手詔問故老韓富文等, 皆言不可與. 王荊公再入相曰, 將欲取之, 必固與之. 以筆畫地圖, 至八年九月, 分畫地界, 棄地五百餘里. 此詩蓋婉其詞也.

萬金捐費物皆春 : 마땅히 공물을 이른다.

當謂歲幣.

須令牧馬甘踰幕 更遣彎弓不射人 : 『한서·흉노전』에서 "흉노가 조금 더 북쪽으로 후퇴하여 사막을 가로질러서 한나라 군대를 유인하였다" 라고 하였다. 또한 "흉노가 멀리 달아나 남쪽에는 선우의 거처가 없게 되었다"라고 하였다. 시의 의미는 북쪽 오랑캐로 하여금 사막을 가로 질러 북으로 달아나 다시 변방에 다가오지 않았기에 활을 잡은 백성이 쏠 일이 없게 됨을 말한다. 두보의 「전출새前出塞」에서 "사람을 쏘려면 먼저 말을 쏘아야 하고"라고 했는데, 여기서는 이 뜻을 반대로 사용하 였다.

漢匈奴傳云, 匈奴益北絶幕. 又云, 匈奴遠遁, 南無王庭. 詩意謂令北虜絶 幕北去, 不復近塞, 而引弓之民, 不相射也. 杜詩云, 射人莫射馬.[39] 此反其意.

---

39   [교감기] '莫射馬'는 전본에는 '莫'는 '先'으로 되어 있는데 이것이 옳다.

3. 사공정과 왕세필이 주고받은 절구에 차운하다

次韻謝公定王世弼贈答二絶句

첫 번째 수其一

何用苦吟肝腎愁	어찌 간장을 졸이도록 괴롭게 읊는가
但知把酒更無憂	다만 술을 잡으면 근심이 없게 되는 것을.
聲名本不關人事	명성은 본래 사람 자체와는 상관이 없으니
看取靑門一故侯	시험 삼아 이전 청문에서
	오이 기르던 사람을 보게나.

【주석】

何用苦吟肝腎愁 : 한유의 「증최립지」에서 "그대에게 권하노니 재주 감추고 실력 길러 조정의 부름을 기다리고, 문장 조탁에 간장을 졸이지 말라"라고 하였다.

退之贈崔立之云, 勸君韜養待微招, 不用雕琢愁肝腎.

但知把酒更無憂 聲名本不關人事 看取靑門一故侯 : 『한서·소하전』에서 소평이 동릉에서 오이를 키우던 일을 싣고 있다. 『삼보황도』에서 "장안성의 동쪽 문을 청문이라 한다. 옛날 소평이 청문에서 오이를 길렀는데, 맛이 좋았다"라고 하였다.

蕭何傳載邵平東陵瓜事.[40] 三輔黃圖, 長安城東門曰靑門, 昔邵平種瓜靑門,瓜美云云.

두 번째 수其二

酒因咀嚼還知味　　　술은 씹어 먹어야 더욱 그 맛을 알고

詩就呻吟不要工　　　시는 낮게 읊조려야지 다듬지는 말아야 하네.

王謝風流看二妙　　　왕, 사의 풍류는 둘 다 오묘한데

病夫直欲臥牆東　　　병든 나는 다만 동쪽 시장에 누워 지내고 싶네.

【주석】

酒因咀嚼還知味 詩就呻吟不要工 王謝風流看二妙 病夫直欲臥牆東 : 『후한서·일민방몽전』에서 "같은 고을의 군공과 서로 친하게 지냈는데, 군공이 난리를 만났을 때 소를 팔면서 은거하며 지냈는데, 당시 사람들이 그를 "세상을 피해 동쪽 시장으로 간 왕군공"이라 불렀다"라고 하였다.

後漢逸民逢萌傳, 與同郡王君公相友善, 君公遭亂, 儈牛自隱, 時人爲之語曰辟世牆東王君公.

40　[교감기] '蕭何'는 원래 '曹參'으로 되어 있었으며, '邵平' 아래에 '平'자가 하나 더 있었다. 『한서·소하전』에 의거하여 바로잡는다.

4. 공정과 세필이 함께 북도의 동루에 올라 지은 시에 차운하다. 4수
次韻公定世弼登北都東樓四首

이 시 전후의 여러 시는 모두 북경에 있을 때 지었다.

此詩及前後數詩, 皆北京作.

첫 번째 수其一

日著闌干角	날마다 난간의 모서리에 앉아 있으니
風吹濯澣衣	바람이 빨아 입은 옷에 불어오네.
喜同王季哲	왕계철과 함께하니 기분 좋은데
更得謝玄暉	더욱 사현휘까지 함께 하였네.
淸興俱不淺	맑은 흥취는 모두 깊지 않으니
長吟無用歸	길게 읊조리며 돌아가지 않네.
月明南北道	밝은 달이 남북의 길을 비추니
猶見驛塵飛	더욱 역마의 먼지가 피어오름을 보네.

【주석】

日著闌干角 風吹濯澣衣 : 『시경·갈담』의 모시서에서 "후비가 빨아서 깨끗한 옷을 입었다"라고 하였다.

詩葛覃序云,[41] 服澣濯之衣.

喜同王季哲 : 『문선』에 실린 사조의 「화왕주부원정」의 주에서 "왕주
부의 이름은 계철이다"라고 하였다.

文選謝朓和王主簿怨情一首注云, 王簿, 名季哲.

更得謝玄暉 淸興俱不淺 : 『진서·유량전庚亮傳』에서 "유량이 무창武昌에
있을 때, 여러 부하들이 가을밤에 함께 남루에 올랐었다. 여기에 유량
이 오자, 사람들이 모두 일어나 피하려고 하자, 유량이 "제군들은 잠시
더 머물라. 이 늙은이도 이러한 일에 흥이 얕지 않다"라고 하였다"라고
했다.

興復不淺注見上.

長吟無用歸 月明南北道 猶見驛塵飛 : 두보의 「견민遣悶」에서 "먼지로 하
여금 역말 길에 퍼지게 하네"라고 하였다.

杜詩, 使塵來驛道

---

41 [교감기] '원래 '序'가 없었는데, 지금 전본을 따르고 아울러 『모시·주남』에 의거
하여 보충하였다.

두 번째 수其二

眞皇多廟勝	진종 황제가 묘당에서 승산이 많았고
仁祖用功深	인조는 공력을 씀이 깊었네.
卜宅遷九鼎	궁궐을 정하고 구정을 옮겼으며
破胡藏萬金	오랑캐를 물리치려 만금을 주었네.
百年休戰士	백 년 동안 전사를 쉬게 하였는데
當日縱前禽	당시에도 이전의 포로는 풀어주었네.
欲斷匈奴臂	흉노의 팔을 잘라버리려 하지만
不如留此心	이에 마음을 두는 것만 못하네.

【주석】

眞皇多廟勝 仁祖用功深 : 경덕 원년에 거란이 나라의 힘을 총동원하여 침입하여 드디어 덕청을 함락하고 천웅을 침범하였다. 진종이 구준의 계책을 받아들여 용단을 내려 친히 정벌에 나섰다. 이윽고 단연에 머물다가 맞닥뜨려 전투를 벌였는데, 그들의 용장인 달람을 활로 쏴서 죽이자 적은 두려워하며 화해를 요청하였다. 당시 여러 장수들이 병사를 계하에 모아 그들이 돌아가는 것을 맞이한 뒤에 정병으로 그 뒤를 추격하여 섬멸하였다. 오랑캐는 두려워하여 임금에게 살려줄 것을 요청하니, 임금이 "거란과 유, 계 지역도 모두 나의 백성이다. 어찌 많이 죽일 필요가 있는가"라고 하였다. 드디어 제장에게 조서를 내려 병사를 멈추고 정벌하지 못하게 하여 거란을 풀어주어 자신의 나라로 돌아

가게 하였다. 이때부터 우호를 맺어 39년 동안 친하게 지냈다. 원호가 반란을 일으키게 되자 오랫동안 전투를 벌였으나 판가름이 나지 않게 되었는데, 이에 거란의 신하가 자신의 군주를 꼬드겨 포고문을 보내서 우리나라를 동요시켰으니, 진 고조가 하사한 관남 10현을 다시 차지 하려고 하였다. 경력 2년에 국경에 많은 군사를 모아놓고 사신을 보내니, 재상이 지제고 부필을 보빙사로 삼아 20만의 비단을 보내어 거란과 화평하였다. 『손자』에서 "싸우기 전에 묘당에서 계산하여 우세한 자는 승산을 얻음이 많은 것이다"라고 하였다. 한유의 「답유정부서答劉正夫書」에서, "공력을 깊은 들인 자는, 그 명성이 오래도록 전해진다"라고 하였다.

景德元年, 契丹擧國來寇, 遂陷德淸以犯天雄. 眞宗用冠準計, 決策親征. 旣次澶淵, 兵始接, 射殺其驍將撻覽. 敵懼, 請和. 時諸將皆請以兵會界河上, 邀其歸, 以精甲躡其後殱之. 虜懼, 求哀於上. 上曰, 契丹幽薊, 皆吾民也, 何多以殺爲. 遂詔諸將, 按兵勿伐, 縱契丹歸國. 自是通好守約三十有九年. 及元昊叛, 兵久不決, 契丹之臣敎其主投詞以動我, 欲得晉高祖所與關南十縣. 慶曆二年, 聚重兵境上, 遣使聘, 宰相擧知制誥富弼報聘, 增幣二十萬, 而契丹平. 孫子曰, 夫未戰而廟算勝者, 得勝算多也. 退之書云, 用功深者, 其收名也遠.

卜宅遷九鼎 : 『사기·태사공』에서 "학자들은 모두 주나라가 주 임금을 정벌하고 낙읍에 거처하였다고 하는데, 내가 그 실상을 따져보니 그렇지 않다. 무왕이 낙읍을 경영하고 성왕이 소공에게 거처를 잡게

한 뒤에 구정을 가져다 두었으나, 주나라는 다시 풍과 호에 도읍을 정하였다"라고 하였다.

史記太史公曰, 學者皆稱周伐紂居洛邑. 綜其實, 不然. 武王營之, 成王使召公卜居, 居九鼎焉, 而周復都豐鎬.

破胡藏萬金 : 이 권의 앞에 「하삭만성」 여덟 수가 있는데, 여덟 번째 수에서 "만 금을 던져 주니 만물은 모두 봄이네"라고 했는데, 대개 공물을 가리킨 것이다. '장藏'은 아마도 '捐'으로 지어야 하는 것으로 보인다.

此卷先有河朔漫成八首, 其一云, 萬金捐費物皆春, 蓋指歲幣也. 藏, 疑作捐.[42]

百年休戰士 當日縱前禽 欲斷匃奴臂 不如留此心 : 『한서·장건전』에서 "서역과 통하여 흉노의 오른쪽 팔을 잘랐다"라고 하였다. 『문선』에 실린 심약의 「시연낙유원侍宴樂遊園」에서 "군대에 명하여 뒤에 항복한 이들을 죽이고, 법령을 내려 전에 잡았던 포로를 풀어주라 했네"라고 하였다. 주에서 "『주역』에서 "왕은 세 방향에서 사냥감을 몰고, 앞으로 도망치는 것은 놓아준다"라고 하였다. 왕필의 『주역주』에서 "세 곳에서 모는 사냥의 예는 거꾸로 금수가 자기에게 달려오면 놓아 주고 자기를 등지고 도망가면 화살을 쏘니, 오는 것을 사랑하고 도망가는 것을 미워한 것이다. 그러므로 사냥을 함에 항상 앞으로 달려오는 짐승

---

42   [교감기] '藏疑作捐'에서 '藏'은 원래 없었는데, 지금 영원본과 전본을 따라 고쳤다.

을 잡지 않는다"라고 하였다.

張騫傳, 是斷匈奴臂也. 文選沈休文詩, 命師誅後服, 投律緩前禽. 注云, 易曰王用三驅, 失前禽也. 王弼注易云, 三驅之禮, 禽逆來趣己則舍之, 背己而走則射之. 愛於來而惡於去也, 故其所施常失前禽.

세 번째 수其三

都城礙飛鳥	도성은 높아 나는 새를 막아서고
軍幕臥貔貅	군막에는 비휴 장수 누워 있네.
紫葚蠶知老	검붉은 오디에 누에는 늙어가고
黃雲見麥秋	노란 구름에 보리 수확할 때로구나.
接天雙闕起	하늘에 닿을 듯 두 궁궐 서 있고
伏地九河流	땅에 엎드려 구하가 흘러가네.
耆老深望幸	늙은이가 임금 행차 깊이 바라는데
鑾輿不好遊	난여는 유람을 좋아하지 않네.

【주석】

都城礙飛鳥 軍幕臥貔貅 : 『예기·곡례』에서 "앞에 맹수가 있으면 비휴貔貅를 세운다. 다만 그 가죽을 세우는 것인지, 그 모습을 그린 기를 세우는 것인지는 알 수 없다"라고 하였다. 두보의 「동관리潼關吏」에서 "큰 성은 무쇠보다 견고하고, 작은 성도 만 길이나 되네. 방어 목책은 구름

까지 이어졌으니, 나는 새도 넘지 못합니다"라고 했는데, 이 시에서 말
한 "나는 새를 막아선다[礙飛鳥]"와 같은 의미이다.

曲禮曰, 前有鷙獸, 則載貔貅. 杜詩, 大城鐵不如, 小城萬丈餘. 連雲列戰格,
飛鳥不能踰. 此所謂礙飛鳥也.

紫葚蠶知老 : 『시경·위풍·맹』에서 "아! 비둘기여, 오디를 따먹지 말
라"라고 하였다. 『석음』에서 "'葚'은 달리 '椹'이라고도 하는데, 음은 '甚'
으로 뽕나무 열매이다"라고 하였다. 유종원의 「문황려聞黃鸝」에서 "서쪽
숲에 붉은 오디가 지나갈 때 응당 익었겠지"라고 하였다.

衞國風氓云, 于嗟鳩兮, 無食桑葚. 釋音云, 葚亦作椹, 音甚, 桑實也. 柳子
厚詩, 西林紫椹行當熟.

黃雲見麥秋 接天雙闕起 伏地九河流 耆老深望幸 鑾輿不好遊 : 사마상여
의 「봉선서」에서 "태산과 양보산에 제단을 만들어 폐하께서 행차하기
를 바랍니다"라고 하였다. 원진의 「연창궁사」에서 "노인의 이 말은 황
제가 행궁에 오기를 기다렸다가"라고 하였다. 두보의 「강릉망행」에서
"행차 바라보니 존엄하구나"라고 하였다. 사마상여의 「상림부」에서
"법가를 타고 화려한 깃발을 세우고 옥과 난을 울리며"라고 하였다.
『예경해』에서 "수레에 타면 화와 난의 소리가 들린다"라고 했는데, 주
에서 "난과 화는 모두 종이다"라고 하였다. 두보의 「송위십육평사送韋十
六評事」에서 "황제가 봉상에 머무르자"라고 하였다.

司馬相如封禪書云, 太山梁父, 設壇場望幸. 元積連昌宮辭, 老翁此意深望幸. 老杜江陵望幸云, 望幸欻威神. 相如上林賦, 乘法駕, 建華旗, 鳴玉鸞. 禮經解云, 升車則有和鸞之音. 注, 鸞與和皆鈴也. 杜詩, 鸞輿駐鳳翔.

네 번째 수其四

漢皇勤遠畧	한의 황제는 원대한 지략에 부지런하여
晚節相千秋	만년의 차천추를 재상으로 삼았네.
不足中原地	중원의 땅이 부족하다고 여겨
猶思一戰收	오히려 한 번 싸워 땅을 넓히려 하네.
聖朝方北顧	성스런 조정은 바야흐로 북쪽을 돌아보는데
斜日倚東樓	석양에 동쪽 누대에 기대 있네.
廟筭知無敵	묘당에서의 계책에 상대할 이 없지만
寒儒浪自愁	가난한 선비는 부질없이 스스로 근심하네.

【주석】

漢皇勤遠畧 晚節相千秋 : 『한서·차천추전』에서 "차천추가 승상이 되어 연로하자 임금이 조회에 수레를 타고 궁궐로 들어오라고 명하였다" 라고 하였다.

見車千秋傳.

不足中原地 猶思一戰收 : 두보의 「옥완류玉腕驑」에서 "한 번 싸워 천하
를 차지하네"라고 하였다.

杜詩, 乾坤一戰收.

聖朝方北顧 斜日倚東樓 廟筭知無敵 寒儒浪自愁 : '묘산廟算'은 앞의 두
번째 수에 보인다.

廟筭見上.

5. 사공정의 「남만을 정벌한 노래」에 화운하다

和謝公定征南謠

    한무제가 남월을 평정하고 그 땅을 나눠 첨이, 주애, 남해, 창오, 울림, 합포, 교지, 구진, 일남 등 아홉 군으로 삼고서 교주자사를 두어 다스리게 하였다. 당에 들어와 교주 총영으로 고치고 또다시 안남 도호부로 고쳤다. 송에 들어와 그들의 군주를 봉하여 교지군왕, 회남평왕으로 삼았다. 신종 때 왕안석이 정권을 장악하였는데, 정책에 대해 안건을 올린 자가 교지를 취할 수 있다고 하자 이에 숙주를 계주자사로 삼았으며, 교주와 화평해야 한다고 소장을 올린 자가 있었는데 곧바로 그 글을 태워버렸다. 심기가 홀로 교주는 심할 정도로 야만의 지역이 아니니 취하지 못할 이치가 없다고 하자, 왕안석은 기뻐하여 숙주를 파직하고 심기를 계주자로 임명하였으나 그들을 품지는 못하고서 교지와 주현의 무역을 금지하였다. 희녕 8년에 교지가 쳐들어와 흠주와 염주를 함락하고 옹주를 포위하였다. 성이 함락되자 태수 소함은 죽음을 당하였다. 신종이 조설로 초토사를 삼아 아홉 명의 장군을 거느리고 토벌하게 하였으며, 또한 곽규를 선무사로 삼아 조설로 그를 돕게 하였다. 곽규가 장사에 이르러 제장諸將들에게 병사를 진격하라고 독촉하여 옹주를 수복하였다. 장수를 보내 영안주를 함락하니 계동이 모두 항복하였다. 교지국이 배를 타고 우리 군대를 맞이하여 전투를 벌였는데, 곽규가 그들을 격파하여 적들의 기세가 위축되었으며 마침내 항복을 요청하였다. 총 사용된 돈과 비단, 금은과 건량은 519만관과 비단 양 석으로 광동과 광서의 백성들이 대단히 힘들었다. 이것이 그 대략이다. 이건덕이 항복한 것은 희녕 10년 2월로 당시 산곡은 여전히 북경에 있었다. 그러나 이 시가 반드시 그 때 지어진 작품이라고 할 수 없다.

漢武平南粵, 分其地爲儋耳珠崖南海蒼梧鬱林合浦交趾九眞日南凡九郡, 置交州刺史以領之. 唐改交州總營, 又改安南都護. 國朝封其主爲交趾郡王進南平王. 神宗時, 王安石秉政, 獻言者謂交趾可取, 乃以蕭注知桂州, 有獻策平交州者, 輒火其書. 沈起獨言交州小醜, 無不可取之理. 安石喜, 乃罷注. 以起知桂州, 不能懷輯. 又禁交趾與州縣貿易. 熙寧八年, 交趾入寇, 陷欽廉二州. 遂圍邕州, 城陷, 太守蘇緘死之. 神宗以趙高爲招討使, 總九將軍進討. 旣又以郭逵爲宣撫使, 而高副之. 逵至長沙, 督諸將進兵, 復邕州. 遣將拔永安州, 溪洞悉降. 交趾乘船迎戰, 逵破之, 賊勢蹙, 乃乞降. 凡費錢帛金銀粮草五百一十九萬貫匹兩石, 二廣之民大困. 此其大畧也. 李乾德降, 蓋熙寧十年二月, 時山谷猶在北京. 然此詩未必是此時作.

傳聞交州初陸梁	들으니, 교주가 처음 날뛸 때
東連五溪西氐羌	동으로 오계와 서로 저강과 연합하였네.
軍行不斷蠻標盾	군대가 가서도 남만의 표창과 방패를 끊어내지 못하니
謀主皆收漢畔亡	침략 도모한 월왕은 한의 반군과 도망자를

모아들였네.

合浦譙門腥血沸	합포의 초문은 비린 피가 흐르고
晉興城下白骨荒	진흥성 아래는 백골이 널려 있네.
謀臣異時坐致寇	지략을 낸 신하는 훗날 침입을 불러들였는데
守臣今日愧苞桑	방비하는 신하는 오늘 나라를 반석에 올리지 못해 부끄럽네.
已遣戈船下灘水	이미 과선장군을 보내 나수로 내려갔으며
更分樓船浮豫章	다시 누선장군을 파견하여 예장을 출발하였네.
頗聞師出三鵶路	자못 들으니, 군대가 삼아로 나갔는데
盡是中屯六郡良	대부분 중앙에 주둔한 여섯 고을의 양병良兵이네.
漢南食麥如食玉	한중 남쪽은 마치 옥을 먹듯 보리를 먹고
湖南驅人如驅羊	호남에서는 마치 양을 몰 듯 사람을 내모네.
營平請穀三百萬	영평후가 곡식 3백만을 사들이라고 요청하였고
祁連引兵九千里	기련장군이 병사 이끌고 9천 리를 달려왔네.
少府私錢不敢知[43]	소부의 금전禁錢은 따질 필요도 없으니
大農計歲今餘幾	대농이 한 해 세금을 헤아리매 지금 여유가 있네.
土兵番馬貔虎同	월의 병사와 변방 말은 비휴와 같으며
蝮蛇毒草篁竹中	독사와 독초는 대 숲에 가득하네.
未論芻粟捐金費	식량에 들어가는 비용은 논할 것 없이
直愁瘴癘連營宮[44]	다만 장독瘴毒이 진영에 이어질까 근심하네.

---

43 [교감기] '不敢'은 영원본과 고본, 그리고 전본에는 '不可'로 되어 있다.

我思荊州李太守	나는 형주의 태수 이고를 생각하니
欲募蠻夷令自攻	만이를 모집하여 서로 공격하도록 하고 싶네.
至今民歌尹殺我	지금도 백성들은 윤취가 우릴 죽였다고 노래하는데
州郡擇人誠見功	주군에서 인재 선택은 참으로 효과를 볼 수 있네.
張喬祝良不難得	장교와 축량은 얻기 어렵지 않으니
誰借前筋開天聰	누가 앞의 젓가락을 빌려 임금의 총명함을 열까나.
詔書哀痛言語切	조서는 애통하고 말은 절실한데
爲民一洗橫尸血	백성을 위해 시체에 묻은 피를 한 번 닦아 주네.
推鋒陷堅賞萬戶⁴⁵	예봉을 꺾고 견고한 성을 함락하여 만호후에 봉해지니
塹山堙谷窮三穴	산을 깎고 골짝을 메워 세 구멍을 막아버렸네.
南平舊時頗臣順	옛날 남쪽이 평정되어 자못 신하로 따를 때
欲獻封疆請旄節	영토를 바치고자 하면서 제후를 요청했네.
廟謨猶計病中原	묘당의 계책은 오히려 중원을 괴롭힌다고 하여
豈知一朝更屠滅	어찌 알았으랴, 하루아침에 더욱 도륙할 줄을.
天道從來不爭勝	하늘의 도는 이전부터 싸우지 않고 이기는데

44　[교감기] '宮'은 고본과 전본, 그리고 건륭본에는 '空'으로 되어 있다.

45　[교감기] '推鋒'은 원래 '椎鋒'으로 되어 있었으며, 전본에는 '摧鋒'으로 되어 있었다. 지금 건륭본을 따르고 아울러 『한서』 95권에 의거하여 교정하였다. 주의 글도 이와 같다.

功臣好爲可喜說	공신은 이를 잘하니 기뻐할 만하네.
交州雞肋安足貪	교주는 계륵 같으니 어찌 탐할 만하랴
漢開九郡勞臣監	한이 구군을 열어 감독하는 신하를 수고롭게 하였네.
呂嘉不肯佩銀印	여가는 기꺼이 은 인끈을 차지 않았고
徵側持戈敵百男	징측은 창을 잡고 많은 남자와 전투를 벌였네.
君不見往年瀕海未郡縣	그대는 보지 못하였나,
	옛날 바닷가를 군현으로 삼지 않을 때
趙佗閉關罷朝獻	조타가 관문 걸어 잠그고 조회에 참여하지 않던 것을.
老翁竊帝聊自娛	늙은이가 황제 칭호 훔쳐 에오라지 즐겼는데
白頭抱孫思事漢	흰머리에 손자 안고서 한나라를 섬길 생각하였네.
孝文親遣勞苦書	효문제가 친히 노고를 위로하는 편지를 보내니
稽首請去黃屋車	머리 조아리고 황옥거를 멀리하였네.
得一忘十終不忍[46]	하나 얻고서 열을 잃음을 끝내 참지 못하니
太宗之仁千古無	태종의 어짊은 천고에 드무네.

【주석】

傳聞交州初陸梁 : 양웅의 「감천부」에서 "이리저리 날고 천방지축으

46　[교감기] '忘'은 고본과 전본, 그리고 건륭본에는 '亡'으로 되어 있는데, 이것이
　　의미가 더 좋다.

로 뛰네"라고 하였다.

揚雄甘泉賦云, 飛蒙茸而走陸梁.

東連五溪西氐羌 : 『후한서·마원전』에서 "유상이 무릉 오계의 오랑캐
를 격파하였다"라고 했는데, 주에서 "역도원이 『수경』에 주를 내면서
"무릉에는 오계가 있는데, 웅계, 서계, 유계, 무계, 진계 등을 이른다.
모두 오랑캐가 거처하는데, 모두 반호의 자손으로, 지금의 진주 경내
에 있다'"라고 하였다. 『남사』에서 "하남의 탕창등에서 무흥까지 모두
저강의 땅이다"라고 하였다.

後漢馬援傳, 擊武陵五溪蠻夷. 注云, 酈元注水經曰, 武陵有五溪, 謂雄溪
樠溪西溪潕溪辰溪, 悉是蠻夷所居, 皆槃瓠子孫, 在今辰州界. 南史, 河南宕昌
鄧至武興, 並爲氐羌之地.

軍行不斷蠻標盾 : 증공의 『증자고집』에 있는 「정요책·논남만」에서 "남
만은 사이四夷 가운데 가장 미약하지만 그러나 움직이면 곧 한 지역이 그
들에 의한 피해를 받는다. 대중, 함통 연간에 안남의 변란이 바로 이것이
다. 송나라가 일어나자 일찍이 광첩병을 설치하여 방패와 표창의 무기를
익혔으니, 남만의 근심에 대비한 것이다"라고 하였다. 적무양의 『평농지
고기』에서 "오랑캐는 큰 방패와 표창을 지닌다" 또한 "오랑캐는 모두 큰
방패에 몸을 숨기고 양쪽에 표창을 지닌다"라고 하였다.

曾子固集中政要策論南蠻云, 南蠻於四夷, 爲類最微, 然動輒一方受其患.

大中咸通之間, 安南之變, 是也. 宋興, 嘗設廣捷之兵, 習標牌之器, 皆以南蠻之爲患也. 狄武襄平儂智高記云, 賊執大盾標槍. 又云, 賊皆擊大盾, 翼兩標.

謀主皆收漢畔亡 合浦譙門腥血沸 : 합포군은 염주이다. 『한서 · 진승전』에서 "초문 안에서 싸웠다"라고 했는데, 주에서 "누대를 달리 초문이라 부르니, 위쪽은 누대로 관망하기 위해서다"라고 하였다.

合浦郡, 廉州也. 漢陳勝傳, 戰譙門中. 注, 樓一名譙門, 上爲樓以望也.

晉興城下白骨荒 : 진흥군은 진나라 원제 때 설치하였으며 한나라 때에는 울림군에 속하였다. 수나라 때에는 폐지하여 선화현이 되었으며 지금은 옹주이다. 대개 남월이 흠주, 염주, 옹주 세 고을을 함락하였다.

晉興郡, 晉元帝置, 漢屬鬱林郡, 隋廢爲宣化縣, 今邕州也. 蓋冦陷欽廉邕三州也.

謀臣異時坐致冠 守臣今日愧苞桑 : 『주역』에서 "지고 있어야 할 자이면서 수레를 타고 있다. 이 때문에 도적을 불러온다"라고 했으며, 또한 "망할까 망할까 하고 두려워하여야 총생叢生하는 뽕나무에 매어놓듯 안전하리라"라고 하였다.

易, 負且乘, 致冠至. 又云, 其亡其亡, 繫于苞桑.

已遣戈船下灘水　更分樓船浮豫章 : 『한서 · 남월왕전』에서 "주부도위

양복이 누선장군이 되어 예장에서 출발하여 횡포로 내려갔다. 그러므로 귀의한 월후 두 사람을 과선장군과 하뢰장군으로 삼아 영릉을 출발하여 한쪽은 나수로 내려가고 한쪽은 창오로 갔다"라고 하였다.

漢南粵王傳, 主爵都尉楊僕爲樓船將軍, 出豫章, 下橫浦, 故歸義粵侯二人爲戈船下瀬將軍, 出零陵, 或下瀬水,[47] 或抵蒼梧.

頗聞師出三鵶路 : 『통전・판순만편』에서 "형, 영, 만이 크게 소란스러워 삼아로 가는 길을 끊었다"라고 했는데, 주에서 "지금의 남양군 향성현 쪽으로 임여현에 이르기까지다"라고 하였다.

通典板楯蠻篇云, 荆郢蠻大擾動, 斷三鵶路. 注云, 今南陽郡向城縣, 北至臨汝縣.

盡是中屯六郡良 : 한무제가 천수, 농서, 안정, 북지, 상군, 서하 등 모두 여섯 군의 양가 자제를 골라 우림군에 넣고 재주와 힘이 있는 자를 장교로 선출하였는데, 명장이 많이 나왔다.

漢武帝選天水隴西安定北地上郡西河凡六郡良家子, 補羽林, 以材力爲官, 名將多出焉.

漢南食麥如食玉 : 『전국책』에서 "소진이 "계수나무로 불을 때어 옥으

47　[교감기] '或下瀬水'에서 원래 '下'자가 빠졌는데, 『한서』95권에 의거하여 보충하였다. 또한 『한서』에는 '瀬水'로 되어 있다.

로 밥을 지어 먹게 하더라도 임금을 만나기가 더 어렵다"라고 하였다.

戰國策, 蘇秦曰, 使臣食玉炊桂.

湖南驅人如驅羊 : 『문선·진기총론』에서 "천하를 흔들어 마치 뭇 양을 모는 것 같다"라고 했는데, 주에서 『회남자』를 인용하여 "전쟁에서 지략을 내는 자는 적의 주력을 피하고 약한 곳을 골라 치는데, 마치 뭇 양을 모는 것처럼 한다"라고 하였다.

文選晉紀總論云, 擾天下如驅羣羊. 注, 引淮南子云, 兵畧者, 避實就虛, 若驅羣羊.

營平請穀三百萬 : 조충국은 영평후에 봉해졌다. 『전한서·조충국전』에서 "금성과 황중의 곡식이 1곡에 8전을 하기에, 내가 경중승에게 이르기를 "2백만 곡의 곡식을 사들인다면 강족이 준동하지 못할 것이다"라고 했다. 그러나 경중승은 1백만 곡을 사들이자고 청하여, 이에 40만 곡을 사들이는데 그쳤다"라고 하였다.

趙充國封營平侯. 本傳云, 金城湟中穀斛八錢, 吾謂耿中丞, 糴二百萬斛穀, 羌人不敢動矣. 耿中丞請糴百萬斛, 迺得四十萬斛耳.[48]

---

48 [교감기] '本傳云' 이하의 말은 『한서·조충국전』에 보이는 말이다. '二百萬斛穀'에서 '二'는 원래 '三'으로 되어 있었으며 '穀'자가 없었다. '請糴'은 원래 '譜糴'으로 되어 있었는데, 잘못된 것이다. 지금 전본을 따르고 아울러 『한서』에 의거하여 교정하였다.

祁連引兵九千里 : 전광명이 기련장군이 되었다. 이 일은 『한서·흉노전』에 보인다.

田廣明爲祁連將軍, 事見匈奴傳.

少府私錢不敢知　大農計歲今餘幾 : 『한서·가손지전』에서 "주애를 버리자고 논하면서 "신이 옛날에 강족이 반란을 일으켰던 일로 말씀드리자면, 군사를 출동한 지가 1년이 넘지 않았고 병사들의 천리를 행군하지도 않았는데 비용은 40여 만전이 들었으니, 대사농의 돈이 다 소비되어 또다시 궁실의 소부의 금전으로 비용을 댔습니다""라고 하였다. 주에서 "소부의 돈은 천자를 모시는데 들어가기에 금전이라 부른다"라고 하였다.

漢賈損之傳, 論棄珠厓云, 臣竊以往者羌軍言之, 暴師曾未一年, 兵出不踰千里, 費四十餘萬, 大司農錢盡, 又以少府禁錢續之. 注云, 少府錢主供天子, 故曰禁錢.[49]

土兵番馬貔虎同　蝮蛇毒草篁竹中 : 『한서·엄조전』에서 "병사를 출동시켜 남월을 정벌하려하자, 회남왕 안이 소장을 올려 "월은 성곽과 마을이 있는 것이 아닙니다. 계곡 사이와 대숲 사이에 거처하면서 수전

49　[교감기] '珠厓'는 원래 '珠崖'로 되어 있었으며, '往者'는 원래 '往昔'으로 되어 있었으며, '四十餘萬'은 '萬'자가 없었으며, '大司農'은 '司'자가 없었으며, '少府'의 아래에 원래 '錢'이 없었다. 지금 『한서』 64권에 의거하여 교정하였다.

에 익숙합니다"'라고 하였다. 또한 "숲속에는 독사와 맹수가 많습니다"라고 하였다.

漢嚴助傳, 發兵誅南越, 淮南王安上書諫曰, 越非有城郭邑里也, 處谿谷之間, 篁竹之中, 習於水鬪. 又云, 林中多蝮蛇猛獸.

未論芻粟捐金費 直愁瘴癘連營宮 我思荆州李太守 欲募蠻夷令自攻 至今民歌尹殺我 州郡擇人誠見功 張喬祝良不難得 誰借前籌開天聰 : 『후한서·남만전』에서 "순제 영화 2년에 일남과 상림이 외국인 만이를 맞아들여 상림현을 공격하고 그 수령을 죽였다. 교지 자사가 교지와 구진, 두 군의 병사 만여 명으로 구하려고 하자, 병사들은 멀리 가서 전쟁을 벌이는 것을 꺼려하여 반대로 자신들의 관청을 공격하였다. 두 고을이 비록 배반한 자들을 격파하였지만 반란군의 기세는 더욱 드세었다. 한 해가 지나 병사와 곡식이 더 이상 보급되지 않자, 황제가 걱정하였다. 그 다음해에 공경과 백관을 불러서 방략을 물으니, 모두 대장을 파견하고 형주, 양주, 연주, 예주의 4만 명을 출동시켜 부임하게 하자고 요청하였다. 대장군 종사중랑 이고가 그 불가한 일곱 가지에 대해 논박하였다. 즉 "전 중랑장 윤취가 익주의 반군 강족을 토벌하자, 익주의 동요에 "오랑캐가 왔을 때도 괜찮았는데, 윤이 오니 우리를 죽이네"라고 했습니다. 후에 윤취에게 조서를 내려 돌아오게 하고 병부자사 장교를 대신하였습니다. 장교는 윤취의 장수와 아전을 그대로 받아서 열흘 안에 침입한 오랑캐들을 몰살시켰습니다. 이에서 장수를 보내는 것

이 무익하고 주군이 그 일을 감내할 수 있는 증거입니다. 마땅히 용맹과 지략, 어짊이 있는 이를 골라 장수의 임무를 맡겨서 자사나 태수로 삼아 모두 교지에 머무르게 해야 합니다. 또한 만이를 모집하여 그들로 하여금 서로 공격하게 해야 합니다. 병주자사 장사의 축량은 성질이 매우 용맹하였으며 또한 남양의 장교는 이전에 익주에서 오랑캐를 격파한 공이 있습니다. 모두 일을 맡길 수 있으니, 마땅히 즉시 축량등을 임명하여 지름길로 가서 지키게 하여야 합니다"라 하자, 사부四府가 모두 이고의 의견을 따랐다. 이에 곧바로 축량을 구진태수로 삼고 장교를 교지자사로 삼았다. 장교는 교지에 이르러 반란군을 회유하니 모두 항복하거나 흩어졌다. 축량이 구진에 이르러 수레 한 대로 적중으로 들어가 방략을 만든 뒤에 그들을 불러 위엄과 신의로 대하니 항복한 자가 수만 명이었다. 모두 양민으로 만들어 관사를 짓게 하였다. 이로 인해 영외가 모두 평안해졌다"라고 하였다. 『참동계』에서 "힘을 다하고 정신을 수고스럽게 해도, 죽을 때까지 공을 이룬게 없다"라고 하였다. 『한서·장량전』에서 "신이 청컨대 앞의 젓가락을 빌려서 대왕을 위하여 셈을 해 보겠습니다"라고 하였다. 『서경·열명』에서 "하늘이 총명하시니 성상께서 이를 본받으시면"이라고 하였다.

後漢南蠻傳, 順帝永和二年, 日南象林徼外蠻夷攻象林縣, 殺長吏. 交趾刺史發交趾九眞二郡兵萬餘人救之. 兵士憚遠役, 反攻其府. 二郡雖擊破反者, 而賊勢愈盛. 歲餘兵穀不繼, 帝以爲憂. 明年, 召公卿百官, 問方畧, 皆請遣大將, 發荊揚兗豫四萬人赴之. 大將軍從事中郎李固駁曰, 云云, 其不可七也. 前中郎將尹就討益州叛羌,[50] 益州諺曰, 虜來尚可, 尹來殺我. 後就召還, 以兵付刺史張喬. 喬因其將吏, 旬日之間, 破殄冠虜. 此發將無益之效, 州郡可任之驗也. 宜更選有勇畧仁惠任將帥者, 以爲刺史太守, 悉使共住交趾. 募蠻夷, 使自相攻. 故幷州刺史長沙祝良, 性多勇決, 又南陽張喬, 前在益州有破虜之功, 皆可任用. 宜卽拜良等, 便道之守. 四府悉從固議, 卽拜祝良爲九眞太守, 張喬爲交趾刺史. 喬至, 開示慰誘, 並皆降散. 良到九眞, 單車入賊中, 設方畧, 招以威信, 降者數萬人, 皆爲良築起府寺. 由是嶺外悉平. 參同契云, 竭力勞精神, 終年無見功. 張良傳, 願借前筯而籌之. 書, 天聰明.

詔書哀痛言語切 :『전한서 · 서역찬』에서 "드디어 윤대의 땅을 포기하고 애통한 조서를 내렸다"라고 하였다.

前漢西域贊, 遂棄輪臺之地, 而下哀痛之詔.

爲民一洗橫尸血 推鋒陷堅賞萬戶 :『한서 · 남월왕전』에서 "남월이 이미 평정되자, 복파장군은 더욱 높은 자리에 봉해지고 누선장군도 적의 예봉을 꺾고 견고한 성을 함락한 공으로 장량후에 봉해졌다"라고 하였다.

南粵王傳, 南粵已平, 伏波將軍益封. 樓船將軍以推鋒陷堅爲將梁侯[51]

---

50 [교감기] '益州叛羌'은 원래 이 네 글자가 없었으니, 그러면 문의가 통하지 않는다. 지금『후한서』에 의거하여 바로잡았다.
51 [교감기] '將梁侯'는 원래 '梁侯'가 없었으니, 그러면 문의가 통하지 않는다. 지금『한서』에 의거하여 보충하였다.

塹山堙谷窮三穴 : 『사기・몽염전』에서 "진시황이 몽염에게 길을 내도록 하여 구원에서부터 감천까지 산을 깎고 골짜기를 메우니 총 1,800리였다"라고 하였다. 『춘추후어』에서 "풍난이 맹상군에게 이르기를 "교활한 토끼는 굴이 세 개입니다""라고 하였다.

史記蒙恬傳, 始皇使蒙恬通道, 自九原抵甘泉, 塹山堙谷, 千八百里. 春秋後語, 馮煖謂孟嘗君曰, 狡兔有三窟.

南平舊時頗臣順 欲獻封疆請旄節 廟謨猶計病中原 豈知一朝更屠滅 天道從來不爭勝 : 『장자』에서 "하늘의 도는 싸우지 않아도 잘 이긴다"라고 하였다.

莊子曰, 天之道, 不爭而善勝.

功臣好爲可喜說 交州雞肋安足貪 : 『후한서・양수전』에서 "조조曹操가 한중漢中을 평정하려고 하면서, 전령傳令을 냈는데 오직 '계륵雞肋'이라는 말 뿐이었다. 그러나 조조 이외에는 그 의미를 알지 못하였다. 양수만이 홀로 "무릇 닭의 갈비는 먹자니 먹을 것이 없고 버리자니 아깝다. 그러니 공이 돌아갈 것을 결정한 것이다""라고 하였다.

後漢楊脩傳, 脩爲曹操主簿, 操平漢中, 出敎曰雞肋而已, 外曹莫能曉. 脩獨曰, 雞肋食之無所得, 棄之則可惜. 公歸計之心決矣.

漢開九郡勞臣監 呂嘉不肯佩銀印 : 『한서・남월왕조타전』에서 "태자

홍이 뒤를 왕의 자리를 이어 즉위하고 그 어머니는 태후가 되었다. 원정 4년에 한나라는 안국소계를 보내 남월왕을 달래 왕과 태후가 조정에 들어와 인사를 올리도록 하였다. 그리고 승상 여가에게 은으로 만든 인장을 하사하였다. 여가가 돌아가서 태후와 왕을 죽이고 한나라 사신을 몰살시켰다. 원가 5년에 노덕박이 복파장군이 되어 남월을 평정하고 그 지역으로 구군을 만들었다"라고 하였다.

漢南粤王趙佗傳, 太子興嗣立, 其母爲太后. 元鼎四年, 漢使安國少季喩王, 王太后入朝. 賜其丞相呂嘉銀印. 嘉反, 攻殺太后王, 盡殺漢使者. 元嘉五年, 路博德爲伏波將軍. 平南粤, 以其地爲九郡.[52]

微側持戈敵百男:『후한서·마원전』에서 "교지의 여자인 징측과 그 여동생 징이가 반란을 일으켜 그 고을을 공격하여 몰살시켰다. 마원을 복파장군에 임명하여 반란군과 전투를 벌여 격파하고 징측과 징이를 참수하였다"라고 하였다.『시경』에서 "많은 자손을 낳았네"라고 하였다.

後漢馬援傳, 交趾女子徵側及女弟徵貳反, 攻沒其郡. 拜援伏波將軍, 與賊戰破之. 斬徵側徵貳. 詩, 則百斯男.

君不見往年瀕海未郡縣 趙佗閉關罷朝獻 老翁竊帝聊自娛 白頭抱孫思事漢 孝文親遣勞苦書 稽首請去黃屋車 得一忘十終不忍 太宗之仁千古無:『한서

---

52 [교감기]‘其母’는 원래 잘못‘其子’로 되어 있었다.‘元鼎’은 원래 잘못‘元嘉’로 되어 있었다. 지금 전본을 따르고 아울러『한서』에 의거하여 바로잡는다.

· 조타전』에서 "고제 11년에 육가를 보내 조타를 남월왕으로 삼고 부신을 쪼개 사신을 통하게 하였다. 측천무후 때 유사가 남월의 관문에서 철기를 파는 것을 금해달라고 요청하였다. 조타가 이에 스스로 호칭을 높여 남월 무제라고 하고서 황제의 상징인 황옥거를 타고 왼편으로 깃발을 꽂았다. 문제 원년에 육가를 남월에 사신으로 보내 조타에게 글을 주면서 말하였다. "왕이 변방에 병사를 일으켜 침입하니 장사 백성이 고통을 받는다고 들었소. 비록 왕이라도 어찌 이익을 독차지 하려하오. 반드시 사졸을 죽인다면 하나를 얻고서 열을 잃을 것이나 짐은 차마 하지 않겠소"라고 하였다. 또한 ""왕이 황제라고 일컬으니 두 황제가 나란히 서게 되었소. 그런데 한 수레의 사신도 보내지 않으니, 이에 전쟁을 일으킬 수밖에 없소. 원컨대 왕은 이전의 잘못을 다 버리고 이전처럼 사신을 주고받을 수 있게 하시오'라 하였다. 육가가 이르니 남월왕은 두려워하며 이에 머리를 조아리고 사죄하고서 조서를 받들겠다고 하였다. 그리고 국중에 명령을 낼 황제의 제도인 황옥거와 좌독을 하지 않겠다고 하였다. 인하여 소장을 올려 "망령되이 황제의 칭호를 훔쳐 에오라지 스스로 즐기고자 했을 뿐입니다'"라고 하였다. 또한 "남월에 거처한 지 49년인데 지금 손자를 품고 있습니다"라고 하였다. 문제의 묘호는 태종이다. 『한서 · 남월찬』에서 "태종이 위타를 진무한 일을 옛일을 생각해보면 아마도 옛 사람이 말했던 "먼 지역 사람을 덕으로 포용한다"는 것에 해당할 것이다'라고 하였다.

趙佗傳, 高帝十一年, 遣陸賈立佗爲南粵王, 與剖符通使. 高后時, 有司請禁粵關市鐵器. 佗乃自尊號爲南粵武帝. 乘黃屋左纛. 文帝元年, 使陸賈使粵, 賜佗書云云, 聞王發兵於邊爲冠. 長沙苦之. 雖王, 庸獨利乎. 必多殺士卒, 得一亡十, 朕不忍爲也. 又云, 王之號爲帝, 兩帝並立, 亡一乘之使, 是爭也. 願與王分棄前惡, 通使如故. 陸賈至, 南粵王恐, 乃頓首謝, 願奉詔. 下令國中, 去帝制黃屋左纛. 因上書云, 妄竊帝號, 聊以自娛. 又云, 處粵四十九年, 于今抱孫焉. 文帝廟號太宗. 漢兩粵贊云, 追懷太宗鎭撫尉佗, 豈古所謂懷遠以德者哉.

6. 사후가 중추에 분사서도로 복관한 것을 읊은 시에 화운하다

和師厚秋半時復官分司西都

『실록』에서 "희녕 10년에 조서를 내려 권번군통판인 사경초를 도관 낭중으로 복관하였다"라고 하였다. ○ 사후에 화운한 시는 모두 북경에 있을 때 지었다.

實錄, 熙寧十年, 詔復都官郎中謝景初權藩郡通判. ○ 和師厚詩, 皆北京作.

遙知得謝分西洛	멀리서 알았네, 서경의 분사를 허락 받았으니
無復肯彈冠上塵	다시 기꺼이 관 위의 먼지를 털 일이 없는 것을.
園地除瓜猶入市	정원에서 오이 따서 시장에 내다 팔고
水田收秫未全貧	논에서 차조를 수확하니 가난하지만은 않네.
杜陵白髮垂垂老	두릉에서 백발로 늙어 가는데
張翰黃花句句新	장한의 노란 꽃 읊은 시는 구절마다 새롭네.
還與老農爭坐席	돌아와 늙은 농부와 자리를 다투며 지내면서
靑松同社賽田神	푸른 소나무 마을 사람들과 밭의 신에게 굿하네.

【주석】

遙知得謝分西洛 : 『예기·곡례』에서 "대부는 70살이면 일에서 물러

난다. 만약 허락을 받지 못하면 반드시 안석과 지팡이를 하사한다"라

고 했는데, 주에서 "'謝'는 허락이다"라고 하였다. 대개 사후가 한가로

운 임무를 요청하였기에 서경의 분사가 되었다.

曲禮, 大夫七十而致事, 若不得謝. 注云, 謝, 聽也. 蓋師厚丐閑, 故分司西京.

無復肯彈冠上塵:『한서·왕길전』에서 "왕길의 자는 자양으로 공우와

벗이다. 세상에서 왕양이 관리가 되자 공우가 갓의 먼지를 털었다는

말이 있다"라고 하였다.

漢王吉傳, 吉字子陽, 與貢禹爲友, 世稱王陽在位貢禹彈冠.

園地除瓜猶入市: 두보의 「투간함화량현제자投簡咸華兩縣諸子」에서 "청

문의 오이는 막 얼어 터졌구나"라고 하였다.

老杜有除架詩, 又云, 靑門瓜地皆凍裂.

水田收秫未全貧:『낭사·도잠전』에서 "현에 있으면서 공전에 모두 차

조를 심게 하였다"라고 하였다. 두보의 「남린南隣」에서 "금리 선생이 오

각건을 쓰고, 텃밭에서 토란과 밤 거두니 가난하지만은 않구려"라고 하

였다.

陶潛傳, 在縣公田, 悉令種秫. 杜詩, 錦里先生烏角巾, 園收芋栗未全貧.

杜陵白髮垂垂老: "병 하나 바릿대 하나에 늙어가지만"이란 시구는

관휴의 「진정헌촉황제陳情獻蜀皇帝」에 보인다.

一餠一鉢垂垂老, 貫休詩也.

張翰黃花句句新 : 장한의 자는 계응으로 『진서』에 전이 있다. 『문선』에 실린 장한의 「잡시雜詩」에서 "늦봄에 날씨가 화창하니, 밝은 햇빛이 정원을 비추네. 푸른 가지는 비취를 모아놓은 듯하고, 노란 꽃은 흩어진 금과 같네"라고 하였다.

張翰字季鷹, 晉書有傳. 文選有雜詩一首云, 暮春和氣應, 白日照園林. 靑條若總翠, 黃花如散金.

還與老農爭坐席 : 『장자·우언』에서 "이전 그가 올 때는 같은 여관에서 묵는 사람들이 그를 보면 자리를 피하였고 불을 때던 사람들도 아궁이를 피해 갔네. 노자의 가르침을 받고 돌아갈 때에는 사람들이 그와 자리를 다투며 어울리게 되었다"라고 하였다.

莊子寓言篇, 其往也, 舍者避席, 煬者避竈. 其反也, 舍者與之爭席矣.

靑松同社賽田神 : 한유의 「새신절구」에서 "보리 새싹은 이삭을 머금고 뽕나무엔 오디가 나오는데, 모두 밭두둑을 향해 토지신을 기쁘게 하네"라고 하였다. 또한 「남계시범」에서 "원컨대 같은 마을 사람 되어 닭과 돼지로 봄가을 잔치하였으면"이라고 하였다.

退之賽神絶句云, 麥苗含穟桑生葚, 共向田頭樂社神. 又南溪始泛云, 願爲同社人,

鷄豚燕春秋.

7. 사후가 시골에 거처하며 마을의 제군에게 보여준 시에 화운하다

和師厚郊居示里中諸君

籬邊黃菊關心事	울타리의 노란 국화에 마음이 쓰이고
窓外靑山不世情	창밖의 청산은 세상일과 거리가 머네.
江橘千頭供歲計	강가의 귤 천 그루는 한 해 수입을 제공하고
秋蛙一部洗朝酲	가을 개구리 한 무리는 아침 숙취를 씻어내네.
歸鴻往燕競時節	돌아가는 기러기와 제비는 시절을 다투고
宿草新墳多友生	새 무덤 묵은 풀이 벗들에게 많이 일어나네.
身後功名空自重	죽은 뒤의 공명은 무거워도 부질없으니
眼前樽酒未宜輕	눈앞의 술동이를 응당 가볍게 여기지 않아야지.

【주석】

籬邊黃菊關心事 : 두보의 「조기早起」에서 "해야 할 일이 자못 많아서라네"라고 하였다.

杜詩, 幽事頗相關.

窓外靑山不世情 : 나업의 「춘풍春風」에서 "해마다 세상일을 헤아려 보니, 봄바람만이 세상 인정 아니로세"라고 하였다. 시견오의 「급제及第」에서 "강신도 세간의 정을 지녀서, 날 위해 좋은 풍광 펼쳐주네"라고

하였다. 이백의 「독좌경정산獨坐敬亭山」에서 "아무리 바라봐도 지겹지 않은 건, 다만 경정산 너 뿐이로다"라고 하였다.

羅鄴詩, 年年點檢人間事, 惟有春風不世情. 施肩吾詩, 江神也世情, 爲我風色好. 太白詩, 相看兩不厭, 只有敬亭山.

江橘千頭供歲計 : 『삼국지』의 주에서 "이형이 귤 천 그루를 심고서 임종에 이르러 아들을 불러 이르기를 "나에게 천 그루 목노가 있으니, 가난하지 않다""라고 하였다.

三國志注, 李衡種橘千株, 至臨終, 敕其子曰, 吾有千頭木奴, 可以不貧.

秋蛙一部洗朝醒 : 『남사 · 공규전孔珪傳』에서 "문정門庭의 잡초를 제거하지 않아 그 안에서 개구리들이 울어대는데, 공규는 "나는 이 개구리의 울음소리를 양부兩部[53]의 음악 연주로 삼겠다""라고 하였다.

兩部鼓吹見上.

歸鴻往燕競時節 宿草新墳多友生 : 「단궁상」에서 "증자가 "붕우의 묘에 묵은 풀이 있으면 곡하지 않는다""라고 하였다.

檀弓上, 曾子曰, 朋友之墓, 有宿草而不哭焉.

---

53 양부(兩部) : 본디 입부(立部)와 좌부(坐部) 양부로 나누어 연주하는 악기 연주를 말한다. 여기에서는 곧 개구리의 울음소리를 양부의 음악 연주에 비유한 것이다.

身後功名空自重 眼前樽酒未宜輕 : 『진서·장한전』에서 "죽은 뒤에 명성을 얻기 보다는 생전에 마시는 한 잔의 술이 낫다"라고 하였다. 이백의 「행로난行路難」에서 "우선 살아있을 때 한 잔의 술이라도 즐겨야지, 어찌 반드시 죽은 뒤에 천년의 명성을 바라겠는가"라고 하였다.

晉張翰傳, 使我有身後名, 不如卽時一盃酒. 太白詩, 且樂生前一盃酒, 何須身後千載名.

8. 남양의 사 외숙에게 보내다

寄南陽謝外舅

謝公遂偃蹇	사공은 끝내 오만하니
南陽無舊廬	남양에 오래된 집도 없네.
天與解纓緌	하늘이 인끈을 풀어주는데
元非傲當塗	원래 벼슬길을 업신여겨서가 아니네.
庖丁釋牛刀	포정이 소를 해체하는 칼날로
衆手斫大軱⁵⁴	뭇 백정은 큰 뼈를 자르네.
白雲曲肱臥	흰 구름에 팔 베게하고 누우니
靑山滿牀書	푸른 산 책상 가득 책이네.
妙質落川澤	뛰어난 자질로 시냇가에 낙척하니
果然天網疎	과연 하늘의 그물은 성글도다.
故知今人巧⁵⁵	지금 사람이 공교로운 건 일단 알지만
未覺古人迂	옛사람이 우활한 것은 알지 못하겠네.
築場歲功休	타작마당엔 한 해 수확을 멈추고
夜泉鳴竹渠	밤에 시냇물은 대나무 도랑에서 우네.
胸懷鬱壘塊	가슴속엔 돌무더기가 쌓였으니

---

54 [교감기] '軱'는 원래 '觚'로 되어 있었는데, 지금 전본을 따르고 아울러 『장자·양생주』에 의거하여 고쳤다. 주(注)의 글도 또한 따라 고쳤다.

55 [교감기] '故知'는 고본에는 '然知'로 되어 있다. 고본의 원교에서 "달리 '故知'로 된 본도 있다"라고 하였다.

此物諒時須	술은 참으로 때때로 필요하네.
兒能了翁事	아들은 능히 아버지 일을 면하였으니
安用府中趨	어찌 부중에서 내달릴 필요가 있는가.
孫能誦翁詩	손자는 능히 조부의 시를 외우는데
乃是千里駒	바로 천리마로구나.
人生行樂耳	사람은 살면서 즐길 뿐이니
用舍要自如	쓰이고 버림에 모름지기 변함없어야 하네.
我方神其拙	나는 바야흐로 그 졸렬함을 신이하게 여기니
社櫟官道樗	신사의 상수리나무와 관도의 가죽나무 같네.
公猶憂斧斤	공은 오히려 도끼 든 이가
睥睨斲樽壺[56]	흘겨보며 사당의 술동이로 만들까 걱정하네.
萬古身後前	만고 세월의 이전과 이후의 몸
芭蕉秋雨餘	가을 날 파초에 비가 내렸네.[57]
少年喜狡獪	소년은 희롱을 좋아하니
叱化粒成珠	쌀알로 구슬 만든 것을 꾸짖네.
謨功可歌舞	계책의 공은 노래와 춤으로 기리고
學古則暖姝	고도古道를 배워 매우 만족하였네.
所好果不同	좋아하는 것이 과연 다르니

---

56 [교감기] '壺'는 원래 '壼'으로 되어 있었는데, 지금 영원본과 고본, 전본과 건륭본
  에 의거하여 바로잡는다.
57 파초에 비가 내렸네 : 도를 깨친 것에 대한 비유이다.

未可一理驅	한 이치로 내몰아서는 안 되네.
眇思忘言對	오묘한 생각에 말이 필요 없는 상대이니
安得南飛鳬	어찌하면 남쪽으로 나는 오리를 얻을까.
鄙心生蔓草	비루한 마음은 넝쿨처럼 나오는데
萌芽望耘鉏	그 싹을 제거하길 바라네.
離筵如昨日	전별 연회가 어제 같은데
春柳見霜枯	봄 버들은 서리에 시들었네.
未辱錦繡段	수놓은 비단을 욕되게 주지 마시며
時蒙雙鯉魚	때때로 편지를 보내주네.
憶昔參几杖	기억하기론, 옛날에 안석과 지팡이 하사받았는데
雍容覰規模	온화한 모습에서 법도를 엿보네.
引接開藻鑒	임금이 부르면 식감識鑑을 드러내고
高明通事樞	고명함은 일의 요점에 통달했네.
門生五七輩	문생 예닐곱 밖에 없으니
寂寞半白鬚	반쯤 흰 수염 고요하네.
談經落麈尾	경전을 이야기하면 먼지떨이 털이 떨어지고
行樂從籃輿	놀러 다닐 때면 대나무 수레를 타네.
看行辟彊宅	지나가며 고벽강의 정원을 구경하고
閱士黃公壚	황공로에서 선비들을 만나네.
雪屋煮茶藥	눈 덮인 집에서 차와 약을 달이고

晴簷張畫圖	맑은 처마 밑에서 그림을 펼쳐보네.
幽寺促燈火	고요한 절에서 등불 켜라 재촉하고선
靑氈置摴蒲	푸른 양탄자에서 저포 놀이 하네.
遶牀叫一擲	책상을 돌면서 소리 지르며 던지는데
十白九雉盧	열 번 주사위 던지면 아홉 번은 치와 노라네.
蔡澤來分功	채택은 판돈을 조금씩 나눠 걸으며
袁耽必上都	원탐은 반드시 한판에 크게 거네.
開旗縱七走	깃발 열어 일곱 번 달아나게 풀어주고
破竹一輩胡[58]	대를 쪼개듯 뭇 오랑캐를 섬멸하네.
成梟燭爲明	치효가 나오니 촛불이 밝으며
挾長朋佐呼[59]	최고의 말 잡으면 벗들이 환호하네.
終飮見溫克	실컷 마셔도 온화하게 이기는데
所爭匪錙銖	다투는 것이 아주 작은 것이 아니네.
誰令運甓翁	누가 벽돌을 운반하라고 외숙에게 명하였던가
見謂牧猪奴	돼지 키우는 노비들에게 들었네.
事託丈人重	외숙께 긴히 부탁드릴 일이 있는데
乃愛屋上烏	지붕의 까마귀도 사랑해 주실 것이네.
舊言如對面	예전 말씀이 아직도 귀에 생생한데

---

58 [교감기] '一'은 고본과 전본, 그리고 건륭본에는 '珍'으로 되어 있다.
59 [교감기] '朋'은 원래 '明'으로 되어 있었는데, 지금 영원본과 고본, 전본과 건륭본
   을 따른다.

形迹滯舟車	처지는 배와 수레가 막혔네.
風簾想隱几	주렴에 바람 불면 안석에 기대어 있는데
天籟鳴寒梧	하늘의 소리가 차가운 오동을 울리겠지.
尙喜讀書否	여전히 책 읽기를 좋아하시나요
還能把酒無	더욱더 술을 드실 수 있나요.
鄴城渺塵沙	업성의 모래 먼지는 아득한데
冠蓋若秋荷	수레 덮개는 가을 연꽃 같네.
相過問寒溫	지나가면 문안드리러 갈 터인데
意氣馳九衢	의기는 장안의 넓은 길 내달리겠지.
楚客雖工瑟	초의 나그네가
	비록 비파를 잘 탄다고 하더라도
齊人本好竽	제나라 사람은 본래 피리를 좋아한다네.
永懷溟海量	길이 아득한 바다 같은 도량 지니고서
北斗不可忘	북두를 잊지 못한다네.
勝夜親筆墨	좋은 밤에 붓과 먹을 가까이하고서
因來明月珠	명월주 같은 글을 보내주네.

【주석】

謝公遂假痊 :『후한서・채옹전』에서 "동탁이 채옹의 높은 명성을 듣고 그를 불렀다. 그러나 채옹은 병을 핑계대고 나아가지 않았다. 동탁이 크게 화를 내면서 "내 힘은 능히 그대 집안을 몰살시킬 수 있다"라

고 했으나, 채옹은 끝내 고집을 굽히지 않고 발길을 돌리지 않았다"라고 하였다.

後漢蔡邕傳, 董卓聞邕名高, 辟之, 稱疾不就, 卓大怒曰, 我力能族人. 蔡邕遂假蹇者, 不旋踵矣.

南陽無舊廬 天與解縷紱 元非傲當塗 : 두보의 「독작」에서 "본래 벼슬할 마음 없나니, 당대를 업신여김이 아니도다"라고 하였다.

老杜獨酌詩, 本無軒冕意, 不是傲當時.

庖丁釋牛刀 衆手斫大軱 : 『장자』에서 "포정庖丁이 문혜군文惠君을 위해 소를 잡는데, 휙휙하고 소리가 나면서 칼질하는 대로 싹둑싹둑 잘려나갔는데, 그 음향이 모두 음률에 맞았다. 이에 문혜군이 "기술이 어찌 이런 경지에 이를 수 있는가"라 하자 포정이 칼을 내려놓고 대답하길 "제가 좋아하는 것은 도道인데, 이것은 기술에서 더 나아간 것입니다. 틈이 넓은 곳을 벌리고 그곳에 칼을 넣는 것은 본래의 생김새를 따르는 것이고, 근육과 뼈가 엉켜 있는 복잡한 궁계에도 여태껏 칼날이 다쳐 본 적이 없는데, 하물며 큰 뼈와 같은 것이겠습니까""라고 하였다.

莊子曰, 庖丁爲文惠君解牛, 砉然嚮然, 奏刀騞然, 莫不中音. 文惠君曰, 技蓋至此乎. 庖丁釋刀對曰, 臣之所好者, 道也, 進乎技矣. 批大郤, 導大窾, 因其固然, 技經肯綮之未嘗, 而況大軱乎.

白雲曲肱臥　靑山滿牀書 : 한산자의 「시삼백삼수詩三百三首」에서 "집안에 무엇이 있는가, 다만 책상의 책만 보이네"라고 하였다.

寒山子詩, 家中何所有, 惟見一牀書.

妙質落川澤 : 『장자』에서 "장자가 장례식에 참석하려고 혜자의 묘 앞을 지나가다가 따르는 제자를 돌아보고 말하였다. "영 땅 사람 중에 자기 코끝에다 백토를 파리날개 만큼 얇게 바르고 장석匠石에게 그것을 깎아 내게 하자 장석이 도끼를 바람소리가 날 정도로 휘둘러 백토를 깎았는데 백토는 다 깎여졌지만 코는 다치지 않았고 영 땅 사람도 똑바로 서서 모습을 잃어버리지 않았다. 송나라 원군이 그 이야기를 듣고 장석을 불러 "어디 시험 삼아 내게도 해 보여 주게" 하니까 장석은 "제가 이전에는 그렇게 할 수 있었지만 지금은 그 기술의 근원이 되는 상대가 죽은 지 오래되었습니다" 하더니만 지금 나도 혜시가 죽은 뒤로 장석처럼 상대가 없어져서 더불어 이야기할 사람이 없어졌다""라고 하였다.

莊子, 郢人堊漫其鼻端, 使匠石斲之. 宋元君召匠石曰, 嘗試爲寡人爲之. 匠石曰, 臣之質死久矣, 自夫子之死也, 吾無以爲質矣.

果然天網疎 : 『노자』에서 "하늘의 법망은 넓고 넓어 성기지만 놓치지 않는다"라고 하였다.

老子云, 天網恢恢, 疎而不失.

故知今人巧 未覺古人迂 築場歲功休 : 『국어』에서 "들에 곡식을 쌓아 놓은 채 타작 작업도 마치지 않았다"라고 하였다. 『시경』에서 "구월에는 채마밭에다 타작마당을 닦고"라고 하였다.

國語云, 場功未畢. 詩云, 九月築場圃.

夜泉鳴竹渠 胸懷鬱壘塊 : 『세설신어』에서 "완적의 가슴에는 커다란 돌무더기가 있기 때문에 모름지기 술로 씻어내야 한다"라고 하였다.

世說, 阮藉胸中壘塊, 故須酒澆之.

此物諒時須 : '차물此物'은 앞에서 말한 '밤에 시냇물은 대나무 도랑에서 우네'라는 것은 술을 거르는 술주자를 말한다.

此物謂酒. 先言夜泉鳴竹渠, 謂糟牀也.

兒能了翁事 : 『진서·부함전』에서 "낳은 자식이 어리석으면 관청의 부역을 면할 수 있다고 하는데, 관청의 부역은 쉽게 면하기 어렵다. 부역을 면하려면 정말로 어리석어야 하니, 그러면 분명히 면하게 된다"라고 했는데, 이 말을 차용하였다.

晉傅咸傳云, 生子癡, 了官事, 官事未易了, 了事正自癡, 復爲快耳. 此借用.

安用府中趨 : 『고악부·맥상상』에서 "서른에 시중랑이 되고, 사십에 성을 다스렸네. 점잖게 관청에서 걷고, 의젓하게 부중에서 걸었네"라

고 하였다.

古樂府詩, 三十侍中郞, 四十專城居. 盈盈公府步, 冉冉府中趨.

孫能誦翁詩 : 두보의 「기자」에서 "손님의 이름을 물어 기억하고, 늙은 아비 시를 줄줄 외웠네"라고 하였다.

老杜驥子詩云, 問知人客姓, 誦得老夫詩.

乃是千里駒 : 『한서·초원왕전』에서 "유덕劉德은 지략을 지녀서 무제가 천리마라고 불렀다"라고 하였다.

漢楚元王傳云, 德有智略, 武帝謂之千里駒.

人生行樂耳 : 『한서·양운전』에서 "사람은 태어나면 즐길 뿐이니, 모름지기 부귀는 어느 때인가"라고 하였다.

漢楊惲傳, 其詩云, 人生行樂耳, 須富貴何時.

用舍要自如 我方神其拙 社櫟官道樗 : 『장자·소요유』에서 "혜자가 장자에게 말하기를, "나에게 큰 나무가 있는데 남들이 가죽나무라고 부른다네. 그 줄기는 울퉁불퉁 옹이가 많아 목재로 쓰기에 맞지 않고 작은 가지들도 오글오글하여 쓸모가 없으므로 길가에 있어도 장인匠人이 거들떠보지도 않는다오""라고 하였다. 또한 「인간세」에서 "장석이 제나라로 가다가 곡원에 이르러 신사神社의 상징으로 심은 상수리나무를

보았다. 그 크기는 수천 마리의 소를 가릴 정도였으며, 굵기는 재어보니 백 아름이나 되었고, 높이는 산을 내려다볼 정도였으며, 여든 자쯤 되는 데서 가지가 나와 있었는데 배를 만들 수 있을 정도의 것도 수십 개나 되었다. 옆에서 구경하는 사람이 시장처럼 많았으나 장석은 돌아보지 않더니 마침내 그곳을 떠나면서 발걸음을 멈추지 않았다. (…중략…) 말하기를 "쓸모없는 나무이다. 이것으로 배를 만들면 가라앉고 널을 짜면 곧 썩을 것이며, 기물을 만들면 곧 망가지고 문을 만들면 진이 흐를 것이며, 기둥을 만들면 좀이 생길 것이다. 이것은 재목이 되지 못하는 나무이다. 아무 소용도 없기 때문에 이처럼 오래 살 수 있었던 것이다'"라 하였다. 제1권의 앞부분의 「재화답위지」에서 "상수리나무는 곡원의 신사에 기대 있는데, 에오라지 그 졸렬함을 신이롭게 여기네"라고 하였다. 이미 주에서 자세하게 말하였다.

莊子逍遙遊篇云, 惠子謂莊子曰, 吾有大樹, 人謂之樗. 其大本擁腫而不中繩墨, 其小枝拳曲而不中規矩, 立之塗, 匠石不顧. 又人間世云, 匠石之齊, 至乎曲轅, 見櫟社樹云云. 第一卷上再和答爲之詩云, 櫟依曲轅社, 聊用神其拙. 已注其詳.

公猶憂斧斤 睥睨斲樽壺 : 『장자』에서 "백 년 묵은 나무를 잘라서 제사에 쓰는 술통[犧樽]을 만들었다"라고 하였다.

莊子云, 百年之木, 破爲犧樽.

萬古身後前 芭蕉秋雨餘 少年喜狡獪 吒化粒成珠 : 『신선전』에서 "왕원의 자는 방평이다. 채경의 집을 찾아갔는데, 마고도 왔다. 곧바로 한 줌 쌀을 달라고 하여 땅에 뿌리니 쌀이 모두 진주가 되었다. 방평이 웃으면서 "마고는 참으로 젊소이다. 나는 늙어서 이런 장난스러운 놀이를 할 수가 없소"라고 하였다.

神仙傳, 王遠字方平, 過蔡經家, 麻姑亦至. 卽求少許米撒地, 視米皆成眞珠.[60] 方平笑曰, 姑固年少, 吾老矣. 不能作此狡獪變化也.

謨功可歌舞 : 『서경‧서문』에서 "고요가 그 도모할 것을 벌여놓자, 우가 그 공을 이뤘다"라고 하였다. 『좌전』에서 "구공의 덕은 모두 노래로 부를 만하다"라고 하였다. 또한 『좌전‧양공 31년』에서 "문왕의 공은 천하가 외어서 노래하고 춤췄다"라고 하였다.

書序, 皐陶矢厥謨,[61] 禹成厥功. 左傳, 九功之德, 皆可歌也. 又襄三十一, 文王之功, 天下誦而歌舞之.

學古則暖姝 : 『장자‧서무귀』에서 "난수라는 자는 한 선생의 말을 배우고 나면 아주 흡족하여 기뻐하여 스스로 만족한다"라고 하였다.

莊子徐無鬼篇云, 有暖姝者, 學一先生之言, 則暖暖姝姝而自悅也.

---

60 [교감기] '眞珠'는 원래 '眞味'로 되어 있었는데, 지금 영원본과 전본, 그리고 건륭본을 따른다.
61 [교감기] '序' '皐陶' 세 글자는 원래 없었는데, 전본에 의거하여 보충하였다.

所好果不同 未可一理驅 眇思忘言對：『장자』에서 "지금은 그 기술의 근원이 되는 상대가 죽은 지 오래되었습니다"[62]라고 했는데, 곽상의 주에서 "미동도 하지 않는 상대방과 말이 필요치 않는 상대방이 아니면 비록 지극한 말과 오묘하게 베는 기술이 있더라도 쓸모가 없다"라고 하였다.

前所注,[63] 臣之質死久矣. 郭象注云, 非夫不動之質, 忘言之對, 則雖至言妙斲, 無所用之.

安得南飛鳧：『후한서・왕교전』에서 "왕교가 섭현 령葉縣令이 되었는데, 신비로운 술재術才가 있었다. 매월 초하루와 보름이면, 항상 섭현으로부터 조정에 나갔다. 현종은 왕교가 자주 오는데도 그 수레와 가마와 보이지 않는 것을 괴이하게 여겨, 몰래 살펴보라고 명령을 내렸다. 그랬더니 "왕교가 올 때에는 문득 두 마리의 물오리가 동남쪽에서 날아왔습니다"라 하였다. 이에 들오리가 오는 것을 기다렸다가 그물을 들어 펼쳤더니 다만 한 짝의 신발이 있을 뿐이었다. 이에 상방을 불러 살펴보게 했더니, 그 신발은 상서성尚書省에 있을 적에 하사받은 것이었다"라고 하였다.

飛鳧見上注.

---

62   지금은 (…중략…) 오래 되었습니다 : 앞의 '妙質落川澤'의 주에 보인다.
63   [교감기] '前所注'는 전본에는 '莊子'로 되어 있는데, 이것이 옳다.

鄙心生蔓草 萌芽望耘鉏 :『후한서·황헌전』에서 "진번과 주거가 항상 그를 칭찬하며 "잠시라도 황생을 보지 못하면 마음속에 비린鄙吝한 생각이 싹튼다""라고 하였다.『좌전』에서 "뻗어나가는 넝쿨도 오히려 제거할 수 없다"라고 하였다.

後漢黃憲傳, 陳蕃周擧曰, 時月之間, 不見黃生, 則鄙吝之萌, 復存乎心. 左傳, 蔓草猶不可除.

離筵如昨日 : 두보의 「처성서원郪城西原」에서 "전별연은 어찌도 빈번한가"라고 하였다.

杜詩, 離筵何太頻.

春柳見霜枯 未辱錦繡段 時蒙雙鯉魚 :『문선』에 실린 장형의 「사수四愁」시에서 "미인이 나에게 수놓은 비단을 주니"라고 하였다.『고악부·고시』에서 "객이 멀리서 와서, 나에게 두 마리 잉어를 주었네"라고 하였다.

文選張平子四愁詩云, 美人贈我錦繡段. 古樂府詩云, 客從遠方來, 遺我雙鯉魚.

憶昔參几杖 雍容覩規模 引接開藻鑒 : 두보의 「상위좌상上韋左相」에서 "공평하게 인사를 추천하였고"라고 하였다.

杜詩, 持衡留藻鑒.

高明通事樞 門生五七輩 寂寞牛白鬚 談經落塵尾 :『진서·손성전』에서 "밝은 이치에 대해 말을 잘하였다. 당시 은호가 한 시대에 명성을 드날렸는데, 다만 손성만이 그와 대항하여 논할 수 있었다. 일찍이 이야기를 나누고 마주 앉아 식사를 하는데 먼지떨이를 흔들어 터럭이 밥 안에 잔뜩 떨어졌다"라고 하였다.

晉孫盛傳, 善言明理. 時殷浩擅名一時, 惟盛與抗論. 嘗談論對食, 擲塵尾, 毛悉落飯中.

行樂從籃輿 :『진서·도잠전』에서 "지난번 대나무 수레를 타고도 충분히 돌아왔다"라고 하였다.

晉陶潛傳, 向乘籃輿, 亦足自返.

看行辟彊宅 :『진서』에서 "왕휘지가 빈 집에 잠깐 거처할 때에도 대나무를 심게 하고서는 "어찌 하루라도 차군此君[64]이 없어서야 되겠는가"라 하였다"라고 하였다. 『진서·왕헌지전』에서 "왕헌지가 일찍이 오군을 지날 때 고벽강에게 이름난 정원이 있다는 것을 들었다. 그와는 서로 알지 못하지만 평견여를 타고 옆길로 들어갔다. 당시 고벽강은 바야흐로 손님들과 벗을 모아 연회를 하고 있었는데, 왕헌지는 구경을 다 마치고서 마치 옆에 아무도 없는 듯 거만하였다. 고벽강이 발끈 화를 내어 그를 문밖으로 내몰았다. 왕헌지는 여전히 오만하면서

---

64 차군(此君) : 대나무의 별칭이다.

달갑게 여기지 않았다"라고 하였다.

徽之觀竹, 見上. 王獻之傳云, 嘗經吳郡, 聞顧辟彊有名園, 先不相識, 乘平肩輿徑入. 時辟彊方集賓友, 而獻之遊歷旣畢, 旁若無人. 辟彊勃然, 使驅出門. 獻之傲如也.

闞士黃公壚 : 『진서 · 왕융전』에서 "왕융이 상서령이 되어 황공주로 앞을 지나다가 뒷수레에 탄 사람을 돌아보면서 "내가 옛날 혜강, 완적 등과 함께 이 주점에서 술을 마시면서 죽림의 놀이에도 그 말석에 참여했었다. 혜강과 완적이 세상을 떠난 후로 시무에 묶여 지내다가 오늘 이곳을 보니 거리는 비록 가까우나 아득하기가 산하가 가로놓인 듯하네""라고 하였다.

晉王戎傳, 戎嘗經黃公酒壚下過, 顧謂後車曰, 吾昔與嵇叔夜阮嗣宗酣暢於此, 竹林之游,[65] 亦預其末. 自嵇阮云亡, 吾便爲時之所羈紲, 今日視之雖近, 邈若山河.

雪屋煮茶藥 晴簷張畫圖 幽寺促燈火 靑氈置搶捕 遠牀叫一擲 十白九雉盧 : 『진서 · 유의전』에서 "유의가 동당東堂에서 노름꾼을 모아 크게 노름을 할 때, 한판에 수백만 전이 걸렸다. 대부분의 사람들이 흑독黑犢이 나왔다. 유유劉裕와 유의는 아직 던지지 않고 있었다. 유의의 차례에 '치雉'

---

65 [교감기] '游'는 원래 '下'로 되어 있었는데, 지금 전본을 따르고 아울러 『진서 · 왕융전』에 의거하여 고친다.

가 나오자 매우 기뻐하며 상을 돌며 사람들에게 "내가 노盧를 던질 수도 있었는데, 그냥 하지 않았다"라 외쳤다. 유유가 그 소리에 기분이 나빠졌다. 이윽고 한참동안 주사위 다섯 개를 주무르더니, "내가 그대 치雉에 상대해 보리라"라 하고 다섯 주사위를 던졌다. 네 개는 모두 검은 색이 나왔는데, 하나는 구르다가 멈춰서 어떻게 될지 몰랐다. 유유가 날카로운 소리를 지르자 곧 노盧가 나왔다. 이에 유의는 기분이 자못 좋지 않았다"라고 하였다.

晉劉毅傳, 於東府聚摴蒱大擲, 一判應至數百萬, 餘人並黑犢以還, 惟劉裕及毅在後. 毅次擲得雉, 大喜, 褰衣繞牀, 叫謂同坐曰, 非不能盧, 不事此耳. 裕惡之, 因拾五木久之, 曰老兄試爲卿答. 旣而四子俱黑, 其一子轉躍未定, 裕厲聲喝之, 卽成盧焉. 毅意殊不快.

蔡澤來分功 : 『사기・채택전』에서 "채택이 응후에게 이르기를 "도박을 할 때, 어떤 사람은 크게 걸어 단판에 승부를 걸려하고 어떤 사람은 조금씩 걸어 천천히 승부를 내려합니다""라고 하였다.

史記蔡澤傳, 蔡澤謂應侯曰, 君獨不觀夫博者乎, 或欲大投, 或欲分功.

袁耽必上都 : 『진서・원탐전』에서 "원탐의 자는 언도이다. 환온이 젊었을 때 도박하는 사람들과 어울리다가 가산을 탕진했는데, 도박 밑천이 조금 남아있어서 잃은 돈을 찾을 방도를 생각해봤으나 떠올릴 수 없었다. 하는 수 없이 본전을 건질 방도를 원탐에게 알아보려 했는데, 원

탐이 마침 상중이었는데 시험 삼아 말해보았다. 이에 원탐은 어려워하는 기색 없이 상복을 벗고 변복한 다음, 베로 만든 모자를 품속에 넣고 환온을 따라 채권자와 도박을 하러 나섰다. 원탐은 어려서부터 재주꾼이란 말을 듣고 있었는데, 채권자도 소문을 들은 적은 있지만 얼굴을 알아보지 못하고 "원언도와 같은 재주가 없으니 당신은 절대로 이길 수 없을 것이오"라고 하였다. 판이 벌어지자 원탐이 판돈을 십만 전에서 백만 전으로 올리고 패를 던지며 크게 부르짖더니 베 모자를 꺼내 땅에 던지며 말하였다. "이제 원언도를 알아보겠소?""라고 하였다.

晉袁耽傳, 耽字彥道. 桓溫少時, 遊於博徒, 資産俱盡, 尚有負, 進思自振之方, 莫知所出, 或欲大投,[66] 欲求濟於耽, 而耽在艱, 試以告焉, 耽畧無難邑, 遂變服, 懷布帽, 隨溫與債主戲. 耽素有藝名, 債者聞之而不相識, 謂之曰, 卿當不辦作袁彥道也. 遂就局, 十萬一擲, 直上百萬. 耽投馬絶叫, 探布帽擲地曰, 竟識袁彥道不.

開旗縱七走 破竹一羣胡:『촉지·제갈량전』의 주에서 인용한『한진춘추』에서 "제갈량이 남중에 이르러 가는 곳마다 싸워 이겼다. 맹획이 수시로 상황에 따라 오랑캐나 한나라에 복종한다는 것을 듣고 군사를 모아놓고 생포하라고 하였다. 이윽고 사로잡자 그에게 진영을 보여주었다. 맹획이 "지난번에 허실을 알지 못하여서 패하였는데, 만약 이와

66　[교감기] 원래 '思自振之方莫知所出'란 아홉 글자가 탈락되었는데, 문장의 의미가 분명하지 않다. 지금『진서』83권을 따라 보충하여 바로잡는다.

같다면 쉽게 이길 수 있겠소"라 하였다. 제갈량이 웃으면서 풀어주고
서 다시 싸웠다. 일곱 번 풀어줬다가 일곱 번 잡아들였는데, 제갈량은
여전히 맹획을 보내주려고 하였다. 맹획이 "공은 하늘의 위엄을 지녔
소. 남쪽 사람들이 다시는 배반하지 않겠소이다'"라고 하였다. 『진서·
두예전』에서 "지금 병사의 위엄이 이미 떨쳤는데, 이는 대나무를 쪼개
는 것에 비유할 수 있으니, 몇 마디가 쪼개지기만 하면 그 다음부터는
칼날을 대기만 해도 저절로 쪼개집니다"라고 하였다. 시의 의미는 대
개 전쟁으로 저포를 비유한 것이다.

諸葛亮傳注引漢晉春秋曰, 亮至南中, 所在戰捷. 聞孟獲者爲夷漢所服, 募
生致之. 旣得, 使觀於營陣之間, 獲對曰, 向者不知虛實, 故敗. 若秪如此, 卽
易勝耳. 亮笑縱, 使更戰. 七縱七禽, 而亮猶遣獲. 獲曰, 公, 天威也, 南人不復
反矣. 晉杜預傳, 預曰, 今兵威已振, 譬如破竹, 數節之間, 皆迎刃而解. 詩意
蓋以兵喩撍捕也.

成梟燭爲明 挾長朋佐呼 終飮見溫克：『시경』에서 "술을 마시되 온순함
으로 이겨내네"라고 하였다.

詩, 飮酒溫克.

所爭匪錙銖：『예기·유행儒行』에서 "비록 나라를 나누어주어도 하찮
게 여기었다"라고 했는데, 그 주注에서 "여덟 양兩이 치錙이다"라고 하
였다. 『석음』에서 "『설문해자』에서 "치는 6수銖이다'"라고 하였다.

禮儒行曰, 雖分國如錙銖. 注, 八兩曰錙. 釋音, 說文云, 錙, 六銖.

誰令運甓翁 見謂牧豬奴:『진서·도간전』에서 "여러 참모 가운데 농담이나 하며 일을 하지 않는 자가 있으면 그의 술잔과 도박하는 도구를 가져오게 하여 모두 강에 던지라고 명하면서 "도박이란 돼지나 키우는 노예들의 장난이다"라고 하였다. 도간이 광주자사로 있을 때 아무런 일이 없자 아침에 집 밖으로 벽돌 백 장을 옮기고 저녁에 집 안으로 운반하였다. 어떤 사람이 그 까닭을 묻자, "내가 바야흐로 중원에 힘을 쏟으려고 하는데, 지나치게 한가롭게 지내면 일을 감당할 수 없을까 그런다""라고 하였다. '견위見謂'는 "하는 소리를 들었다"는 의미이다.

晉陶侃傳, 諸參佐或以談戲廢事者, 乃命取其酒器蒲博之具, 悉投之江曰, 樗蒱者, 牧豬奴戲耳. 侃在廣州無事, 輒朝運百甓於齋外, 暮運於齋內. 人問其故, 答曰, 吾方致力中原, 過爾優逸, 恐不堪事. 見謂, 見上.

事託丈人重 乃愛屋上烏:두보의 「봉증사홍리사장奉贈射洪李四丈」에서 "어른 댁 지붕에 까마귀, 사람이 좋으니 까마귀도 좋구나"라고 하였다.『상서대전』에서, "무왕이 하대에 올라 은나라 백성을 바라보고 있는데, 주공단이 "신이 듣건대 그 사람을 사랑하면 그 집 위의 까마귀도 사랑하며, 그 사람을 미워하면 그 집 종도 미워한다고 합니다""라고 하였다.『한시외전』에서 "무왕이 형구에 이르렀는데 비가 삼일 동안 멈추지 않았다. 태공에게 그 까닭을 물으니, "하늘의 비가 삼일 멈추지 않은 것

은 우리 무기를 깨끗이 씻게 하기 위해서입니다. 그 사람을 사랑하면 집 위의 까마귀에게도 미치고 그 사람을 미워하면 그 종들도 미워합니다. 모조리 죽여야 합니다"라 하자, 무왕이 "오호라! 천하가 아직 정해지지 않았구나'"라고 하였다.

老杜云, 丈人屋上烏, 人好烏亦好. 尙書大傳曰, 武王登夏臺以臨殷民, 周公旦曰, 臣聞之, 愛其人者, 愛其屋上烏, 憎其人者, 憎其徒胥. 韓詩外傳曰, 武王至于邢丘, 天雨三日不休. 問太公, 對曰愛其人及屋上烏, 惡其人憎其胥餘.

舊言如對面 形迹滯舟車 : 『예기』에서 "배와 수레가 이르는 곳"이라고 하였다.

禮, 舟車所至.

風簾想隱几 天籟鳴寒梧 : 『장자·제물론』에서 "남곽자기가 안석에 기대어 앉아 있다가 "너는 사람의 피리소리는 들었으나 땅의 피리소리는 듣지 못했고, 너는 땅의 피리소리는 들었을지라도 하늘의 피리소리는 듣지 못했을 것이다'"라고 하였다.

隱几, 天籟, 見莊子.

尙喜讀書否 還能把酒無 鄴城渺塵沙 冠蓋若秋荷 : 『시경·습유하화』의 주에서 "하화荷華는 연꽃이다"라고 하였다.

詩隰有荷華注曰, 荷華, 扶蕖也.

相過問寒溫 : 두보의 「모추왕배도주수찰暮秋枉裴道州手札」에서 "헛된 이름뿐인데 안부를 물어봐 주시고, 널리 사랑하느라 구학에서 모욕당함은 구하지 않으셨네"라고 하였다.

杜詩, 虛名但蒙寒溫問, 泛愛不救溝壑辱.

意氣馳九衢 楚客雖工瑟 齊人本好竽 : 한유의 「답진상서」에서 "제왕이 피리를 좋아하였다. 제나라에 벼슬을 구하려는 자가 있었는데, 비파를 안고 가서 왕의 문에 서 있었으나 삼년이 지나도 들어가지 못하였다. 객이 꾸짖기를 "왕은 피리를 좋아하는데, 그대는 비파를 연주하니, 비파 연주를 비록 잘하지만 왕이 좋아하지 않으니 어쩌란 말인가""라고 하였다.

退之答陳商書云, 齊王好竽.

永懷溟海量 北斗不可忘 : 『시경·소아·곡풍』에서 "남쪽에는 키 모양의 기성이 있어도, 키질 한 번도 못하네. 북쪽에는 국자모양의 북두성이 있어도, 술과 국을 뜨지 못하네"라고 하였다. 『운서』에서 "구挹는 뜨다는 말이다"라고 하였다.

詩, 維北有斗, 不可以挹酒漿. 韻書云, 斟, 挹也.

勝夜親筆墨 因來明月珠 : 조법사의 「답유유민서」에서 "그대와 혜원법사는 문집이 많을 터인데 보내 온 것은 무엇 때문에 그리도 적은지요"

라고 하였다. 이 작품의 제목을 「기남양사외구寄南陽謝外舅」라고 했는데,
후인이 이 책을 편차하면서 잘못 남양에서 지은 시 안에 섞어놓았다.
이 시에서 "업성의 모래먼지 아득한데"라 하였는데, 업성은 대명大名이
다. 대명은 본래 위주에 속하는데, 후당이 이곳에 업도를 세웠다. 산곡
은 대명에서 남양으로 시를 보낸 것이다.

肇法師答劉遺民書云, 君與法師當數有文集, 因來何少. 此篇題云寄南陽謝
外舅, 而後人編類, 誤雜之南陽詩中. 其詩云, 鄴城眇塵沙. 鄴城謂大名也, 大
名本魏州, 後唐建鄴都. 山谷自大名寄詩南陽也.

9. 외숙의 「숙흥」에 화운하다. 3수

和外舅夙興. 三首

대운사에 기거할 때 지은 작품이다.

寓大雲寺作

첫 번째 수其一

瓜蔓已除壟	오이 넝쿨 이미 밭에서 뽑혔는데
苔痕猶上牆	이끼 흔적은 오히려 담장으로 올라가네.
蓬蒿貪雨露	쑥은 비와 이슬을 탐하고
松竹見冰霜	소나무와 대나무에서 얼음과 서리를 보네.
卷幔天垂斗	휘장을 거두니 하늘에 북두가 드리우고
披衣日在房	옷을 열어젖히니 해가 방을 비추네.
無詩歎不遇	불우를 탄식하는 시도 짓지 않으니
千古一潘郎	천고의 낭관에 잠겨 있었던 사람이여.

【주석】

瓜蔓已除壟 苔痕猶上牆 蓬蒿貪雨露 松竹見冰霜 卷幔天垂斗 披衣日在房 : 한유의 「차일족가석此日足可惜」에서 "때는 달이 지고, 겨울 해가 아침에 방안에 머무네"라고 하였다.

退之詩, 惟時月魄死, 冬日朝在房.

無詩歎不遇 千古一潛郎 : 동중서는 「사불우부」를 지었다. 『문선』에 실린 장형의 「사현부」에서 "눈썹이 흰 도위는 낭관으로 잠겨 있다가, 세 임금을 지나 무제를 만났네"라고 하였다. 주에서 "『한무고사』에서 "안사는 한 문제 때 낭관이 되었다. 무제에 이르러 무제가 수레를 타고 낭서를 지나게 되었는데, 안사의 눈썹이 흰 것을 보고 묻기를 "노인은 언제 낭관이 되었는가"라 하자, 안사가 답하기를 "문제 때 낭관이 되었습니다. 문제께서 문을 좋아하셨는데 신은 무를 좋아하였고, 경제에 이르러 아름다움을 좋아하셨는데 신은 모습이 추하였고, 폐하께서는 젊은이를 좋아하시는데 신은 이미 늙었습니다. 이 때문에 세 임금 동안 불우하게 되었습니다"라 하였다. 무제가 그 말에 감동을 받아 회계도위로 발탁하였다""라고 하였다.

董仲舒有士不遇賦. 文選思玄賦云, 尉龐眉而郎潛兮, 逮三葉而遘武. 注云, 漢武故事, 顏駟, 漢文時爲郎, 至武帝, 輦過郎署, 見駟龐眉皓髮, 上問曰叟何時爲郎, 答曰文帝時爲郎. 文帝好文而臣好武, 至景帝好美而臣貌醜, 陛下好少而臣已老. 是以三世不遇. 上感其言, 擢拜會稽都尉.

두 번째 수其二

風烈僧魚響　　　　　바람이 거세니 절간의 목어가 울고

霜嚴郡角悲	서리가 매서우니 고을의 젓대소리 슬프네.
短童疲洒掃	키 작은 동자는 청소에 짜증을 내며
落葉故紛披⁶⁷	낙엽을 일부러 어지럽히네.
水凍食鮭少	강물 얼어 규채를 먹기 어렵고
甕寒浮蟻遲	술동이 차가워 술이 더디 익네.
朝陽烏鳥樂	아침햇살에 새와 까마귀는 즐겁게 우짖으며
安穩託禪枝	편안하게 절의 가지에 의탁하네.

【주석】

風烈僧魚響 霜嚴郡角悲 短童疲洒掃 落葉故紛披 水凍食鮭少 : 『남사・유고지전』에서 "임방이 희롱하기를 "누가 유랑을 가난하다고 하는가. 항상 27종의 규채를 먹는걸""⁶⁸이라고 하였다. '鮭'의 음은 '戶'와 '佳'의 반절법이다. 『절운』에서 "규는 고기 이름으로 『오지』에 보인다"라고 하였다.

食鮭見上.

---

67 [교감기] '紛披'는 원래 '分披'로 되어 있었는데, 지금 고본과 전본, 그리고 건륭본을 따른다.

68 임방이 (…중략…) 먹는걸 : 규채는 생선과 채소 반찬을 범칭한 말이다. 남제(南齊) 때의 문신 유고지(庾杲之)가 본디 청빈하여 먹는 것이라고는 오직 '부추 김치[韭葅]', '삶은 부추[瀹韭]', '생부추[生韭]' 등 잡채(雜菜)뿐이므로, 임방(任昉)이 그를 희롱하여 위에서처럼 말하였다. 27종이란 곧 구(韭)의 음이 구(九)와 같으므로, 세 종류의 부추 나물을 3×9=27로 환산하여 말한 것인데, 유고지는 실상 세 종류의 부추만을 먹었을 뿐 규채는 없었지만, 임방이 장난삼아 그에게 많은 종류의 규채를 먹는다고 하였다.

甕寒浮蟻遲 : 『문선』에 실린 조식의 「칠계」에서 "푸른 술동이에 담아 아로새긴 술잔으로 뜨네. 부의가 솥의 끓는 물처럼 뽀글거리는데, 짙은 향기 넘치네"라고 했는데, 이선의 주에서 "『석명』에서 "술에는 범제가 있는데, 부의가 위로 올라와 둥둥 떠다닌다"라고 하였다.

文選曹子建七啓云, 盛以翠樽, 酌以彫觴. 浮蟻鼎沸, 酷烈馨香. 李善曰, 釋名云, 酒有汎齊, 浮蟻在上, 汎汎然.

朝陽烏鳥樂 安穩託禪枝 : 『좌전』에서 "새와 까마귀가 즐겁게 우짖고 있다"라고 하였다. 두보의 「유수각사遊修覺寺」에서 "절의 나뭇가지에 뭇새 잠드니, 떠도는 나는 저물녘 돌아갈 근심에 젖네"라고 하였다. 맹호연의 「동사」에서 "절의 나뭇가지에 벌벌 떠는 비둘기 깃드네"라고 하였다.

烏鳥聲樂見上. 杜詩, 禪枝宿衆鳥, 漂轉暮歸愁. 孟浩然東寺詩, 禪枝怖鴿栖.

세 번째 수其三

暑逐池蓮盡	더위는 연못의 연꽃을 따라 다하고
寒隨塞鴈來	추위는 변방의 기러기를 따라 오네.
衣裘雖得暖	갓옷을 입어 비록 따뜻하지만
狐貉正相哀	여우, 담비는 참으로 슬퍼할 것이네.
僧汲轆轤曉	승려가 물 길으니 도르래가 새벽 알리고

車鳴關鑰開	수레 소리에 자물쇠를 여네.
不因朝鼓起	아침 목어 소리에 일어나는 게 아닌데
來帙亂書堆	가져온 문서와 어지러운 책이 쌓여 있네.

【주석】

暑逐池蓮盡 寒隨塞鴈來 : 『예기・월령』에 맹춘과 중추에 모두 "기러기가 간다"라는 말이 있는데, 맹춘의 주에서 "기러기가 남방에서 와서 장차 북쪽 자기들의 거소로 돌아간다"라고 하였다. 시에서 더위가 다한다고 했으니, 이는 중추를 말하는 것이다.

月令, 孟春仲秋, 皆曰鴻鴈來.[69] 而孟春注曰, 鴈自南方來, 將北反其居. 詩言暑盡, 當是仲秋也.

衣裘雖得暖 狐貉正相哀 : 『논어』에서 "헤진 솜옷을 입고서 담비 가죽을 입은 자와 나란히 서 있어도 부끄럽지 않게 여기는 자는 아마 자로일 것이다"라고 하였다.

論語, 衣敝縕袍, 與衣狐貉者, 立而不恥者, 其由也歟.[70]

---

69 [교감기] 원본에 '鴻雁來'의 아래에 '下'자가 다시 들어갔는데, 지금 영원본과 전본을 따르고 아울러 『예기』에 의거하여 삭제하였다.

70 [교감기] '而不恥者' 아래에 '者其由也歟'라는 다섯 글자가 원래 빠졌다. 주를 다는 사람이 완전하지 않은 구절을 인용하였는데, 지금 『논어・자한』에 의거하여 보충하여 바로잡는다.

僧汲轆轤曉 車鳴關鑰開 不因朝鼓起 來帙亂書堆 : 두보의 「만청晚晴」에
서 "책 어지러워도 누가 치우랴만, 술잔은 비면 내가 채울 수 있나니"
라고 하였다.

杜詩, 書亂誰能帙, 杯乾自可添.

10. 사후가 황련교가 무너지고 큰 나무 또한 가을 벼락에 꺾인 것을 읊은 시에 화답하다

和答師厚黃連橋壞 大木亦爲秋霆所損[71]

溪橋喬木下	시내 다리의 높다란 나무 아래를
往歲記經過	지난해에 지나간 기억이 있네.
居人指神社	거주민이 신사의 나무라고 하여
不敢尋斧柯	감히 도끼로 자르지 못하네.
淸陰百尺蔽白日	백 길로 해를 가려 시원한 그늘 이루고
鳥鵲取意占作窠[72]	새와 까치 둥지를 지으려고 점찍었네.
黃泉浸根雨長葉	황천까지 뿌리 내려고 비가 잎을 기르니
造物著意固已多	조물주의 마음이 이미 많이 드러났네.
風摧電打掃地盡[73]	바람이 꺾고 우레가 부러뜨려
	땅에 남은 게 없으니
竟莫知爲何譴訶	어찌 이런 꾸짖음을 내리는 줄
	끝내 알 길이 없네.
獨山冷落城東路	성의 동쪽 길에 산만 홀로 쓸쓸하니
不見指名終不磨	끝내 없어지지 않은 명성을

---

71 [교감기] 고본은 '所損' 아래에 '之作'이란 두 글자가 있으며, 전본에는 '所碎'로 되어 있다.
72 [교감기] 영원본과 고본, 전본과 건륭본에는 '鳥'가 '烏'로 되어 있다.
73 [교감기] '電打'는 건륭본에는 '霆打'로 되어 있다.

이제 보지 못하겠구나.

【주석】

溪橋喬木下 往歲記經過 居人指神社 不敢尋斧柯 : 『장자·소요유』에서
"혜자가 장자에게 말하기를, "나에게 큰 나무가 있는데 남들이 가죽나
무라고 부른다네. 그 줄기는 울퉁불퉁 옹이가 많아 목재로 쓰기에 맞
지 않고 작은 가지들도 오글오글하여 쓸모가 없으므로 길가에 있어도
장인匠人이 거들떠보지도 않는다오""라고 하였다. 또한 「인간세」에서
"장석이 제나라로 가다가 곡원에 이르러 신사神社의 상징으로 심은 상
수리나무를 보았다. 그 크기는 수천 마리의 소를 가릴 정도였으며, 굵
기는 재어보니 백 아름이나 되었고, 높이는 산을 내려다볼 정도였으
며, 여든 자쯤 되는 데서 가지가 나와 있었는데 배를 만들 수 있을 정
도의 것도 수십 개나 되었다. 옆에서 구경하는 사람이 시장처럼 많았
으나 장석은 돌아보지 않더니 마침내 그곳을 떠나면서 발걸음을 멈추
지 않았다. (…중략…) 말하기를 "쓸모없는 나무이다. 이것으로 배를
만들면 가라앉고 널을 짜면 곧 썩을 것이며, 기물을 만들면 곧 망가지
고 문을 만들면 진이 흐를 것이며, 기둥을 만들면 좀이 생길 것이다.
이것은 재목이 되지 못하는 나무이다. 아무 소용도 없기 때문에 이처
럼 오래 살 수 있었던 것이다""라 하였다. 진나라 완수가 토지신이 있
다는 나무를 베려 하자, 어떤 사람이 말렸다. 완수가 이에 "토지신이
나무라면 나무를 베면 토지신은 옮겨갈 것이요, 나무가 토지신이라면

나무를 베면 토지신은 없게 될 것이다"라고 하였다. 『좌전·문공 7
년』에서 "이것에 속담에서 말하는 "비호를 받으면서 함부로 도끼를 사
용[尋]해 비호하는 지엽枝葉을 찍어낸다"는 것입니다"라고 하였다.

用莊子櫟社樹意也. 晉阮脩伐社樹, 或止之, 脩曰, 若社而爲樹, 代樹則社
移, 樹而爲社, 代樹則社亡矣. 左傳文七年, 此諺所謂疪焉而縱尋斧焉者也.

淸陰百尺蔽白日 烏鵲取意占作窠 : 『수서·오행지』에서 "동요에 "가련
하다 푸른 참새여, 둥지를 짓는데 아직도 완성하지 못하였네""라고 하
였다.

隋五行志, 童謠云, 可憐靑雀子, 作窠猶未成.

黃泉浸根雨長葉 造物著意固已多 風摧電打掃地盡 : 이백의 「증위시어황
상贈韋侍御黃裳」에서 "봄빛 땅에서 다 사라지면"이라고 했는데, '소지진掃
地盡'이란 글자는 본래 양웅의 「우렵부」에서 나왔다. 즉 "군사들이 깜
짝 놀라니, 바람이 들판을 휩쓸고 지나가네"라고 하였다. 안사고는 주
에서 "남김없이 쓸어가 버렸다는 의미이다"라고 하였다.

太白詩, 春光掃地盡. 字本出揚雄羽獵賦, 軍驚師駭, 刮野掃地. 師古曰, 皆
盡無遺餘也.

竟莫知爲何譴訶 : 『한서·설선전』에서 "아주 자잘한 것까지 꾸짖었
다"라고 하였다.

漢辥宣傳云, 譴訶及細微.

獨山冷落城東路　不見指名終不磨 : 『한서・항우전』에서 "진영의 어머니가 "이는 세상에 주목하는 사람이 아니기 때문이다"라고 하였다. 퇴지 한유의 「송궁문送窮文」에서 "우리는 선생님의 명성을 세워서, 백세 뒤에도 지워지지 않게 하려는 것입니다"라고 하였다.

項羽傳, 非世所指名也. 韓文, 吾立子名, 百世不磨.

11. 세필이 시를 보내와 순천을 구하니 문득 장안의 술로 함께 한 잔 마시고 싶어서 그 운에 차운하여 장난스레 답하다
世弼惠詩求舜泉 輒欲以長安酥共泛一盃次韻戲答

순천은 하북의 술 이름이다. 산곡이 북경에서 교수를 할 때에 지은 작품이다.

舜泉, 河北酒名. 當是北京教授時作.

寒蔌薄飯留佳客	식은 거친 밥을 아름다운 손님에게 주니
蠹簡殘編作近鄰	좀 먹고 헤진 책 보는 내 이웃이 되었네.
辟地梁鴻眞好學	외진 곳에서 양홍은 참으로 학문을 좋아하고
著書楊子未全貧	책을 지은 양웅은 그렇게 가난하지 않았네.
玉酥鍊得三危露	좋은 술은 삼위산의 이슬로 빚었는데
石火燒成一片春	부싯돌이 번쩍여 한 조각 봄이 되었네.
沙鼎探湯供卯飮	백사장 솥에 탕을 끓여 아침 술자리에 올리니
不憂問字絶無人	글자 물을 사람이 절대로 없을 것은 걱정하지 말게.

【주석】

寒蔌薄飯留佳客 : 두보의 「해민解悶」에서 "한 그릇도 일찍이 속객에게 주지 않네"라고 하였다.

杜詩, 一飯未曾留俗客.

蠹簡殘編作近郊 : 한유의 「부독서성남符讀書城南」에서 "등불을 점차 가까이할 만하고, 서책을 펴서 읽을 만도 하리라"라고 하였다.

簡編見上.

辟地梁鴻眞好學 : 후한의 일민인 양홍이 「오희」라는 노래를 지었는데, 숙종이 듣고서 비난하였다. 그러자 이름을 바꾸고 제와 노 사이에서 지냈다.

後漢逸民梁鴻作五噫之歌, 肅宗聞而非之. 乃易姓名, 居齊魯之間.

著書楊子未全貧 : 양자는 양웅을 가리킨다.

揚子謂揚雄.

玉酥鍊得三危露 : 한악의 『향렴집』 자서에서 "삼위의 상서로운 이슬을 마시니 그 맛이 칠정을 움직인다"라고 하였다.

見上.

石火燒成一片春 : 백거이의 「대주對酒」에서 "부싯돌로 반짝이는 빛에 맡겨진 몸이네"라고 하였다.

樂天詩, 石火光中寄此身.

沙鼎探湯供卯飮 : 『논어』에서 "공자가 "불선을 보거늘 끓는 물에 손을 넣는 것처럼 한다"라고 하였다. 백거이의 「부서지府西池」에서 "한낮의 차는 졸음을 물리치고, 아침 술은 근심을 해소하네"라고 하였다.

探湯見論語. 樂天詩, 午茶能破睡, 卯酒善消憂.

不憂問字絶無人 : 『한서 · 양웅전』에서 "유분이 일찍이 양웅에게 배워 기이한 글자를 만들었다"라고 하였다.

見揚雄傳.

12. 대합조개를 이명숙과 제공에게 보내주다

送蛤蜊與李明叔諸公[74]

雲屋吹燈然豆其	눈 덮인 집에서 화로 불며 콩대를 사르는데
古來壯士亦長飢	옛날부터 장사는 또한 오래 굶주린다네.
廣文不得載酒去	광문은 술을 살 수 없었지만
且詠太玄庖蛤蜊	『태현경』을 읊으며 대합을 요리하네.

【주석】

雲屋吹燈然豆其 : 『세설신어』에서 "위문제가 동아왕으로 일곱 걸음 안에 시를 짓게 하고서 만약 짓지 못하면 죽이겠다고 하였다. 동아왕은 숫자 세는 소리에 응하여 "콩대는 솥 아래에서 불사르고, 콩은 솥 안에서 우네. 본래 같은 뿌리에서 낳는데, 어찌 그리 심하게 들볶는가""라고 하였다.

煮豆然豆其, 用曹子建語, 詳見上.

古來壯士亦長飢 廣文不得載酒去 且詠太玄庖蛤蜊 : 퇴지 한유의 「성남연구城南聯句」에서 "가늘게[75] 현즉玄鯽을 회 뜨네"라고 하였다.

---

74 [교감기] '諸公'은 건륭본에는 '諸君'으로 되어 있다.
75 가늘게 : '포상(庖霜)'은 물고기 등을 가늘게 회를 뜨는 것으로, 그 빛이 서리처럼 하얗다고 해서 '포상'이라 한다.

退之聯句, 庖霜鱠玄鯽. 摘庖字.

13. 세필에게 앞 시의 운자를 써서 장난스레 시를 지어 보내다
戲贈世弼用前韻

盜跖人肝常自飽	도척은 사람 간을 항상 배불리 먹고
首陽薇蕨向來飢	수양산이 고사리 캐던 백이는 항상 굶주렸네.
誰能著意知許事	누가 능히 그 까닭을 알겠는가
且爲元長食蛤蜊	장차 원장이 되어 대합이나 먹겠네.

【주석】

盜跖人肝常自飽 : 『장자·도척』에서 "사람을 간을 회를 쳐서 배불리 먹었다"라고 하였다.

莊子盜跖篇, 鱠人肝而餔之.

首陽薇蕨向來飢 : 『사기·백이전』에서 "백이 숙제는 의리상 주나라 곡식을 먹을 수 없다고 하면서 수양산에 숨어 고사를 캐 먹었다. 마침내 수양산에서 굶어주었다"라고 하였다.

見史記伯夷傳.

誰能著意知許事 且爲元長食蛤蜊 : 『남사』에서 "왕융의 자는 원장이다. 일찍이 심소략을 만났다. 소략이 "주인은 어찌 그리 나이가 젊소"라 하자, 왕융은 자못 불쾌하여 "나는 부상에서 나와 양곡에 들어가면서 천

하를 밝게 비추거늘, 누가 모른다고 하는 소리를 듣고 경은 이런 질문을 하는가"라 하였다. 소략이 "그런 것은 잘 모르겠고, 대합이나 먹자"라고 하였다. 이에 왕융이 "사물은 무리로 나누고 비교하여 부류끼리 모으는데, 그대가 오랫동안 동쪽 모퉁이에 살았으니 이것을 즐기는 것은 당연하다'"라고 하였다.

南史, 王融字元長. 嘗遇沈昭畧. 昭畧曰, 主人是何年少. 融殊不平, 謂曰, 僕出於扶桑, 入於暘谷, 照耀天下, 孰云不知而卿此問. 昭畧曰, 不知許事, 且食蛤蜊. 融曰, 物以羣分, 方以類聚. 君長東隅, 居然應嗜此族.

14. 세필이 약사들이 대합의 효과에 대해 좋게 논하지 않는 것을 걱정하는 시를 보내자 장난스레 답하다

世弼病方家不善論蛤蜊之功戲答

伯樂無傳驥空老	백락의 기술이 전하지 않자
	준마가 부질없이 늙어가고
重華不見士長飢	순임금이 나타나지 않자 선비는
	오래 굶주렸네.
從來萬事乖名實	이전부터 많은 일은 명성과 실상이 어긋나니
豈但藥翁論蛤蜊	어찌 다만 약사가 대합을 논한 것뿐이겠는가.

【주석】

伯樂無傳驥空老 : 『춘추후어』에서 소대가 "어떤 사람이 준마를 팔고자 하여, 백락을 찾아가서 "사흘 동안 아침마다 시장에 서 있었지만 아무도 물어보는 사람이 없었습니다. 부디 선생께서 돌아오시면서 제 말을 한 번 쳐다봐주시고, 가실 때 한 번 돌아봐주십시오. 신이 청컨대 하루아침의 값을 드리도록 하겠습니다"라고 했더니, 하루아침에 말 값이 열 배가 되었다"라고 하였다.

伯樂見上.

重華不見士長飢 : 도연명의 「영빈사詠貧士」에서 "순임금은 우리를 떠

난 지 오래되니, 가난한 선비는 대대로 이어졌다네"라고 하였다.

淵明詩, 重華去我久, 賢士世相尋.

15. 사후가 게를 먹고 지은 시에 차운하다

次韻師厚食蟹

海饌糖蟹肥	바다 음식으로 꿀 담근 게가 살지고
江醪白蟻醇	강의 막걸리는 흰 거품이 익어가네.
每恨腹未厭	항상 배가 부르지 못해 아쉬웠는데
誇說齒生津⁷⁶	이에 윤이 난다고 과시하며 말하네.
三歲在河外	삼년을 황하 너머에 있으면서
霜臍常食新⁷⁷	싱싱한 새로운 게⁷⁷를 항상 먹었네.
朝泥看郭索	아침에는 진흙탕에서 게를 보았는데
暮鼎調酸辛	저녁에는 솥에서 조미료로 요리되네.
趨蹌雖入笑	분주하게 달리는 모습 비록 웃게 만들지만
風味極可人	그 맛은 더욱 사람을 기쁘게 하네.
憶觀淮南夜	회상해보니, 회남의 밤에
火攻不及晨	불을 키고 잡으면 새벽도 못 가네.
橫行葭葦中	갈대 속에서 옆으로 걸으며
不自貴其身	자신을 아끼지 않는구나.
誰憐一網盡	누가 그물에 잡히는 걸 불쌍히 여기랴
大去河伯民	하백의 백성을 잡아 죽이네.

76　[교감기] '誇說'은 건륭본에는 '誇談'으로 되어 있다.
77　게 : '상제(霜臍)'는 서리 뒤의 게가 살지고 맛있다고 해서 부르는 칭호이다.

鼎司費萬錢	솥의 비용은 만 전이 들어가고
玉食羅常珍	진귀한 음식이 항상 상에 차려 있네.
吾評揚州貢	내가 평하건대 양주의 공납 중에
此物眞絶倫	이 물건이 참으로 가장 뛰어나네.

【주석】

海饌糖蟹肥 : 『남사·하윤전』에서 "하윤은 음식에 사치를 부렸는데, 뒤에 이를 뉘우쳤으나 여전히 뱅어와 장어포와 꿀에 전 게를 먹고 싶었다. 이에 문인들에게 의논하게 하니, 학생 종완이 "장어를 포로 만들려고 하면 몸을 꿈틀거리는 게 너무 재빠르고 게를 꿀에 담그려고 하면 심하게 날뛴다""라고 하였다.

南史何胤傳, 胤侈於味, 食白魚鮸脯糖蟹, 使門人議之. 學生鍾岏曰, 鮸之就脯, 驟於屈伸, 蟹之將糖, 躁擾彌甚.

江醝白蟻醇 每恨腹未厭 : 『좌전·소공 28년』에서 "원컨대 소인의 배로 군자의 마음을 헤아려보면 배가 부르실 듯합니다"라고 하였다.

左傳昭二十八年, 願以小人之腹, 爲君子之心, 屬厭而已.

誇說齒生津 三歲在河外 霜臍常食新 : 『좌전·성공 10년』에 "올해 햇곡식으로 지은 밥을 못 드실 것입니다"라고 하였다.

左傳成十年, 不食新矣.

朝泥看郭索 : 『태현경』에서 "예수銳首가 "게가 기어서 간 후에 지렁이가 흙탕샘으로 들어온다"라고 하였다. 이에 양웅揚雄이 "기어다니는 게는 마음이 한결같지 않다"라 하였다"라고 했는데, 범망范望의 주注에서 "'곽삭郭索'은 다리가 많은 모양이다"라고 하였다. 임포는 "진흙 수렁엔 게가 기어가고, 높은 나무엔 자고새[78] 우는구나"라고 하였다.[79]

太玄云, 蟹之郭索, 後蚓黃泉.[80] 林逋詩云, 草泥行郭索, 雲木叫鉤輈.[81]

暮鼎調酸辛 : 『전국책·초어』에서 "낮에는 우거진 나무 위를 높이 날아다니다가 저녁에는 시고 짠 양념으로 조리된다"라고 하였다.

戰國策楚語云, 黃雀晝遊乎茂樹, 夕調乎酸辛.

趨蹌雖入笑 : 『시경·제풍』에서 "사뿐하고 날렵한 걸음걸이여"라고 하였다. 한유의 「답장철答張徹」에서 "장부는 문자로 점철되고, 분주하게 달리니 앞의 종이 울리네"라고 하였다.

齊國風云, 巧趨蹌兮. 退之詩, 點綴簿上字, 趨蹌閣前鈴.

風味極可人 憶觀淮南夜 火攻不及晨 : 『진서·주의전』에서 "아우의 화

---

78 자고새 : '구주(鉤輈)'는 자고(鷓鴣)의 울음소리를 표현한 것이다.
79 임포(林逋)는 (…중략…) 하였다 : 이 구절만이 전한다.
80 [교감기] '蚓'은 원래 '羽'로 되어 있었는데, 지금 전본을 따르고 아울러 『태현경·예(銳)』에 의거하여 바로잡는다.
81 [교감기] '雲木叫鉤輈'는 원래 '雲木叫鉤舟'로 되어 있었는데, 지금 전본을 따르고 아울러 『귀전록(歸田錄)』에서 인용한 임포의 시에 의거하여 바로잡는다.

공은 참으로 하책에 불과하네"라고 한 것을 차용하였다.

借用晉周顗傳, 阿奴火攻, 固出下策.

橫行葭葦中:『운계우의』에서 "피일유의「방해」에서 "바다 용왕의 거처에서도 옆으로 걷네""라고 하였다.

雲溪友議曰, 皮日休螃蟹詩云, 海龍王處也橫行.

不自貴其身 誰憐一網盡 : 자미 소순흠蘇舜欽이 감진주원으로 있었는데, 진주원에서 귀신에게 제사 지낼 때 시장의 오랜 지전에 사용하여 기생을 부르고 손님들을 불렀다. 이에 어사중승에게 권력을 남용하였다는 죄목으로 관적에서 제명되었다. 그 때 모인 손님들은 모두 한 시대의 현준賢俊들이었는데, 모두 이에 연좌되어 쫓겨났다. 이 계책을 성공한 어사중승이 기뻐하며 "내가 한 그물로 다 잡아들였다"라고 하였다. 여기서는 그 글자를 차용하였다.

蘇子美監進奏院, 用市故紙錢, 祠神會客, 以自盜除名. 所會客皆一時賢俊, 悉坐貶逐. 中之者喜曰, 吾一網盡之矣. 此借用其字.

大去河伯民:『안자춘추』에서 "제경공 때에 큰 가뭄이 들어 뭇 신하를 불러 묻기를 "영산과 강에 제사하고자 한다"라고 하자 안자가 "산은 돌로 몸을 삼고 풀로 머리를 삼았으므로, 하늘이 오래 비를 내리지 않으면 머리가 마르고 몸이 뜨거워질 것인데, 어찌 저만이 비를 바라지 않겠습니까? 하백은 물로 나라를 삼고 물고기와 자라 등으로 백성을 삼으므로, 어찌 저만이 비를 바라지 않겠습니까. 제사를 하더라도 도움이 없을 것입니다. 궁전을 피하여 한데에 나가 영산·하백과 근심을 함께 하면 어쩌면 비를 내리게 할 수 있을 것입니다"라 하였다. 경공이 그 말을 따르니 과연 큰 비가 내렸다고 하였다"라고 하였다.

晏子春秋曰, 齊景公時大旱, 欲祀靈山及河. 晏子曰, 山以石爲身, 草本爲毛髮. 今不雨, 毛髮日焦, 身且熱, 山不欲雨乎. 河伯以水爲國, 以魚鱉爲民, 彼獨不欲雨乎. 祀之何益. 君宜避殿暴露. 公從之, 果大雨.

鼎司費萬錢: 『한서·팽선전』에서 "삼공이 정족을 이루어 군왕을 받든다"라고 하였다. '정사鼎司'란 글자는 『문선』에 실린 조적祖逖과 유곤劉琨의 「권진표」에 보이는데, 즉 "신등이 삼대 동안 총애를 받아 지위가 정사의 곁에 있었습니다"라고 하였다. 또한 진림의 「위원소격조예주」에서 "정사를 도둑질하고 신기를 뒤집어 없었다"라고 하였다. 진의 하증이 태부가 되어 하루에 만전의 비용으로 음식을 차려 먹었다.

漢彭宣云, 三公鼎足承君. 而鼎司字, 見於文選勸進表云, 臣等荷寵三世, 位厠鼎司. 又陳琳爲袁紹檄曹豫州云, 竊盜鼎司, 傾覆神器. 晉何曾爲太傅, 日食萬錢.

玉食羅常珍: 『법언』에서 "평소 먹는 음식을 버리고 기이한 반찬을 즐긴다"라고 하였다.

法言云, 棄常珍而嗜異饌.

吾評揚州貢 此物眞絶倫 : 반고의 「양웅찬」에서 "환담이 태현경을 아
주 뛰어나다고 하였다"라고 하였다.

揚雄贊. 以爲絶倫.

16. 사 외숙이 나귀 창자를 먹고 지은 시에 차운하다
次韻謝外舅食驢腸

垂頭畏庖丁	머리를 수그리고 포정을 무서워하는데
趨死尙能鳴	저승으로 가면서도 오히려 울어대네.
說以雕俎樂	아로새긴 도마의 즐거움으로 꾀는데
甘言果非誠	달콤한 말은 진실이 아니네.
生無千金轡	살아서는 천금의 고삐가 없는데
死得五鼎烹	죽어서는 오정에 삶아지는구나.
禍胎無腸胃	재앙의 근원인 장과 위를 제거하고
殺身和椒橙	몸을 죽여 고추와 섞네.
春風都門道	도성문 길에 봄바람 불 때
貫魚百十幷	백여 마리 생선 꿰듯 지나가면,
騎奴吹一哽	말몰이꾼이 피식 한 번 웃는데
駔駿不敢爭	준마와 감히 다툴 수 없네.
物材苟當用	말 부류를 참으로 적당하게 쓴다면
何必渥洼生	어찌 반드시 악와에서 나와야 하는가.
忽思麒麟楦	문득 기린탈을 생각하니
突兀使人驚	갑자기 사람을 놀라게 하는구나.

【주석】

垂頭畏庖丁 : 『장자』에서 "포정庖丁이 문혜군文惠君을 위해 소를 잡는데, 칼질하는 대로 싹둑싹둑 잘려 나갔는데, 그 음향이 모두 음률에 맞았다. 이에 문혜군이 "기술이 어찌 이런 경지에 이를 수 있는가"라 하자 포정이 칼을 내려놓고 대답하길 "제가 좋아하는 것은 도道인데, 이것은 기술에서 더 나아간 것입니다"라 하였다"라고 하였다.

見上.

趨死尙能鳴 : 한유의 「추회」에서 "덧없는 인생에 갈 길은 많지만, 저승으로 난 길만은 똑같네"라고 하였다. 『진서』에서 "왕부자는 나귀 울음을 좋아하였다"라고 하였다. 『세설신어』에서 "왕중선은 나귀 울음을 좋아하였다"라고 하였다.

退之秋懷詩, 浮生雖多途, 趨死惟一軌. 晉書, 王武子好驢鳴. 世說, 王仲宣好驢鳴.

說以雕俎樂 甘言果非誠 : 『장자 · 달생』에서 "제관인 종축인이 돼지우리에 가서 돼지를 설득하며 "너는 어찌하여 죽는 것을 싫어하는고. 내 이제부터 석 달을 너를 기르고 열흘 동안 제계하고 삼일 동안 마음을 깨끗이 하고서 흰 띠풀을 깔아놓고 너의 어깨와 궁둥이를 아로새긴 도마 위에 올려놓고 제사 지내려고 하는데, 너는 기꺼이 희생이 되어 주겠지""라고 하였다. 『좌전』에서 "폐백을 후히 보내고 말이 달콤하니

이는 나를 꾀는 것이다"라고 하였다.

莊子達生篇, 祝宗人臨牢筴, 說彘曰, 汝奚惡死. 吾將三月豢汝, 十日戒, 三日齋, 藉白茅, 加汝肩尻乎雕俎之上, 則汝爲之乎. 左傳云, 幣重而言甘, 誘我也.

生無千金鞶 : 두보의 「후출새」에서 "천금으로 말안장을 사고"라고 하였다. 『악부·목란가』에서 "남쪽 시장에서 고삐 자루를 사네"라고 하였다. 나귀에게 어찌 이런 것들이 있겠는가.

老杜後出塞云, 千金買馬鞍. 樂府木蘭歌云, 南市買轡頭. 驢安得有此哉.

死得五鼎烹 : 『한서·주부언전』에서 "장부가 살면서 다섯 솥의 음식을 먹지 않으면 죽으면 오정에 삶아지게 된다"라고 하였다.

主父偃傳, 大丈夫生不五鼎食, 死則五鼎烹耳.

禍胎無腸胃 : 매승의 「상서간오왕上書諫吳王」에서 "복을 받는 것도 바탕이 있고, 화가 생기는 것도 뿌리가 있는 법입니다"라고 하였다.

枚乘書云, 福生有基, 禍生有胎.

殺身和椒橙 春風都門道 貫魚百十并 : 『주역·박괘剝卦』에서 "물고기를 꿰듯이 하여 궁인이 총애를 받게 하면 이롭지 않음이 없으리라"라고 하였다. 『위지·등예전』에서 "장사들이 물고기를 꿴 듯 줄지어 나아갔다"라고 하였다.

易剝卦, 貫魚以宮人寵. 魏志鄧艾傳, 魚貫而進.

騎奴吹一映 : 『사기·임안전』에서 "주인이 음식을 차려주면서 말을 모는 노예들과 같이 먹게 하였다"라고 하였다. 『장자·측양편』에서 "칼자루의 구멍을 불면 피-하고 가느다란 소리가 날 뿐이다. 요순을 사람들이 칭찬하는 바이지만, 요순을 대진인 앞에서 말하는 것은 마치 피-하고 가느다란 소리를 내는 것과 같다"라고 하였다.

史記任安傳, 與騎奴同食. 莊子則陽篇, 吹劍首者, 映而已. 道堯舜於戴晉人之前, 譬猶一映也.

駔駿不敢爭 : 『문선』에 실린 좌사의 「위도부」에서 "기북의 말이 마구간을 채웠는데 씩씩하고 날쌔다"라고 하였다. 안연지의 「자백마부」에서 "때때로 씩씩하고 날래게 궁궐 계단과 길을 채우네"라고 했는데, 주에서 "『설문해자』에서 "장駔은 씩씩함이다""라고 하였다.

文選魏都賦曰, 冀馬塡廄而駔駿. 赭白馬賦云,[82] 於時駔駿, 充階街兮. 注云, 說文曰, 駔, 壯也.

物材苟當用 : 『좌전·은공 5년』에서 "사냥하는 것이 전쟁 같은 큰일을 강구하는 것만 같지 못하고 사냥에서 얻은 그 재료가 전쟁이나 제

---

82 [교감기] 원래 '赭白' 두 글자가 빠졌는데, 지금 전본을 따르고 아울러 『문선』에 의거하여 보충한다.

사에 쓰이는 기물이 되기에 족하지 않다면 임금님은 그런 거동은 행하시지 않는 법입니다"라고 하였다. 또한 "재료를 취해다가 기물을 빛나게 하고 그 제대로 문채가 나는 것을 물物이라고 합니다"라고 하였다.

左傳隱五年, 凡物不足以講大事, 其材不足以備器用, 則君不擧. 又云, 取材以章物, 采謂之物.

何必渥洼生：『한서・예악지』에서 "「천마지가天馬之歌」라는 악장은 원수 3년에 말이 악와수에서 나왔기에 지은 것이다"라고 하였다.

漢書禮樂志, 樂章, 有元狩三年馬生渥洼水中作.

忽思麒麟楦 突兀使人驚：『조야첨재』에서 "당 구주 영천현령인 양형은 재주를 믿고 오만하였는데, 조정의 관리들을 기린탈이라 하였다. 사람들이 그 까닭을 묻자, "기린 놀이를 하는 자들을 보자면, 기린의 머리와 불을 새겨 그리고 거죽과 털을 꾸며서 나귀에게 씌우면 영락없이 기린 모습이 된다. 그러나 그 겉치장을 벗겨 내면 도로 나귀일 뿐이다. 지금 덕도 없으면서 높은 벼슬아치의 옷을 입고 있는 자들이 이것과 무엇이 다르랴"라고 하였다.

朝野僉載云, 唐衢州盈川縣令楊炯, 恃才簡傲, 目朝官爲麒麟楦, 人問之, 曰, 今假弄麒麟者, 刻畫頭角, 修飾皮毛, 覆之驢上. 及脫去皮褐,[83] 還是驢耳. 無德而衣朱紫, 與此何異.

---

83 [교감기] '褐'은 원래 '楬'로 되어 있었는데, 전본에 의거하여 고친다.

17. 사후가 마 저작랑에게 자주 준 시에 차운하다

次韻師厚答馬著作屢贈詩

嘗聞馬南郡	일찍이 들으니 남군 태수 마융은
少有拔俗韻	어려서 세속보다 뛰어난 멋이 있었지.
寒灰幾見溺	차가운 재에 몇 번이나 오줌을 갈겼나
鍛翮常思奮	날개에 주살 맞아도
	항상 날아오를 생각했었네.
桐薪鳴竈間	오동을 때니 아궁이에서 울고
劍氣吐吳分	검의 기운을 오 땅에서 토해 내네.
多言世益嗤	말이 많으면 세상은 더욱 비웃으니
當律心自隱	법에 맞음을 마음으로 헤아리네.
家雖四立壁	집안은 휑하니 사방 벽만 서 있는데
仕要三無慍	벼슬에 세 번 물러나도 성내지 않았네.
會將漁父意	장차 어부의 은거 생각 지녔으니
往就莊生問	장자에게 나아가 물어볼 것이라.

【주석】

嘗聞馬南郡 :『후한서·마융전』에서 "마융이 남군 태수가 되었다"라고 하였다.

後漢馬融傳, 爲南郡太守.

少有拔俗韻 : 도연명의 「귀원전거歸園田居」에서 "어려서부터 세속과 맞지 않고, 타고나길 자연을 좋아했네"라고 하였다.

陶詩, 少無適俗韻, 性本愛丘山.

寒灰幾見溺 : 『한서・한안국전』에서 "안국이 법에 걸려 죄를 받게 되어 옥리인 전갑에게 모욕을 당하였다. 안국이 "죽어서 재가 되더라도 다시 살아나지 않겠는가"라 하자, 전갑이 "그렇다면 내가 오줌을 갈겨 주리라""라고 하였다.

韓安國傳, 安國坐法抵罪, 蒙獄吏田甲辱, 安國曰, 死灰當不復然乎. 甲曰, 然即溺之.

鍛翮常思奮 : 『문선』에 실린 안연년의 「오군영・영혜강」에서 "난새의 날개도 때로 주살을 맞지만, 용의 본성을 누가 길들일 수 있으랴"라고 하였다.

文選五君詠, 詠嵇康云, 鸞翮有時鍛, 龍性誰能馴.

桐薪鳴竈間 : 『후한서・채옹전』에서 "오나라 사람이 오동나무를 태워 밥을 짓고 있는데, 채옹이 불이 맹렬하게 타는 소리를 듣고 그것이 좋은 나무인줄 알았다. 이에 그에게 달라고 요청하여 거문고를 만드니 당시 사람들이 초미금이라 불렀다"라고 하였다.

後漢蔡邕傳, 吳人有燒桐以爨者. 邕聞火烈之聲, 知其良木, 因請而裁爲琴.

果有美音, 而其尾猶焦, 故時人名焦尾琴.

劒氣吐吳分 : 『진서·장화전』에서 "오가 아직 망하기 전에 북두와 견우성 사이에 항상 자줏빛 기운이 있었다. 오가 평정된 이후에 자줏빛 기운이 더욱 밝아졌다. 장화가 뇌환에게 "이것이 무슨 징조인가"라 묻자, 뇌환이 "보검의 정기가 위로 솟아 하늘에 비춘 것입니다""라고 하였다.

晉張華傳, 吳之未滅也, 斗牛之間, 常有紫氣. 吳平之後, 紫氣愈明. 華問雷煥, 是何祥也. 煥曰寶劒之精, 上徹於天耳.

多言世益嗤 : 『노자』에서 "말이 많으면 자주 궁지에 몰린다"라고 하였다.

老子, 多言數窮.

當律心自隱 : 『장자』에서 "말한 것이 사물에 마땅하면 하루 종일 말한 것이 모두 도이다"라고 하였다. '자은自隱'은 속으로 헤아린다는 것을 이른다. 『한서·원제기』에서 "스스로 곡조를 만들어 노래를 불렀다"라고 했는데, 응소가 "스스로 곡조를 헤아려 새로운 곡을 만들었다"라고 하였다. 『문선』에 실린 자옥 최원崔瑗의 「좌우명」에서 "마음으로 헤아린 뒤에 행동하니, 비방이 어찌 손상시키랴"라고 했는데, 주에서 "은隱은 헤아림이다"라고 하였다.

莊子, 言而當物, 則終日言而不盡. 自隱, 謂隱度也. 漢元帝紀, 自度曲. 應劭曰, 自隱度作新曲. 文選崔子玉座右銘云, 隱心而後動, 謗議庸何傷. 註云, 隱, 度也.

家雖四立壁:『한서·사마상여전』에서 "집에는 다만 네 벽만 서 있다"라고 하였다.

見上.

仕要三無慍:『논어』에서 "영윤자문이 세 번 영윤에서 그만 두어도 화를 내는 기색이 없었다"라고 하였다.

論語, 三已之, 無慍色.

會將漁父意 往就莊生問:『장자』에「어부편」이 있다.

莊子有漁父篇.

18. 자첨과 서요문이 저천에 눈과 안개가 일기를 바라며 창화한 시에 차운하다

次韻子瞻與舒堯文禱雪霧豬泉唱和

老農年饑望人腹	해마다 굶주린 늙은 농부 배 채우길 바라며
想見四溟森雨足	사해에 짙은 비가 내리는 걸 상상하네.
林回投璧負嬰兒	임회는 구슬을 내던지고 아이 안고 도망가니
豈聞烹兒翁不哭	어찌 아들 삶은
	부친이 곡하지 않음을 들었겠는가.[84]
未論萬戶無炊烟	집집마다 밥 짓는 연기가 없음은
	말할 것도 없고
蛛絲蝸涎經杼軸	거미줄과 달팽이 액이 베틀과 북에 얽혀 있네.
使君閔雪無肉味	사군은 기설제祈雪祭에 음식 없을까 걱정하여
煮餅青蒿下鹽菽	구운 떡과 청호주에 소금 절인 콩을 내왔네.
豈云剪爪宜侵肌	어찌 손톱을 자르고
	살갗도 상처 내어야 한다고 이르랴
霜不殺草仍故綠	서리가 풀을 죽이지 못하니 여전히 푸르네.

---

84 아들 (…중략…) 들었겠는가 : 『한비자』에서 "악양이 위나라 장수가 되어 중산을 공격하였다. 마침 악양의 아들이 중산에 있었는데, 중산의 임금이 그 아들을 삶아 그 국을 악양에게 보냈다. 악양은 막하에 앉아서 그 그릇을 전부 마셨다. 문후가 이를 알고 도사찬에게 "악양이 나 때문에 그 아들의 살까지 먹었구나"라 하자, 대답하기를 "그 아들인줄 알고서 먹었으니 장차 누구의 살을 먹지 않겠습니까"라 하였다.

幽靈奰贔西山霧	그윽한 신령이 힘을 내니
	서산이 안개에 덮이고
牲肥酒香神未漬	제수는 살지고 술은 향기로우니
	신령이 무시하지 않네.
得微往從董父餐	조금의 음식도 얻으면 동보에게 가서
	용의 먹이로 주느니
寧當罪繫葛陂淵	차라리 갈피 연못에 묶어 놓은 죄인을
	풀어주는 게 나으리.
卜擇祠官齊博士	제나라 박사를 제사관으로 선택하여
暴露致告蒼崖巓	푸른 절벽 꼭대기에서 이슬 맞으며 고하네.
請天行澤不汲汲	하늘에 눈을 내려 달라고 요청하는데
	급급하지 않으랴만
爾亦枯魚過河泣	너도 또한 하수 지나며 우는
	마른 물고기 같구나.
生鵝斬頸血未乾	마른 거위 목을 베니
	피가 아직 마르지 않았는데
風馬雲車坐相及	바람 말과 구름 수레가 앉은 자리에 밀려오네.
百里旌旗灑玉花	백리의 깃발에 옥꽃이 내려앉으니
使君義動龍蛇蟄	사군의 의기는 칩거한 용과 뱀을 감동시켰네.
老農歡喜有春事	늙은 농부 봄에 풍년들 것을 기뻐하면서
呼兒飯牛理蓑笠	아이 불러 소 꼴 먹이라 하고

	도롱이를 매만지네.
博士勿歎從公疲	박사는 공을 모시면서 피곤하다 탄식 마라
明年麥飯滑流匙	내년에 보리밥이 매끄럽게 수저에서
	떨어질 테니.

【주석】

老農年饑望人腹 : 『장자』에서 "애태타라는 자는 남의 배를 채워줄 재산이 있는 것도 아니다"라고 하였다.

莊子, 無聚祿以望人之腹.

想見四溟森雨足 : 『문선』에 실린 경양 장협張協의 「잡시」에서 "운근은 팔극에 임하고, 우족은 사명에 뿌리네"라고 했는데, 이선은 "사명은 사해이다"라고 하였다. 또한 같은 시에서 "쇄쇄하고 우족을 뿌리네"라고 하였다.

文選張景陽雜詩, 雲根臨八極, 雨足灑四溟. 李善曰, 四溟, 四海也. 又詩, 森森散雨足.

林回投璧負嬰兒 : 『장자·산목山木』에서 "천회林回가 천금의 구슬을 버리고 어린아이를 등에 업고 도망쳤다"라고 하였다.

莊子, 林回棄千金之璧, 負赤子而趨.

豈聞烹兒翁不哭 未論萬戶無炊烟 蛛絲蝸涎經杼軸 : 『시경』에서 "베틀의
북이 비었네"라고 하였다.

詩, 杼軸其空.

使君閔雪無肉味 煮餅靑蒿下鹽菽 豈云剪爪宜侵肌 : 『문선』에 실린 휴련
응거應璩의 「여광천장서」에서 비가 내리기를 빌었으나 응답이 없는 것
을 말하였는데, 그 대략은 다음과 같다. 즉 "옛날 하나라 우임금은 양
우에서 푸닥거리를 하고 은나라 탕임금은 상림에서 기우제를 지냈으
니, 말이 마치자마자 세찬 비가 내렸다. 지금 구름이 모였으나 다시 흩
어지니, 머리를 자르고 마땅히 살갗에도 미치고 손톱을 잘라 피부도
상처 내어야 하지 않겠는가" 이에 대해 이선의 주에서 "『여씨춘추』에
서 "탕이 하나라를 이겼는데 큰 가뭄이 5년이나 지속되자, 이에 상림
에서 몸도 기도하여 자신의 머리를 자르고 손을 찔러 스스로 희생이
되니 큰 비가 내렸다""라고 하였다. '鄘'의 음은 '력酈'이다.

文選應休璉與廣川長書言, 禱雨不應, 其畧云, 昔夏禹之解陽旰, 殷湯之禱
桑林. 辭未卒而澤滂沛. 今者雲積而復散. 得無割髮宜及膚, 剪爪宜侵肌乎. 李
善注云, 呂氏春秋曰, 湯克夏而大旱五年, 乃身禱於桑林, 剪其髮, 鄘其手, 自
以爲牲, 雨乃大至. 鄘音酈.

霜不殺草仍故綠 : 『춘추·희공僖公 23년』에서 "서리는 내렸지만 풀은
죽지 않았다"라고 하였다. 『공양전』의 주注에서 "음이 양의 위엄을 빌

린 것이다"라고 하였다.

春秋, 隕霜不殺草.

幽靈贔屓西山霧 : 『문선』에 실린 장형의 「서경부」에서 "거대한 신령이 큰 힘을 써서 손으로는 화산의 꼭대기를 둘로 쪼개고 발로는 화산의 기슭을 차버렸다"라고 하였다. 좌사의 「오도부」에서 "거대한 자라가 울퉁불퉁한데 머리에 영산을 이고 있네"라고 하였다. '贔'는 음이 '備'이며, '屓'는 음이 '虛'와 '器'의 반절법이다. '黌'자는 『시경』에서 "안으로는 중국中國에서 노여움을 받아"라고 한 부분의 '黌'자인데, 아마도 잘못 쓴 것이다. '贔'자도 거꾸로 썼는데, 마땅히 고쳐서 바로잡았다.

文選西京賦, 巨靈贔屓, 高掌遠蹠. 吳都賦, 巨鼇贔屓, 首冠靈山. 贔音備, 屓音虛器切. 黌字乃詩所謂內黌於中國, 蓋誤寫耳. 贔字又倒寫, 當改正.

牲肥酒香神未瀆 : 한유의 「남해신묘비」에서 "제물은 기름지고 술은 향기로우며, 술그릇과 술잔은 정결하네"라고 하였다.

退之南海神廟碑云, 牲肥酒香, 樽爵淨潔.

得微往從董父餐 : 『좌전·소공 29년』에서 "채묵이 위헌자에게 대답하기를 "옛날에 요나라에 숙안이란 임금이 있었는데, 그 후손 중에 동보라는 자가 있었습니다. 그는 용을 매우 좋아하여 용이 좋아하는 음식을 찾아 먹였는데, 용들이 그에게 많이 몰려들었습니다. 이에 용을

길러 순임금을 섬겼습니다""라고 하였다.

左昭二十九年, 蔡墨對魏獻子曰, 昔有飂叔安, 有裔子曰, 董父, 實甚好龍, 能求其嗜欲以飮食之, 龍多歸之, 乃畜龍以服事舜.

寧當罪繫葛陂淵 : 『한서·비장방전』에서 "동해군이 갈피군을 만났을 때 그의 부인을 간통하였다. 비장방이 그 죄를 캐묻고 3년을 옥에 가두었는데, 동해에 큰 가뭄이 들었다. 장방이 "동해군이 죄를 지어 내가 전에 갈피에서 가둬두었는데 이제 그를 내보내려 하니, 비를 내리게 해다오"라 하였다. 이에 비가 곧바로 쏟아졌다"라고 하였다.

漢書費長房傳, 東海君見葛陂君, 淫其夫人, 長房劾繫之三年, 東海大旱. 長房曰, 東海君有罪, 吾前繫於葛陂, 今出之, 使作雨. 於是雨立注.

卜擇祠官齊博士 : 『한서·무제기』에서 "사관에게 명하여 산천의 사원에 제사 지내게 하였다"라고 하였다. 『한서·유림전』에서 "오경박사는 대부분 제나라 사람이다"라고 하였다. 서요문은 당시 교수로 있었으므로 이렇게 말한 것이다.

漢武紀, 其令祠官修山川之祠. 漢儒林傳, 五經博士, 多是齊人. 舒堯文, 時爲敎授故云.

暴露致告蒼崖顚 請天行澤不汲汲 爾亦枯魚過河泣 : 『악부·고사』에서, "하수 위 흐느끼는 마른 고기여, 어느 때 다시 돌아갈 건가. 글 지어 방

어 연어에게 주며, 서로 출입을 삼가라 하네"라고 하였다.

樂府古詞云, 枯魚過河泣, 何時悔復及. 作書與魴鱮, 相教謹出入.

生鵝斬頸血未乾 : 『장자·설검』에서 "서인의 검은 왕 앞에서 서로 싸워, 위로는 상대의 목줄을 자르고 아래로는 간과 폐를 도려냅니다"라고 하였다. 한유의 「석훈호射訓狐」에서 "한 사내가 목이 잘리니 뭇 병아리 말라가네"라고 하였다.

莊子說劍篇, 上斬頸領, 下決肝肺. 退之詩, 一夫斬頸羣雛枯.

風馬雲車坐相及 : 『한서·예악지』에서 "「방중가」에서 "영거에 검은 구름이 맺혀 있고, 영거가 내려올 때 바람처럼 말이 내달리네""라고 하였다.

漢禮樂志, 房中歌云, 靈之車, 結玄雲, 靈之下, 若風馬.

百里旌旗麗玉花 : 당나라 서원여의 「장안설하망월기長安雪下望月記」에서 "무거운 눈이 종일 내리는데, 옥꽃이 허공에 흔들리네"라고 하였다.

唐舒元輿序, 重雪終日, 玉花擾空.

使君義動龍蛇蟄 : 두보의 「송솔부정록사送率府程錄事」에서 "늙은 잣나무처럼 오래도록 푸르자 생각하는데, 그대 의리 똬리 튼 긴 뱀 감동시키네"[85]라고 하였다.

老杜云, 意鍾老柏靑, 義動脩蛇蟄.

老農歡喜有春事 呼兒飯牛理蓑笠 : 『여씨춘추』에서 "백리해는 아직 불우할 때 진나라에서 소를 키웠다"라고 하였다.

呂氏春秋, 百里奚未遇時, 飯牛於秦.

博士勿歎從公疲 明年麥飯滑流匙 : 두보의 「맹동孟冬」에서, "쌀을 맛보니 흰 눈이 수저에 날리네"라고 했으며, 또한 「강각와병江閣臥病」에서 "매끄러움은 기장밥이 생각나고 향기로움은 금대갱[86]과 같네. 숟가락을 적시더니 배를 따뜻하게 하는데, 누가 술 잔을 가져다주리오"라고 하였다.

老杜云, 嘗稻雪翻匙. 又云, 滑憶彫胡飯, 香聞錦帶羹. 溜匙兼暖腹, 誰欲致盃甖.

---

85 그대 의리 (…중략…) 감동시키네 : 이 구는 "내가 난리를 피하여 자취를 감춘 것이 마치 커다란 뱀이 또아리를 튼 것과 같은데 정 녹사의 의리가 나를 감동시킨다"는 것을 의미이다.
86 금대갱 : 꽃의 종류이다.

1. 박박주. 2장【서문을 함께 싣다】
薄薄酒. 二章【并引】

밀주자사 소동파가 조명숙을 위해 「박박주」를 지어 세상의 사특함에 울분을 토하였는데, 그 말이 대단히 고아하였다. 내가 조군의 말을 보니 분수를 지켜 만족할 줄 알아 세상의 모욕을 당하지 않으니 마소유[1]의 풍모가 있다. 그러므로 대신 두 장章을 지어 그의 생각을 갈무리하였다. 【동파는 희녕 7년에 밀주 자사로 있었는데, 제야에 반半자 운의 시를 지었다. 산곡의 화답하는 작품은 원풍 초년에 지어졌다. 이 편은 마땅히 반半자 운 이후에 있어야 한다.】

蘇密州爲趙明叔作薄薄酒二章, 憤世疾邪, 其言甚高. 以予觀趙君之言, 近乎知足不辱, 有馬少游之餘風. 故代作二章, 以終其意.【東坡熙寧七年冬知密州, 除夜作半字韻詩.[2] 山谷和章, 乃元豐初作. 此篇當在半字韻詩以後作也.】

---

1   [교감기] '半字韻詩'는 「제야병중증단둔전(除夜病中贈段屯田)」을 가리키는 것으로, 이 시는 『소식시집』 권12에 보인다.

2   마소유 : 후한(後漢) 때의 복파장군(伏波將軍) 마원(馬援)의 종제(從弟)다.

첫 번째 수其一

薄酒可與忘憂	맛없는 술로 근심을 잊을 수 있으며
醜婦可與白頭	못생긴 아내는 함께 늙어갈 수 있다네.
徐行不必馴馬	천천히 걸으니 네 마리 말이 필요 없고
稱身不必狐裘	옷이 몸에 맞으니 갖옷이 필요 없네.
無禍不必受福	재앙을 당하지 않으면
	반드시 복을 받을 필요 없고
甘餐不必食肉	맛나게 먹는 음식에
	반드시 고기를 먹을 필요 없네.
富貴於我如浮雲	부귀는 나에게 뜬구름이나 마찬가지니
小者譴訶大戮辱	작게는 견책을 받고 크게는 죽음을 당하네.
一身畏首復畏尾	내 한 몸 머리도 두려워하고
	꼬리도 두려워하면
門多賓客飽僮僕	문에 빈객이 많고 하인들도 배불리 먹네.
美物必甚惡	아름다운 여인은 반드시 악독하고
厚味生五兵	맛난 음식은 다툼을 불러일으키네.
匹夫懷璧死	필부가 벽옥을 지니면 죽게 되니
百鬼瞰高明	온갖 귀신이 고명을 넘겨다 볼 것이네.
醜婦千秋萬歲同室	못생긴 아내와 천년만년 함께 살면
萬金良藥不如無疾	만금의 좋은 약도 병이 없음만 못하며,
薄酒一談一笑勝茶	맛없는 술에 웃고 떠드는 것이 차보다 나으니

萬里封侯不如還家　　　만 리 제후도 집으로 돌아감만 못하네.

【주석】

薄酒可與忘憂 :『진서·고영전顧榮傳』에서 "오직 술로 근심을 잊을 수 있다오"라고 했다.

晉顧榮傳, 惟酒可以忘憂.

醜婦可與白頭　徐行不必駟馬　稱身不必狐裘　無禍不必受福 :『순자』에서 "화를 입지 않는 것보다 더 큰 복은 없다"라고 했다.

荀子, 福莫善於無禍.

甘餐不必食肉 :『문선』에 실린 매승의 「칠발」에서 "맛난 음식은 독이 든 약이네"라고 했다. 『전국책』에서 "안촉이 "늦게나마 허기진 배를 채우는 것을 육식과 맞먹는 것으로 여기고, 느긋하게 걷는 것을 수레와 맞먹는 것으로 여긴다""라고 했다.

文選七發云, 甘餐毒藥. 戰國策, 顔斶云, 晚食以當肉, 安步以當車.

富貴於我如浮雲 :『논어·술이述而』에서 "나물밥에 물을 마시고 팔 베고 눕더라도 즐거움이 또한 그 속에 있나니, 떳떳하지 못한 부귀는 나에게 뜬구름과 같다"라고 했다.

見論語.

小者譴訶大戮辱 : 「가의전」에서 "견책을 들으면 흰 관에 소꼬리를 갓
끈으로 만들어 죄를 청합니다"라고 했다. 또한 "살륙을 당한 사람은 황
제와 매우 가까웠던 사람이 아닙니까"라고 했다. 산곡의 사본에는 '譴
何'로 되어 있는데, 속본이 잘못되었다.

賈誼傳, 聞譴何則白冠氂纓. 又云, 被戮辱者, 不大迫乎. 山谷寫本作譴何,
俗本誤耳.

一身畏首復畏尾 : 『좌전』에서 "머리가 어찌 될까 두려워하고 꼬리가
어찌 될까 두려워한다면, 몸 전체 중 걱정되지 않는 부분이 얼마나 될
까"라고 했다.

左傳, 畏首畏尾, 身其餘幾.

門多賓客飽僮僕 美物必甚惡 : 『좌전·소공 28년』에서 "숙향의 어머니
가 "내 듣건대 매우 아름다운 사람은 반드시 매우 악독하다고 한다""
라고 했다.

左傳昭二十八年. 叔向之母曰, 甚美必有甚惡.

厚味生五兵 : 『국어·주어』에서 "높은 자리는 실로 빨리 넘어지고, 맛
난 음식은 실로 독을 지녔다"라고 했다. 『주례·하관·사병』에서 "사
병司兵은 오병과 오순을 맡는다"라고 했는데, 주에서 "오병은 과戈, 수
殳, 극戟, 추모酋矛, 이모夷矛 등이다"라고 했다.

國語周語云, 高位實疾顚, 厚味實腊毒. 五兵見上.

匹夫懷璧死 : 필부가 아무 죄도 짓지 않았는데 구슬을 가지고 있자 이를 탐낸 사람이 구슬을 소지한 것을 죄로 삼았다.

左傳, 匹夫無罪, 懷璧其罪.

百鬼瞰高明 : 권17 「차운문잠次韻文潛」에서 "고명한 그대 바라보니 조금씩 기운 토해내고[我瞻高明少吐氣]"라고 했다.

見上.

醜婦千秋萬歲同室 萬金良藥不如無疾 : 『한서·관부전』에서 "오와 초가 반란을 일으켰을 때 관부가 오군으로 내달려 들어가다가 십여 곳의 몸에 큰 상처를 입었는데, 마침 만금 가는 좋은 약이 있었기에 죽지 않을 수 있었다"라고 했다.

漢灌夫傳, 吳楚反時, 夫馳入吳軍, 身中大創十餘, 適有萬金良藥, 故得無死.

薄酒一談一笑勝茶 萬里封侯不如還家 : 이백의 「촉도난蜀道難」에서 "금성이 비록 즐겁다고 하지만, 일찍 집으로 돌아감만 못하네"라고 했다. 『후한서·반초전』에서 "관상장이가 "좨주가 지금은 포의 서생이지만 응당 만 리 밖 제후에 봉해질 것이오'"라고 했다.

太白詩, 錦城雖云樂, 不如早還家. 後漢班超傳, 當封侯萬里之外.

두 번째 수其二

薄酒終勝飮茶 　 맛없는 술이 차 마시는 것보다 낫고

醜婦不是無家 　 못생긴 아내도 남편이 없지 않네.

醇醪養牛等刀鋸 　 진한 막걸리는 소를 키울 때 칼날과 같고

深山大澤生龍蛇 　 깊은 산 큰 못에는 용과 뱀이 나오네.

秦時東陵千戶食 　 진나라 때 동릉후는 천호의 식읍이 있었는데

何如靑門五色瓜 　 청문에서 오색의 오이 길렀을 때와 어떠한가.

傳呼鼓吹擁部曲 　 악단을 지휘하여 북치고 피리 부는 것은

何如春雨一池蛙 　 봄비 내리는 연못에 개구리 울음과 어떠한가.

性剛太傅促和藥 　 본성이 강직한 태부는 독약을 재촉하니

何如羊裘釣煙沙 　 양갓옷 입고 이내 낀 백사장에서

　 낚시함과 어떠한가.

綺席象牀珚玉枕 　 비단 의자와 상아 상에 옥을 아로새긴 베개

重門夜鼓不停撾 　 겹문 안에 밤에도 연주소리 멈추지 않는데,

何如一身無四壁 　 벽만 남은 집도 없이 한 몸뿐인데

滿船明月臥蘆花 　 배에 가득 밝은 달빛 비추고

　 갈대밭에 누움과 어떠한가.

吾聞食人之肉 　 내 들으니, 남이 준 고기를 먹는 것은

可隨以鞭朴之戮 　 채찍으로 맞는 모욕이 뒤따르고,

乘人之車 　 남이 준 수레를 타는 것은

可加以鈇鉞之誅 　 부월로 죽임을 당할 수 있다 하네.

不如薄酒醉眠牛背上	맛없는 술로 소 등에서 취해 졸거나
醜婦自能搔背痒	못난 아내가 가려운 등을
	스스로 긁는 것만 못하네.

【주석】

薄酒終勝飮茶 醜婦不是無家 醇醪養牛等刀鋸 深山大澤生龍蛇 : 『좌전·양공 21년』에서 "숙향의 어머니가 "깊은 산과 큰 못에는 실로 용과 뱀이 난다. 저는 아름다우니, 내 그가 용과 뱀을 내어 너에게 화를 끼칠까 두렵다""라고 했다.

左傳襄二十一年, 叔向之母曰, 深山大澤, 實生龍蛇. 彼美, 余懼其生龍蛇以禍女.

秦時東陵千戶食 何如靑門五色瓜 : 『한서·소하전』에서 소평이 동릉에서 오이를 키우던 일을 싣고 있다. "장안성의 동쪽 문을 청문이라 한다. 옛날 소평邵平이 청문에서 오이를 길렀는데, 맛이 좋았다"라고 했다.

見上.

傳呼鼓吹擁部曲 何如春雨一池蛙 : "시종을 부르는데 매우 총애하였다"는 말은 『한서·소망지전』에 보인다. 『남사·공규전孔珪傳』에서 "문정門庭의 잡초를 제거하지 않아 그 안에서 개구리들이 울어대었다. 어떤 사람이 "진번이 되고 싶은가"[3]라 묻자, 공규는 "나는 이 개구리의 울음소

리를 양부兩部[4]의 음악 연주로 삼겠다"고 했다. 왕안이 일찍이 북을 두드리고 피리를 불며 공규를 기다리고 있다가 개구리 울음소리를 듣고서 "이는 자못 사람의 귀를 시끄럽게 하는군"이라고 하자, 공규가 "내가 북과 피리 소리를 들으니 개구리 울음소리에 미치지 못하는 것 같더군"이라 하였다. 이에 왕안은 부끄러워하였다"라고 했다.

傳呼甚寵, 見蕭望之傳. 南史孔珪傳云, 門庭之內, 草萊不剪, 中有蛙鳴. 或問之曰, 欲爲陳蕃乎. 答曰, 我以此當兩部鼓吹. 王晏嘗鳴鼓吹候之, 聞蛙鳴曰, 此殊聒人耳. 珪曰, 我聽鼓吹, 殆不及此. 晏甚有慙色.

性剛太傅促和藥 : 『한서·소망지전』에서 "천자가 바야흐로 소망지에게 의지하여 그를 승상으로 삼으려고 하였는데, 마침 소망지의 아들 급이 이전에 홍공과 석현이 자신의 부친 소망지를 옥리인 정위에게 내려 보낸 사건을 소송하는 글을 올렸다. 홍공과 석현은 천자에게 아뢰기를 "소망지가 전에 선제宣帝의 장인인 허백許伯과 선제의 외가인 사고史高 집안을 물리쳐서 내치고서 권력을 독차지하여 조정을 좌지우지하려고 하였습니다. 다행히 앞의 사건에 연좌되지 않았지만 깊이 원망하는 마음을 품고서 아들을 사주하여 글을 올리게 하였으니, 소망지를 옥

3　진번이 되고 싶은가 : 진번은 동한시대 활약한 인물로 이응(李膺)과 함께 환관의 발호를 척결하려다가 도리어 살해된 인물이다. 그의 집안 뜰에 풀이 무성하므로 어떤 사람이 까닭을 묻자 "대장부가 마땅히 천하를 청소할 것이지, 어찌 집안이나 청소한단 말인가"라고 했다.
4　양부(兩部) : 본디 입부(立部)와 좌부(坐部) 양부로 나누어 연주하는 악기 연주를 말한다. 여기에서는 곧 개구리의 울음소리를 양부의 음악 연주에 비유한 것이다.

에 가두어 그 앙앙불락하는 마음을 막지 않는다면 성조께서 정사를 행하여 백성들에게 은혜를 베풀 수가 없을 것입니다"라 하자, 천자가 "소태부는 본디 강직하니 어찌 기꺼이 옥리에게 보내겠는가"라 하였다. 다시 석현 등이 "소망지가 연좌된 것은 말이 야박한 죄이니, 반드시 걱정할 것이 없습니다"라 하였다. 이에 천자가 그들의 상소를 옳다고 하였다. 소망지가 자살하려고 하자 그 부인이 만류하였다. 이에 문하생 주운에게 묻자 주운이 자결할 것을 소망지에게 권하였다. 소망지가 이에 주운에게 "유[5]야! 독약을 타서 내와라, 내 죽음을 오래 지체하지 않겠노라"라고 하고서 마침에 짐독을 마시고 자결하였다"라고 했다.

蕭望之傳, 天子方倚欲以爲丞相, 會望之子伋上書訟望之前事. 弘恭石顯建白望之前欲排退許史, 專權擅朝. 幸得不坐, 深懷怨望, 敎子上書, 非頗屈望之於牢獄, 塞其快快心, 則聖朝亡以施恩厚. 上曰, 蕭太傅素剛, 安肯就吏. 顯等曰, 望之所坐, 語言薄罪, 必亡所憂. 上乃可其奏. 望之欲自殺, 其夫人止之. 以問門下生朱雲, 雲勸望之自裁. 望之乃謂雲曰, 游, 趣和藥來, 無久留我死. 竟飮鴆自殺.

何如羊裘釣煙沙 : 『후한서·엄광전』에서 "광무제가 즉위하자 엄광은 성명을 바꾸고 몸을 숨겼다. 후에 제나라에서 상소를 올려 말하기를 "어떤 남자가 양갓옷을 입고 연못에서 낚시를 합니다""라고 했다.

後漢嚴光傳, 光武卽位, 光變姓名隱身, 帝令以物色求之. 後齊國上言, 有

---

5   유(游) : 주운의 자(字)이다.

男子披羊裘, 釣澤中.

綺席象牀珝玉枕 : 이백의 「증종제남편태수贈從弟南平太守」에서 "준마에
옥등자와 백옥의 안장, 상아 상에 아름다운 음식과 황금 쟁반"이라고
했다.

太白詩, 龍駒珝鐙白玉鞍, 象牀綺食黃金盤.

重門夜鼓不停撾 何如一身無四壁 滿船明月卧蘆花 吾聞食人之肉 可隨以
鞭朴之戮 乘人之車 可加以鈇鉞之誅 : 유향의 『열녀전』에서 "노래자의 아
내가 "제가 들으니 술과 고기로 먹일 수 있는 사람은 채찍으로 따르게
할 수 있고, 벼슬과 녹봉을 받게 할 수 있는 사람은 부월로 위협하여
따르게 할 수 있습니다""라고 했다.

劉向列女傳, 老萊子妻云, 妾聞之, 可食以酒肉者, 可隨以鞭箠. 可授以官
祿者, 可隨以斧鉞.

不如薄酒醉眠牛背上 醜婦自能搔背痒 : 『신선전』에서 "왕원의 자는 방
평이다. 채경의 집을 찾아갔는데, 마고도 왔다. 마고의 손톱은 새의 발
톱과 같아서 채경이 속으로 생각하기를 "만약 등이 가려울 때 이 손톱
으로 등을 긁으면 시원하지 않을까"라 했다. 방평이 이미 그 생각을 알
고서 사람을 보내 채경을 끌어내어 채찍질 하면서 "마고는 신선이거늘
어찌 등을 긁을 생각을 하느냐"라 하면서 채찍이 스스로 움직여 등을

때리게 하면서 "나의 채찍도 쉽게 맞을 수 없는 것이다"'라고 했다.
『진서』에서 왕연王衍이 왕도王導을 데리고 함께 수레를 타고 떠나면서
"내 눈빛이 소 등 위에 있구나"라고 했다.

神仙傳, 王遠字方平, 過蔡經家, 麻姑手爪似鳥爪, 蔡經心中私言, 若背癢
時, 得此爪以爬背, 當佳否. 方平已知其意, 卽使人牽經鞭之, 曰, 吾鞭不可妄
得也. 牛背, 見上注.

2. 언심에게 장난삼아 주다【원래 주에서 "이후의 자는 언심이다. 이후의 아우가 남양에 살고 있었다"라고 했다】

戱贈彦深【元注云, 李厚字彦深. 厚之弟居南陽】

李髥家徒立四壁	이염의 집에는 사방 벽만 휑하니 서 있으니
未嘗一飯能留客	손님 대접할 한 끼 식사도 없구나.
春寒茅屋交相風	봄추위에 초가에는 바람만 불어대는데
倚牆捫虱讀書策	담에 기대 이를 잡으며 서책을 읽네.
老妻甘貧能養姑	늙은 아내는 가난을 견디며
	시모를 봉양하는데
寧剪髻鬟不典書	차라리 머리카락 자를지언정
	책은 전당잡히지 않네.
大兒得餐不索魚	큰 아이는 밥상을 받으면 고기를 찾지 않고
小兒得褌不索襦	작은 아이는 겹바지를 입고 홑옷을 찾지 않네.
庾郞鮭菜二十七	유고지는 생선과 채소
	스물일곱 반찬을 먹으며
太常齋日三百餘	태상은 재계하는 날이 삼백 여 일이네.
上丁分膰一飽飯	첫 번째 정丁일에 나눠준 번육에
	배부르게 먹는데
藏神夢訴羊蹴蔬	오장신이 꿈에 양이
	채소를 밟는다고 하소연하네.

世傳寒士有食籍	전하는 말에 가난한 선비는
	음식 장부가 있다고 하니
一生當飯百甕菹	일생에 백 단지의 김치에
	곁들일 밥을 먹는다네.
冥冥主張審如此	조물주가 아무도 모르게 주관함이
	참으로 이와 같으니
附郭小圃宜勤鋤	성곽의 작은 밭이라 있으면
	마땅히 부지런히 지을 텐데.
葱秧靑靑葵甲綠	파의 새싹은 푸르며 해바라기는 초록인데
早韭晚菘羹糁熟	이른 부추와 늦은 배추에 나물죽이 익어가네.
充虛解戰賴湯餠	허기 채우고 냉기 풀어낼 때 국수에 의지하고
芼以荓韲與甘菊	부추 국에 국화꽃을 집어넣네.
幾日憐槐已著花[6]	언제면 화나무에 꽃이 필까 기대하고
一心咒笋莫成竹	온 마음으로 죽순이
	대가 되지 말라고 빈다네.
羣兒笑髯窮百巧	뭇 아이들이 지독히 가난한 이염을 비웃어도
我謂勝人飯重肉	나는 많은 고기반찬 먹는 이보다
	낫다고 생각하네.
羣兒笑髯不若人[7]	뭇 아이들이 남들보다 못하다고

---

6 [교감기] '憐'은 고본에는 '隣'으로 되어 있다.
7 [교감기] '若'은 건륭본에는 '如'로 되어 있다.

이염을 비웃어도

我獨愛髥無事貧　　나는 가난을 편안하게 여기는 이염을

　　　　　　　　　유독 사랑하네.

君不見　　　　　　그대는 보지 못하였는가,

猛虎卽人厭麋鹿　　맹호가 사슴이 질려서 사람을 습격하지만

人還寢皮食其肉　　사람이 도리어 그 가죽을 덮고

　　　　　　　　　그 고기를 먹는 것을.

濡需終與豕俱焦　　유수자들은 끝내 돼지털과 함께 태워지니

飫肥擇甘果非福　　살진 맛난 고기를 골라 먹는 것이

　　　　　　　　　끝내 복이 아니네.

蟲蟻無知不足驚　　개미의 무지함에 놀랄 것도 없으니

橫目之民萬物靈　　횡목의 백성은 만물의 영장이라네.

請食熊蹯楚千乘　　초나라 천승의 제후는

　　　　　　　　　곰발바닥 요리 먹겠다고 요청하고

立死山壁漢公卿　　한나라 공경은 산의 절벽에 서서 죽었네.

李髥作人有佳處　　이염의 사람됨은 훌륭한 것이 있으며

李髥作詩有佳句　　이염이 지은 시는 아름다운 구절이 있네.

雖無厚祿故人書　　비록 녹봉 두둑한 벗들의 편지가 없더라도

門外猶多長者車　　문밖에는 오히려 장자들의 수레가 많다네.

我讀楊雄逐貧賦　　내가 양웅의 「축빈부」을 읽으니

斯人用意未全疎　　이 사람의 마음 씀씀이는

완전히 우활하지 않다네.

【주석】

李鄗家徒立四壁 : 이염은 위에 보인다. 『한서·사마상여전』에서 "집
에는 다만 사방 네 벽만이 휑하니 서 있었다"라고 했다.

李鄗見上. 漢司馬相如傳, 家徒立四壁.

未嘗一飯能留客 : 두보의 「해민解悶」에서 "속객과는 한끼 식사도 함께
하지 않았고"라고 했다.

老杜云, 一飯未曾留俗客.

春寒茅屋交相風 : 도연명의 「음주」에서 "낡은 초가엔 슬픈 바람만 불
어오고, 무성한 잡초는 앞뜰을 뒤덮었네"라고 했다.

淵明飮酒詩, 弊廬交悲風, 荒草沒前庭.

倚牆捫虱讀書策 : 『진서·왕맹전』에서 "환온이 관문에 들어오자 왕맹
은 갈옷을 입고 그에게 나아가 이를 잡으면서 이야기하는데, 마치 옆
에 아무도 없는 듯하였다"라고 했다. 『예기·곡례』에서 "선생의 서책
과 거문고가 앞에 있거든 앉아서 옮기고 넘지 않도록 조심해야 한다"
라고 했다.

晉王猛傳, 桓溫之關, 猛被褐詣之, 捫虱而言, 旁若無人. 曲禮曰, 先生書策琴瑟在前, 坐而遷之, 戒勿越.

老妻甘貧能養姑 寧剪髻鬟不典書 : 『진서·도간전』에서 "도간이 어려서 부친을 여의고 가난하여 고을의 아전이 되었다. 파양의 효렴 범규가 일찍이 도간의 집을 들렀는데, 급작스런 일이라 손님을 대접할 만한 것이 없었다. 그의 모친이 이에 머리카락을 잘라 두 타래를 얻어서 술과 안주로 바꾼 다음에 대단히 즐겁게 술을 마셨다"라고 했다. 두보의 「송중표질왕빙평시送重表侄王砯評事」에서 "어른이 문앞에 찾아왔는데, 흉년이라 죽으로 연명하네. 집이 가난하여 대접할 것 없으니, 손님 자리에는 키와 비뿐이네. 잠시 뒤에 진수성찬 나왔는데, 손님 간 뒤 집안 고요하네. 문으로 들어와 머리카락 없어져 깜짝 놀라며, 아아 오랫동안 탄식하더라. 스스로 말하기를 "머리를 잘라서, 시장에 팔아 술을 사왔다"고 하네"라고 했다.

晉陶侃傳, 侃早孤貧, 爲縣史. 鄱陽孝廉范逵嘗過侃, 時倉卒無以待賓. 其母乃截髮得雙髮, 以易酒肴, 樂飮極歡. 杜詩, 長者來在門, 荒年自糊口. 家貧無供給, 客位但箕帚. 俄頃羞頗珍, 寂寥人散後. 入怪鬒髮空, 吁嗟爲之久. 自陳剪髻鬟, 鬻市充杯酒.

大兒得餐不索魚 小兒得褌不索襦 : 『진서·한백전』에서 "한백이 서너 살 무렵에 어머니가 그에게 줄 홑옷을 만들면서 한백에게 다리미를 잡게 하고서 "일단 홑옷을 입고 있어라. 곧 겹바지를 만들어 줄 테니까'

라 하였다. 한백이 "그렇게 할 필요가 없습니다. 불이 다리미 안에 있으니 그 자루도 뜨거워지고 있습니다. 지금 이미 홑옷을 입고 있으니 아랫도리도 마땅히 따뜻해질 것입니다'"라고 했다.

晉韓伯傳, 伯數歲, 母爲作襦, 令捉熨斗, 而謂之曰, 且著襦, 尋當作複褌. 伯曰, 不復須, 火在斗中而柄尙熱, 今旣著襦, 下亦當煖.

庾郞鮭菜二十七 : 『남사·유고지전』에서 "임방이 희롱하기를 "누가 유랑을 가난하다고 하는가. 항상 27종의 규채를 먹는걸""[8]이라고 했다.

食鮭二十七種, 見上.

太常齋日三百餘 : 『후한서·주택전』에서 "예악과 제사를 담당하던 태상이 되어 일찍이 재궁에서 병들어 누워 있었다. 그의 아내가 주택이 늙고 병든 것을 불쌍히 여겨 재궁으로 찾아가 고생스런 상황을 엿보았다. 주택이 크게 화를 내고는 아내가 재궁의 금기를 범하였다고 조옥으로 보내 죄를 받게 하였다. 당시 사람들이 이를 두고서 말하기를 "세상에 태어나 운수가 사나워 태상의 아내가 되었네. 한 해 삼백육십 일

8 　임방이 (…중략…) 먹는걸 : 규채는 생선과 채소 반찬을 범칭한 말이다. 남제(南齊) 때의 문신 유고지(庾杲之)가 본디 청빈하여 먹는 것이라고는 오직 '부추 김치[韭葅]', '삶은 부추[瀹韭]', '생부추[生韭]' 등 잡채(雜菜)뿐이므로, 임방(任昉)이 그를 희롱하여 위에서처럼 말하였다. 27종이란 곧 구(韭)의 음이 구(九)와 같으므로, 세 종류의 부추 나물을 3×9=27로 환산하여 말한 것인데, 유고지는 실상 세 종류의 부추만을 먹었을 뿐 규채는 없었지만, 임방이 장난삼아 그에게 많은 종류의 규채를 먹는다고 하였다.

에 삼백오십구 일을 재계하며 지내고 나머지 하루는 재계하지 않으나 흠뻑 취해 있다네"'라고 했다.

後漢周澤傳, 爲太常, 嘗臥疾齋宮. 其妻哀澤老病, 闚問所苦. 澤大怒, 以妻干犯齋禁, 遂收送詔獄謝罪. 時人爲之語曰, 生世不諧, 作太常妻. 一歲三百六十日, 三百五十九日齋. 一日不齋醉如泥.

上丁分膰一飽飯　藏神夢訴羊蹍蔬：『주례·대종백』에서 "종묘의 제사에 쓴 고기를 나눠주는 예로 형제의 나라를 친밀하게 한다"라고 했다. 『좌전』에서 "천자가 일이 있어서 번육을 보냈다"라고 했으며, 또한 "번육을 나눠받았습니다"라고 했다. 이 구는 석전에서 제사지낸 고기를 나눠주는 것을 말한다. 『계안록』에서 "어떤 사람이 항상 채소만 먹었는데, 문득 양고기를 먹게 되었다. 꿈에 오장의 신이 나와서 "양이 채소밭을 짓밟고 있다"'라고 했다.

周禮大宗伯, 以脤膰之禮, 親兄弟之國. 左傳, 天子有事膰焉. 又云, 與執膰焉. 此言釋奠分胙也. 啓顏錄云, 有人常食蔬, 忽食羊肉, 夢五藏神曰, 羊踏破菜園.

世傳寒士有食藉　一生當飯百甕菹：『시경·남산』에서 "밭두둑에 오이가 있으니, 이걸 깎아 김치를 담그네"라고 했다. 가의의 『신서』에서 "초혜왕이 날채소를 먹다가 거머리가 나오자 아랫사람이 처형될까 걱정하여 그것을 삼켰다"[9]라고 했는데, 저菹는 지금의 "버무려 독에 넣은

것"과 같다. 또한『예기』의 "젓이 백 단지나 되었다"라는 말에서 백옹百甕이란 말을 따와서 희롱한 것이다. 식적食籍은 제6권에 보인다.

詩, 疆場有瓜, 是剝是菹. 新序, 楚惠王食菹寒而得蛭. 菹若今韲甕也. 又摘禮記醓醢百甕字, 以相謔也. 食籍, 見第六卷.

冥冥主張審如此 :『장자』에서 "해와 달은 서로 장소를 다투는 것인가. 누가 이것을 주관하는가"라고 했다.

莊子, 孰主張是.

附郭小圃宜勤鋤 :『사기·소진전』의 "성 근처의 비옥한 토지 두 마지기"란 글자를 따다 썼다.

摘蘇秦傳附郭田二頃字.

蔥秧靑靑葵甲綠 早韭晚菘羹椮熟 :『남사』에서 "제나라 주옹이 종산에 은거하며 지냈다. 문사태자가 "채소 가운데 무엇이 가장 맛이 좋소"라 묻자, "초봄에는 이른 부추가 좋고, 늦가을에는 늦은 배추가 좋습니다""라고 했다.『장자』에서 "공자가 진과 채 사이에서 곤궁을 당하여 쌀 한 톨 없는 명아주국을 먹었다"라고 했다.

南史, 齊周顒隱鍾山, 文思太子問, 菜食何味最勝. 曰, 春初早韭, 秋末晚菘. 莊子, 藜羹不椮.

---

9 초혜왕이 (…중략…) 삼켰다 : 초 혜왕의 고사가 아니라 초 장왕의 고사이다.

充虛解戰賴湯餠 : 진나라 속석의 「병부」에서 "한겨울 맹렬한 추위에 새벽에 몰려드네. 콧물이 코안에서 얼고 입 밖으로 입김이 어렸네. 허기를 채우고 덜덜 떨림을 해결하는데 국수가 최고라네"라고 했다.

晉束晳餠賦曰, 玄冬猛寒, 淸晨之會. 涕凍鼻中, 霜凝口外. 充虛解戰, 湯餠爲最.

芼以荓薑與甘菊 : 『예기·내칙』에서 "꿩과 토끼는 모두 탕이 있다"라고 했는데, 주에서 "탕을 끓일 때 채소를 넣는다"라고 했다. 『진서·석숭전』에서 "부추 잎을 버무리고 부추 뿌리를 찧어서 보리 싹으로 섞었다"라고 했다.

內則云, 雉兔皆有芼. 注云, 菜釀也. 晉石崇傳云, 韭荓薑是擣韭根, 雜以麥苗耳.

幾日憐槐已著花 一心呪笋莫成竹 : 백거이의 「식순」에서 "죽순 먹는 것을 주저하지 마라, 남풍 불면 대가 되나니"라고 했다.

白樂天食笋詩, 且食勿踟蹰, 南風吹作竹.

輩兒笑鬢窮百巧 我謂勝人飯重肉 : 『한서·주가전』에서 "식사할 때 고기반찬은 두 가지 이상 먹지 않았다"라고 했다. 『한서·공손홍전』에서 "급암이 "공손홍은 삼공의 지위에 있어서 봉록이 많은데도 베로 이불을 만들어 덮고 있으니 이는 위선입니다"라 하였다. 천자가 공손홍에게

묻자, 홍이 "그런 일이 있습니다. 신이 듣건대 관중은 제나라의 재상이 되어 삼귀를 두었으니 그 사치는 임금에 비견되었지만 환공은 패자가 되었습니다. 안영이 경공의 재상이 되어 식사할 때 고기반찬을 두 가지 이상 두지 않았는데 제나라가 또한 다스려졌습니다"라고 했다. (…중략…) 공손홍은 고기반찬 한 가지에 현미만을 먹었다"라고 했다.

漢朱家傳, 食不重味. 公孫弘傳, 汲黯曰, 弘位在三公, 奉祿甚多, 然爲布被, 詐也. 上問弘, 弘曰, 有之. 臣聞管仲相齊, 有三歸, 侈擬於君, 桓公以霸. 晏嬰相景公, 食不重肉, 齊國亦治云云. 弘身食一肉, 脫粟飯.

羣兒笑鬐不若人 我獨愛鬐無事貧 君不見猛虎即人厭樂鹿 : 『주역·둔괘』에서 "사슴을 쫓되 산지기가 없는지라, 숲속으로 빠져 들어가는 상일뿐이니, 군자는 기미를 알아서 그만두는 것만 못하다"라고 했다.

易曰, 卽鹿无虞.

人還寢皮食其肉 : 『좌전·양공 21년』에서 "저 두 사람을 짐승에 비유하면 신은 저들을 잡아 고기를 먹고 그 가죽을 벗겨 그 위에서 잠을 잔 것과 같습니다"[10]라고 했다.

左襄二十一年, 州綽曰, 二子者, 譬於禽獸, 臣食其肉而寢處其皮矣.

---

10 저들을 (…중략…) 같습니다. : 동려(東閭)의 전쟁 때 활을 쏘아 식작(殖綽)과 곽최(郭最)를 잡았던 일을 말한 것이다.

濡需終與豕俱焦：『장자·서무귀』에서 "난주에 속하는 사람과 유수에 속하는 사람이 있다. 유수에 속하는 사람들은 돼지의 몸에 기생하는 이와 같다. 길게 털이 자라난 곳을 골라서 넓은 궁전의 드넓은 정원이라 여긴다. 발굽 모서리나 사타구니 사이, 젖통 사이나 넓적다리 사이를 안락한 방이나 편안한 장소라고 여긴다. 그러나 도살꾼이 돼지를 잡은 뒤 마른풀을 깔아 불을 붙이면, 자신도 돼지의 털과 함께 타버리는 것은 알지 못한다"라고 했다.

莊子徐無鬼篇, 有暖姝者, 有濡需者. 濡需者, 豕虱是也. 擇疏鬣, 自以爲廣宮大囿. 奎蹄曲隈, 乳間股脚, 自以爲安室利處. 不知屠者之一旦鼓臂布草, 操煙火, 而己與豕俱焦也.

飫肥擇甘果非福 蟲蟻無知不足驚 橫目之民萬物靈：『장자·천지』에서 "선생님은 횡목의 백성[11]에게 뜻이 없습니까? 성인의 정치를 듣고자 합니다"라고 했다. 『서경』에서 "오직 사람이 만물의 영장이다"라고 했다.

莊子天地篇, 夫子無意於橫目之民乎. 書, 惟人, 萬物之靈.

請食熊蹯楚千乘：『좌전·문공 원년』에서 "초나라 태자 상신이 궁궐의 갑병을 거느리고 가서 성왕을 포위하였다. 성왕이 요리하는데 시간이 걸려 외국의 원병이 오기를 바라며 곰발바닥 요리를 먹고 죽겠다고

---

11 횡목의 백성 : 사람을 가리킨다. 사람의 눈이 가로로 찢어졌기 때문에 이렇게 부르는 것이다.

요청하였지만 들어주지 않았다"라고 했다.

左文元年, 楚太子商臣以宮甲圍成王. 王請食熊蹯而死, 弗聽.

立死山壁漢公卿 : 『후한서·헌제기』에서 "건안 원년에 황제의 수레가
낙양에 이르렀다. 이 당시 궁궐은 다 타고 백관은 가시나무를 헤치고
담장과 벽 사이에 의지해 있었다. 주군이 각각 강한 병사를 차지하고
서 식량을 보내지 않아 많은 관료들이 굶주렸다. 상서랑 이하는 성 밖
으로 나가 식량을 구하였는데, 혹은 담장 사이에서 굶어 죽었으며 혹
은 병사들에게 죽음을 당하였다"라고 했다.

後漢獻帝紀, 建安元年, 車駕至洛陽. 是時宮室燒盡, 百官披荆棘, 依牆壁
間. 州郡各擁強兵, 而委輸不至, 羣僚飢乏, 尙書郎以下自出採稆, 或飢死牆壁
間, 或爲兵士所殺.

李髥作人有佳處 : 한유의 「휘변」에서 "사람됨이 주공이나 공자 정도
되어야 더 이상 바랄 것이 없다고 할 것이다"라고 했다.

韓文諱辯云, 作人得如周公孔子, 亦可以止矣.

李髥作詩有佳句雖無厚祿故人書 : 두보의 「광부狂夫」에서 "녹봉 두둑한
벗들은 서신 끊기고, 노상 주린 처자는 낯빛이 핼쑥하네"라고 했다.

杜詩, 厚祿故人書斷絶, 長飢稚子色凄凉.

門外猶多長者車:『한서』에서 "진평은 짚자리로 문을 만들었으나, 문 밖에는 장자의 수레가 많이 찾아왔다"라고 했다.

陳平事見上.

我讀楊雄逐貧賦 斯人用意未全疎:「축빈부」는 「양웅전」에 보이니, 이에 더 이상 언급하지 않는다.

逐貧賦見雄傳, 玆不及注.

3. 죽헌에서 눈을 읊어 외삼촌 사사후에게 올리며 아울러 이언심을 놀리다

竹軒詠雪呈外舅謝師厚幷調李彦深

이 편은 권의 마지막 작품까지 모두 변경에서 남양으로 돌아갔을 때 지은 것이다.

此篇至卷終, 皆自汴京回至南陽作

破臘春未融	겨울 다 지나갔지만 봄은 무르익지 않아
土膏寒不發	흙의 윤기가 추위에 얼어 있네.
數聲鳴條風	가지를 울리는 바람은 자주 불어대며
一夜洒窗雪	밤새도록 창에 눈이 퍼부었네.
開軒萬物曉	죽헌을 여니 만물은 새벽인데
落勢良未歇	내리는 형세는 참으로 그치지 않네.
鏗鏗靑琅玕	눈바람에 울어대는 푸른 대는
閱此歲凜冽	매서운 추위로 연초를 보내네.
摧埋頭搶地	땅위로 휘어져 잎을 비벼대지만
意氣終自潔	의기는 끝내 절로 깨끗하네.
君子謂此君	군자는 말하길 대나무는
全身斯明哲	명철하여 몸을 보호한다 하네.
屋頭維女貞	지붕 위의 당광나무는

顏色少澤悅[12]	모습에 윤택함이 적지만,
梢能窺藩籬	가지는 울타리 안을 엿보니
亦有固窮節	또한 곤궁을 지키는 절개가 있네.
佳興冉冉生	아름다운 흥취는 끊임없이 일어나는데
門外無車轍	문밖에 찾아오는 수레가 없네.
寫之朱絲絃	붉은 거문고로 연주하며
清坐待明月	맑게 앉아 밝은 달을 기다리네.

【주석】

破臘春未融 : 두보의 「백제루白帝樓」에서 "겨울 다하니 한 장 비단 생각하고"라고 했다.

杜詩, 臘破思端綺.

土膏寒不發 :『국어』에서 "지금부터 2월 초하루까지 양기가 모두 위로 올라와 흙의 윤기가 유동하게 됩니다"라고 했다.

國語云, 自今至于初吉, 土膏其動.

數聲鳴條風 :『논형』에서 "5일에 한 번 바람이 부는데, 바람이 부드러워 나뭇가지를 울리지 않는다"라고 했다.

論衡, 五日一風, 風不鳴條.

12　[교감기] '顏色'은 전본에는 '額色'으로 되어 있다.

一夜洒窗雪 : 한유의 「영설」에서 "거세게 내림을 울리는 창을 통해 아네"라고 했다.

退之詠雪云, 洒急聽窗知.

開軒萬物曉 落勢良未歇 : 한유의 「치락」에서 "잠깐 사이에 예닐곱 개가 빠지니, 빠지는 춧가 정말 멈출 줄 모르네"라고 했다.

退之齒落詩, 俄然落六七, 落勢殊未已.

鏗鏗靑琅玕 閱此歲凜冽 : 한유의 「감춘感春」에서 "가을날 서리보다 참혹하달 수 없지만"이라고 했다.

退之詩, 豈如秋霜雖凜冽.

摧埋頭搶地 : 사마천의 「보임소경서報任少卿書」에서 "옥리를 보면 머리를 땅에 대고 비비며 하소연한다"라고 했다. '搶'의 음은 '千'과 '羊'의 반절법이다.

司馬遷書, 見獄吏則頭搶地. 千羊反.

意氣終自潔 : 이백의 「협객행俠客行」에서 "술에 추해 눈은 아롱거리고 귀까지 붉어지면, 의기가 흰무지개처럼 뻗어나네"라고 했다.

太白詩, 眼花耳熱後, 意氣素霓生.

君子謂此君 全身斯明哲 : 『시경·증민』에서 "이미 사리에 밝고 또 일에 밝아 그 몸을 보전하도다"라고 했다.

詩, 既明且哲, 以保其身.

屋頭維女貞 額色少澤悅 : 낭간과 차군은 모두 대나무를 이르니, 사후를 비유하였다. 여정은 나무 이름으로 이언심을 비유하였다.

琅玕, 此君, 皆謂竹, 以比師厚. 女貞, 木名, 以比李彦深.

梢能窺藩籬 亦有固窮節 : 『논어』에서 "군자는 곤궁을 편히 여겨 도를 지킨다"라고 했다. 도연명의 「음주」에서 "곤궁에 꿋꿋하게 절조 지키지 않는다면, 백세에 그 누가 이름을 전할까"라고 했다. 또한 「계묘세십이월중작癸卯歲十二月中作」에서 "곤궁에 절개 지킴은 깊이 터득하였네"라고 했다.

論語, 君子固窮. 淵明詩, 不賴固窮節, 百世誰人傳. 又云, 深得固窮節.

佳興冉冉生 門外無車轍 : 『한서』에서 "진평은 짚자리로 문을 만들었으나, 문밖에는 장자의 수레가 많이 찾아왔다"라고 했다.

漢書, 陳平以席爲門, 然門外多長者車轍.

寫之朱絲絃 清坐待明月 : 『문선』에 실린 포조의 「백두음白頭吟」에서 "곧기는 붉은 실로 꼰 먹줄 같고, 맑기는 옥항아리의 얼음 같네"라고

했다.

文選詩, 直如朱絲絃, 淸如玉壺冰.

4. 『시경』의 "군자를 보지 못한지라 근심하는 마음 즐겁지 않네[未見君子憂心靡樂]"라는 여덟 글자로 팔운의 시를 지어 이사재에게 보내다

賦未見君子憂心靡樂八韻寄李師載

첫 번째 수 其一

同陞吏部曹	이부의 관리로 함께 임명될 때가
往在紀丁未	지난 정미년이었네.
別離感寒暑	헤어진 뒤로 흐르는 세월에 감회가 이는데
歲星行十二	세성이 십이 년이나 지났네.
我慚雞薑穀	나는 닭에게 모이나 주니 참담하였고
子難天且劓	그대는 형벌을 당하는 어려움을 겪었네.
空餘山梁期	부질없이 벼슬 버리고 떠날 생각 지녔지만
尙不昧初志	아직도 처음 뜻을 버리진 않았네.

【주석】

同陞吏部曹 往在紀丁未 : 산곡은 치평 4년에 과거에 합격하였는데, 그 해는 정미년이었다.

山谷治平四年登第, 歲在丁未.

別離感寒暑 歲星行十二 : 세성은 12년에 하늘을 한 바퀴 도니, 정미년

부터 무오년까지가 12년이다. 대개 원풍 원년에 산곡은 북경에 있었다.

歲星十二歲一周天, 丁未至戊午十二年. 蓋元豐元年也, 山谷時在北京.

我慚雞蓋穀 : 『태현경』 제4권에 "닭에게 모이를 준다"는 말이 있는
데, 그 주에서 "신蓋은 모이를 주는 것이다. 즉 모이를 줘서 먹게 하는
것이다"라고 했다.

太玄第四卷雞蓋穀注, 蓋, 穀進也, 進食其穀也.

子難天且劓 : 『주역 · 규괘』 육삼에서 "그 사람이 이마에 문신이 찍히
고 또 코를 베인다"라고 했다. 『석문』에서 "천天은 자자함이다. 그 이마
에 문신을 새겨 넣는 것을 천天이라 한다"라고 했다.

易睽六三, 其人天且劓. 釋文, 天, 剠也, 剠鑿其額曰天.

空餘山梁期 : 『논어 · 향당鄕黨』에서 "공자가 징검다리 위의 산 꿩을
보고는 제때를 얻어서 흥겹게 놀고 있다고 탄식을 하자, 자로가 잡으
려 하니 세 번 울고는 하늘로 날아올랐다"라고 했다.

山梁, 見論語.

두 번째 수其二

| 會合良艱期 | 만나기는 참으로 기약하기 어려우니 |

繋匏各異縣	각자 다른 고을에 얽매어있네.
千里共明月	천리에서 밝은 달을 바라보니
如披故人面	벗의 얼굴이 떠오른 듯하네.
浮雲蔽高秋	뜬구름이 가을 높은 하늘 가리니
此豈心中願	이 어찌 마음에 바라던 바랴.
霧重豹成文	안개 속에서 표범은 무늬를 이루고
水淸魚自見	물이 맑으면 물고기가 절로 보이는 법이라네.

【주석】

會合良艱期 繋匏各異縣 : 『논어‧양화陽貨』에서 "공자가 "내가 어찌 뒤웅박과 같이 한 곳에 매달린 채 먹지 않을 수 있으리오"라고 했다. 『문선』에 실린 작자 미상의 「음마장성굴행飮馬長城窟行」에서 "타향이라 사는 곳 달라, 이리저리 떠돌며 만나지 못하네"라고 했다.

繋匏, 見論語. 文選云, 他鄕各異縣, 展轉不相見.

千里共明月 : 『문선』에 실린 사장謝莊의 「월부」에서 "노래하기를 "미인이 멀리 떠나 소식이 끊겼지만, 천리 먼 곳에 밝은 달을 함께 보네""라고 했다.

文選月賦, 歌曰, 美人邁兮音塵闊, 隔千里兮共明月.

如披故人面 : 『진서‧악광전樂廣傳』에서 "위관衛瓘이 악광을 보고 "이

사람은 수경水鏡과 같아서 구름과 안개를 헤치고 푸른 하늘을 보는 것 같다"라고 했다.

晉樂廣傳, 衛瓘見廣曰, 此人之水鏡, 見之瑩然, 如披雲霧而覩靑天.

浮雲蔽高秋 此豈心中願 霧重豹成文 : 유향의 『열녀전』에서 "도답자가 도 지역을 다스린 지 3년이 되었는데, 명성은 들리지 않고 집안의 재산만 세 배로 늘었다. 그의 아내가 간하기를 "남산에 검은 표범이 사는데, 안개가 끼거나 비가 내리면 칠일동안 먹이를 먹으러 내려오지 않으니, 그것은 그 털을 윤택하게 하여 표범의 무늬를 만들기 위함입니다. 개와 돼지는 음식을 고르지 않고 먹어서 그 몸을 살찌우지만 앉아서 죽음을 기다릴 뿐입니다"라고 했다.

古列女傳, 陶答子治陶三年, 名譽不聞, 家富三倍. 其妻諫曰, 南山有玄豹, 霧雨七日而不下食, 欲以澤其毛成文章也. 犬彘不擇食, 以肥其身, 坐而須死耳.

水淸魚自見 :『고악부·염가행』에서 "신랑이여 흘겨보지 마시오, 물이 맑으면 바닥의 돌은 절로 보이는 법"이라고 했다.

古樂府艶歌行曰, 語卿且勿眄, 水淸石自見.

세 번째 수其三

| 齊地穀翔貴 | 제 땅에 곡물이 날개 돋친 듯 귀하여 |

排門無饙饎	문을 밀치고 들어가도 지어낼 고두밥도 없네.
二仲有甘旨	이중은 맛있는 음식 마련하여
奉親亦良勤	부모를 섬기니 참으로 부지런하네.
原田水洸洸	들판 논에는 물이 넘실거리니
何時稼如雲	언제쯤 구름처럼 수확하려나.
無民願歲豐	백성들은 풍년을 바라는데
正自不忘君	참으로 임금을 잊지 않는구나.

【주석】

齊地穀翔貴 : 『전한서·식화지』에서 "곡물 가격이 날개 돋친 듯 귀하게 되었다"라고 했다.

前漢食貨志云, 穀價翔貴.

排門無饙饎 : 『시경·형작』에서 "고두밥을 쪄낼 수 있네"라고 했다.

詩泂酌, 可以餴饎.

二仲有甘旨 奉親亦良勤 原田水洸洸 : 『운서』에서 "광洸은 물이 하얗게 용솟음치는 것이다"라고 했다.

韻書云, 洸, 水涌光也.

何時稼如雲 無民願歲豐 正自不忘君 : '무민無民'의 '무無'자는 잘못된 것

이다. 아마도 이는 '서민庶民'을 말하는 것 같다. 『한서·유향전』에서
"충신은 비록 시골에 있어도 오히려 임금을 잊지 못한다"라고 했다.

無民, 無字誤, 疑是庶民. 劉向傳, 忠臣雖在畎畝, 猶不忘君.

네 번째 수其四

古人有成言	옛사람이 훌륭한 말을 하였으니
歲暮於吾子	우리 그대와 세모를 함께 하리라.
斧揮郢人鼻	영 땅 사람의 코 끝에 도끼를 휘두르고
琴卽鍾期耳	거문고는 종자기의 귀와 같았네.
新詩凌建安	새로운 시는 건안을 능가하고
高論到正始	고담준론은 정시에 이르렀네.
徒言參隔辰	한갓 삼성과 상성처럼 떨어졌다고 말하는데
未負石投水	물에 던져진 돌을 저버리지 말게나.

【주석】

古人有成言 歲暮於吾子 :『진고』에서 "악록화가 양권에게 준 시에서
"기약한 바가 어찌 아침 꽃이리오, 우리 그대와 세모를 보내려네"라고
했다.

眞誥, 萼綠華贈羊權詩云, 所期豈朝華, 歲暮於吾子.

斧揮郢人鼻 : 『장자』에서 "영 땅 사람 중에 자기 코끝에다 백토를 파리날개 만큼 얇게 바르고 장석匠石에게 그것을 깎아 내게 하자 장석이 도끼를 바람소리가 날 정도로 휘둘러 백토를 깎았는데 백토는 다 깎였지만 코는 다치지 않았고 영 땅 사람도 똑바로 서서 모습을 잃어버리지 않았다"라고 했다.

莊子徐無鬼篇, 郢人堊漫其鼻端, 若蠅翼, 使匠石斲之. 匠石運斤成風, 聽而斲之, 盡堊而鼻不傷, 郢人立不失容.

琴卽鍾期耳 : 『여씨춘추』에서 "백아가 거문고를 뜯으면서 산에 대해 연주하면 종자기는 "높고도 높구나"라 하였으며, 강에 대해 연주하면 종자기는 "물이 넘실거리는구나"라 했다. 종자기가 죽자 백아는 마침내 줄을 끊어 버렸으니 세상에 그의 음악을 알아주는 이가 없어졌기 때문이었다"라고 했다.

見上.

新詩凌建安 : 『위지·왕찬전』에서 "왕찬이 건안 22년에 타계하였다. 처음에 오관장이 된 위문제와 평원후 조식 등이 모두 문학을 좋아하였다. 왕찬은 위장 서간, 공장 진림, 원유 완우, 득련 응장, 공간 유정 등과 친하게 지냈다"라고 했다.

魏志王粲傳, 粲卒於建安二十二年. 始文帝爲五官將, 及平原侯植, 皆好文學. 粲與徐幹偉長陳琳孔璋阮瑀元瑜應瑒得璉劉楨公幹, 竝見友善.

高論到正始 : 『진서 · 위개전』에서 "대장군 왕돈王敦이 예장에 주둔하고 있었는데, 그의 부하인 장사 사곤은 평소 위개를 높이 치고 있었다. 서로 만나 기뻐하며 며칠 동안 이야기를 나누었다. 대장군이 사곤에게 "옛날 왕보사는 조정에서 금같은 소리를 토하더니, 이 사람이 강 동족에서 옥같은 소리를 떨치는구나. 도를 담은 은미한 실마리가 끊어졌다가 다시 이어졌도다. 영가 말년에 다시 정시의 소리를 듣게 될 줄은 생각지도 못하였다"라고 했다.

晉衛玠傳, 大將軍鎮豫章, 長史謝鯤雅重玠, 相見欣然, 言論彌日. 大將軍謂鯤曰, 昔王輔嗣吐金聲於中朝, 此子復玉振於江表, 微言之緒, 絶而復續. 不意永嘉之末, 復聞正始之音.

徒言參隔辰 : 『양자』에서 "나는 삼성과 진성이 서로 나란히 있는 것을 보지 못하였다"라고 했다. 『좌전 · 소공 원년』에서 "자산이 "옛날 고신씨에게 두 아들이 있었는데, 큰 아들은 알백이요, 둘째는 실침이었습니다. 광림에 거처하였는데 서로 사이가 좋지 않아 매일 창과 방패를 찾아 서로 공격하였습니다. 후제인 요임금이 좋지 않다고 여겨 알백을 상구로 옮겨서 진성을 주관하게 하니 상나라 사람들이 이를 이어받아 진성은 상성이 되었습니다. 실침은 대하로 옮겨 삼성을 주관하게 하니 당나라 사람들이 이를 이어받아 하나라와 상나라에 복종하여 섬겼습니다. 그러므로 삼성은 진성이 되었습니다"라고 했다.

揚子, 吾不覩參辰之相比也. 左傳昭元年, 子産曰, 昔高辛氏有二子, 伯曰

關伯, 季曰實沈, 居于曠林, 不相能也. 日尋干戈, 以相征討. 后帝不臧, 遷閼
伯於商邱, 主辰, 商人是因, 故辰爲商星. 遷實沈于大夏, 主參, 唐人是因, 以
服事夏商, 故參爲晉星.

未負石投水:『여씨춘추·정유』에서 "백공이 공자에게 묻기를 "사람
이 은미한 말을 할 수 있지 않습니까"라 하자 공자는 공자가 음모를 꾸
밈을 알고 대답하지 않았다. 백공이 "만약 돌을 물에 던지면 어떻게 되
겠습니까"라 하자, 공자는 "잠수를 잘 하는 사람이 건져낼 수 있습니
다"라 하였다. 백공이 "만약 물에다 물을 부으면 어떻습니까"라 묻자,
공자는 "치수와 승수를 합하더라도 역아는 두 물 맛을 구별할 수 있습
니다""라고 했다.

呂氏春秋精喩篇, 白公問於孔子曰, 人可微言乎. 孔子不應. 白公曰, 若以
石投水奚若, 孔子曰, 沒人能取之. 白公曰, 若以水投水奚若. 孔子曰, 淄澠之
合, 易牙能知之.

다섯 번째 수其五

白雪非衆聽	「백설」은 대중이 듣지 못하였으며
夜光忌暗投	야광벽은 어두운 곳에 버려짐을 꺼려하네.
古來不識察	옛날부터 잘 살피지 못하여
浪自生百憂	부질없이 스스로 온갖 근심을 하네.

三月楚國淚	삼월에 초나라에서 눈물을 흘리며
千年郢中樓	천년 영 땅 누대에서 노래하네.
無因杭一葦	타고 갈 작은 배도 없는데
濁水拍天流	탁한 물이 하늘까지 치솟아 흐르네.

【주석】

白雪非衆聽: 『문선』에서 "송옥이 초왕의 물음에 답하기를 "영중에서 노래를 부르는 객이 있었는데 처음에는 「하리」와 「파인」을 부르자 나라 안에 따라 부르는 자가 수천 명이었습니다. 그가 「양아」와 「해로」를 부르자 나라 안에 따라 부르는 자가 수백 명이었습니다. 그가 「양춘」과 「백설」을 부르자 따라 부르는 자가 수십 명에 불과했습니다. 곡조가 높고 어려울수록 따라 부르는 자가 더욱 적었습니다""라고 했다.

文選, 宋玉答楚王問云, 客有歌於郢中者, 其始曰下里巴人, 國中屬而和者數千人. 其爲陽阿薤露, 國中屬而和者數百人. 其爲陽春白雪, 屬而和者數十人而已. 其曲彌高, 其和彌寡.

夜光忌暗投: 『한서・추양전鄒陽傳』에서 "명월주明月珠와 야광벽夜光璧을 어두운 밤에 길가에서 사람에게 던지면 모두들 칼을 어루만지면서 서로를 흘겨봅니다"라고 했다.

見上.

古來不識察 :『문선』에서 "『문선·고시』에서 ""내 한 마음 구구절절한 것을, 당신이 알지 못할까 두렵네""라고 했다.

文選古詩, 一心抱區區, 懼君不識察.

浪自生百憂 三月楚國淚 : 변화의 일로 야광벽을 말하였다. 『한비자』에서 "초楚나라 사람 변화卞和가 초산에서 옥박玉璞을 얻어 여왕厲王에게 받쳤다. 여왕은 옥 다듬는 사람에게 시켜 살펴보게 했는데 "돌이다"라고 했다. 이에 여왕은 변화가 자신을 속였다고 생각하고서 변화의 오른쪽 발꿈치를 베어버렸다. 무왕武王이 즉위함에 미쳐 또 옥박을 받쳤다. 무왕이 다시 옥을 다듬는 사람에게 살펴보게 했는데 "돌이다"라고 했다. 이에 무왕은 변화의 왼쪽 발꿈치를 베어버렸다. 문왕文王이 즉위함에 미쳐, 변화는 그 옥박을 안고 초산에서 곡을 하며 사흘 낮밤을 울었는데, 눈물이 다하고 이어 피가 흘렀다. 이에 문왕이 옥을 다듬는 사람을 시켜 그 옥박을 다듬게 하여 보옥寶玉을 얻었는데, 그 이름이 '화씨벽和氏璧'이다"라고 했다.

卞和事, 見上注, 以言夜光之璧.

千年郢中樓 : 이 구는 「양춘」과 「백설」을 말한다.

以言陽春白雪.

無因杭一葦 :『시경·하광河廣』에서 "누가 하수가 넓다고 하는가, 갈

대 하나라도 건널 수 있다네"라고 했다.

詩, 一葦杭之.

濁水拍天流 : 한유의 「제임롱사題臨瀧寺」에서 "바다 기운 어둑하고 물
은 하늘을 치네"라고 했다.

退之詩, 海氣昏昏水拍天.

여섯 번째 수其六

河南李茂彦	하남의 이무언은
內蘊邁俗心	안에 속세를 벗어나려는 마음을 지녔네.
濬冲有涇渭	준충은 선악을 구별하여
一顧重千金	한 번 돌아보면 천금처럼 귀중하게 되네.
事親知色難	부모 섬김에 온화한 안색이 어려움을 알며
勝己又勇沉	자신보다 뛰어난 자에게 과감히 숙이네.
外物旣難必	세상일은 기필하기 어려우니
求之首陽岑	수양산을 찾아보려나.

【주석】

河南李茂彦 內蘊邁俗心 濬冲有涇渭 一顧重千金 : 『문선』에 실린 언승
임방任昉의 「출군전사곡범복야出郡傳舍哭范僕射」에서 "준충이 무언을 얻었

네"라고 했는데, 주에서 "부창이 찬하기를 "왕융의 자는 준충으로 선관이다. 당시 강하의 이중의 자는 찬증이며 여남의 이의는 자가 무언인데, 두 사람을 모두 요직에 앉혔다. 왕융은 이들을 식견이 있는 자로 여겨서 각각 적당한 자리에 두었다"라고 했다. 언승은 이 시에서 또 "저 사람의 경수와 위수는, 내가 맑고 흐림을 도운 것이 아니네"라고 했다. 『진서·상수열전』에서 "상수는 혜강, 여안과 벗이 되었다. 혜강은 세상을 오시傲視하며 예속에 구애를 받지 않았으며 여안은 거리낌 없이 지내며 속세를 벗어났는데, 상수는 평소 독서를 좋아하였다"라고 했다.

文選任彦昇詩, 濬冲得茂彦. 注云, 傅暢贊曰, 王戎字濬冲, 爲選官. 時江夏李重字贊曾, 汝南李毅字茂彦, 二人俱處要職. 戎以識會待之, 各得其用. 彦昇此詩又云, 伊人有涇渭,[13] 非余揚濁淸. 向秀列傳云, 秀與嵇康呂安爲友, 康傲世不羈, 安放逸邁俗, 而秀雅好讀書.

事親知色難 勝己又勇沉 : 주가 위에 보인다.
見上.

外物旣難必 求之首陽岑 : 『장자·외물』에서 "밖에서 일어나는 일은 반드시 자기 생각대로 되지 않는다. 그 때문에 관용봉關龍逢과 비간이 주

---

13 [교감기] '伊'는 원래 '供'으로 되어 있었는데, 지금 여러 교정본을 따르고 아울러 『문선』에 실린 임방의 「출군전사곡범복야(出郡傳舍哭范僕射)」에 근거하여 고쳤다.

륙을 당했다"라고 했다. 『논어』에서 "백이와 숙제는 수양산에서 굶어
죽었다"라고 했다.

莊子外物篇, 外物不可必, 故龍逢誅, 比干戮.[14] 論語, 夷齊餓于首陽之下.

일곱 번째 수其七

飄風從東來	회오리바람이 동쪽에서 불어오니
雨足盡西靡	빗줄기는 서쪽으로 거세게 내리네.
萬物逐波流	만물이 물결 따라 흘러가는데
金石終自止	금석은 끝내 제자리에 있네.
渭因涇使濁	위수는 경수로 인해 탁해지고
菲以葑故毀	무는 순무 때문에 훼손되네.
智所無奈何	지혜는 어찌할 수가 없으니
誰能爲樗里	누가 능히 저리자가 될 것인가.

【주석】

飄風從東來 雨足盡西靡 : 『설원』에서 "윗사람의 사람 사람에 대한 교
화는 바람이 풀을 쓰러뜨리는 것과 같다. 동풍이 불면 풀은 쓰러져 서
쪽으로 눕고 서풍이 불면 풀을 쓰러져 동쪽으로 눕는다"라고 했다. 두
보의 「종와거種萵苣」에서 "빗소리는 바람을 앞세우니, 흩날리는 빗줄기

14 [교감기] '比干'은 원래 '比于'로 되어 있었는데, 여러 교정본에 의거하여 고쳤다.

는 서쪽에서 다가오네"라고 했다.

說苑, 上之化下, 猶風之靡草. 東風則草靡而西, 西風則草靡而東. 老杜云, 雨聲已先風, 散足盡西靡.

萬物逐波流 金石終自止 : 『설원·담총』에서 "물은 만물을 띄우지만 옥
석은 그대로 남아있다"라고 했다.

說苑叢談云, 水浮萬物, 玉石留止.

渭因涇使濁 非以葑故毀 : 『시경·곡풍』의 주에서 "경수와 위수가 서로
합쳐져도 맑은 물과 흐린 물은 섞이지 않는다"라고 했다. 또한 "순무와
무우를 캐는 자는 그 뿌리가 나쁘다하여 그 줄기가 좋은 것을 버리는
것이 불가하니 부부된 자는 그 안색이 쇠했다 해서 그 덕음의 선한 것
을 버리는 것이 불가하다"[15]라고 했다.

竝見毛詩.

智所無奈何 誰能爲樗里 : 『사기·저리자전』에서 "저리자는 말이 유창
하고 지혜가 많아서 "지혜주머니"라고 불리었다. 진나라 사람들의 속
언에 "힘은 임비요, 지혜는 저리자"는 말이 있다"라고 했다.

---

15 순무와 (…중략…) 불가하다 : 이것은 모시의 해석인데, 원시의 내용을 보면 위수
   와 경수로 인해 탁해진다는 구문을 보면 아래도 비(非)가 봉(葑) 때문에 잘못되
   어짐을 말하고 있다.

史記樗里子傳, 滑稽多智, 號曰智囊. 秦人諺曰, 力則任鄙, 智則樗里.

여덟 번째 수其八

紛紛車馬客	어지러운 거마의 손님
如集市人博	마치 시장에 도박하러 모인 듯하네.
彼雖有求來	저들은 비록 찾는 것이 있어 왔지만
我但快一噱	나는 다만 통쾌하게 한 번 웃을 뿐.
忽逢媚學子	배우기 좋아하는 사람이
時亦撼關鑰	때로 자물쇠를 흔들기도 하네.
何當攜手期	언제나 손을 맞잡고서
濠上得魚樂	강가에서 고기 잡는 즐거움을 누리려나.

【주석】

紛紛車馬客 如集市人博 彼雖有求來 我但快一噱 : 『문선』에 실린 공장 진림陳琳의 「위조홍여위문제서爲曹洪與魏文帝書」에서 "오히려 공자의 말을 믿지 않고 반드시 크게 웃을 것입니다"라고 했다.

文選陳孔璋書, 必大噱也.

忽逢媚學子 : 한유의 「시아示兒」에서 "배우기를 좋아하는 학생들이 찾아오니, 문하에는 날마다 학도가 있네"라고 했다.

退之詩, 躋躋媚學子, 牆屛日有徒.

時亦撼關鑰 何當攜手期 濠上得魚樂：『진서·왕탄지전』에서 "사안이 "일찍이 그대가 조금은 나의 뜻을 안다고 생각하였는데, 오히려 호상의 일을 깨우치지 못하였구나""라고 했다. 살펴보건대 장자가 혜자와 함께 호수의 징검돌 근처에서 노닐고 있었다. 장자가 "피라미가 한가롭게 헤엄치고 있소. 이게 바로 물고기의 즐거움이란 거요"라고 하자, 혜자가 "당신은 물고기가 아니오. 어찌 물고기의 즐거움을 안단 말이오"라 하였다. 장자가 다시 "당신은 내가 아니오. 어찌 물고기의 즐거움을 알지 못한다는 걸 안단 말이오"라 하자, 혜자가 "나는 당신이 아니니까 물론 당신을 알지 못하오. 당신은 물론 물고기가 아니니까 당신이 물고기의 즐거움을 알지 못한다는 게 확실하단 말이오"라 했다. 장자가 "이제 처음 질문으로 돌아가 말해봅시다. 그대가 "어찌 당신이 물고기의 즐거움을 안단 말이오"라고 했지만, 이미 그것은 내가 안다는 것을 알고서 내게 물은 것이오. 나는 호숫가에서 물고기의 즐거움을 알고 있소이다"라고 했다.

見上.

5. 장 비교의 「희설」에 차운하다. 3수

次韻張秘校喜雪. 三首

첫 번째 수其一

落月煙沙靜渺然	연기 덮인 백사장에 달이 지니 고요하고 아득한데
好風吹雪下平田	좋은 바람이 눈을 불어와 평평한 밭에 떨어뜨리네.
瓊瑤萬里酒增價	옥 같은 만 리 경치에 술은 값을 더하고
桂玉一炊人少錢	계수나무와 옥으로 밥을 하니 사람들은 돈이 적네.
學子已占秋食麥	학자가 이미 가을 먹을 보리는 장만했으니
廣文何憾客無氈	광문이 어찌 손님에게 낼 담요 없다고 한하겠는가.
睡餘强起還詩債	졸린데 억지로 일어나 시 빚을 갚으니
臘裏春初未隔年	섣달 속에 초봄이 멀지 않구나.

【주석】

落月煙沙靜渺然 好風吹雪下平田 瓊瑤萬里酒增價 桂玉一炊人少錢 : 『전국책』에서 "소진이 "계수나무로 불 때어 옥으로 밥을 지어 먹게 하더라도 임금을 만나기가 더 어렵다"라고 했다.

見上.

學子已占秋食麥 廣文何憾客無氈 : "이름 드날린 지 30년이지만, 추운 날 손님에게 내올 담요도 없네"라는 구절은 두보의 「희간정광문」에 보이는데, 산곡이 이 구절로 자신을 비유하였다.

才名四十年, 坐客寒無氈. 此老杜戲贈鄭廣文詩, 山谷以自況.

두 번째 수其二

巷深朋友稀來往	골목이 깊어 벗들도 왕래가 드물고
日晏兒童不掃除	해가 늦도록 아이는 청소도 하지 않네.
雪裏正當梅臘盡	눈 속에 참으로 섣달의 매화도 다 폈는데
民饑可待麥秋無	굶주린 백성은 보리 수확할 때까지 기다릴 수 있을까.
寒生短棹誰乘興	한기가 작은 배에 일어나면 누가 흥을 탈 것인가
光入疎櫺我讀書	눈빛은 엉성한 격자창으로 들어와 나는 책을 읽네.
官冷無人供美酒	한직이라 좋은 술 대접할 이도 없으니
何時却得步兵厨	언제나 완 보병의 주방에 들어갈까.

【주석】

巷深朋友稀來往 日晏兒童不掃除 雪裏正當梅臘盡 民饑可待麥秋無 : 두보의 「강매江梅」에서 "매화 꽃봉오리 섣달 전에 터지더니"라고 했다. 『예기 · 월령月令』에서 "초여름이면 보리는 가을 된 듯 무르익는다"라고 했다.

杜詩, 梅蘂臘前破. 月令, 孟夏麥秋至.

寒生短棹誰乘興 : 『진서 · 왕휘지전』에서 "일찍이 밤에 눈이 내리다가 막 개어 달빛이 맑고 은은하니, 문득 대규가 생각이 났다. 대규는 당시에 섬 땅에 살고 있었는데, 곧 밤에 작은 배를 타고 찾아갔다. 하룻밤이 지나 바야흐로 섬에 도착하여 문앞까지 찾아갔다가 들어가지 않고 돌아왔다. 어떤 사람이 그 까닭을 물으니, 왕휘지는 "본래 흥을 타고 갔는데, 흥이 다하여 돌아온 것이다. 어찌 안도를 볼 필요가 있겠는가"라고 했다.

晉王徽之傳, 嘗居夜雪初霽, 月色淸朗, 忽憶戴逵. 逵時在剡, 便夜乘小船詣之, 經宿方至, 造門不前而反. 人問其故, 徽之曰, 本乘興而來, 興盡而反, 何必見安道耶.

光入疎櫺我讀書 : 『송제어』에서 "손강은 집이 가난하여 눈에 비춰보며 책을 읽었다"라고 했다. 『문선』에 실린 조식의 「증서간贈徐幹」에서 "흐르는 불꽃이 격자창을 치받네"라고 했는데, 주에서 "헌軒은 창 사이이다"라고 했다.

宋齊語曰, 孫康家貧, 映雪讀書. 文選曹子建詩, 流焱激櫺軒. 注, 軒, 窓間也.

官冷無人供美酒 : 두보의 「취시가醉時歌」에서 "광문선생만 홀로 한직閑
職에 있네"라고 했다.

杜詩, 廣文先生官獨冷.

何時却得步兵厨 : 완적은 보병 주방장이 술을 잘 빚는다는 소식을 듣
고 힘써 보병교위가 되었다.

阮籍聞步兵厨人善釀, 求爲步兵校尉.

세 번째 수其三

滿城樓觀玉闌干	성에 가득한 누대의 옥 난간에
小雪晴時不共寒	싸락눈 갤 때 그다지 춥지 않네.
潤到竹根肥臘筍	물기가 대 뿌리에 이르러
	섣달 죽순이 살지고
暖開蔬甲助春盤	따뜻함에 채소 싹 띄우니 봄날 밥상을 돕네.
眼前多事觀游少	눈앞에 일이 많아 유상游賞하진 못하지만
胷次無憂酒量寬	가슴엔 걱정 없어 술을 실컷 마시네.
聞說壓沙梨已動	압사원壓沙園16의 배꽃이 이미 피었다고 하니

---

16 압사원(壓沙園) : 북경에 있는 어원(御苑)이다.

會須鞭馬蹋泥看　　　말에 채찍을 가해 진흙길 내달려야지.

【주석】

滿城樓觀玉闌干　小雪晴時不共寒　潤到竹根肥臘筍 : 두보의 「발진주發秦州」에서 "빽빽한 대숲엔 겨울 죽순도 자라고"라고 했다.

　杜詩, 密竹復冬筍.

暖開蔬甲助春盤 : 두보의 「유객有客」에서 "호미질로 가꾼 채소 싹 드물지만"이라고 했다.

　杜詩, 自鋤稀菜甲.

眼前多事觀游少 : '관유觀游'는 앞에 보인다.

　觀游見上.

胷次無憂酒量寬　聞說壓沙梨已動　會須鞭馬蹋泥看 : 퇴지 한유의 「봉수노급사운운부사형운운奉酬盧給事雲夫四兄云云」에서 "달리는 말에서 비스듬히 선 것을 보네"라고 했다.

　退之詩, 走馬來看立不正.

6. 인암의 시에 차운하다. 4수

次韻寅菴. 四首

인암은 산곡의 형 황대임으로 자는 원명이다. 그 시의 서문에서 "쌍정의 나의 집 동쪽에 경치가 좋은 곳을 얻어 초가집을 얽어 거처하였는데, 인암이라 명명하였다. 기쁜 마음에 시 네 수를 지어 노직에게 보내고 위도의 선비들과 함께 화운하였으면 한다"라고 하였으니, 산곡이 당시에 북경에 있었던 것을 알 수 있다.

寅菴, 山谷兄大臨元明也. 其詩序云, 雙井弊廬之東, 得勝地, 結茅菴居, 命曰寅菴. 喜成四詩寄魯直, 可同魏都士人共和之.[17] 可見山谷時在北京也.

첫 번째 수其一

四詩說盡菴前事	네 시에서 인암 앞의 경치를 다 말하여
寄遠如開水墨圖	멀리 보내주니 마치 수묵의 그림을 펼치는 것 같네.
畧有生涯如谷口	대략 생애는 곡구의 정자진과 같은데
非無卜肆在成都	성도에 점을 치며 살던 것과 비슷하네.

---

17 [교감기] '雙井'부터 '和之'까지는 고본의 『산곡외집』6권에 "雙井弊廬之東, 得勝地一區, 長林巨麓, 危峰四環, 泉甘土肥, 可以結茅菴居是, 在寅山之頬, 命曰寅菴. 喜成四詩, 遠寄魯直, 可同魏都士人共和之"로 되어 있다. 이것으로 시의 제목을 삼았으며, 앞에 황대림의 시 네 수를 싣고 뒤에 황정견의 차운시를 실었다.

旁籬榛栗供賓客	울타리에 개암, 밤나무로 손님을 접대하고
滿眼雲山奉燕居	눈에 가득한 설산은
	연거에 경치를 이바지하네.
閑與老農歌帝力	한가롭게 늙은 농부와
	임금 은혜 노래하는데
年豐村落罷追胥	풍년의 촌락에는
	도둑을 쫓는 것도 없다네.

【주석】

四詩說盡菴前事 寄遠如開水墨圖 畧有生涯如谷口 : 양웅의 『법언』에서 "곡구의 정자진이 암석 아래에서 밭을 갈았지만 이름은 장안에 떨쳤다"라고 했다.

楊子法言云, 谷口鄭子眞, 耕乎巖石之下, 而名震于京師.

非無卜肆在成都 : 『한서』에서 "촉에 엄군평이 살았는데, 성도의 저자에서 점을 쳐주었다"라고 했다.

漢書, 蜀有嚴君平, 卜筮於成都市.

旁籬榛栗供賓客 滿眼雲山奉燕居 : 『예기』에 「중니연거」편이 있다.

禮記, 仲尼燕居.

閑與老農歌帝力 : 『제왕세기』에서 "요임금 시기에 천하가 대단히 화평하였다. 노인이 땅을 두드리면서 노래를 부르니 보는 이가 감탄하면서 "위대하도다! 임금의 덕이여"라고 하자, 노인이 "내가 해가 뜨면 일어나고 해가 지면 쉬며, 우물을 파서 마시고 밭을 갈아서 먹는데, 임금이 나에게 해 준 것이 무엇이냐""라고 했다.

帝王世紀, 帝堯之時, 天下大和, 老人擊壤於道, 觀者歎曰, 大哉帝之德也. 老人曰, 吾日出而作, 日入而息, 鑿井而飲, 耕田而食, 帝何力於我哉.

年豐村落罷追胥 : 『주례』에서 "소사도의 임무는 백성의 졸오를 모아 이를 이용하여 도둑과 도적을 추격하며 잡는 일을 돕게 한다"라고 했는데, 주에서 "추邍는 도둑을 추격함이요, 서胥는 도적을 엿보아 잡는 것이다"라고 했다. 또한 "무릇 부역을 일으킬 때 한 집에 한 사람을 넘는 일이 없도록 하고 그 외 인원은 한가롭게 하는데, 다만 사냥이나 도적을 추격할 때는 모두 동원한다"라고 했다.

周禮, 小司徒之職, 乃會萬民之卒伍而用之, 以比追胥. 注, 追, 逐冠也. 胥, 伺捕盜賊也. 又云, 凡起徒役, 毋過家一人, 以其餘爲羨, 唯田與追胥竭作.

두 번째 수其二

| 兄作新菴接舊居 | 형이 새 집을 이전 집 옆에 지었는데 |
| 一原風物萃庭隅 | 한 지역 경치가 뜨락으로 모여드네. |

陸機招隱方傳洛[18]	육기의 「초은」이 바야흐로 낙양에 전해지고
張翰思歸正在吳	장한이 귀향을 생각한 곳은
	참으로 오 땅이었네.
五斗折腰慚僕妾	오두미로 허리를 굽히니 하인이나 첩 같아
	부끄러운데
幾年合眼夢鄕閭	몇 년이나 눈을 감고 고향 집 꿈을 꾸네.
白雲行處應垂淚	흰구름 흘러가는 곳에 응당 눈물 흘리니
黃犬歸時早寄書	노란 개가 돌아갈 때 일찍 편지를 부치네.

【주석】

兄作新菴接舊居 一原風物萃庭隅 陸機招隱方傳洛 : 육기는 「초은시」를
지었다.

陸機有招隱詩.

張翰思歸正在吳 : 진나라 장한은 오군의 오 땅 사람이다. 제나라 왕
경이 그를 불러 동조연이 되었는데, 그러던 중 가을바람이 스산하게
이는 것을 보고 이에 고향 오의 고채와 순나물 국, 농어회 등이 그리워
졌다. 마침내 수레를 몰아 돌아갔다.

晉張翰, 吳郡吳人, 齊王冏辟爲東曹掾. 見秋風起, 思吳中菰菜蓴羹鱸魚,

---

18 [교감기] '洛'은 원래 '落'으로 잘못되어 있었는데, 지금 영원본과 전본, 건륭본을
    따른다.

遂命駕而歸.

五斗折腰慚僕妾: 『남사・도연명전陶淵明傳』에서 "도연명의 자는 원량이다. 어떤 사람은 도잠의 자가 연명이라고 한다"라고 했다. 그러나 모든 책에서는 "팽택의 현령이 되었다. 군郡에서 독우督郵를 보내 현縣에 이르렀는데, 아전이 "마땅히 띠를 두르고 뵈어야 합니다"라고 아뢰었다. 도잠이 탄식하며 "내가 오두미五斗米 때문에 허리를 굽히고 굽실굽실 향리의 소인을 섬길 수는 없지 않겠는가"라 하고서는 관인을 벗고 현을 떠났다"라고 말했다.

見陶潛傳.

幾年合眼夢鄉閭: 백거이의 「기행간寄行簡」에서 "봄이 왔는데 어느 곳 꿈을 꾸나, 눈 감으면 동천에 이른다네"라고 했다.

樂天詩, 春來夢何處, 合眼到東川.

白雲行處應垂淚: 당나라 적인걸은 병주 법조참군에 임명되었는데, 부모님은 하양에 있었다. 적인걸이 태항산에 올라 뒤돌아보고 말하기를 "흰 구름이 외롭게 나는구나"라 하면서 좌우 사람들에게 "우리 부모님 집이 저 아래에 있다"라고 하였다. 한참 동안을 바라보며 슬퍼하다가 구름이 옮겨가자 이에 떠났다.

唐狄仁傑授并州法曹參軍, 親在河陽. 仁傑登太行山, 反顧曰, 白雲孤飛.

謂左右曰, 吾親舍其下. 瞻悵久之, 雲移乃去.

黃犬歸時早寄書 : 『진서・육기전陸機傳』에서 "육기에게 준견駿犬이 있었는데, 이름은 황이黃耳이다. 육기가 낙양洛陽에 우거寓居하면서, 오래도록 집안 소식이 없자, 육기가 웃으면서 개를 보고 "우리 집의 서신이 전혀 없으니, 네가 내 서신을 싸 가지고 가서 우리 집의 소식을 가져올 수 있겠느냐"라 했다. 개가 꼬리를 흔들며 끙끙거리므로, 육기가 이에 서신을 작성하여 죽통竹筒에 담아서 개의 목에 걸어 주었다. 그 개가 길을 찾아 남쪽으로 달려서 마침내 그의 집에 이르렀다. 소식을 가지고 낙양으로 돌아왔는데, 해마다 이렇게 했다"라고 했다.

見上.

세 번째 수其三

大若塘邊擉網魚	대약당가에서 작살과 투망으로 물고기 잡고
小桃源口帶經鋤	소도원 입구에서 경전을 들고 밭을 매네.
詩催孺子成雞柵	어린아이에게 닭의 울책을 만들라고 시로 재촉하고
茶約鄰翁掘芋區	이웃 노인과 토란밭을 캐자고 차 마시며 약속하네.
苦楝狂風寒徹骨	단향나무 흔드는 광풍은

	한기가 뼈에 사무치는데
黃梅細雨潤如酥	가는 황매우는 우유처럼 윤택하네.
此時睡到日三丈	해가 한 발이나 솟았는데도 잠에 빠졌다가
自起開關招酒徒	스스로 일어나 문을 열고 주객을 부르네.

【주석】

大若塘邊擉網魚 : 『장자·즉양』에서 "겨울에는 강에서 작살로 자라를 잡았다"라고 했는데, '擉'의 음은 '初'와 '角'의 반절법이다.

莊子則陽篇, 冬則擉鼈于江. 擉, 初角切.

小桃源口帶經鋤 : 『한서·예관전』에서 "경전을 손에 들고서 밭을 맸다"라고 했다.

漢兒寬傳, 帶經而鋤.

詩催孺子成雞柵 : 두보는 「최조운수계책」이란 시를 지었다.

老杜, 有催宗文樹雞柵詩.

茶約鄰翁掘芋區 : "오이밭과 토란밭"이라는 말은 좌사左思의 「촉도부」에 보인다.

瓜疇芋區, 見蜀都賦.

苦楝狂風寒徹骨 黃梅細雨潤如酥 : '연풍楝風'은 앞의 주에 보인다. 주처周處의 『풍토기風土記』에서 "하지 전에 내리는 비를 황매우黃梅雨라 한다"라고 했다. 한유의 「조춘정수부早春呈水部」에서 "장안 거리의 가랑비가 우유처럼 촉촉하고"라고 했다.

楝風梅雨, 竝見上注. 退之詩, 天街小雨潤如酥.

此時睡到日三丈 : 『남제서 · 천문지』에서 "영명 5년 11월 정해丁亥일에 해가 높이 솟았는데, 붉은 빛 누런빛과 붉은 해무리가 있었다"라고 했다. 노동의 「다가茶歌」에서 "해는 한 발이나 높이 떴으되 잠에 마침 푹 빠져"라고 했다. 두목의 「취제醉題」에서 "술 취해 일어나지 못했는데, 삼장三丈의 해는 이미 높더라"라고 했다.

南齊天文志, 永明五年, 日出三竿. 盧仝詩, 日高丈五睡正濃. 杜牧之詩, 白頭扶不起, 三丈日還高.

自起開關招酒徒 : 『사기』에서 "역이기가 사자를 꾸짖어 "달려가서 다시 패공에게 말하라. 나는 고양의 술꾼이지, 유자가 아니다""라고 했다.

史記, 酈食其叱使者曰, 走. 復入言沛公, 吾高陽酒徒耳.

네 번째 수其四

未怪窮山寂寞居	깊은 산에서 쓸쓸하게 지냄을

	괴이하게 여기지 말라
此情常與世情疏[19]	이 마음은 항상 세상과 거리를 두려 하네.
誰家生計無閑地	그 누구도 살아가느라 한가롭지 않으니
大半歸來已白鬚	태반은 귀향할 때 이미 흰머리 늙은이라네.
不用看雲眠永日	구름 보면서 한낮에 졸 필요 없으며
會思臨水寄雙魚	물가에 서서 쌍쌍의 물고기 바라보네.
公私逋負田園薄	공사에 모두 세금이 밀려 전원생활 힘겹지만
未至妨人作樂無	즐거움 누리는 데는 방해가 되지 않네.

【주석】

未怪窮山寂寞居 此情常與世情疏 誰家生計無閑地 大半歸來已白鬚 不用看雲眠永日 : 두보의 「강두오영江頭五詠」에서 "구름 보고서 서글프게 바라보지 마라"라고 했으며, 또한 「고전행苦戰行」에서 "때로 홀로 구름 보며 눈물 흘리네"라고 했다.

老杜云, 看雲莫悵望. 又云, 時獨看雲淚橫臆.

會思臨水寄雙魚 : 『장자·대종사大宗師』에서, "물이 바짝 마르면, 물고기들이 서로 입김을 불어 축축하게 해주고, 서로 거품으로 적셔주었으나, 강호에서 서로 잊고 지내느니만 못하였다"라고 하였다.

見上.

---

19 [교감기] '此情'은 영원본에는 '此中'으로 되어 있다.

公私逋負田園薄 未至妨人作樂無 :『진서·상수전向秀傳』에서 "처음 상수가『장자』에 주注를 달았는데, 혜강嵇康이 "이 책에 어찌 다시 주석을 붙이랴, 사람들 즐겁게 노는 데에 방해가 될 뿐이라오""라고 했다.

見上.

7. 『주역』의 "마음을 함께 하는 말은 그 향기로움이 난초와 같다[同心之言其臭如蘭]"는 여덟 글자로 운자를 삼아 이자선에게 보내다

以同心之言其臭如蘭爲韻寄李子先

첫 번째 수其一

往日三語掾	예전 세 마디 말의 연리掾吏는
解道將無同[20]	도를 해석함에 같지 않다고 하였네.
我觀李校書	내가 보건대 이 교서는
超邁有古風	세속을 뛰어넘는 고풍이 있네.
談道屢入微	도를 논함은 자주 오묘함에 드는데
閉門長蒿蓬	기다란 쑥대에 문을 닫아걸었네.
誰能賞遠韻	누가 능히 심원한 운치를 감상하랴
太守似安豐	태수는 안풍후와 비슷하구나.

【주석】

往日三語掾 解道將無同 我觀李校書 超邁有古風 : 『진서·완첨전』에서 "완첨이 사도 왕융을 만났다. 왕융이 "성인은 명교를 귀하게 여기고 노장은 자연을 밝혔는데, 그 뜻이 같은가 다른가?"라 묻자, 완첨이 "아마도 같지 않을 것입니다"라 대답하였다. 왕융이 한참동안 감탄하다가

---

20 [교감기] '無'는 고본에는 '毋'로 되어 있다.

마침내 그를 임명하였다. 이에 사람들이 "세 마디 말로 임명된 연리掾
吏"라고 하였다"라고 했다.

晉阮瞻傳, 見司徒王戎, 戎問曰, 聖人貴名教, 老莊明自然, 其旨同異. 瞻曰,
將無同. 戎咨嗟良久, 卽命辟之, 人謂之三語掾.

談道屢入微 : 『진서·위개전』에서 "날씨가 좋은 날에 벗들이 모여서
한마디 말을 청하여 말을 하면 모두 탄식하지 않는 자가 없었으니 오
묘한 이치에 들었다고 하였다"라고 했다. 또한 "위개가 도를 이야기하
면 평자 왕징王澄이 감탄하며 쓰러졌다"라고 했다.

衞玠傳, 勝日親友時請一言, 莫不咨嗟, 以爲入微. 又云, 衞玠談道, 平子絶倒.

閉門長蒿蓬 : 『삼보결록』의 주에서 "장중울은 평릉 사람으로 거처는
쑥이 사람 키보다 높았다"라고 했다. 도연명의 「영빈사詠貧士」에서 "중
울은 가난한 삶을 좋아하여, 집을 빙둘러 쑥이 자랐네"라고 했다.

蓬蒿繞宅, 見上注.

誰能賞遠韻 太守似安豐 : 진나라 유개는 평소 심원한 운치가 있었다.
『진서·왕융전』에서 "벼슬이 올라 안풍후가 되었다"라고 했다.

晉庾凱雅有遠韻. 王戎傳, 進爵安豐侯.

두 번째 수其二

流水鳴無意	흐르는 물은 무심하게 울며 흐르고
白雲出無心	흰구름은 무심하게 피어오르네.
水得平淡處	물은 평평하여 고요한 곳에 처하지만
渺渺不厭深	아득하게 깊은 곳도 싫어하지 않네.
雲行不能雨	구름이 지나가도 비는 내리지 않으니
還歸碧山岑	푸른 산봉우리로 돌아가네.
斯人似雲水	이 사람은 구름, 물과 같으니
廊廟等山林	조정에서나 산림에서나 같다네.

【주석】

流水鳴無意 白雲出無心 : 도연명의 「귀거래사」에서 "구름은 무심하게 산굴에서 나오고"라고 했다.

歸去來辭, 雲無心以出岫.

水得平淡處 渺渺不厭深 雲行不能雨 還歸碧山岑 斯人似雲水 廊廟等山林 : 『문선』에 실린 조식의 「증정의贈丁儀」에서 "아침 구름은 산으로 돌아가지 않고, 장맛비는 연못을 이뤘네"라고 했다. 『전한서』에서 "산림의 선비는 떠나서 돌아오지 않고, 조정의 선비는 들어가서 나오지 않는다"라고 했다.

文選曹子建詩, 朝雲不歸山, 霖雨成川澤. 前漢贊, 山林之士, 往而不能反,朝廷之士, 入而不能出.

세 번째 수其三

俗士得失重	속세의 선비는 시비가 중한데
舍龜觀朶頤	시귀蓍龜를 버리고 늘어진 턱을 부러워하구나.
六經成市道	육경은 시장 바닥의 도가 되어버렸고
駔儈以爲師	거간꾼을 스승으로 삼네.
吾學淡如水	우리 학문은 담담하기가 물과 같은데
載行欲安之	싣고 떠나 어디로 가려 하는가.
惟有無心子	다만 무심한 그대는
白雲相與期	흰구름과 서로 기약하는구나.

【주석】

俗士得失重 舍龜觀朶頤 : 『주역 · 이괘頤卦』의 초구初九에서 "그대의 신령스러운 거북을 버리고 나를 보고서 부러워하며 턱을 움찍거리니 흉하다"라고 했다.

易, 舍爾靈龜, 觀我朶頤.

六經成市道 駔儈以爲師 : 『사기 · 염파전』에서 "객이 "천하는 시장에서 장사하듯이 교제합니다""라고 했다. 『한서 · 화식전』에서 "중개인의

이율을 조절한다"라고 했다. 『한서』에서 "관리의 도리는 법령을 스승으로 삼는다"라고 했다.

史記廉頗傳, 客曰, 天下以市道交. 漢貨殖傳, 節駔儈. 漢書, 吏道以法令爲師.

吾學淡如水 載行欲安之 : 『장자』에서 "군자의 사귐은 담담하기가 물과 같다"라고 했다. 『좌전・양공 24년』에서 "자산이 범선자에게 편지를 보내 고하기를 "대저 명예는 덕의 수레입니다. 용서하는 생각으로 덕을 밝히면 훌륭한 명예가 수레에 실리어 가는 것과 같습니다""라고 했다. 양웅의 『법언』에서 "어떤 이가 "공자는 자신의 도가 쓰여지지 않음을 알고는 싣고는 어디로 갔는가"라 묻자, "후대의 군자에게로 갔다""라고 했다.

莊子, 君子之交淡如水. 左傳襄二十四年, 子産寓書告范宣子曰, 夫令名, 德之輿也. 恕思以明德, 則令名載而行之. 揚子法言, 或問孔子, 知其道之不用也, 則載而惡乎之. 曰之後世君子.

네 번째 수其四

摧藏瓶冠冕	면류관이 바뀌니 비통하여
寂寞歸邱園	쓸쓸히 초야로 돌아왔네.
一瓢俱好學	가난해도 모두 학문을 좋아하여
伯仲吹籠熏	형제가 나팔과 피리 불며 화목하네.[21]

政以此易彼	참으로 이것으로 저것을 바꾼다면
高車宅朱門²²	높은 수레의 붉은 대문 집을 택할까.
得失固有在	옳고 그름은 참으로 존재하는 법
難爲俗人言	세속 사람에게 말해주기 어렵네.

【주석】

摧藏裗冠冕 : 『문선』에 실린 유곤劉琨의 「부풍가」에서 "무릎을 껴안고 홀로 비통해하네"라고 했다. 『주역·송괘』에서 "혹 관대를 하사받더라고 하루아침에 세 번 **빼앗긴다**"라고 했다. 『후한서·등우찬』에서 "아침나절에 천자를 갈아치웠다"라고 했다. 『좌전·소공9년』에 "백부가 만약 왕실을 무시하여 관을 찢고 면류관을 망가뜨린다면"이라고 했다.

文選扶風歌, 抱膝獨摧藏. 易訟卦, 或錫之鞶帶, 終朝三裗之. 後漢鄧禹贊, 裗龍章於終朝. 左昭九年, 伯父裂冠毀冕.

寂寞歸邱園 一瓢俱好學 伯仲吹篪燻 政以此易彼 : 한유의 「유자후묘지명」에서 "만약 자후가 소원을 이루어 한 시대의 장수와 재상이 되었다면, 한 때의 장수와 재상이 되어 부귀영화를 누리는 것과 후세에 문장

---

21 형제가 (…중략…) 화목하네 : 훈(燻)은 흙을 구워서 만든 나팔이고 지(篪)는 대나무로 만든 피리이다. 『시경』 「하인사(何人斯)」에 형은 훈을 불고 동생은 지를 분다고 하였는데, 서로 조화된 음률을 이룬다는 뜻에서 형제간에 화합하는 것을 비유하는 말로 쓰인다.
22 [교감기] '宅'은 영원본과 전본에는 '擇'으로 되어 있는데, 의미가 더 낫다.

이 전해지도록 하는 것을 바꾼다면 어느 것을 취하고 어느 것을 버릴 것인가"라고 했다.

韓文柳子厚墓誌, 以彼易此, 孰得孰失.

高車宅朱門 得失固有在 難爲俗人言 : 『사마천』의 「보임소경서報任少卿書」에서 "슬프도다! 세상 사람들에게 사정을 일일이 설명하기란 쉽지 않습니다"라고 했다. 또한 "이는 지혜로운 자에게 말할 수 있지만, 속인에게는 말하기 어려운 것입니다"라고 했다.

司馬遷書云, 悲夫, 事未易一二爲俗人言也. 又云, 此可與知者道, 難與俗人言也.

다섯 번째 수其五

攜手力不足[23]	만날 힘이 부족하더니
七年坐乖離	칠년 만에 떠나게 되었네.
愁思不能眠	근심스런 생각에 잠 못 이루는데
起視夜何其	일어나 살펴보니 밤은 얼마나 깊었는가.
殘月掛破鏡	새벽달이 깨진 거울처럼 걸려 있고
寒星滿天垂	차가운 별이 하늘 가득 드리우네.
明明故人心	밝고 밝은 벗의 마음

---

23 [교감기] '力'은 고본에는 '日'로 되어 있다.

維斗終不移　　　　북두처럼 끝내 변하지 않네.

【주석】

攜手力不足 七年坐乖離 : 이 시는 원풍 2년 기미년에 북경에서 벼슬에서 물러난 뒤에 지은 것이다. 북경에 있는 기간은 도합 7년이 된다. 문선』에 실린 손초孫楚의 「정서관속송어척양후작시征西官屬送於陟陽候作詩」에서 "헤어지니 곧바로 긴 길이로구나"라고 했다

此詩乃元豐二年歲己未, 北京解官後作也. 在北京首尾跨七年. 選詩, 乖離卽長衢.

愁思不能眠 起視夜何其 殘月掛破鏡 :『고악부』에서 "언제나 돌아오시려나, 깨진 거울이 하늘로 날아오르도다"라고 했으니, 바로 반달을 이른다.

古樂府云, 破鏡飛上天, 謂月半也.

寒星滿天垂 明明故人心 維斗終不移 : 주가 위에 보인다.

見上.

여섯 번째 수其六

窮閭蒿蔓羶　　　　가난한 집에 쑥대와 넝쿨은 누린내가 나고

富屋酒肉臭	부유한 집은 술과 고기 냄새 풍기네.
酒肉令人肥	술과 고기는 사람을 살지게 하고
蒿蔓令人瘦	쑥대와 넝쿨은 사람을 마르게 하네.
欲從鐘鼎食	종을 치고 솥을 벌여 먹고 싶지만
復恐憂患構	다시 근심스런 일에 빠질까 두렵네.
秦時千戶侯	진나라 때 천호의 제후는
寂寞種瓜後	훗날 쓸쓸하게 오이를 길렀다네.

【주석】

窮閻蒿蔓癯 富屋酒肉臭 : 『예기』에서 "부유함은 집을 윤택하게 한다"라고 했다. 『한서・곽거병전』에서 "무거운 수레에는 남아서 버린 곡식과 고기가 있었지만 전사들은 굶주린 기색이 있었다"라고 했다. 두보의 「자경부봉선현영회自京赴奉先縣詠懷」에서 "권세가에는 술과 고기 냄새 풍겨오는데, 길에는 얼어 죽는 사람 있구나"라고 했다.

禮記, 富潤屋. 漢霍去病傳, 重車餘棄粱肉, 而士有饑色. 杜詩, 朱門酒肉臭, 路有凍死骨.

酒肉令人肥 蒿蔓令人瘦 欲從鐘鼎食 : 『공자가어』에서 "자로가 "부모님이 돌아가신 뒤에 자리를 포개어 앉고 솥을 늘여놓고서 먹었다""라고 했다. 『사기・화식전』에서 "칼을 가는 것은 하찮은 기술이지만 질씨는 솥을 늘어놓고 식사했다. 말을 치료하는 의사는 천박한 기술이지만 장

리는 그것으로 부를 쌓아 종을 울려 식구를 불러모아 식사를 했다"라고 했다. 포조의 「대결객소년장항代結客少年場行」에서 "종을 치고 솥을 벌여 먹으며, 수레를 나란히 몰아 서로 찾아다니네"라고 했다.

家語, 子路曰, 親沒之後, 累茵而坐, 列鼎而食. 史記貨殖傳, 洗削, 薄技也.[24] 而郅氏鼎食. 馬醫, 淺方, 張里擊鐘. 鮑照詩, 擊鐘陳鼎食, 方駕自相求.

復恐憂患構 秦時千戶侯 寂寞種瓜後 : 『한서 · 소하전』에서 "소평이란 자는 옛날 진나라의 동릉후였다. 진나라가 무너진 뒤 포의로 지냈는데, 가난하여 장안성 동쪽에서 오이를 심었다. 오이가 맛있어서 세상에서 동릉의 오이라고 칭하였다"라고 했다.

蕭何傳, 邵平者, 故秦東陵侯. 秦破, 爲布衣, 貧, 種瓜長安城東, 瓜美, 故世稱東陵瓜.

일곱 번째 수其七

客從濟南來	객이 제남에서 와서
遣我故人書	나에게 벗의 편지를 전해주네.
墨淡字疎行	먹은 연하고 글자는 얼마 되지 않지만

24　[교감기] '技'는 원래 '投'로 되어 있었는데, 전본에 의거하여 고쳤다. 살펴보건대, 현재 유통되는 판본의 『사기』에 '洒削薄技也'로 되어 있다. 『집해(集解)』에서 "'洒'는 달리 '細'로 지어진 본도 있다"라고 했는데, 사용(史容)의 주는 달리 근거한바가 있다.

故人情有餘	벗의 정은 넘쳐나네.
上言猶健否	처음에 여전히 건강하냐고 말하고
次問意何如	다음에 심정이 어떠한지 묻네.
只今意何有[25]	지금 무슨 생각을 하겠는가
思食故溪魚	고향 시내의 물고기 먹고 싶을 뿐.

【주석】

客從濟南來 : 이자선과 앞 편의 이덕수는 모두 제남에 있는데, 산곡
어머니 쪽의 친척이다.

李子先及前篇李德叟, 皆在濟南, 山谷母黨也.

遺我故人書　墨淡字疎行 : 두보의 「동원사군용릉행同元使君春陵行」에서
"시를 지어 중얼거리는 동안, 먹물 마르고 글자는 삐뚤삐뚤하네"

杜詩, 墨淡字欹傾.

故人情有餘 上言猶健否 次問意何如 只今意何有 思食故溪魚 : 『문선·고
시』에서 "손이 멀리서 와서 나에게 두 마리 잉어를 주네. 아이 불러 잉
어를 삶게 하니, 뱃속에 한 자의 흰 편지가 있네. 무릎을 꿇고 흰 편지
를 읽으니, 편지의 내용이 어떠한가. 먼저 오랫동안 그리웠다고 말하
고, 다음으로 오래 이별하였다고 말하네"라고 했다.

25　[교감기] '意'는 고본의 원교에서 "달리 '思'로 된 본도 있다"라고 했다.

古樂府詩云, 客從遠方來, 遺我雙鯉魚. 呼兒烹鯉魚, 中有尺素書. 長跪讀
素書, 書中意何如. 上言加餐食, 下言長相憶.

여덟 번째 수其八

吾子有嘉德	우리 그대 아름다운 덕을 지녀
譬如含薰蘭	비유하자면 향기 머금은 난초 같네.
淸風不來過	맑은 바람 불어오지 않으니
歲晚蒿艾間	만년에 쑥대 사이에 있네.
古來百夫雄	예부터 무리 중에 뛰어난 사람은
白首在澗湲	흰머리로 시냇가에서 소요한다네.
非關自取重	스스로 학덕이 높음과는 무관하니
直爲知人難	다만 지우를 만나기 어려워서라네.

【주석】

吾子有嘉德 譬如含薰蘭 淸風不來過 歲晚蒿艾間 : 도연명의 「음주」에서
"그윽한 난초 앞뜰에 자라나, 향기를 머금고 맑은 바람 기다리네. 맑은
바람이 건듯 불어오니, 쑥대 속에서 오롯이 드러나네"라고 했다.

淵明飮酒詩云, 幽蘭生前庭, 含薰待淸風. 淸風脫然至, 見別蒿艾中.

古來百夫雄 白首在澗湲 : 『시경·황조黃鳥』에서 "백 사람 중에 뛰어나

도다"라고 했다. 또한 「위풍衛風·고반考槃」에서 "산골 시냇가에서 한가
히 소요하나니"라고 했다.

詩, 百夫之特. 又, 考槃在澗.

非關自取重 : 두보의 「핍측행偪側行」에서 "걸을 힘이 없어서도 아니네"
라고 했다. 또한 「사회寫懷」에서 "일부러 안배한 것도 아니라네"라고
했다.

杜詩云, 非關足無力. 又云, 非關故安排.

直爲知人難 : 『서경』에서 "사람을 알아보는 것은 요임금도 어렵다고
여겼다"라고 했다.

書, 在知人, 惟帝其難之.

8. 자첨이 찬餐자 운으로 세 사람에게 화답하였는데 네 번이나 시가 오고가면서도 조금도 어렵게 여기지 않고 더욱 힘차고 기이한 것을 보고서 곧바로 이전 운에 차운하여 팽문의 동파에게 보내다. 3수

見子瞻餐字韻詩和答三人四返不困而愈崛奇輒次舊韻寄彭門. 三首[26]

『동파집』을 살펴보건대, 희녕 7년 겨울에 「제야병중증단둔전」이란 작품을 지었으니, 당시 동파는 밀주에 있었다. 산곡의 화답하는 시는 원풍 초년에 지었다.

按東坡集, 乃熙寧七年冬除夜病中贈段屯田, 時在密州. 山谷和章, 乃元豐初.

첫 번째 수其一

公才如洪河	공의 재주는 드넓은 강과 같아
灌注天下半	천하의 반에 물을 대네.
風日未嘗攖	바람과 해로도 물이 줄지 않으니
晝夜聖所歎	밤낮으로 내달림을 성인이 감탄하였네.
名世二十年	세상에 이름 난 지 이십 년이지만
窮無歌舞玩	곤궁하여 가무를 즐기지 못하네.
入宮又見妬	궁궐에 들어가 시기를 받았고

---

26 [교감기] '舊韻'에서 원래는 '舊'자가 없었는데, 고본에 의거하여 보충하였다.

徒友飛鳥散	문도와 벗은 새처럼 뿔뿔이 흩어졌네.
一飽事難諧	한 번 배불리 먹는 일도 어렵지만
五車書作伴	다섯 수레의 책을 벗으로 삼았네.
風雨暗樓臺	비바람으로 누대는 어두컴컴한데
雞鳴自昏旦	닭은 밤부터 새벽까지 우는구나.
雖非錦繡贈	비록 비단을 주지 않더라도
欲報靑玉案	청옥안²⁷으로 보답하려 하네.
文似離騷經	문장은 『이소경』과 비슷하고
詩窺關雎亂	시는 『관저』편을 넘겨다보네.
賤生恨學晚	미천한 나는 뒤늦게 배움을 한스러워하니
曾未奉巾盌	일찍이 옆에서 모시지 못하였네.
昨蒙雙鯉魚	엊그제 편지를 받드니
遠託鄭人緩	멀리서 정나라 사람 완처럼 되라 부탁하네.
風義薄秋天	기풍과 의기는 가을 하늘에 닿을 듯
神明還舊貫	정신의 밝음은 옛날 도로 돌아간 듯.
更磨薦禰墨	다시 예형을 천거하던 먹을 갈아
推挽起疲懦	지치고 나약한 나를 추켜세워 일으키네.
忽忽未嗣音	오랫동안 소식을 전하지 못하였는데
微陽歸候炭	벌써 숯이 무거운 동짓날이 되었네.
仁風從東來	따뜻한 바람이 동쪽에서 불어오니

---

27 청옥안(靑玉案) : 사패(詞牌)의 일종. 좋은 시라는 의미이다.

拭目望齋館	눈을 부비며 재관을 바라보네.
鳥聲日日春	새 지저귀며 날로 봄은 깊어가고
柳色天晴暖	버들은 따뜻한 날씨에 하늘거리네.
漫有酒盈樽	부질없이 술은 술동이에 가득한데
何因見此餐	어찌하면 우리 님을 볼 수 있을까.

【주석】

公才如洪河 灌注天下半 : 『문선』에 실린 좌사의 「오도부」에서 "두어 주의 사이에 험준하게 뻗어 있으니, 천하의 반에 물을 대네"라고 했다.

文選吳都賦, 礚礚乎數州之間, 灌注乎天下之半.

風日未嘗攖 : 위구의 홍하洪河의 뜻을 맺었다. 『장자·서무귀』에서 "그러므로 "바람이 불어오면 강물이 줄어들고, 해가 지나가면 강물이 줄어든다. 그러나 바람과 해가 서로 강물에 해를 끼쳐도 강물이 어그러지지 않는 것은 수원水源이 있기 때문이다""라고 했다.

終上句洪河之義. 莊子徐無鬼篇, 故曰風之過, 河也有損焉. 日之過, 河也有損焉. 請只風與日相與守河, 而河以爲未始有攖也.

晝夜聖所歎 : 『논어』에서 "공자께서 시냇가에 서서 "가는 것이 이 물과 같구나. 밤낮으로 쉬질 않는구나""라고 했다.

見論語

名世二十年 窮無歌舞玩 入宮又見妬 : 여자는 예쁘거나 밉거나 궁궐에 들어가면 질투를 받는다는 말이 『한서·추양전』에 보인다.

女無美惡, 入宮見妬, 見鄒陽傳.

徒友飛鳥散 : 『장자·산목』에서 "공자가 자상호에게 묻기를 "나는 노나라에서 두 번 쫓겨났고 송나라에서 나무를 베어 죽이려고 했고 위나라에서는 내가 걸어온 발자취마저 지워졌고 상과 주에서는 심한 궁지에 몰렸으며 진과 채에서는 포위를 당하였소. 내가 이 같은 환난을 만날수록 친한 사람들과 교유는 더욱 멀어지고 제자와 벗들도 흩어졌는데, 어째서 그렇소?"라고 했다. 『한서·이릉전』에서 "각자 새나 짐승처럼 흩어지면 오히려 벗어날 수 있을 것이다"라고 했다.

莊子山木篇, 孔子問於子桑雽曰, 吾再逐於魯, 伐樹於宋, 削迹於衛, 窮於商周, 圍於陳蔡之間. 吾犯此數患, 親交益疏, 徒友益散, 何歟. 李陵傳, 各鳥獸散, 猶有得脫.

一飽事難諧 : "일이 뜻대로 되지 않는다"는 말은 『한서·송옥전』에 보인다.

事不諧矣, 見宋玉傳.

五車書作伴 : 『장자』에서 "혜시의 저술은 다방면에 걸쳐 다섯 수레나 된다"라고 했다.

莊子, 惠施多方, 其書五車.

風雨暗樓臺　雞鳴自昏旦：『시경·풍우風雨』에서 "비바람에 칠흑처럼 어둡지만, 닭 울음소리 그치지 않네"라고 했다.
詩, 風雨如晦, 雞鳴不已.

雖非錦繡贈　欲報青玉案：『문선』에 실린 장형의 「사수四愁」 시에서 "미인이 나에게 수놓은 비단을 주니, 무엇으로 보답할까 청옥안이라네"라고 했다
文選張平子四愁詩, 美人贈我錦繡段, 何以報之靑玉案.

文似離騷經　詩窺關雎亂：『논어』에서 "악사 지가 재직하던 처음에 연주하던 관저시의 졸장이 지금도 성대히 귀에 쟁쟁하다"라고 했다.
論語, 師摯之始, 關雎之亂.

賤生恨學晚　曾未奉巾盤：『예기·내칙』에서 "어른이 세수를 마치면 수건을 드린다"라고 했다.
內則, 盥卒授巾.

昨蒙雙鯉魚：『문선·고시』에서 "손이 멀리서 와서 나에게 두 마리 잉어를 주네. 아이 불러 잉어를 삶게 하니, 뱃속에 한 자의 흰 편지가 있

네. 무릎을 꿇고 흰 편지를 읽으니, 편지의 내용이 어떠한가. 먼저 오
랫동안 그리웠다고 말하고, 다음으로 오래 이별하였다고 말하네"라고
했다. 동파의 「재팽문답산곡서」는 문집 가운데 보인다.

雙鯉事, 見前注. 東坡在彭門答山谷書, 見集中.

遠託鄭人緩 : 『장자·열어구』에서 "정나라 완이 구씨라는 지역에서
열심히 책을 읽어 삼년이 지나 선비가 되었다"라고 했다.

莊子列禦冠篇, 鄭人緩也, 呻吟裘氏之地, 三年而緩爲儒.

風義薄秋天 : 심약의 「사령운전논」에서 "높은 의기는 구름의 하늘에
닿았다"라고 했다. 두보의 「팽아행彭衙行」에서 "높은 의리는 구름까지
닿을 듯"이라고 했다.

謝靈運傳論云, 高義薄雲天. 老杜云, 高義薄曾雲.

神明還舊貫 : 『법서요록』에서 "유익의 「여희지서」에서 "문득 그대가
나의 형에게 보낸 편지를 보니 정신이 환하게 빛나는 것처럼 깨우쳐
옛날 서법으로 돌아간 것을 알았습니다'"라고 했다.

法書要錄, 庾翼與羲之書云, 忽見足下答家兄書, 煥若神明, 頓還舊貫.

更磨薦禰墨 : 후한의 공융의 소장을 올려 예형을 천거하였다.

後漢孔融上疏薦禰衡.

推挽起疲懦 忽忽未嗣音 微陽歸候炭 : 『한서·천문지』[28]에서 "동지는 낮의 길이가 가장 짧다. 이날 양팔 저울의 끝에 각각 흙과 숯을 걸어둔다"라고 했는데, 맹강의 『사기집해』에서 "동지 삼일 전에 흙과 숯을 양팔 저울의 양 끝에 균형을 맞춰서 올려놓는다. 동짓날에 양기가 이르면 숯이 무거워지고 하짓날에 음기가 이르면 흙이 무거워진다"라고 했다.

漢天文志, 冬至短極, 縣土炭. 孟康曰, 先冬至三日, 縣土炭於衡兩端, 輕重適均. 冬至日, 陽氣至, 則炭重, 夏至日, 陰氣至, 則土重.

仁風從東來 拭目望齋館 鳥聲日日春 柳色天晴暖 漫有酒盈樽 何因見此餐 : 도연명의 「귀거래사」에서 "어린아이 손잡고 방에 들어가니 술이 술동이에 가득하네"라고 했다. 『시경·당풍唐風』에서 "오늘 밤 얼마나 좋은 밤인고, 아름다운 님의 모습 보게 됐으니. 그대여! 그대여!, 어찌 이렇게 아름다운가"라고 했다.

歸去來辭云, 攜幼入室, 有酒盈樽. 詩, 今夕何夕, 見此粲者. 子兮子兮, 如此粲者何.

두 번째 수其二

| 人生等尺捶 | 인생은 한 자의 채찍과 같다면서 |
| 豈耐日取半 | 어찌 하루에 반절씩 자름을 견디랴. |

---

28 『한서·천문지』: 출전이 『한서·천문지』가 아니라 『사기·천관서(天官書)』이다.

誰能如秋蟲	누가 능히 가을벌레와 같아서
長夜向壁歎	긴 밤 벽을 향해 울어대랴.
朝四與暮三	아침에 네 개 저녁에 세 개
適爲狙公玩	다만 저공의 희롱 같구나.
臭腐暫神奇	냄새나고 썩은 것도 잠시 신기하고
喑噫卽飄散	울적하다가도 곧바로 사라지네.
我觀萬世中	내가 오랜 역사를 살펴보니
獨立無介伴	짝으로 삼을 오롯한 사람을 보지 못하였네.
小點而大癡	조금 약지만 크게는 어리석으면
夜氣不及旦	야기가 아침까지 미치지 못하네.
低首甘豢養	머리를 숙여 길러짐을 달게 여기다가
尻脽登俎案	꽁무니조차 도마에 올려지네.
所以終日飮	날이 지도록 마셔 대니
醉眠朱碧亂	취한 눈에 붉은 꽃 푸른 잎 어지럽네.
無人明此心	이 마음 밝게 알아줄 이 없으니
忍垢待濯盥	더러움 참으며 씻기를 기다리네.
仰看東飛雲	동쪽으로 나는 구름 바라보는데
只使衣帶緩	다만 옷과 띠가 헐렁하네.
先生古人學	선생은 옛사람의 학문 배워
百氏一以貫	백가를 하나로 꿰뚫었네.
見義勇必爲	의리를 보면 용기 내어 반드시 하니

少作衰俗懦²⁹	쇠퇴하고 나약한 세속을 조금 진작시켰네.
忠言願回天	충언은 천자 마음을 되돌리기 바라지만
不忍斅吞炭	차마 숯을 삼키는 것은 본받지 않네.
還從股肱郡	팔다리 같은 고을에서 돌아와서
待詔圖書館	도서 저장하는 관사에서 조서를 기다리네.
投壺得賜金	투호하면 하사한 돈을 받고
侏儒餘飽暖	난쟁이도 배부르고 따뜻하게 지내네.
寧令東方公	어찌 동방삭 공으로
但索長安粲	다만 장안에서 쌀이나 축내게 하겠는가.

【주석】

人生等尺捶 豈耐日取半：『장자・잡편雜篇』의 끝부분에서 "한 자 길이의 채찍을 매일 절반씩 자르면 영원토록 다 자를 수 없다. 논자들은 이것으로써 혜시와 더불어 대응하여 종신토록 끝나지가 않았다"라고 했다.

莊子篇末云, 一尺之捶, 日取其半, 萬世不竭. 辯者如此與惠施相應, 終身無窮.

誰能如秋蟲 長夜向壁歎 朝四與暮三 適爲狙公玩 臭腐暫神奇：『장자・지북유』에서 "만물은 하나지만 아름답게 보이는 것은 신기하다고 여기고 추하게 보이는 것은 냄새나서 썩은 것이라고 한다. 그러나 냄새나

---

29 [교감기] '衰'는 전본에는 '裒'로 되어 있다.

서 썩은 것이 변화여 신기하게 되고 신기한 것이 다시 변하여 냄새나고 썩은 것이 된다"라고 했다.

莊子知北遊篇,[30] 臭腐復化爲神奇, 神奇復化爲臭腐.

喑噫卽飄散 我觀萬世中 獨立無介伴 小黠而大癡 : 한유의 「송궁문」에서 "선생께서 우리 이름과 우리의 모든 행위를 아시고서 우리를 내쫓아 떠나라고 하니 작게는 약지만 크게는 바보스런 짓입니다"라고 했다.

退之送窮文曰, 子知我名, 凡我所爲, 驅使令去, 小黠大癡.

夜氣不及旦 : '야기夜氣'는 『맹자·고자告子』에 나오는바, 밤사이에 생겨나는 천지의 맑은 기운으로 ,흔히 사람의 양심에 비긴다.

見孟子.

低首甘豢養 尻脽登俎案 : 『장자·달생』에서 "제관인 종축인이 돼지우리에 가서 돼지를 설득하며 "너는 어찌하여 죽는 것을 싫어하는고. 내 이제부터 석 달을 너를 기르고 열흘 동안 제계하고 삼일 동안 마음을 깨끗이 하고서 흰 띠풀을 깔아놓고 너의 어깨와 궁둥이를 아로새긴 도마 위에 올려놓고 제사 지내려고 하는데, 너는 기꺼이 희생이 되어 주겠지""라고 했다.

---

30 [교감기] '知北遊'는 원래 잘못 '知北'으로 되어 있었는데, 『장자집해』 제6권에 의거하여 바로잡았다.

見前食驢腸詩注.

所以終日飲 醉眠朱碧亂 : '취면醉眠'은 마땅히 '취안醉眼'으로 되어야 한다. 『옥대신영』에 실린 왕승유王僧孺의 「야수」에서 "심안이 어지러운 것 뉘 알랴, 붉은 꽃 어느새 푸른 잎만 남았네"라고 했다.

醉眠當是醉眼. 玉臺新詠夜愁詩云, 誰知心眼亂, 看朱忽成碧.

無人明此心 忍垢待濯盥 仰看東飛雲 只使衣帶緩 : 『문선·고시』에서 "헤어짐은 날이 갈수록 멀어지고, 옷도 띠는 날로 헐거워지누나"라고 했다.

文選古詩, 相去日已遠, 衣帶日已緩.

先生古人學 百氏一以貫 見義勇必爲 少作衰俗懦 忠言願回天 : 『당서·장현소전』에서 "위징이 "장공張公은 일을 논함에 황제의 마음을 바른길로 돌아서게 하는 힘이 있었다""라고 했다.

唐張玄素傳, 魏徵歎曰, 張公論事, 有回天之力.

不忍斅吞炭 : 예양은 주군의 원수를 갚기 위해 숯을 삼켜 신분을 변장하였다.

豫讓吞炭.[31]

---

31 [교감기] '豫'자는 원래 없었는데, 전본에 의거하여 보충하였다. 살펴보건대 예양이 숯을 삼킨 것은 조양자를 죽이기 위해 사전 작업으로, 『전국책·조책(趙

還從股肱郡 : 『한서·계포전』에서 "천자가 "하동은 나의 팔 다리 같은 군이기 때문에 특별히 그댈 불렀다""라고 했다.

漢季布傳, 上曰, 河東吾股肱郡, 故特召君耳.

待詔圖書館 : 동벽 두 별은 문장을 주관하는 별로서 천하의 도서를 소장한 곳을 상징한다. 동파가 고을을 다스리면서도 직사관의 직함은 그대로 지니고 있었다.

東壁二星, 天子圖書之秘府也. 東坡爲郡, 仍直史館.

投壺得賜金 : 두보의 「우제偶題」에서 "그림 잘 그리던 모연수, 투호 잘 하던 곽사인"이라고 했다. 『서경잡기』에서 "곽사인은 투호를 잘하였는데, 매번 무제에게 투호를 해 보이면 그 때마다 비단을 하사하였다"라고 했다.

杜詩, 能畫毛延壽, 投壺郭舍人. 西京雜記, 郭舍人善投壺, 每爲武帝投壺, 輒賜金帛.

侏儒餘飽暖 寧令東方公 但索長安粲 : 『한서·동방삭전』에서 "문제文帝가 "어찌하여 난장이들을 두렵게 만들었느냐"라 묻자 동방삭은 "난장이들은 배불러서 죽을 지경이요, 신 동방삭은 굶어서 죽을 지경입니다. 신이 올린 말씀이 쓸 만하면 특별한 예우를 해주시기 바라옵고, 쓸

策)』에 보인다.

만하지 못한다면 내쫓아서 부질없이 장안長安의 쌀이나 축내게 하지 마십시오"라고 했다. 『진서 · 혜제기』에서 "귀신鬼薪과 백찬白粲의 형벌을 내렸다"라고 했는데, 주에서 "땔나무를 해서 종묘에 바치는 형벌이 귀신이고, 앉아서 쌀을 하얗게 골라내는 것을 백찬이라 한다"라고 했다. 곽사인과 난장이로 당시 권력자에게 붙어 벼슬에 나아간 자들을 비유하였고, 동방삭으로 동파를 비유하였다.

東方朔傳, 上召問朔, 何恐侏儒爲. 對曰, 侏儒飽欲死, 臣朔飢欲死. 臣言可用, 幸異其禮, 不可用, 罷之, 無令但索長安米. 惠帝紀曰, 爲鬼薪白粲. 注, 取薪給宗廟爲鬼薪, 坐擇米使正白爲白粲. 郭舍人及侏儒以比當時附會而進者, 東方朔比東坡.

세 번째 수其三

元龍湖海士	원룡은 강호의 선비로
毀譽畧相半	비난과 칭송이 대략 반반이네.
下牀臥許君	침상 아래에 그대를 눕게 하고
上牀自永嘆	침상 위에서 스스로 길게 탄식하네.
丈夫屬有念	장부는 품은 생각이 있는데
人物非所玩	인물에 빠지는 것은 아니라네.
坐令結歡客	고로 기쁨을 나눈 객도
化爲煙霧散	이내, 안개처럼 흩어지게 된다네.

武功有大畧	무공현에서 큰 공을 세웠지만
亦復寡朋伴	또한 벗이 적었다네.
詠歌思見之	시를 읊조리며 그리워하면서
長夜鳴曷旦	긴 밤에 갈단처럼 울어 대네.
東南望彭門	동남쪽의 팽문을 바라보니
官道平如案	관도는 책상처럼 평평하네.
簡書束縛人	문서가 사람을 얽어매어
一水不能亂	강을 가로질러 건널 수 없네.
斯文媲秬鬯	사문은 검은 울창주로 비견되니
可用圭瓚盥	강신제의 술잔으로 쓰일 것이네.
誠求活國醫	참으로 나라를 살릴 의원을 구한다면
何忍棄和緩	어찌 차마 의화나 의완을 버릴 것인가.
開疆日百里	날마다 백 리의 영토를 넓힐 것이며
都內錢朽貫	도성 안에 돈 꾸러미가 썩어날 것이네.
銘功甚俊偉	새긴 공은 대단히 위대하리니
廼見儒生懦	유생들이 주춤거리며 물러나리라.
且當置是事	마땅히 이러한 일을 성취하리니
勿使冰作炭	마음에 근심하지 마소서.
上帝羣玉府	상제의 군옥산 서고는
道家蓬萊館	도가의 봉래관이로다.
曲肱夏簟寒	여름 시원한 대자리에서 팔을 베고

炙背冬屋暖　　　　겨울 따뜻한 집에서 등을 지지네.

只令文字垂　　　　다만 문자를 드리워

萬世星斗粲　　　　만대에 별처럼 빛나리.

【주석】

元龍湖海士 毁譽畧相半 下牀臥許君 上牀自永嘆 : 『위지·여포전』에서 "진등이란 자는 자가 원룡으로 39살에 죽었다. 그 뒤 허사許氾와 유비가 형주목 유표劉表와 함께 자리했는데, 유표는 유비와 함께 천하 사람들에 관해 논했다. 허사가 "진원룡은 강호의 선비이나 오만한 기풍[豪氣]을 없애지 못했습니다"라 하였다. 유비가 유표에게 "허군許君의 견해가 옳습니까, 아니면 그릅니까"라 하자, 유표가 "그르다고 하자니 이 사람이 빼어난 선비라 의당 허언은 하지 않았을 터이고, 옳다고 하자니 원룡의 명성이 천하에 두텁구려"라 대답하였다. 유비가 허사에게 "그대가 호豪라고 말했는데 무슨 일이 있었습니까"라 묻자, 허사가 "예전 전란을 만나 하비를 지나가다 원룡을 만났소. 원룡은 주인과 빈객의 예의도 없었으니, 오랫동안 아무런 말도 없이 자신은 큰 침상에 누워있고 빈객인 나는 침상 아래에 눕게 했소"라 대답하였다. 유비가 "그대는 국사國士라는 명성을 지니고 있소. 지금 천하에 대란이 일어 제왕이 그 거처를 잃었으니, 그대는 집안일을 잊고 나라를 걱정하며 세상을 구할 뜻을 품어야 마땅하나, 밭을 구하고 집을 사러 다니기만 할 뿐 채택할 만한 견해조차 없으니 이 때문에 원룡이 그대를 꺼린 것이오. 무슨 까닭으로 그

대와 대화하겠소? 나 같았으면 백 척 누각 위에 누운 채 그대는 땅위에 눕혀 놓았을 것이오. 어찌 다만 상牀 위와 아래의 차이뿐이었겠소"라 하였다. 이에 유표가 크게 웃었다"라고 했다.

魏志呂布傳, 陳登者, 字元龍, 卒. 後許汜與劉備竝在荊州牧劉表坐, 與表共論天下人. 汜曰, 陳元龍, 湖海之士, 豪氣不除. 備謂表曰, 許君論是非. 表曰, 欲言非, 此君爲善士, 不宜虛言, 欲言是, 元龍名重天下. 備問汜, 君言豪, 寧有事邪. 汜曰, 昔遭亂過下邳, 見元龍. 元龍無客主之意, 久不相與語, 自上大床臥, 使客臥下床. 備曰, 君有國士之名, 今天下大亂, 帝主失所, 望君憂國亡家, 有救世之意, 而君求田問舍, 言無可采, 是元龍所諱也, 何緣當與君語. 如小人, 欲臥百尺樓上, 臥君於地, 何但上下床之間邪. 表大笑.[32]

丈夫屬有念 : 『포명원집』의 「답객答客」에서 "홀로 지내니 생각이 이는데, 뜻을 머금어도 문장을 짓지 못하네"라고 했다. 한유의 「추회부」에서 "대장부는 마음에 품은 뜻 있어, 하는 일 끝낼 날이 없다네"라고 했다.

鮑明遠集中詩云, 幽居屬有念, 含意未連詞. 退之秋懷賦, 丈夫屬有念, 事業無窮年.

人物非所玩 : 『서경·여오』에서 "사람 때문에 정신이 팔려서 노닐다

---

32 [교감기] '呂布'는 원래 '季布'로 되어 있었는데, 『삼국지』 제7권에 의거하여 고쳤다. 또한 '帝主失所'의 '主'는 원래 '王'으로 되어 있었으며 '救世之意'의 '救'는 원래 '枚'로 되어 있었는데, 지금 『삼국지』를 따른다. 또한 전본, 건륭본의 이 조목의 주는 '君言豪' 이하로 문장이 빠져 있다.

보면 자기의 덕을 상실하고, 물건 때문에 정신이 팔려서 노닐다 보면
본래의 뜻을 잃게 된다"라고 했다.

書旅獒云, 玩人喪德, 玩物喪志.

坐令結歡客 : 두보의 「송고삼십오서기送高三十五書記」에서 "항상 한스러
운 것은 만난 기쁨 적어"라고 했다.

杜詩, 常恨結驩淺.

化爲煙霧散 武功有大畧 : 『원화성찬』에서 "소씨는 무공현에서 이사하
였다"라고 했다.

元和姓纂, 蘇氏自武功徙焉.

亦復寡朋伴 詠歌思見之 長夜鳴曷旦 : 『예기·방기』에서 "시에 "저 갈
단을 보라, 사람들이 오히려 미워한다""라고 하였는데, 주에서 "밤에
아침이 오기를 바라며 우는 새이다. 사람들이 밤낮이 바뀐 것을 미워
한다"라고 했다. '盍'의 음은 '渴'이다.

禮坊記, 詩云, 相彼盍旦, 尙猶患之. 注, 夜鳴求旦之鳥, 人猶惡其反晝夜.
盍音渴.

東南望彭門 官道平如案 : 두보의 「항관장망보도휴수귀行官張望補稻畦水歸」
에서 "동쪽 둔영은 큰 강의 북쪽에 있는데, 백 마지기 평야가 마치 책

상 같네"라고 했다.

老杜云, 東屯大江北, 百頃平若案.

簡書束縛人 一水不能亂 : 『시경 · 공유』에서 "위수를 건너 가로질러 가"라고 했는데, 주에서 "똑바로 강을 가로지르는 것을 난亂이라 한다"라고 했다.

詩公劉, 涉渭爲亂. 注云, 正絶流曰亂.

斯文媲秬鬯 可用圭瓚盥 : 『서경』에서 "평왕이 진나라 문후에게 거창[33]과 규찬[34]을 하사하고 「문후지명」을 지었다"라고 했다. 『논어』에서 "공자가 "체 제사는 강신제 이후로는 나는 보고 싶지 않다""라고 했는데, 주에서 "강신제는 태묘에 울창주를 따라서 강신하는 것이다"라고 했다. 동파가 이 작품에 화답하기를 "나에게는 이미 강신제를 지낸 것과 같네"라고 했는데, '관盥'과 '관灌'의 옛날 글자는 통용하였다.

書, 平王錫晉文侯秬鬯圭瓚, 作文侯之命. 論語, 子曰, 禘自旣灌而往者, 吾不欲觀之矣. 注, 灌者, 酌鬱鬯於太廟, 以降神也. 東坡和此篇云, 於我如旣盥. 盥, 灌, 古字通使.

求活國醫 何忍棄和緩 : 진나라 평공平公이 병이 나니 진백秦伯이 의화로 하여금 진맥하게 했다. 문자가 "국가의 병도 치료할 수 있는가"라 묻

---

33 거창(秬鬯) : 검은 기장으로 빚은 울창주이다.
34 규찬(圭瓚) : 종묘나 문묘 등에서 강신할 때 쓰는 술잔이다.

자, 의화가 "최상의 의원은 국가를 치료하고 그 아래는 사람을 치료하는 것입니다"라고 하였다.

晉侯求醫於秦,[35] 秦使醫和視之. 文子曰, 醫及國家乎. 對曰, 上醫醫國, 其次醫人.

開疆日百里 : 『시경·소민김롱』에서 "옛날 선왕이 천명을 받을 때에는 소공 같은 분이 있어, 날마다 나라를 백 리씩 개척하였다"라고 했다.

詩, 日闢國百里.

都內錢朽貫 : 『사기·평준서』에서 "장안의 돈은 대단히 많이 쌓여 엽전을 꿰는 줄은 썩었으며 헤아리지 못할 정도이다"라고 했다.

史記平準書云, 京師之錢累巨萬, 貫朽而不可校.

銘功甚俊偉 廼見儒生懦 且當置是事 勿使冰作炭 : 희녕 5년에 희주를 수복하였고, 10년에 교지가 귀순하여 그 공을 새겼다. 시에서 말한 것은 이러한 일을 이른다. 『염철론』에서 "얼음과 숯은 같은 그릇에 담을 수 없다"라고 했다. 도연명의 「잡시雜詩」에서 "어찌 당세의 선비가, 가슴 속에 빙탄이 가득한 것과 같으리오"라고 했다. 한유의 「청영사금」에서

"영사여 참으로 연주 잘하는구나, 내 맘속에 근심이 일게 하지 말라"라
고 했다.

熙寧五年收復熙州, 十年交趾納款銘功. 當是此等事. 鹽鐵論, 冰炭不可以
同器. 淵明詩, 孰若當世士, 冰炭滿懷抱. 退之聽穎師琴云, 穎乎爾誠能, 無以
冰炭實我腸.

上帝羣玉府:『목천자전』에서 "군옥산은 선왕이 서책을 보관하던 곳
이다"라고 했다.

穆天子傳, 羣玉之山, 先王之所謂策府.

道家蓬萊館:『후한서』에서 "학자들이 장서실인 동관을 가리켜 노씨
장실, 도가 봉래라고 불렀다"라고 했다.

後漢書, 學者稱東觀爲老氏藏室, 道家蓬萊.

曲肱夏簟寒 炙背冬屋暖:혜강의 「절교서」에서 "야인이 등에 쬐는 햇
볕을 고맙게 생각하고 미나리 맛을 좋게 여기고는, 이것을 임금님에게
바치려고 하였다"라고 했다.

嵇康絶交書, 野人有快炙背而美芹子者, 欲獻之至尊.

9. 자첨이 호주자사가 되었다는 소식을 듣고 다시 화답하여 보내다

再和寄子瞻聞得湖州

天下無相知	천하에 알아주는 이가 없으니
得一已當半	한 사람만 얻어도 이미 반이나 다름없네.
桃僵李爲仆	복사나무 넘어지면 자두가 대신 죽고
芝焚蕙增歎	지초가 타면 혜초가 탄식한다네.
佳人在江湖	가인이 강호에 있으면서
照影自娛玩	그림자 벗하며 스스로 즐기네.
一朝入漢宮	하루아침에 한나라 궁궐에 들어가
掃除備冗散	한직에 임명되어 청소나 하고 있네.
何如終流落	끝내 떠돌아다니며
長作朝雲伴	오랫동안 아침구름과 짝함과 어떠한가.
相思欲面論	그리움에 만나 이야기 나누고 싶어
坐起雞五旦	닭 우는 새벽에 일어나 앉았네.
身慚尸廩祿	하는 일 없이 녹봉만 받아 부끄럽고
有罪未見案	죄가 있으나 죄안에 오르지 않네.
公文雄萬夫	공의 글은 만부보다 뛰어나서
皦皦不自亂	밝고 밝아 스스로 어지럽지 않네.
臧穀皆亡羊	노비와 여종이 모두 양을 잃었는데

要以道湔盞	모름지기 도로써 잔을 씻네.
傳聲向東南	명성이 동남지역에 전해지니
王事不可緩	왕의 일은 늦출 수가 없네.
春波下數州	봄 물결이 두어 고을로 내려가니
快若七札貫	일곱 갑옷 뚫는 화살처럼 빠르네.
推鼓張風帆	북을 울려 배의 돛을 펼쳐서
相見激衰懦	서로 만나면 쇠약함을 진작시키리라.
空文不傳心	약속 어기는 헛된 글은 마음을 전할 수 없으니
千古付煨炭	천고에 재가 될 것이네.
安得垂天雲	어찌하면 하늘에 구름을 드리워
飛就吳興館	오흥의 관사로 날아갈 수 있을까.
魚饜柳絮肥	물고기는 버들 솜 질리게 먹어 살지고
筍煮溪沙暖	시냇가 따뜻한 곳에서 죽순을 굽네.
解歌使君詞	사군의 시를 노래하는데
樽前有三粲	술동이 앞에 세 미녀가 있네.

【주석】

天下無相知 得一已當半 桃僵李爲仆 : 옛날 가시인 「계명鷄鳴」에서 "복숭아는 노정[36]에서 자라고, 자두나무 그 옆에서 자라네. 벌레가 와서 복숭아나무 뿌리를 갉아먹으니, 자두나무가 대신하여 죽었네"라고 했

---

36   노정(露井) : 덮개가 없는 우물이다.

는데, 이는 『예문유취』에 보인다.

古歌詩曰, 桃生露井上, 李樹生桃旁. 蟲來嚙桃根, 李樹代桃僵. 見藝文類聚.

芝焚蕙增歎 : 『문선』에 실린 육기陸機의 「탄서부」에서 "참으로 소나무가 무성하니 잣나무가 기뻐하고, 지초가 불에 타니 혜초가 탄식하네"라고 했다.

文選歎逝賦云, 信松茂而柏悅, 嗟芝焚而蕙歎.

佳人在江湖 照影自娛玩 一朝入漢宮 掃除備冗散 : 『한서·신도가전』에서 "융관이 그 안에 살았다"라고 했는데, 주에서 "융은 한가로운 무리이다. 지금의 한직과 같다"라고 했다.

漢申屠嘉傳, 冗官居其中. 注云, 冗謂散輩也, 如今散官.

何如終流落 長作朝雲伴 : 『문선』에 실린 송옥의 「고당부」에서 "첩은 무산의 남쪽, 높은 구릉의 험한 곳에 있습니다. 아침에는 아침 구름이 되고 저녁에는 내리는 비가 되어"라고 했다.

文選高唐賦, 妾在巫山之陽, 高邱之岨. 旦爲朝雲, 暮爲行雨.

相思欲面論 坐起雞五旦 身慚尸廩祿 有罪未見案 : 『후한서·공융전』에서 "정령족丁零族은 소무의 소와 양을 훔쳤으니, 아울려 규명하는 것이 좋겠습니다"라고 했다.

後漢孔融傳, 丁零盜蘇武牛羊, 可幷案也.

公文雄萬夫 皦皦不自亂 臧穀皆亡羊 : 『장자 · 변무』에서 "노비와 계집
종 두 사람에게 양을 기르게 하였는데, 둘 다 양을 잃어버렸다. 노비에
게 "무엇을 하고 있었느냐" 물으니, "책상을 끼고 책을 읽고 있었습니
다"라 대답했다. 계집종에게 "무엇을 하고 있었느냐" 물으니, "주사위
놀이를 하고 있었습니다"라 대답했다. 두 사람이 하는 일은 서로 달랐
지만, 양을 잃어버린 것은 마찬가지이다"라고 했다.

莊子騈拇篇, 臧與穀二人相與牧羊, 而俱亡其羊. 問臧奚事, 則挾筴讀書.
問穀奚事, 則博塞以遊. 二人者事業不同, 其于亡羊均也.

要以道湔盥 傳聲向東南 王事不可緩 : 『맹자』에서 "백성의 일은 늦출
수가 없다"라고 했다.

孟子, 民事不可緩也.

春波下數州 快若七札貫 : 『좌전 · 성공 16년』에서 "언릉의 전투에서
양유기가 갑옷을 겹쳐 놓은 뒤에 화살을 쏘아 갑옷 일곱 벌을 꿰뚫었
다"라고 했다.

左傳成十六年, 鄢陵之戰, 養由基蹲甲而射之, 徹七札焉.

推鼓張風帆 相見激衰懦 空文不傳心 千古付煨炭 安得垂天雲 : 『장자』에

서 "붕새의 날개가 하늘에 드리운 구름 같았다"라고 했다.

莊子, 翼若垂天之雲.

飛就吳興館 : 오흥군은 호주에 있다.

吳興郡, 湖州也.

魚鬐柳絮肥 : 공의보의 『잡기』에서 "매성유가 「하돈」에서 "봄날 삼각
주에 갈대 싹이 나고, 봄날 강기슭에 버들꽃이 날리네. 복어가 이 때쯤,
귀하기는 다른 생선 새우에 비할 수 없네"라고 하였는데, 영숙 구양수
가 이 시를 칭송하면서 "복어가 버들 솜을 먹고 살이 찐다. 성유가 파
제한 두 구는 복어의 좋은 곳을 제대로 말하였다"고 하였다. 이것이 구
양수가 매성유의 시를 칭송하는 말인데, 그러나 그 실상은 그렇지 않
다. 복어는 2월에 한껏 자라니 버들 솜이 날릴 때는 복어철이 이미 지
났다"라고 했다. 『석림시화』에서 말한 것도 대략 이와 같다.

孔毅甫雜記云, 永叔稱聖俞河豚詩云, 春洲生荻牙, 春岸飛楊花. 河豚於是
時, 貴不數魚蝦. 以謂河豚食柳絮而肥. 聖俞破題兩句, 便說盡河豚好處, 乃永
叔襃譽之詞也, 其實不爾. 此魚盛於二月, 至柳絮時, 魚已過矣. 石林詩語所言
畧同.

笋煮溪沙暖 解歌使君詞 樽前有三粲 : 『국어 · 주어』에서 "밀나라 강공
이 공왕共王을 모시고 있었는데, 세 여자가 밀나라 강공에게 달려와 몸

을 맡겼다. 그의 어머니가 "반드시 공왕에게 바쳐야 한다. 대저 세 여자를 찬粲이라고 하는데, 지금 세 여자는 모두 미인이다. 세 명이 아리따운 모습으로 너에게로 왔지만 네가 무슨 덕으로 감당하겠는가"라고 했다.

國語周語曰, 三女奔密康公, 公母曰, 必致之王. 夫粲, 美物也. 衆以美物臨, 而何德以堪之.

10. 앞의 시에 차운하여 요민에게 답하다

次韻答堯民

君問蘇公詩[37]	그대가 소공의 시에 물으니
疾讀思過半	빨리 읽어본다면 반은 알 수 있을 것일세.
譬如聞韶耳	소악韶樂을 들은 것 같아서
三月忘味歎	석달을 고기 맛을 잊노라 감탄하리라.
我詩豈其朋	나의 시가 어찌 그 상대가 되리
組麗等俳玩	아름답게 꾸며도 광대와 같네.
不聞南風玄	오현금의 「남풍가」를 듣지 못하였는가
同調廣陵散	「광릉산」과 비슷한 수준이라네.
鶴鳴九天上	학이 높은 하늘 위에서 우는데
肯作家雞伴	어찌 집안 닭과 짝이 되겠는가.
晁子但愛我	조자가 다만 나를 사랑하여
品藻私月旦	개인적으로 좋게 평하였네.
官閑樂相從	관직이 한가하면 즐겁게 서로 만나
棃栗供杯案	배와 밤으로 술상에 즐겼지.
門靜鳥雀嬉	문이 고요하니 새들이 지저귀고
花深蜂蝶亂	꽃이 깊으니 벌과 나비 어지럽네.

---

37 [교감기] '問'은 영원본과 고본에는 '開'로 되어 있고, 전본과 건륭본에는 '聞'으
로 되어 있다.

忽蒙加禮貌	문득 두터운 예의를 받게 되니
齋戒事搢盥	재계하고 홀笏을 꽂고 세수하네.
問大心更小	큰 것을 물으매 마음은 더욱 겸손하며
意督詞反緩	생각은 급하지만 글월은 도리어 늦네.
君材於用多	그대 재주는 쓰일 곳이 많으니
舞選弓矢貫	춤추면 사뿐사뿐 화살은 과녁을 뚫네.
聰明回自照	총명함은 스스로 돌아볼 줄 알고
勝己果非懦	자신보다 뛰어난 자에게 비굴하지 않네.
我如相繪事	내가 만일 그림을 그린다면
素質施朽炭	흰 바탕에 썩은 숯으로 그릴 것이라.
古來得道人	옛날에 도를 깨우친 사람은
非獨大庭館	다만 큰 뜰의 집에서
	한가롭게 쉴 뿐만 아니었네.
晁子己不疑	조자는 이미 의심하지 않으리니
冬寒春自暖	겨울은 춥고 봄엔 절로 따뜻하리.
繫表知藥言	말로 드러내어 충고할 줄 아니
擇友得荀粲	나는 벗으로 순찬을 얻었네.

【주석】

君問蘇公詩 疾讀思過半 譬如聞韶耳 三月忘味歎 : 『논어·술이述而』에서
"공자께서 제나라에 계실 때에 순 임금의 소악을 들으시고는 석 달 동

안 고기 맛을 잊으시며 이르기를 "음악을 만든 것이 이렇게 아름다울 줄은 생각하지 못했다"'라고 했다. 맹견 반고의 「유통부」에서 "우나라 소의 아름다움이여 봉황이 와서 춤을 추었네. 공자가 천년 전에 음식 맛을 잊었네"라고 했다.

見論語. 班孟堅幽通賦云, 虞韶美而鳳儀兮, 孔忘味於千載.

我詩豈其朋 組麗等俳玩: 『양자』에서 "부는 아름답게 짠 안개 문양의 비단은 여자의 일에 해가 되는 것처럼 부는 경전에 해가 된다"라고 했다. 사마천의 「보임소경서報任少卿書」에서 "부친이 담당한 천문, 역사, 점성, 책력 같은 일은 점쟁이나 무당에 가까우니, 원래 천자가 희롱하는 대상으로 광대로 대우받았습니다"라고 했다. 『한서』에서 "매고가 말하기를 "부를 짓는 것은 광대나 하는 것이니, 나는 광대로 대우받았다"라고 했다.

揚子, 霧縠之組麗, 女工之蠹矣. 司馬遷書云, 文史星曆, 近乎卜祝之間, 固主上所戲弄, 倡優畜之. 漢書, 枚皋言, 爲賦廼俳, 見視如倡.

不聞南風玄: 『예기』에서 "순이 오현금을 만들어 「남풍가」를 불렀다"라고 했다.

禮記, 舜作五絃之琴, 以歌南風.

同調廣陵散: 『진서·혜강전』에서 "혜강이 동시에서 처형될 때 거문고를 요구하여 연주하면서 "옛날 원효니가 나에게 광릉산을 배우려고 하였는데, 나는 매번 거절하였었다. 이제 내가 죽게 되니 광릉산은 끊어지게 되었구나'"라고 했다.

嵇康傳, 康將刑東市, 索琴彈之曰, 昔袁孝尼嘗從吾學廣陵, 吾每靳固之. 廣陵散於今絶矣.

鶴鳴九天上 肯作家雞伴 : 『시경 · 학명鶴鳴』에 "학이 구고의 늪에서 우네"라고 했다. 『남사 · 왕승건전』에서 "어린아이들은 자기집 닭을 천하게 여기고 들의 꿩을 좋아한다"라고 했는데, 이를 차용하였다.

詩, 鶴鳴于九皐. 南史王僧虔傳, 小兒輩賤家雞. 借用之.

晁子但愛我 品藻私月旦 : 『후한서 · 허소전許劭傳』에서 "종형인 허정과 함께 향당의 인물을 정확하게 논의하여 매월이면 곧 그 대상을 바꿔가며 품평하였다. 이에 여남의 세속에 매월 초하루의 품평이 생겼다"라고 했다.

後漢許劭傳, 劭與兄靖, 好覈論鄕黨人物, 每月輒更其品題, 故汝南有月旦評焉.

官閑樂相從 梨栗供杯案 : 도연명의 「책자」에서 "통이란 놈은 아홉 살이 되었어도, 다만 배와 밤만 찾는구나"라고 했다. 『전한서 · 우공전』에서 "잔과 탁자를 받으면 문양과 그림을 그리고 금은으로 수식하

였다"라고 했다.『후한서 · 동탁전』에서 "항복한 자들을 잔인하게 죽였
는데, 죽지 못한 자들은 술상 사이를 굴러다녔다"라고 했다.

淵明責子詩, 但覓梨與栗. 前漢貢禹傳, 見賜杯案, 盡文畫金銀飾. 後漢董卓
傳, 偃轉杯案間.

門靜鳥雀嬉 花深蜂蝶亂 忽蒙加禮貌 齋戒事擩盥 問大心更小 : 두보의
「세병마洗兵馬」에서 "성왕의 공은 크나 마음은 더욱 겸손하며"라고 했
는데, 그 글자를 따다 썼다.

杜詩, 成王功大心轉小. 此摘其字.

意督詞反緩 君材於用多 舞選弓矢貫 :『시경 · 제풍』에서 "춤추면 사뿐
사뿐, 활을 쏘면 과녁을 꿰뚫네"라고 했다.

齊國風, 舞則選兮, 射則貫兮.

聰明回自照 :『전등록』에서 "운거산의 의능이 "빛을 돌이켜 거꾸로
비춰 신심이 무엇인가 보아라""라고 했다.

傳燈錄, 靈居義能曰, 廻光返照, 看身心是何物.

勝己果非懦 我如相繪事 素質施朽炭 :『논어』에서 "그림 그리는 일은
흰 바탕을 마련한 다음에 해야 한다"라고 했다.

見論語.

古來得道人 非獨大庭館 :『열자・황제』에서 "물러나 한가하게 큰 뜰의 집에서 거처하며, 마음을 재계하고 몸을 수양하여, 3월동안 친히 정사를 하지 않았다. 낮에 잠자 꿈을 꾸며 화서씨의 나라에 놀았다"라고 했다.

列子黃帝篇, 退而閒居大庭之館, 齋心服形, 晝寢, 而夢遊於華胥氏之國.

子已不疑 冬寒春自暖 繫表知藥言 擇友得荀粲 :『위지・순욱전』 주에서 "순찬의 자는 봉천이다. 순씨 가문의 여러 형제들은 유술儒術을 가지고 논의하곤 했는데, 순찬만이 유독 도道에 대해 말하기를 좋아하였다. 그는 늘상 자공子貢이 "공자께서 성과 천도天道에 대해 말한 것은 들을 수 없었다"고 한 것을 말하면서, "그렇다면 육경六經이 보존되어 있다하여도 그것은 겨나 쭉정이에 지나지 않는다"고 주장하였다. 그의 형 순우荀俣가 힐난하며 이렇게 말하기를 "『주역』에서 또한, "성인께서 상象을 세워 뜻을 온전히 드러내고 거기에 계사를 달아 말을 다 드러내었다"고 말하고 있으니 즉 미언微言이라 해도 어찌 들어서 알 수 없겠는가?"라 하였다. 이에 찬이 "미묘한 이치는 물상으로 드러낼 수 있는 것이 아닙니다. 지금 "상을 세워 뜻을 다 드러낸다"고 하셨는데 이것은 뜻을 넘어선 것에까지 통하는 게 아니며, "거기에 계사하여 말을 다한다"고 하셨는데 이것은 문자를 넘어선 말을 말하는 것은 아닙니다. 이 말의 의미는 상을 넘어선 뜻象外之意과 계사하여 표명한 말繫表之言은 참으로 드러나지 않는다는 것을 말한 것입니다"라 하였다. 당시의 말을 잘하

는 자에게도 능히 굽히지 않았다"라고 했다.

魏志荀彧傳注云, 粲字奉倩. 諸兄竝儒術論議, 而粲獨好言道. 常以爲子貢稱夫子之言性與天道不可得聞, 然則六籍雖存, 固聖人之糠秕.[38] 粲兄俣難曰, 易亦曰, 聖人立象以盡意, 繫辭焉以盡言, 則微言胡爲不可得而聞見哉. 粲曰, 蓋理之微者, 非物象之所擧也. 今稱立象以盡意, 此非通乎意外者也. 繫辭焉以盡意, 此非言乎繫表者也. 斯則象外之意, 繫表之言, 固蘊而不出矣. 當時能言者不能屈也.

---

38 [교감기] '固'는 원래 '因'으로 되어 있었는데, 지금 영원본과 전본을 따르고 아울러 『삼국지』 10권 원주(原注)에 근거하여 교정하였다.

11. 봄놀이
春遊

終日桃李蹊	복사, 오얏 핀 길에서 날을 보내니
春風不相識	봄바람은 살랑 불어오는구나.
同我二三子	나의 두세 제자들과 함께 하니
承我作意力	나의 뜻을 받든 것이네.
把酒忘味着	술잔 잡아도 맛을 잊어버리고
看花了春寂	꽃을 보면서 봄의 고요함을 깨트리네.
晴雲散長空[39]	맑은 날 구름은 너른 창공에 흩어지니
曠蕩無限隔	끝없는 허공에 막힌 것이 없구나.
身爲胡蝶夢	나는 호접이 되는 꿈을 꾸니
本自不漁色	본래 여색을 좋아하지 않는다네.
春蟲勸人歸	봄새는 사람에게 돌아가라 지저귀니
今我誠是客	지금 나는 참으로 나그네로다.
歸來翻故紙	돌아와 묵은 책을 펼쳐드는데
書尾見麟獲	책 끝에서 기린이 잡혔음을 보네.
文字非我名	임명 조서에 내 이름이 없으니
聊取二三策	에오라지 두세 책이나 보려네.

---

39 [교감기] '長空'은 건륭본에는 '長安'으로 되어 있다.

【주석】

終日桃李蹊 : 『한서·이광전』의 찬贊에서 "복숭아 오얏은 말을 하지 않지만, 그 아래 절로 길이 생긴다"라고 했다.

李廣贊, 桃李不言, 下自成蹊.

春風不相識 : 이백의 「춘사春思」에서 "봄바람과는 알지도 못하는데, 어인 일로 비단 휘장 안으로 들어오는가"라고 했다.

太白詩, 春風不相識, 何事入羅幃.

同我二三子 承我作意力 把酒忘味着 看花了春寂 : 『능엄경』에서 "향엄 동자가 부처에게 아뢰기를 "여러 비구들이 침수향 태우는 것을 보았는데, 그 향기가 은연중에 콧속으로 들어왔습니다""라고 했다.

楞嚴經云, 香嚴童子白佛言, 見諸比邱燒沈水香, 香氣寂然, 來入鼻中.

晴雲散長空 曠蕩無限隔 : 두보의 「별찬상인別贊上人」에서 "이 몸은 뜬구름 같으니, 어찌 한곳에 머무르랴"라고 했다. 장형의 「남도부」에서 "위는 평탄하고 넓어 허공이 끝없이 뚫렸고"라고 했다.

杜詩, 是身如浮雲, 安可限南北. 南都賦, 上平衍而曠蕩.

身爲胡蝶夢 : 『장자』에서 "언젠가 장주가 꿈속에 나비가 되어, 나풀 나풀 잘 날아다니는 나비로서 스스로 유쾌하고 만족스러웠다. 조금 뒤

에 잠을 깨고 보니 뻣뻣하게 누워 있는 장주라는 인간이었다. 장주의 꿈속에 나비가 된 것인지, 나비의 꿈속에 장주가 된 것인지 모르겠다" 라고 했다.

見上.

本自不漁色 : 『예기·방기』에서 "제후는 본국의 미녀를 취하여 아내로 삼지 않는다"라고 했다.

禮坊記, 諸侯不下漁色.

春蟲勸人歸 : 두견새를 이른다.

謂杜鵑.

今我誠是客 : 도연명의 「잡시」에서 "집은 머물다 가는 여관, 나는 언젠가 떠나야할 나그네"라고 했다. 『문선·고시』에서 "사람이 천지간에 태어나, 문득 먼 길 나선 여행객과 같네"라고 했다. 육기의 「탄서부」에서 "후생에게 말석의 교유를 의탁하노니, 나 늙어가며 나그네 되었네" 라고 했다.

淵明詩, 家爲逆旅舍, 我如當去客. 文選詩, 人生天地間, 忽如遠行客. 歎逝賦云, 託末契於後生, 余將老而爲客.

歸來翻故紙 書尾見麟獲 : 『전등록·고령선사전』에서 "고령선사가 하

루는 창문 아래에서 불경佛經을 읽고 있었는데, 벌이 창문의 종이를 찢고 밖으로 나가려고 했다. 고령선사를 이것을 보고 "세계가 저렇게 넓은데, 나가지 못하고 창호지만 두드리니, 나귀의 해[40]에나 나가려나"라 했다"라고 했다. 여기서는 이 고사의 글자를 사용하였다. 『좌전·애공 14년』에서 "봄에 서쪽으로 사냥 나가서 기린을 잡았다"라고 했는데, 주에서 "『춘추』는 기린을 잡았다는 구절에서 절필하였다"라고 했다.

傳燈錄古靈禪師傳, 其師在窓下看經, 蜂子投窓紙, 求出. 師曰, 世界如許廣闊, 不肯出, 鑽他故紙, 驢年去. 此用其字. 左傳哀十有四年, 春, 西狩獲麟. 注云, 春秋絶筆於獲麟之一句.

文字非我名 聊取二三策 : 백거이의 「유십구동숙劉十九同宿」에서 "벼슬을 내리는 교서에도 내 이름은 없네"라고 했다. 『맹자』에서 "나는 「무성」에서 두세 쪽만 취할 뿐이다"라고 했다.

樂天詩, 黃紙除書非我名. 孟子, 武成取二三策.

---

40 나귀의 해 : '여년(驢年)'은 나귀의 해라는 말인데, 십이간지(十二干支)에 나귀는 들어있지 않음으로, 영원히 돌아오지 않는 해이다. 즉 영원히 깨달을 수 없다는 의미이다.

12. 「감춘」에 차운하다. 5수

次韻感春五首

첫 번째 수 其一

我與子桑友	나는 자상과 벗인데
旣往雨彌旬	열흘 동안이나 비가 내렸네.
交情未曾改	사귀는 정은 일찍이 변하지 않는데
天地忽趨新	천지가 문득 새해로 내달리네.
東風無行迹	동풍은 불어오는 자취 없지만
佳氣滿城闡[41]	아름다운 기운이 성안에 가득하네.
麥苗生陂隴	보리는 무덤가에서 자라니
歎息不食陳	묵은 보리 먹지 않음 탄식하네.
誰能裹飯來	누가 능히 음식을 싸다 줄까
定是寂寞人	참으로 적막한 사람이로다.
一曲古流水	옛날 한 곡조 「유수」를 연주하러
試拂絃上塵	거문고 줄의 먼지를 털어볼까.
古木少生意	고목에 생기가 일어나니
輪囷臥河濱	강가에 구불구불 누워있네.
慙愧桃與李	부끄럽구나, 복사와 오얏이
相隨見陽春	서로 어울려 봄 햇살 받는 것이.

41　[교감기] '闡'은 고본에는 '門'으로 되어 있다.

【주석】

我與子桑友 旣往雨彌旬 : 『장자』에서 "자여子輿와 자상子桑은 벗이 되었다. 장마가 열흘이나 지속되자, 자여가 "자상이 굶어서 병이 났을 것이다"라 하고, 음식을 싸서 자상에게 가서 먹으려 했다"라고 했다.

莊子曰, 子輿子桑友, 而淋雨十日, 子輿曰, 子桑殆病矣. 裹飯而往食之.

交情未曾改 : 『한서』에서 적공이 문에 써놓은 말을 인용하였는데, 그 뜻을 반대로 사용하였다. 적공은 "한 번 죽었다 한 번 살아남에 사귀는 정리를 알았고, 한 번 가난했다 한 번 부자됨에 사귀는 모양을 알았다"라고 하였다.

用漢書翟公書門之語, 而反其意, 所謂一死一生, 乃知交情, 一貴一賤, 交情乃見.

天地忽趨新 東風無行迹 佳氣滿城闉 : 포조의 「행약지성동교行藥至城東橋」에서 "단장한 수레가 먼 들판을 향하니, 멀리 성문을 지나는 것을 보네"라고 했다.

鮑明遠詩, 嚴車臨逈陌, 延瞰歷城闉.

麥苗生陂隴 歎息不食陳 : 『장자』에서 "유자儒者가 『시경』과 『예기』를 근거로 하여 남의 무덤을 도굴했다. 소유小儒가 말하기를 "『시경』에도 본디 이르기를, "푸르고도 푸른 보리가 무덤가에서 자라고 있네라고

했다"라 했다"라고 했다. 두보의 「희청喜晴」에서 "푸릇푸릇한 무덤가 보리, 아리땁게 활짝 핀 도리 꽃"이라고 했다. 『좌전·성공 10년』에 "올해 햇곡식으로 지은 밥을 못 드실 것입니다"라고 했다. 지금 이미 보리철에 미쳤기에 묵은 보리를 먹지 않는다고 한 것이다.

麥生陵陂, 見上注. 左傳, 不食新矣. 今已及麥, 故云不食陳.

誰能裏飯來 定是寂寞人 一曲古流水 : 『공자가어』에서 "백아伯牙가 높은 산에 뜻을 두고 거문고를 타면, 그의 친구인 종자기鍾子期가 "좋구나, 마치 높은 산처럼 우뚝하구나"라 했다. 잠시 후에, 백아가 흐르는 물에 뜻을 두고 거문고를 타면, 종자기가 "좋구나, 흐르는 물처럼 넘실거리는구나"라 했다. 그런데 종자기가 죽자, 백아는 타던 거문고 줄을 끊어버리고 죽을 때까지 다시 거문고를 타지 않았다고 한다"라고 했다.

志在流水, 見上注.

두 번째 수其二

張侯脫朝衣	장후는 조복을 벗고
兒褐多純綠	아이의 베옷은 푸른색이 많네.
聞道無米舂	들으니 찧을 곡식이 없다는데
煮术學辟穀	삽주를 삶아 벽곡을 배운다네.
官吏但索錢	관리는 다만 돈을 요구하는데

詔書哀悍獨	조서는 홀아비와 과부만 불쌍히 여기네.
東方九尺長[42]	동방삭은 구 척의 장신인데
不得侏儒祿	난쟁이의 녹봉도 받지 못하였네.
屋中聲鵝鴈	집안에 시끄러운 소리만 들리니
日暮攪心曲	날이 저물면 마음이 어지럽다네.
窮巷無桃李	깊은 골목엔 복사, 오얏이 없으니
緼袍非春服	솜옷은 봄옷이 아니라네.
我吟白駒詩	나는 「백구」 시를 읊조리니
知君在空谷	그대 빈 골짝에 있음을 아네.[43]

【주석】

張侯脫朝衣 兒褐多純綠 : 『예기·심의』에서 "부모만 생존해 계실 때에
는 옷에 선을 두를 때에 청색 천으로 한다"라고 했다.

禮記深衣, 具父母, 衣純以靑.

聞道無米春 煮术學辟穀 : 『신선전』에서 "연자는 제나라 사람으로, 삽
주 뿌리를 좋아하였다"라고 했다. 『한서·장량전』에서 "곧바로 도인법
을 하고 곡식을 먹지 않았다"라고 했는데, 주에서 "곡식을 먹지 않고

---

42 [교감기] '九尺長'은 고본에는 '長九尺'으로 되어 있다.
43 나는 (…중략…) 아네 : 『시경·백구』에서 "희고 깨끗한 망아지가 저 빈 골짜기에
    있다. 싱싱한 풀 한 다발을 주노니 그 사람은 옥처럼 맑도다"라고 했다.

약을 복용하였다"라고 했다.

神仙傳, 涓子, 齊人也, 好餌朮. 張良傳, 卽導引不食穀. 注, 辟穀服藥.

官吏但索錢 : 한유의 「차재동생행」에서 "문 밖에는 오직 아전들이 나
타나, 날마다 몰려와 조세를 물리며 또 돈을 토색질하네"라고 했다.

退之, 嗟哉董生行云, 門外惟有吏, 日來徵租更索錢.

詔書哀惸獨 : 『시경·소아』에서 "부자들이야 어떠랴만, 홀아비와 과
부는 애처롭구나"라고 했다.

小雅, 哿矣富人, 哀此惸獨.

東方九尺長 不得侏儒祿 : 『한서·동방삭전』에서 "문제文帝가 "어찌하
여 난장이들을 두렵게 만들었느냐"라 묻자 동방삭은 "난장이들은 배
불러서 죽을 지경이요, 신 동방삭은 굶어서 죽을 지경입니다. 신이 올
린 말씀이 쓸 만하면 특별한 예우를 해주시기 바라옵고, 쓸 만하지 못
한다면 내쫓아서 부질없이 장안長安의 쌀이나 축내게 하지 마십시오""
라고 했다

東方朔事, 見上注.

屋中聲鵝鴈 日暮攪心曲 : 한유의 「수최십육」에서 "때로 아침밥을 먹
지 못하는데, 쌀을 얻어오면 이미 저녁이네. 담장 너머에서 떠들썩한

소리 들리니, 여러 사람의 입이 대단히 시끄럽네"라고 했다. 심곡心曲은
주가 위에 보인다.

退之酬崔十六云, 有時未朝餐, 得米日已晏. 隔牆聞讙呼, 衆口極鵝鴈. 心
曲, 見上注.

窮巷無桃李 縕袍非春服 :『논어』에서 "헤진 솜옷을 입고서 담비 가죽
을 입은 자와 나란히 서 있어도 부끄럽지 않게 여기는 자는 아마 자로
일 것이다"라고 했다.

見論語

세 번째 수其三

祁寒不可怨	매서운 추위에도 원망하지 않으니
天道自平分	천도는 스스로 고르기 때문이네.
及爾春風來	봄바람이 불어올 때쯤이면
四肢有餘溫	팔, 다리에 온기가 넘치네.
丈夫力如虎	장부는 힘이 호랑이 같은데
爲人行灌園	남의 정원에 물을 주며 사네.
椒蘭工甕蔽	산초와 난초도 (왕의 총명을) 교묘하게 가리니
未可怨芳蓀	다른 꽃들은 원망도 하지 않네.
寒魚守窮轍	궁핍한 물고기는 수레바퀴 물을 지키는데

蒙呴一沫恩[44]	불어서 한 번 적셔주는 은혜를 받네.
一朝被湔祓[45]	하루아침에 이끌어줌을 받았는데
吹毛見瘢痕	터럭을 불어 상처를 찾아내네.

【주석】

祁寒不可怨 天道自平分 : 『서경·군아君牙』에서 "겨울에 심하게 추워
도 백성들은 원망하고 탄식하기만 한다"라고 했다. 송옥의 「구변」에서
"하늘이 고르게 사계절 나누었는데, 쌀쌀한 가을을 유독 슬퍼하네"라
고 했다. 한유의 「감춘感春」에서 "하늘이 사계절을 고르게 나눴는데, 봄
기운 사방에 가득하여 가장 슬프구나"라고 했다.

書, 冬祁寒, 小民亦惟曰怨咨. 宋玉九辯云, 皇天平分四時兮, 切獨悲此凛
秋. 退之詩云, 皇天平分成四時, 春氣誕謾最可悲.

及爾春風來 四肢有餘溫 丈夫力如虎 : 『시경·간혜』에서 "힘은 호랑이
같고"라고 했다.

詩簡兮, 有力如虎.

爲人行灌園 : 추양의 「옥중상양왕서獄中上梁王書」에서 "오릉 중자는 삼

---

44 [교감기] '呴'는 고본에는 '煦'로 되어 있다. 살펴보건대 두 글자는 통용하니, 이후
로 다시 나오면 교정 내용을 밝히지 않는다.
45 [교감기] '湔祓'은 고본에는 '湔拂'로 되어 있다.

공의 자리를 사양하고 숨어지내며 남의 정원에 물을 주며 살았습니다"
라고 했다.

鄒陽書, 於陵仲子辭三公, 爲人灌園.[46]

椒蘭工壅蔽 未可怨芳蓀 :『이소경』에서 "내 난초를 믿을 수 있다고 여
겼더니, 아! 알맹이는 없고 겉만 아름답네. 산초가 오로지 말을 잘하여
오만하고 방자한데, 수유나무도 향주머니 채우고자 하네"라고 했다.
또한 "산초와 난초를 보아도 이와 같은데, 하물며 게거와 강리는 어떠
하겠는가"라고 했다. 주에서 "난초는 회왕의 어린 아우 사마자란이며,
초는 초나라 대부 자초이다"라고 했다.

離騷經云, 余以蘭爲可恃兮, 羌無實而容長. 椒專佞以慢慆兮, 樧又欲充夫
佩幃. 又云, 覽椒蘭其若玆兮, 又況揭車與江離. 注云, 蘭, 懷王少弟司馬子蘭
也. 椒, 楚大夫子椒也.[47]

寒魚守窮轍 蒙呴一沫恩 :『장자』에서 "물이 바짝 마르게 되면, 물고기
들이 서로 입김을 불어 축축하게 해 주고 거품으로 적셔 주곤 한다"라
고 했다. '궁철窮轍'은 아래 작품의 '고어枯魚' 주에 보인다.

莊子, 泉涸, 魚相與處於陸, 相呴以濕.[48] 相濡以沫. 窮轍, 見後篇枯魚注.

46 [교감기]『사기』권83「추양전」에서 옥중에 올린 편지를 인용하였는데, 거기에
    서는 '於陵子仲'으로 되어 있다.
47 [교감기] '弟'는 원래 잘못 '第'로 되어 있었으며, 전본에는 '子'로 되어 있었는데,
    지금 영원본을 따르고 아울러 왕일의 주에 근거하여 고쳤다.

一朝被淵祓 吹毛見瘢痕 : 『전국책』에서 "한명이 춘신군에게 유세하기를 "지금 저는 비루한 속세에 거처한 지가 오래 되었습니다. 그대는 저를 이끌어 주시지 않겠습니까""라고 했다. 『문선』에 실린 유효표의 「광절교론」에서 "이끌어주어 그로 하여금 길게 세상에 재능을 떨치게 하였다"라고 했는데, 이선의 주에서 "전불翦拂은 이끌어 주다는 의미의 전불淵祓과 같다"라고 했다. "터럭을 불어서 상처를 찾다"는 말은 『전한서 · 중산정왕승전』에 보이는 말이다. 즉 "지금 죄가 없는데, 신하에게 모욕을 당하였다고 하여 유사가 터럭을 불어서 상처를 찾아 그 신하에게 매질하는 것은 그 임금이 스스로 원망함이 많은 것을 증명하는 것입니다"라고 했다. 『한서 · 왕망전』에서 "얼굴에 흉터가 있는데, 미옥이 그 흉터를 가릴 수 있습니다"라고 했는데, 주에서 "반瘢은 흉터이다"라고 했다.

　　國策, 汗明說春申君曰, 君獨無淵祓僕也. 文選廣絶交論云, 剪拂使其長鳴. 注云, 與淵祓同. 吹毛求疵, 見前漢中山靖王勝傳. 君面有瘢, 美玉可以滅瘢. 注云, 瘢, 瘡痕也. 見王莽傳.

네 번째 수其四

　　鳥聲春漸長[49]　　　　　봄날 새 울음은 점차 길어지고

48　[교감기] '濕'은 원래 '溫'으로 되어 있었는데 지금 영원본과 전본을 따르고, 아울러 『장자 · 대종사(大宗師)』 및 「천운(天運)」에 두 곳에 의거하여 고쳤다.

煙雨春薄暮	봄날 저물녘에 이내 속에 비가 내리네.
風光不長妍	풍광은 오래 아름답지 않으니
如客暫時寓	객이 잠시 머문 것과 같네.
芸芸物爭時	무성한 만물이 서로 다툴 때도
天地有常度	천지에는 일정한 법도가 있네.
我行觀大河	내가 여행하며 황하를 보면
黃流日東鶩	누런 물결은 날마다 동으로 내달리네.
喟然欲乘桴	탄식하면서 뗏목을 타고 싶은데
莽不見洲渚	아득하여 강가를 볼 수가 없구나.
張侯但飮酒	장후는 다만 술을 마시고 싶어 하니
無用恨羈旅	떠도는 것을 한스럽게 여기지 않네.
十年富貴子[50]	십 년 부귀한 자들도
今作一邱土	지금은 무덤의 흙이 되었네.

【주석】

鳥聲春漸長 煙雨春薄暮 風光不長妍 如客暫時寓 芸芸物爭時 :『노자』에서 "만물이 무성하다가 각기 그 뿌리로 돌아간다"라고 했다.

老子曰, 夫物芸芸, 各復歸其根.

---

49 [교감기] '漸'은 고본에는 '淸'으로 되어 있다.
50 [교감기] '富貴子'는 고본의 원교(原校)에서 "달리 '尊前客'으로 된 본도 있다"라고 했다.

天地有常度 : 동방삭의 「답객난」에서 "하늘에는 일정한 법도가 있고 땅에는 일정한 모양이 있고 군자는 일정한 행동이 있다"라고 했다.

東方朔答客難曰,[51] 天有常度, 地有常形, 君子有常行.

我行觀大河 黃流日東騖 : 한유의 「감이조부」에서 "도성문을 나와 동쪽으로 내달린다"라고 했다.

退之感二鳥賦, 出國門而東騖.

喟然欲乘桴 :『논어·공야장公冶長』에서 공자가 천하가 어지러움을 탄식하여, "도가 행해지지 않는구나. 뗏목을 타고 바다를 항해하리니, 나를 따를 이는 유由일 것이다"라고 했다.

見論語.

莽不見洲渚 張侯但飮酒 無用恨羈旅 十年富貴子 今作一邱土 :『문선』에 실린 장맹양의 「칠애시七哀詩」에서 "옛날엔 만승의 임금이었는데, 지금은 무덤의 흙이 되었네"라고 했다.

文選七哀詩, 昔爲萬乘君, 今爲邱山土.

---

51   [교감기] '答'자는 원래 탈락되었는데,『문선』에 의거하여 보충하였다.

다섯 번째 수其五

茶如鷹爪拳	차는 매의 발톱 같은데
湯作蟹眼煎	끓이면 게의 눈처럼 뽀글거리네.
時邀草玄客	때로 담박한 손님을 맞이하여
晴明坐南軒	맑은 날 남쪽 난간에 앉아 있네.
笑談非世故	담소함은 세상 이야기 아니니
獨立萬物先	만물보다 앞에 우뚝 서 있네.
春風引車馬	봄바람은 거마를 이끄니
隱隱何闠闠	덜컹거리며 어찌 그리 시끄러운가.
高蓋相磨憂⁵²	높은 수레가 서로 스쳐 가는데
騎奴爭道喧	말몰이꾼은 떠들썩하니 길을 다투네.
吾人撫榮觀	우리들은 꽃구경을 하여도
燕處自超然	외물을 초연하여 담담하네.
城中百年木	성안 백 년 묵은 고목에
有鵲巢其顚	까치가 꼭대기에 둥지를 틀었네.
鳲鳩來相宅⁵³	비둘기가 날아와 살까 바라보다가
日暮更謀遷	날이 저물자 다른 곳을 찾아가네.

---

52 [교감기] '磨'는 고본과 전본에는 '摩'로 되어 있다. 살펴보건대 두 글자는 통용한다.
53 [교감기] '鳲鳩'는 고본과 전본에는 '鳴鳩'로 되어 있다. 고본의 원교에서 "달리 '維鳩'로 된 본도 있다"라고 했다.

【주석】

茶如鷹爪拳 湯作蟹眼煎 時邀草玄客 : 『북원수공록』에서 "차에는 작은 싹과 중간 싹이 있다. 작은 싹은 매의 발톱처럼 작다"라고 했다. 채군모의 『다록』에서 "차 끓이는 것을 살펴보는 것이 대단히 어렵다. 익지 않으면 거품이 뜨고, 지나치게 익어버리면 차가 가라앉는다. 이전에 '해인蟹眼'이라 한 것은 지나치게 끓인 것이다"라고 했다. 『한서·양웅전』에서 "내가 바야흐로 『태현경』을 지어 자신을 지켜 담담하다"라고 했다

北苑修貢錄, 茶有小芽, 有中芽. 小芽者, 其小如鷹爪. 蔡君謨茶錄云, 候湯最難, 未熟則沫浮, 過熟則茶沈. 前世謂之蟹眼者, 過熟湯也. 揚雄傳云, 時雄方草太玄, 有以自守泊如也.

晴明坐南軒　笑談非世故 : 혜강의 「여산거원절교서與山巨源絶交書」에서 "세상의 일들은 생각을 번거롭게 할 것이니, 일곱 번째 견디지 못하는 것이다"라고 했다.

嵇康書云, 世故繁其慮, 七不堪也.

獨立萬物先 春風引車馬 隱隱何闐闐 : 좌사의 「촉도부」에서 "거마가 천둥처럼 놀라게 하니, 덜컹덜컹 삐걱삐걱 대네"라고 했다.

蜀都賦, 車馬雷駭, 轟轟闐闐.

高蓋相磨戞 騎奴爭道喧：『사기 · 전인임안전』에서 "평양공주의 집에서는 전인과 임안을 집안의 말을 모는 노비들과 같은 자리에서 먹게 하였다"라고 했다.『한서 · 곽광전』에서 "두 집안의 노비가 길을 다투었다"라고 했다. 두보의「자경부봉선현영회自京赴奉先縣詠懷」에서 "여산 온천에 김이 짙게 피어오르고, 근왕병의 무기 소리 쨍그렁거린다"라고 했다.

史記田仁任安傳, 曰平陽主家令兩人與騎奴同席而食. 漢霍光傳, 兩家奴爭道. 杜詩, 瑤池氣鬱律, 羽林相摩戞.

吾人撫榮觀 燕處自超然：『노자』에서 "아무리 굉장한 구경거리가 있다 하더라도, 동요되지 않고 편안히 거하면서 외물外物을 초월한다"라고 했다.

老子曰, 雖有榮觀, 燕處超然.

城中百年木 有鵲巢其顚 鳲鳩來相宅 日暮更謀遷：『서경 · 낙고洛誥』에서 "소공召公이 이미 살 곳을 보았었다"라고 했다『시경 · 작소鵲巢』에서 "까치가 둥지를 지으매, 비둘기가 거기에 살도다"라고 했다.

書洛誥云, 召公旣相宅. 詩, 維鵲有巢, 維鳩居之.

13. 성간이 장차 위 땅에 우거하기 위해 제 땅에서 다니며 걸식하니 자못 가련한 행색을 지녔다. 이에 다시 「감춘」에 차운하여 주었다

聖柬將寓于衛 行乞食于齊 有可憐之色 再次韻感春五首贈之54

첫 번째 수 其一

溫氣冰底歸	온기에 얼음은 바닥으로 돌아가니
忽忽六過旬	어느덧 육십 일이 지났네.
園林改柯葉	정원 숲은 가지와 잎이 바뀌고
鳥聲日日新	새 지저귐은 나날이 새롭네.
耕稼百年外	백 년 넘게 평화롭게 농사지으니
四郊無短闉55	사방 들녘엔 낮은 성루도 없네.
高丘試顧望56	높은 언덕에서 멀리 둘러보니
俯仰迹已陳	머리를 들고 내린 사이에 이미 옛날이네.
信陵松鬱鬱	신릉군의 소나무는 울창한데
不見曩時人	그 당시 사람은 볼 수가 없네.
空懷負暄賞	부질없이 충성을 다할 마음 지녔지만
莫望屬車塵57	임금 수레 따를 방도가 없구나.

54　[교감기] '聖柬'은 고본에는 '聖東'으로 되어 있다.
55　[교감기] '闉'은 고본에는 '門'으로 되어 있다.
56　[교감기] '高丘試顧望'은 고본에는 '高立試遠望'으로 되어 있다.
57　[교감기] '莫望'은 고본에는 '更望'으로 되어 있다.

腹中書萬卷	흉중에 만 권의 책이 있지만
阽死溝壑濱⁵⁸	구덩이에 죽을 위기에 처했네.
投壺與射覆	투호와 사복하면서
一笑物皆春	한 번 웃으니 만물이 다 봄이로세.

【주석】

溫氣冰底歸 忽忽六過旬 : 『주역·풍괘豐卦』에서 "대등함이 지나치면 재앙이 있을 것이다"라고 했다.

易曰, 過旬, 災也.

園林改柯葉 : 『예기·예기』에서 "예가 사람에 있는 것은 대나무에 푸른 껍질이 있는 것과 같고 소나무와 잣나무에 심이 있는 것과 같다. 그러므로 사시를 일관하여 가지와 잎을 바꿀 수 없다"라고 했다.

禮器云, 如竹箭之有筠也, 如松柏之有心也. 故貫四時而不改柯易葉.

鳥聲日日新 耕稼百年外 四郊無短閫 : 『예기』에서 "나라가 환란을 당하여 사방 교외에 적의 보루가 많은 것은 경대부의 치욕이다"라고 했다.

曲禮, 四郊多壘, 此卿大夫之辱也.

高丘試顧望 俯仰迹已陳 : 왕희지의 「난정서」에서 "고개를 숙이고 드

58　[교감기] '阽'은 고본에는 '跕'으로 되어 있다.

는 짧은 순간에 이미 옛날이 된다"라고 했다.

蘭亭禊飮序云, 俛仰之間, 已爲陳迹.

信陵松鬱鬱 不見義時人 : 『사기』에서 "위공자 무기는 신릉군으로 봉해 졌다"라고 했다. 대명부는 즉 위이다.

史記, 魏公子無忌, 封爲信陵君. 大名府, 卽魏也.

空懷負暄賞 : 『열자』에서 "옛날 송나라의 한 농부가 봄이 되어 농사를 시작하여 햇볕을 쬐게 되었다. 그 아내를 돌아보며 이르기를 "햇볕을 등에 받는 따뜻함을 아는 사람이 없으니, 우리 임금에게 바치면 장차 후한 상을 내릴 것이오""라고 했다.

列子, 宋國有田夫謂其妻曰, 負日之暄. 人莫知者, 以獻吾君, 將有重賞.

莫望屬車塵 : 사마상여의 「간렵부」에서 "사나운 짐승이 맑은 먼지 일으키는 폐하의 수레에 달려들기라도 한다면"이라고 했다. 시의 의미는 "비록 임금을 잊지 못하지만 말미암아 나아갈 방법이 없다"는 것이다.

司馬相如諫獵書云, 犯屬車之淸塵. 詩意言, 雖不忘君, 而無因自進也.

腹中書萬卷 阽死溝壑濱 : 『이소경』에서 "내 몸 위태로워 죽을 위기에 있어도"라고 했다. 『한서 · 문제기』에서 "곤궁한 이들이 혹은 위망에 떨어지기도 한다"라고 했는데, 주에서 "가에 가까워 떨어지려 한다는

의미이다"라고 했다. 음은 '簪'이며 다른 음은 "점에 술잔을 되돌려 놓는다"고 할 때의 '坫'이다. 『한서 · 동방삭전』에서 "전하의 개와 말보다 앞서서 제가 먼저 죽어 구덩이를 메울 것입니다"라고 했다.

騷經云, 阽余身而危死兮. 漢文紀云, 阽於危亡. 注云, 近邊欲墮之意. 音簷, 一音反坫之坫. 東方朔傳, 先狗馬塡溝壑.

投壺與射覆 一笑物皆春 : 『한서 · 동방삭전』에서 "문제文帝가 여러 술수가에게 상자로 물건을 덮어놓고서 맞추게 하였는데, 수궁을 사발 아래에 놓고서 맞추라고 하였다. 모두 맞추지 못하자, 동방삭이 말하기를 "신이 일찍이 『주역』을 배웠으니, 청컨대 맞춰보겠습니다"라 하고서는 이에 괘를 펼쳐놓고 대답하기를 "신이 생각하기로는 용인데 뿔이 없고 뱀인데 다리가 달렸으며, 끊임없이 앞으로 더듬어 나아가며 벽을 잘 타니 이는 수궁이 아니면 석갈입니다"라 하였다. 문제가 '맞다'라고 하고 비단 열 필을 하사하였다. 다시 다른 물건을 맞추게 하니 연달아 맞춰 곧바로 비단을 하사받았다"라고 했다. 동방삭은 평원 염차 사람이다. 염차는 오늘날 예주에 속한 현으로, 대명부와 가깝다. 『신이경』에서 "옥녀가 투호를 하는데 튀어나온 살대를 잡지 못했을 때는 하늘이 웃었으니 그러면 번개가 쳤다"라고 했다.

東方朔傳, 上嘗使諸數家射覆, 置守宮盂下, 射之, 皆不能中. 朔自贊曰, 臣嘗受易, 請射之. 迺別著布卦而對曰,[59] 臣以爲龍又無角, 謂之爲蛇又有足, 跂

59　[교감기] '布卦'는 원래 '布卜'으로 되어 있었는데, 지금 전본을 따르고 아울러

跂脉脉善縁壁, 是非守宮卽蜥蜴. 上曰, 善. 賜帛十疋. 復使射他物, 連中, 輒賜帛. 朔, 平原厭次人. 厭次, 今棣州所治縣也. 與大名相近. 神異經曰, 玉女投壺, 天爲之笑, 則爲電.

두 번째 수其二

種萱欲遣憂	원추리 심어 근심을 잊으려는데
叢薄空自綠	떨기는 부질없이 절로 푸르구나.
洗心日三省	마음을 닦아 날마다 세 가지로 살피는데
人亦不我穀	사람들은 그다지 나를 잘 대해주지 않네.
誰能書堂下	누가 능히 서각 아래에서
草荒抱幽獨	거친 풀 속에 고독을 품고 있는가.
白首官不遷	백수의 관리 옮겨가지 않고
校書漢天祿	한나라 천록각에서 책을 교정하는구나.
身當萬戶侯	만호후에 응당 봉해져야 하는데
鼓吹擁部曲	악대를 지휘하여 북 치고 피리 부네.
解佩著犀渠	패물을 풀고 방패를 잡으며
張弓挿彫服	활을 당겨 아로새긴 동개에 꽂네.
何時李將軍	언제나 이 장군이
射獵出上谷	사냥하면서 상곡에서 나오려는가.

『한서·동방삭전』에 의거하여 바로잡았다.

【주석】

種萱欲遣憂 叢薄空自綠 : 혜강嵇康의 「양생론」에서 "합환목자귀나무은
화를 덜고 원추리는 근심을 잊게 한다"라고 했다.

嵇康養生論云, 合歡蠲忿, 萱草忘憂.

洗心日三省 : 『주역·계사전繫辭傳』에서 "성인은 이로써 마음을 씻어
아무도 모르게 은밀한 곳에다 감추어 둔다"라고 했다. 『논어』에서 "증
자가 "나는 하루에 세 가지로 나의 몸을 살핀다""라고 했다.

易, 聖人以此洗心. 論語, 吾日三省吾身.

人亦不我穀 : 『시경·황조黃鳥』에서 "이 나라 사람들이 나를 기꺼이
잘 대우하지 않을진댄"이라고 했다.

詩, 此邦之人, 不我肯穀.

誰能書堂下 草荒抱幽獨 : 이백의 「협객행俠客行」에서 "누가 서각의 아
래에서 머리 세도록 『태현경』을 지으려 하겠는가"라고 했다. 도잠의
「연우독음連雨獨飮」에서 "돌아보니 나 이 고독을 품고 애써 살아온 지
40년이네"라고 했다

太白詩, 誰能書閣下, 白首太玄經. 抱獨, 見陶詩.

白首官不遷 校書漢天祿 : "양웅은 3세世의 임금이 바뀌는 동안 벼슬이

옮기지 않고 천록각에서 책을 교정하였다"라는 말은 「양웅전」에 보인다.

三世不徙官, 校書天祿閣. 見雄傳.

身當萬戶侯 : 마지막 구절의 상곡에 주가 보인다.

見此篇上谷注.

鼓吹擁部曲 解佩著犀渠 : 좌사의 「오도부」에서 "집집마다 학슬을 지
니고 호호마다 서거를 지니고 있다"라고 했는데, 주에서 "학슬은 창이
며, 서거는 방패이다"라고 했다.

吳都賦, 家有鶴膝, 戶有犀渠. 注, 鶴膝, 矛也. 犀渠, 楯也.

張弓揷彫服 : 『주례·사궁』에서 "중추에 동개를 바쳤다"라고 했다.
한유의 「송이단공서送李端公序」에서 "활을 활집에 넣고 화살을 동개에
꽂았다"라고 했다.

周禮司弓, 仲秋獻矢服. 韓文, 弓韔服, 矢揷房.

何時李將軍 射獵出上谷 : 『한서·이광전』에서 "이릉은 자주 문제를 따
라 사냥을 나가서 맹수를 쳐서 잡았다. 문제가 "만약 고조 시대에 태어
났다면 만호후는 어찌 말할 필요가 있겠는가"라고 했다. 경제 때에 상
곡 태수가 되었다"라고 했다.

李廣傳, 數從射獵, 文帝曰, 令當高祖時, 萬戶侯何足道哉. 景帝時, 爲上谷太守.

세 번째 수 其三

春風鳴布穀	봄바람에 뻐꾸기 우는데
天道似勸分	하늘의 도는 나눔을 권하는 듯하네.
持饑望路人	굶주림 참으며 나그네에게 도움 청하니
誰能顔色溫	누가 능히 따뜻하게 대해 줄까.
笑憶枯魚說	웃으며 말라가는 붕어 이야기 떠올리는데
詼諧老漆園	칠원의 늙은 관리의 해학이라네.
湘纍不得祿	불행하게 상강에 몸을 던진 굴원이여
哀怨寫荃蓀	애통함을 향초로 그려내었네.
千年澗谷松	계곡의 천년 소나무는
慚愧雨露恩	우로의 은혜에 부끄럽네.
思爲萬乘器	만승 천자의 인재가 되는데
顧掩斧鑿痕	도리어 도끼와 끌의 흔적을 가리네.

【주석】

春風鳴布穀 : 『이아』에서 "시구鳲鳩는 뻐꾸기[鵠鵴]이다"라고 했는데, 주에서 "지금의 뻐꾸기이다"라고 했다. 두보의 「세병마洗兵馬」라는 작품에서 "뻐꾸기 곳곳에서 울며 씨뿌리기 재촉하네"라고 했다.

爾雅, 鳲鳩鶻鵃. 注, 今布穀也. 杜詩云, 布穀處處催春種.

天道似勸分 : 『좌전·희공 21년』에서 "농사에 힘쓰고 서로 나누어 돕도록 권장하였다"라고 했다.
左僖二十一年, 務穡勸分.

持餽望路人 誰能顔色溫 笑憶枯魚說 詼諧老漆園 : 『장자』에서 "장주가 집이 가난하여 감하후에게 곡식을 빌리러 갔다. 감하후가 "나는 머지않아 세금을 거둬들일 텐데 그러면 선생께 삼백금을 빌려드리죠. 그거면 될 테요"라 하였다. 이에 장주가 말하기를 "제가 어제 이리로 올 때 도중에 부르는 자가 있었습니다. 돌아보니 수레바퀴 자국에 붕어가 있더군요. 제가 그 붕어에게 물으니, 붕어가 대답하기를 "나는 동해의 소신小臣이요. 그대가 약간의 물로도 나를 살릴 수 있을 거요"라 하였습니다. 내가 "내가 이제 남쪽의 오월의 왕에게로 가는데 촉강의 물을 밀어 보내서 너를 맞게 해주지. 그럼 되겠나"라 했더니, 붕어는 불끈 성을 내며 "나는 지금 한 말이나 한 되의 물만 얻으면 살아날 수 있소. 그런데 당신이 그렇게 말하니 차라리 건어물전에서 가서 나를 찾는 게 나을 거요"라고 하였습니다""라고 했다. 회해詼諧는 「동방삭찬」에 보인다. 『문선』에 실린 곽박의 「유선시遊仙詩」에서 "칠원에 오만한 관리가 있네"라고 했다. 『사기』에서 "장자는 몽 땅 사람이다. 일찍이 몽의 칠원의 관리가 되었다"라고 했다.

莊子曰, 莊周貸粟於監河侯. 監河侯曰, 我將得邑金, 貸子三百金, 可乎. 周曰, 周昨來, 有中道而呼者. 周顧視車轍中, 有鮒魚焉. 周問之, 對曰, 我東海之波臣, 君豈有斗升之水, 而活我哉. 周曰, 我且南遊吳越之王, 激西江之水而迎子, 可乎. 鮒魚忿然作色曰, 吾得斗升之水然活耳, 君乃言此, 曾不如索我於枯魚之肆. 詼諧, 見東方朔贊. 漆園, 見上注.

湘纍不得禒 哀怨寫荃蓀 : 양웅의 「반이소反離騷」에서 "민강泯江 가를 따라 이 애도문을 보냄이여, 삼가 상강湘江에서 억울하게 죽은 굴원을 애도하노라"라고 했다.

楊雄弔屈原文曰, 因江潭而汻記兮, 欽弔楚之湘纍.

千年澗谷松 慚愧雨露恩 思爲萬乘器 : 『한서 · 이광전』에서 "이릉은 자주 문제를 따라 사냥을 나가서 맹수를 쳐서 잡았다. 문제가 "만약 고조 시대에 태어났다면 만호후는 어찌 말할 필요가 있겠는가"라고 했다. 경제 때에 상곡 태수가 되었다"라고 했다.

萬乘器, 見上注

顧掩斧鑿痕 : 한유의 「조장적調張籍」에서 "부질없이 도끼와 끌로 다듬은 흔적이나 보고"라고 했다.

退之詩, 徒觀斧鑿痕

네 번째 수其四

風雨桃李華	복사, 오얏 꽃이 비바람 부는데
佳人來何暮	가인은 어찌 그리 늦게 오는가.
安齊果未安	제가 편할 듯하지만 끝내 편안하지 않고
寓衛豈所寓	위에 더부살이 하지만 어찌 더부살이할까.
張侯室縣磬	장후의 집은 종을 매단 듯한데
得酒美無度	한량없이 맛있는 술을 마시네.
常憂腐腸死	항상 장이 썩어 죽을까 걱정되는데
須我嫁阿鶩	나에게 첩을 시집 보내달라 요구하네.
雙魚傳尺素	두 잉어가 흰 편지를 전해주는데
何處迷春渚	어느 곳 봄 물가에서 헤매고 있는가.
啼鳥勸不歸	지저귀는 새는 가지 말라고 권하는데
曉鞍逐行旅	새벽 안장은 나그네를 뒤따르네.
遙知登樓興	멀리서도 알겠네, 누대 올라 흥이 이는데
信美非吾土	참으로 아름답지만 내 살 곳은 아니라는 걸.

【주석】

風雨桃李華 佳人來何暮 : 『후한서·염범전』에서 "훌륭한 염숙도는 어찌 그리 늦게 오는고"라고 했다. 강엄의 「휴상인원별休上人怨別」에서 "지는 해는 푸른 구름과 합쳐지는데, 그대는 자못 오지 않네"라고 했다.

後漢廉范傳, 廉叔度來何暮. 江淹詩,[60] 日暮碧雲合, 佳人殊未安.

安齊果未安 寓衛豈所寓 : 『유신집』에 있는 「영회」에서 "위나라에 더부살이하나 더부살이 할 바가 아니며, 제나라가 편안하나 홀로 편안하지 않네"라고 했다. 살펴보건대 『좌전』에서 "진나라 공자 중이가 달아나 제나라로 갔다. 제나라 환공이 중이에게 딸을 아내로 삼게 하였다. 20대의 수레를 거느리니 공자가 편안하게 여겼는데, 따르는 신하들은 불가하다고 여겼다"라고 했다. 『시경·식미』에서 "적인이 여후를 내쫓아, 여후가 위나라에 더부살이 하니"라고 했다.

庾信集中詠懷詩云, 寓衛非所寓, 安齊獨未安. 按左傳, 晉公子重耳出奔, 及齊, 齊桓公妻之. 有馬二十乘, 公子安之. 從者以爲不可. 國風式微, 黎侯寓于衛.

張侯室縣磬 : 『좌전』에서 "집에 재산이 없어서 달아 놓은 종과 같다"라고 했다.

見上注.

得酒美無度 : 『시경·위풍』에서 "저 아가씨여, 아름답기 한량없네"라고 했다.

詩, 彼其之子, 美無度.

---

60 [교감기] '詩'는 원래 '時'로 되어 있었는데, 영원본에는 '詩'로 되어 있고 건륭본에는 '選詩'로 되어 있는데, 지금 전본을 따른다.

常憂腐腸死 : 『삼국지·진사왕전』의 주에서 "정의의 부친 정충은 지나치게 술을 먹어 취하여 장이 썩어 죽었다"라고 했다. 매승의 「칠발七發」에서 "달고 무르고 기름지고 맛이 진한 음식은 이름하여 창자를 썩게 하는 약이라고 한다"라고 했다.

三國陳思王傳注云, 丁儀父冲過諸將飮, 醉爛腸死. 文選枚乘七發云, 命曰, 腐腸之藥.

須我嫁阿鶩 : 『삼국지·주건평전』에서 "애초에 순유와 종요는 서로 친하였다. 순유가 먼저 죽었는데 자식이 어렸다. 종요가 어떤 사람에게 편지를 보내기를 "내가 공달과 일찍이 함께 주건평에게 관상을 보았는데, 건평이 "순군이 비록 어리지만 마땅히 죽은 뒤의 일을 종군에게 부탁해야 한다"라 하였습니다. 내가 당시에 조롱하면서 "마땅히 아무순유의첩를 시집보내겠다"고 하였는데, 어찌 희롱하는 말이 끝내 사실로 들어맞을 줄 어찌 생각이나 했겠습니까. 지금 아무를 시집보내고자 하니 선처해주시기 바랍니다""라고 했다.

三國朱建平傳, 初, 荀攸鍾繇相親善. 攸先亡, 子幼. 繇與人書曰, 吾與公達, 曾共使朱建平相, 建平曰, 荀君雖少, 然當以後事付鍾君. 吾時嗣之曰, 惟當嫁卿阿鶩耳. 何意戱言遂驗乎. 今欲嫁阿鶩, 使得善處.

雙魚傳尺素 何處迷春渚 : 『문선·고시』에서 "손이 멀리서 와서 나에게 두 마리 잉어를 주네. 아이 불러 잉어를 삶게 하니, 뱃속에 한 자의 흰

편지가 있네"라고 했다.

文選詩 客從遠方來, 遺我雙鯉魚. 呼童烹鯉魚, 中有尺素書.

啼鳥勸不歸 曉鞍逐行旅 遥知登樓興 信美非吾土 : 왕찬의 「등루부」에서 "비록 참으로 아름다우나 내가 살 곳이 아니니, 어찌 조금이라도 머물 겠는가"라고 했다.

王粲登樓賦, 雖信美而非吾土兮, 曾何足以少留.

다섯 번째 수其五

魯公但食粥	안노공은 다만 죽만 먹으니
百口常憂煎	백 사람이 항상 마음을 졸였다네.
金張席貴寵[61]	김씨와 장씨는 귀척의 총애를 이용하니
奴隸乘朱軒	노비들도 붉은 수레를 타네.
丈夫例寒餓	장부는 으레 추위와 기아에 시달리니
萬世無後先	만대 어느 시댄들 다 그러하였네.
風霾天作惡	하늘이 슬퍼서 흙비 날리니
雷亦怒闐闐	우레 또한 노하여 우르릉거리네.
俄頃花柳靜	잠시 뒤에 꽃과 버들 고요하고
煙暖谷鳥喧	안개 피어 따뜻하니 골짜기 새가 지저귀네.

---

61 [교감기] '貴席'은 고본과 전본에는 '席貴'로 되어 있다.

人事每如此	사람 일은 항상 이와 같으니
翻覆不常然	변화는 일정하지 않네.
下流多謗議	하류층들은 많이도 비방하고
高位又疾顚	높은 이들은 빨리도 넘어지네.
空餘壯士志	부질없이 장부의 뜻만 남아
不逐四時遷	네 계절 변화를 즐기지 못하네.

【주석】

魯公但食粥 百口常憂煎 : 안진경의 「걸미첩乞米帖」에서 "생계를 꾸리는 일에 재주가 없는지라 온 집안 식구들이 죽만 먹은 지 몇 달이 되었습니다. 이제 그마저 다 떨어져가니 더욱 걱정스럽고 초조합니다. 쌀을 좀 보내주시면 이 어려움을 해결할 수 있겠습니다"라고 했다.

顔魯公帖云, 拙於生事, 擧家食粥已數月. 今又罄竭, 秖益憂煎. 惠及少米, 實濟艱勤.

金張席貴寵 : 『한서·장안세전』에서 "공신의 집으로 김씨와 장씨가 있었는데, 귀척들과 친하여 외척에 비견되었다"라고 했다. 『한서·유향전』에서 "여산呂産과 여록呂祿은 태후의 총애에 의지하였다"라고 했는데, 주에서 "석席은 의지함이다"라고 했다.

張安世傳, 功臣之家, 惟有金氏張氏, 親近貴顯, 比於外戚. 劉向傳, 産祿席太后之寵. 注, 席, 因也.

奴隸乘朱軒 : 포조의 「대양춘등형산행代陽春登荊山行」에서 "화려한 붉은 수레가 내달리네"라고 했다.

鮑照詩, 奕奕朱軒馳.

丈夫例寒餓 萬世無後先 風霾天作惡 : 『시경』에서 "종일 바람 불고 흙비 날리네"라고 했다. 『진서·왕희지전』에서 "친구와의 이별은 며칠을 두고 슬퍼한다"라고 했다.

詩, 終風且霾. 羲之傳, 輒作數日惡.

雷亦怒闐闐 俄頃花柳靜 煙暖谷鳥喧 : 『사공도집』의 「여극포서與極浦書」에서 "용주 대숙륜戴叔倫이 이르기를 "시가의 정경은 남전에 햇빛이 따뜻해지자 미옥美玉에 안개가 일어나 멀리서 바라볼 수는 있지만 눈앞에서는 볼 수 없는 것과 같다""라고 했다.

司空圖集, 戴容州云, 詩家之景, 如藍田日暖, 良玉生煙.

人事每如此 翻覆不常然 : 두보의 「두견행杜鵑行」에서 "세상 일 뒤집힘이 어찌 없으랴"라고 했다.

杜, 萬事反覆何所無.

下流多謗議 : 사마천의 「답임안서」에서 "죄를 지은 자는 처신하기가 쉽지 않고 하류층들은 비방의 말이 많은 것이니"라고 했다.

司馬遷答任安書, 負下未易居, 下流多謗議.

高位又疾顚 : 『국어』에서 "높은 자리는 실로 빨리 엎어지고, 맛있는
음식은 실로 독이 들어있다"라고 했다.
國語, 高位實疾顚, 厚味實腊毒.

空餘壯士志　不逐四時遷 : 심약의　「유종산시응서양왕교游鍾山詩應西陽王
教」에서 "산속 생활 모두 기쁠 수 있노니, 사계절 따라 변하는 것 즐기시
게"라고 했다.
選詩, 賞逐四時移.

1. 개 낭중이 곽 낭중을 이끌고 임무를 쉬며 지은 시에 차운하다. 2수

次韻蓋郎中率郭郎中休官. 二首

첫 번째 수其一

仕路風波雙白髮	벼슬길 풍파에 두 분 백발 되니
閑曹笑傲兩詩流	한직에서 웃으며 오시傲視하는 두 시인이라.
故人相見自靑眼	오랜 벗들을 만나면 절로 반갑게 맞이하는데
新貴卽今多黑頭	새로 귀한 이들은 지금 젊은 사람이 많네.
桃葉柳花明曉市	복사 잎과 버들 꽃은 새벽 저자에 환하고
荻牙蒲笋上春洲[1]	갈대 싹과 부들 순은 봄날 물가에 솟아오르네.
定知聞健休官去	참으로 알겠네. 건강할 때 임무를 쉬고서
酒户家園得自由	집의 정원에서 주량껏 마음대로 마시겠네.

【주석】

仕路風波雙白髮 閑曹笑傲兩詩流 故人相見自靑眼 : 『진서·완적전阮籍傳』에서 "완적은 자기 눈을 청안靑眼과 백안白眼으로 곧잘 만들면서 예속禮俗에

---

1   [교감기] '荻牙'는 고본과 전본에는 '荻芽'로 되어 있다.

물든 선비를 보면 백안으로 대했다"라고 했다.

見阮籍傳

新貴卽今多黑頭 : 진나라 왕순과 사현은 환온에게 높은 대우를 받았
다. 환온이 "왕연은 마땅히 흑두공[2]이 될 것이다"라고 했다. 소식의
「취낙백醉落魄」에서 "오랜 벗이나 새로 귀하게 된 이들 모두 편지가 끊
겼네"라고 했다. 희풍 연간에 신진의 젊은이들을 많이 발탁하였다.

晋王珣與謝玄, 俱爲桓溫所重. 溫曰, 王椽當作黑頭公. 蘇軾詩, 舊交新貴
音書絶. 熙豊多擢用新進少年.

桃葉柳花明曉市 荻芽蒲笋上春洲 定知聞健休官去 : 백거이의 「만기晚起」
에서 "게으름 피우며 실컷 늦잠을 자다가, 몸이 개운하여 또다시 한가
롭게 길을 가네"라고 했다. 또한 「세가내명주증주판관歲假內命酒贈朱判官」
에서 "건강한 이때 서로 취하기 권하며, 한가로울 때 어느 곳이든 함께
봄놀이 합시다"라고 했다.

樂天詩, 放慵長飽睡, 聞健且閒行. 又云, 聞健此時相勸醉, 偸閒何處共尋春.[3]

酒戶家園得自由 : 원래 주에서 "곽 어른은 당시 도사의 건과 야복을

입고 친족을 찾아가 술을 마셨는데, 자못 분대어사에게 꾸지람을 받았다. 그러므로 이 구를 지은 것이다"라고 했다. ○ 두보의 「화배적등촉주和裴迪登蜀州」에서 "손님을 보내고 봄이 됐으니 좀 편하신가"라고 했다. 한유의 「남계시범南溪始泛」에서 "나는 병으로 돌아가니, 이제사 자못 자유롭겠네"라고 했다. 당나라 사람들은 주량을 주호라고 하였다. 백거이의 「구불견한시랑久不見漢侍郞」에서 "주량이 커서 단술은 싫어한다네"라고 했다.

元註云, 郭丈時御道巾野服, 過親黨飮,[4] 頗爲分臺御史所訶, 故有此句. ○ 杜詩, 送客逢花可自由. 退之詩, 我云以病歸, 此已頗自由. 唐人以酒量爲酒戶, 樂天詩, 戶大嫌甜酒.

두 번째 수其二

世態已更千變盡	세태가 이미 천 번도 더 변하였는데
心源不受一塵侵	마음은 조금의 먼지 침입도 받지 않았네.
靑春白日無公事	푸른 봄날 대낮에 공무가 없는데
紫燕黃鸝俱好音[5]	제비 꾀꼬리가 즐겁게 지저귀네.
付與兒孫知伏臘	아이들에게 복일과 납일을 알려주고[6]

4　[교감기] '飮'은 원래 '飯'으로 되어 있었는데 영원본과 고본에 의거하여 고쳤다.
5　[교감기] '紫燕'은 영원본에는 '紫鷰'으로 되어 있다.
6　복일과 납일을 알려주고 : 『사기』에서 복날과 납일에 조상에게 제사를 지낸다고 하였다.

聽教魚鳥逐飛沉[7]　　물고기와 새가 날고 자맥질함을 가르쳐주네.

黃公壚下曾知味[8]　　황공의 주막에서 일찍이 술을 마셨으니

定是逃禪入少林　　　참으로 소림사에 들어갔다가

　　　　　　　　　　참선을 그만둔 것이네.

【주석】

世態已更千變盡 心源不受一塵侵 : 달리 "험하고 어려움에 몸소 힘을 얻었고, 시비와 근심은 실컷 마음에 겪었다네"라고 했다. 『사십이장경』에서 "무릇 출가한 사문은 욕망을 끊고 애욕을 제거하며 자신의 마음 근원을 알아서 부처의 깊은 이치를 깨달아야 한다"라고 했다.

一作險阻艱難親得力, 是非憂患飽經心.[9] 四十二章經, 斷欲去愛, 識自心源, 達佛深理.

靑春白日無公事 紫燕黃鸝俱好音 : 두보의 「촉상蜀相」에서 "나뭇잎에 숨은 꾀꼬리 부질없이 곱게 울어대네"라고 했다.

杜詩, 隔葉黃鸝空好音.

付與兒孫知伏臘 聽教魚鳥逐飛沉 :『남사·양세자방등전』에서 "일찍이 논을 저술하여 "나는 물고기나 새에 매우 미치지 못한다. 물고기나 새는 날아다니고 헤엄치면서 자신의 뜻과 본성대로 산다. 그러나 나의 진퇴는 남의 손바닥에 있다"'라고 했다. 백거이의 「몽득상과夢得相過」에서 "두 봉황은 오동에 깃들고 물고기는 마름에 있는데, 날고 헤엄치며 분수에 따라 각각 노니는구나"라고 했다.

南史梁世子方等傳, 嘗著論曰, 吾不及魚鳥遠矣. 魚鳥飛浮, 任其志性. 吾之進退, 嘗在掌握. 白樂天詩, 雙鳳棲梧魚在藻, 飛沉隨分各逍遙.

黃公壚下曾知味 :『진서·왕융전』에서 "왕융이 상서령이 되어 황공주로 앞을 지나가다가 뒷 수레에 탄 사람을 돌아보면서 "내가 옛날 혜강, 완적 등과 함께 이 주점에서 술을 마셨다"'라고 했다.

晉王戎傳, 戎嘗經黃公酒壚下過, 顧謂後車曰, 吾昔與嵇叔夜阮嗣宗酣暢于此.

定是逃禪入少林 : 두보의 「음중팔선가飮中八仙歌」에서 "취하면 이따금 참선을 관두기도 하였다네"라고 했다. 『전등록』에서 "보살 달마가 낙양에 거주하다가 우연히 숭산의 소림사에 멈춰서 벽을 마주하고 앉았다"라고 했다.

杜詩, 醉中往往愛逃禪. 傳燈錄, 菩提達磨居于洛陽, 寓止嵩山少林寺, 面壁而坐.

2. 곽 우조의 시에 차운하다

次韻郭右曹

閱世行將老斲輪[10]	세상을 겪으며 장차 늙어가면서 도를 깨치는데
那能不朽見仍雲[11]	어찌하면 능히 불후하여 후손들에게 드러날까.
歲中日月又除盡	세월 속에 시간은 또 흘러가는데
聖處工夫無半分	성인에 이르는 공부는 아주 조금도 없네.
秋水寒沙魚得計	가을 강물 차가운 백사장에서 물고기에게 계책을 얻고
南山濃霧豹成文	남산의 짙은 안개 속에서 표범은 무늬를 이루네.
古心自有著鞭地	이전부터 마음에 채찍 잡고 공을 세우려 하였으니
尺璧分陰未當勤	분음을 귀중하게 여겨 마땅히 노력하지 않을까.

---

10 [교감기] ‘將老’는 원래 ‘老將’으로 되어 있었는데, 그러면 구의 의미나 시율에 모두 합치하지 않는다. 지금 영원본과 고본, 전본과 건륭본에 의거하여 앞뒤 순서를 바로잡는다.

11 [교감기] ‘仍雲’에 대해 전본의 주에서 “爾雅 晜孫之子爲仍孫 仍孫之子爲雲孫”라고 했다.

閱世行將老斲輪 : 반악의 「관서부」에서 "강물은 온갖 물줄기를 모아 큰 흐름을 이루며 날마다 도도하게 흘러가고, 세상은 온갖 사람들을 겪으며 한 세대를 이루는데 그 사람들이 점점 늙어가는구나"라고 했다. 『장자』에서 "그래서 칠십이 되도록 늙어가면서 수레바퀴를 깎고 있는 것입니다"라고 했다. 『장자』에서 "환공桓公이 당상에서 글을 읽고 있을 때, 당하에서 마침 수레바퀴를 깎던 목수 윤편輪扁이 환공에게 묻기를 "감히 묻건대, 공公께서 읽는 것은 무슨 말입니까"라고 하자, 환공이 "성인聖人의 말씀이다"라고 했다. 윤편이 "성인이 계십니까"라고 하니, 환공이 "이미 죽었다"라고 하자, 윤편이 "그렇다면 공께서 읽는 것은 옛사람의 찌꺼기일 뿐입니다"라 했다"라고 했다.

潘安仁歎逝賦, 川閱水以成川, 水滔滔而日度. 世閱人而爲世, 人冉冉而行暮. 莊子, 行年七十而老斲輪, 詳見答子高詩注.

那能不朽見仍雲 : 『이아』에서 "현손의 아들은 내손이며 내손의 아들은 곤손이며 곤손의 아들은 잉손이며 잉손의 아들은 운손이다"라고 했다.

爾雅, 晜孫之子爲仍孫, 仍孫之子爲雲孫.

歲中日月又除盡 : 좌사의 「오도부」에서 "이슬이 오고 서리가 가며 세월이 흘러간다"라고 했다.

左太冲吳都賦, 露往霜來, 日月其除.

聖處工夫無半分 : 한유의 「감춘感春」에서 "안타깝게도 이 사람들 말은 공교로웠지만, 성현의 경지에 오르지 못하니 어찌 어리석지 않으랴"라고 했다.

退之感春詩, 惜哉此子巧言語, 不到聖處寧非癡.

秋水寒沙魚得計 :『장자』에서 "진인眞人은 개미처럼 양고기를 따르는 지혜를 쓰지 않고 물고기가 물을 잊은 것과 같은 삶을 보낸다"라고 했다.

莊子云, 於蟻棄智, 於魚得計.

南山濃霧豹成文 : 유향의 『열녀전』에서 "도답자가 도 지역을 다스린 지 3년이 되었는데, 명성은 들리지 않고 집안의 재산만 세 배로 늘었다. 그의 아내가 간하기를 "남산에 검은 표범이 사는데, 안개가 끼거나 비가 내리면 칠일동안 먹이를 먹으러 내려오지 않으니, 그것은 그 털을 윤택하게 하여 표범의 무늬를 만들기 위함입니다. 개와 돼지는 음식을 고르지 않고 먹어서 그 몸을 살찌우지만 앉아서 죽음을 기다릴 뿐입니다""라고 했다.

見上.

古心自有著鞭地 : 한유의 「맹생孟生」에서 "맹생은 강호의 선비, 옛 모습에 옛 마음 지녔네"라고 했다. 『진서·유곤전』에서 "항상 조적祖逖이 나보다 먼저 채찍을 잡고 공을 세울까 두렵다"라고 했다.

退之詩, 孟生江海士, 古貌又古心. 著鞭, 見祖逖傳.

尺璧分陰未當勤 : 『문자』에서 "성인은 큰 벽옥을 귀하게 여기지 않고 촌음을 소중하게 여긴다"라고 했다. 『회남자』에서 "우임금은 때를 좇을 때 관이 걸려 벗겨져도 되돌아보지 않았다. 그러므로 "벽옥을 귀하게 여기지 않고 촌음을 소중하게 여겼다"고 할 수 있다"라고 했다. 진나라 도간은 사람들에게 "성인 우도 촌음을 아꼈는데, 중인은 당연히 분음[12]을 아껴야 한다"라고 했다.

文子曰, 聖人不貴尺璧, 而重寸陰. 淮南子曰, 禹之趨時, 冠掛不顧, 故曰不貴尺璧, 而重寸陰. 晉陶侃語人曰, 大禹聖人, 乃惜寸陰, 至于衆人, 當惜分陰.

---

12 분음 : 촌음의 10분의 1이다.

3. 안문으로 부모님을 뵈러 가는 양관을 보내며. 2수
送楊瓘雁門省親 二首

나에게 『주역』을 배웠지만 학문을 마치지 못하였는데 인사하고 떠났다.

從予學易, 業未成辭歸.

첫 번째 수其一

執戟老翁年七十	창을 잡은 노옹은 나이가 일흔인데
人看生理亦無聊	생생한 이치를 보았어도 또한 무료하였네.
草玄事業窺周易	『태현경』을 짓는 일은
	『주역』을 넘겨다본 것이며
作賦聲名動漢朝	부를 지은 명성은 한나라 조정을 뒤흔들었네.
今見遠孫勤翰墨	지금 먼 후손을 보니 공부에 부지런한데
還持遺藁困簞瓢	여전히 유고를 지니지만 가난에 시달리네.
三年鄉校趨晨鼓	삼 년 향교에서 새벽 북소리에 달려나갔는데
一日邊城聽夜刁	어느 날 문득 변방 성에서 조두소리 듣겠구나.
野飯盈盤厭葱韭	들밥이 밥상에 가득하니 파와 부추 질릴 테며
春風半道解狐貂	봄바람이 길동무 되어 담비 갓옷 벗겠네.
歸時定倒迎門屨	돌아가면 문에서 맞이하며

신발 거꾸로 신을 텐데

問雁安能學度遼   기러기 묻던 도료장군을 어찌 능히 배울까.

【주석】

執戟老翁年七十 人看生理亦無聊 草玄事業窺周易 作賦聲名動漢朝 : 『한서·양웅전揚雄傳』의 찬贊에서 "양웅은 3세世의 임금이 바뀌는 동안 벼슬이 옮겨지지 않았다. 왕망王莽이 임금의 자리를 빼앗자, 담론談論하고 유세하는 선비들은 하늘에서 내린 명이라면서 왕망을 공덕을 칭찬해 벼슬을 얻은 자들이 대단히 많았지만, 이때에도 양웅은 제후에 봉해지지 못했다. 그래서 양웅의 집에 오는 사람들이 드물었다. 때때로 호사가들이 술과 안주를 가지고 와 양웅을 쫓아 배웠다"라고 했다. 「양웅전」 찬에서 "경전은 『주역』보다 위대한 것이 없다. 그러므로 『태현경』을 지었다"라고 했다. 본전에는 '창을 잡다[執戟]'라는 말이 없다. 『문선』에 실린 조식의 「여양덕조서」에서 "양자운은 선대 조정에서 창을 잡던 신하이다"라고 했는데, 주에서 "낭관이 되면 모두 창을 잡는다"라고 했다.

楊雄事, 見上, 本傳無執戟字. 文選曹子建與楊德祖書云, 楊子雲, 先朝執戟之臣耳. 註云, 爲郎皆執戟.

今見遠孫勤翰墨 還持遺藁困簞瓢 : 『논어·옹야雍也』에서 "어질다, 안회顔回여. 한 그릇 밥과 한 표주박 물을 마시며 누항에 사는 것을 사람들

은 근심하며 견뎌 내지 못하는데, 안회는 그 낙을 바꾸지 않으니, 어질 도다, 안회여"라고 했다.

見論語.

三年鄕校趨晨鼓 : 북경의 향교에 들어간 것을 이른다.

入北京郡庠也.

一日邊城聽夜刁 : 『한서·이광전』에서 "구리로 만든 그릇을 쳐서 경계하는 일도 없었다"라고 했다. 변성邊城은 대주 안문군을 이른다.

李廣傳, 不擊刁斗自衛. 邊城, 謂代州雁門郡也.

野飯盈盤厭葱薤 : 『장자·서무귀』에서 "서무귀가 무후를 만났다. 무후가 말하기를 "선생께선 산속에 살며 상수리 열매나 밤을 먹고 파와 부추 등을 질리도록 드시며 나를 찾아오지 않았소""라고 했다.

莊子徐無鬼篇, 徐無鬼見武侯, 武侯曰, 先生居山林, 食芋栗,[13] 厭葱薤, 以賓寡人.

春風半道解狐貂 : 양웅의 『법언』에서 "온 세상이 다 춥더라도 담비 옷은 또한 따뜻하지 않겠는가"라고 했다.

楊子, 擧世寒, 貂狐不亦燠乎.

13　[교감기] '芋'는 통행본 『장자』에는 '芧'로 되어 있다.

歸時定倒迎門屣　問雁安能學度遼 : 『후한서・왕부전』에서 "도료장군 황보규가 늙어서 벼슬을 그만두고 고향인 안정으로 돌아왔다. 마침 한 고향 사람으로, 일찍이 큰돈을 바치고 안문 태수의 자리를 샀던 자도 역시 벼슬을 그만두고 고향으로 돌아와서 황보규에게 인사차 찾아왔다. 황보규는 침대에 누운 채 나가 맞지도 않고, 그가 들어오자 "어떻게 그쪽에 가서는 맛있는 기러기를 많이 자셨던가"라고 물었다. 그리고 조금 있노라니 이번엔 왕부가 찾아왔다는 연락이 왔다. 그는 전부터 왕부에 대한 이야기를 듣고 있었으므로, 황급히 일어나 옷에 띠도 걸치지 못한 채 신발을 끌면서 나가 맞이하였다"라고 했다. 한유의 「후한삼현찬」에서 "황보도료는 왕부가 왔다고 듣고서 깜짝 놀랐네. 옷에 허리띠도 걸치지 못하고, 신을 끌면서 나가 맞이하였네. 어찌 안문 태수에게 "기러기 맛이 어떠냐"고 묻던 것과 같겠는가"라고 했다.

後漢王符傳, 度遼將軍皇甫規, 解官歸安定, 鄉人有以貨得雁門太守者, 亦去職還家, 書刺謁規.[14] 規卧不迎. 旣入而問, 卿前在郡食雁美乎. 有頃, 又白王符在門. 規素聞符名, 乃驚遽而起, 衣不及帶, 屣履出迎. 退之後漢三賢贊云, 皇甫度遼, 聞至乃驚. 衣不及帶, 屣履出迎. 豈若雁門, 問雁呼卿.

두 번째 수 其二

蜀客出衰世	촉의 나그네 말세에 태어나

14　[교감기] '書刺'는 원래 '刺'로 되어 있었는데, 『후한서・왕부전』에 의거하여 고쳤다.

獨升鄒魯堂	홀로 맹자, 공자의 당에 올랐네.
蚊虻觀得失	모기, 등애가 문 것처럼 시비를 여겼고
虎豹擅文章	호랑이, 범의 무늬처럼 문장을 독차지했네.
吾子已强學	우리 그대 이미 힘써 공부했으니
草玄宜不忘	『태현경』 지을 것을 마땅히 잊지 말라.
江河須畎澮	강하는 작은 하천이 모여야 하며
松栢要冰霜	송백은 얼음과 서리를 견뎌야 하네.
馬策路千里	말에 채찍질하며 천리 길 가는데
雁門書數行	안문에서 두어 줄 편지 보내주게나.
旨甘君有婦	맛난 음식을 그대 부인이 차려줄 것이니
尺璧愛分光	촌음을 벽옥처럼 아끼게나.

【주석】

蜀客出衰世 : '촉객蜀客'은 양웅을 이른다. 양웅은 촉 지방 사람으로 장안에 와서 타지 생활을 하였다.

蜀客, 謂楊子雲, 蜀人也, 而客於京師.

獨升鄒魯堂 : 그가 공자와 맹자를 배웠지만 『논어』에서 "유는 당에는 올랐지만 방에는 들어오지 못하였다"고 말한 것과 같은 수준이다.

言其學孔孟, 如論語所言, 由也升堂矣, 未入於室也.

蚊虻觀得失: 『장자』에서 "모기와 등애가 살갗을 물었다"라고 했다. 『회남자』에서 "나에 대한 비난과 칭송은 모기와 등애가 한 번 물고 지나간 것과 같다"라고 했다. 양웅은 시비에 대해 또한 그렇게 생각하였다는 말이다.

莊子云, 蚊虻噆膚. 淮南子云, 毀譽之於己也, 猶蚊虻之一過也. 子雲於得失亦然.

虎豹擅文章: 『주역·혁괘』 구오에서 "큰 사람은 호랑이와 같이 변한다"라고 했는데, 상에서 "그 문채가 빛난다"라고 했다. 상육에서 "군자는 표범처럼 변한다"라고 했는데, 상에서 "그 문채가 성대하다"라고 했다.

易革卦九五, 大人虎變. 象曰, 其文炳也. 上六, 君子豹變. 象曰, 其文蔚也.

吾子已强學: 『예기·유행』에서 "이른 아침부터 밤늦게까지 힘써 공부하여 임금의 질문에 대비한다"라고 했다.

儒行云, 夙夜强學以待問.

草玄宜不忘 江河須畎澮: 『서경·익직』에서 "내가 구주九州의 하천을 터서 사해에 이르게 하고, 도랑의 물길을 깊이 파서 하천에 이르게 하였다"라고 했다. 여기서 도랑의 하천을 판 공을 쌓아서 강하를 이루라는 말은 박학을 권한 것이다.

書益稷, 禹曰, 予決九川, 距四海, 濬畎澮距川. 此言積畎澮而成江河, 勸其博學.

松栢要冰霜 馬策路千里 雁門書數行 旨甘君有婦：『예기・내칙』에서 "새벽이 되면 조문하고 좋은 음식을 드린다"라고 했다. 『옥대신영・맥상가陌上歌」에서 "태수께서는 아내가 있고"라고 했다.

內則云, 慈以旨甘. 玉臺新詠, 使君自有婦.

尺璧愛分光：『문자』에서 "성인은 큰 벽옥을 귀하게 여기지 않고 촌음을 소중하게 여긴다"라고 했다. 『회남자』에서 "우임금은 때를 좇을 때 관이 걸려 벗겨져도 되돌아보지 않았다. 그러므로 "벽옥을 귀하게 여기지 않고 촌음을 소중하게 여겼다"고 할 수 있다"라고 했다. 진나라 도간은 사람들에게 "성인 우도 촌음을 아꼈는데, 중인은 당연히 분음을 아껴야 한다"라고 했다.

見上.

4. 장 사하의 시에 차운하여 답하다

次韻答張沙河

형주 사하현을 맡아 다스렸다.

知邢州沙河縣[15]

張侯堂堂身八尺	장후는 8척의 당당한 체격으로
老大無機如漢陰	한음의 노인처럼 기심機心이 없네.
猛摩虎牙取吞噬	용맹하게 호랑이 이를 건드려
	삼킴을 당하였지만
自歎日月不照臨	해와 달이 비춰주지 않음을 스스로 탄식하네.
策名日已汙軒冕	책에 이름을 쓴 날에
	이미 높은 면류관을 더럽히니
逃去未必焚山林	은거하였지만 산림에 불태워 찾지는 않네.
我評君才甚高妙	내가 품평컨대 그대의 재주
	대단히 높고 오묘하니
孤竹截管空桑琴	고죽의 대로 만든 피리며

---

15 [교감기] 영원본의 제목 왼편의 주에서 "이 이하는 모두 북경에 교수로 있을 때 지은 것이다. 섭현에서 지은 시는 대부분 삭제되어 겨우 두 수와 율시 두어 편만 남았으며, 나머지는 내집 14권에 보이는 것뿐이니, 대개는 삭제되었다[此二下皆 北京教授時作 (…중략…) 葉縣詩多刪去 僅存兩首及律詩數篇 餘見內集十四卷 蓋刪 去也]"라고 하였다.

공상의 거문고와 같네.

四十未曾成老翁	사십이라 아직 노인 되지 않았으니
紫髥垂頤鬱森森	붉은 수염은 턱까지 드리워 대단히 무성하네.
眉宇之間見風雅	눈썹 사이에서 풍아를 볼 수 있으니
藍田烟霧生球琳	남전의 이내와 안개가 옥에서 나는 것 같네.
胸中磈磊政須酒[16]	가슴에는 돌무더기 쌓였으니
	참으로 술이 필요하고
東海可攬北斗斟	북두성의 자루로 동해물을 퍼 담을 수 있네.
古人已悲銅雀上	옛사람이 이미 동작대의 연회를 슬퍼하니
不聞向時淸吹音	그 당시 맑은 노래소리를 듣지 못하였는가.
百年毁譽付誰定	인생 백 년의 비난과 기림을 누가 정하는가
取醉自可結舌瘖	술에 취해 혀를 묶고 벙어리 되었네.
使公繫腰印如斗	사군은 커다란 인장을 허리에 차고
駟馬高蓋驅駸駸	네 마리 말의 높은 수레가 세차게 달려가네.
親朋改觀婢僕敬	친한 벗이 달리 보고 노복은 공경하는데
成都男子寧異今	성도의 대장부가 어찌 지금이라 다르리오.
又言屋底甚懸磬	또한 매단 종처럼 집에 재산이 바닥났는데
兒婚女嫁取千金	아들과 딸의 혼사에 천금이 들어간다네.
古來聖賢多不飽	예부터 성현들은 대부분 배부르지 못하니
誰能獨無父母心	그 누가 부모의 마음이 없겠는가.

---

16 [교감기] '磈磊政'은 전본에는 '壘塊正'으로 되어 있다.

衆雛墮地各有命	뭇 병아리 땅에 태어나면 각자 운명이 있는데
强爲百草憂春霖	억지로 온갖 풀이 봄날 장마 때문에
	걱정된다고 핑계 댄다네.
艾封人子暗目睫	애 봉인의 딸이 눈앞에 닥칠 일을 몰랐다가
與王同牀悔沾襟	왕을 침상에서 모시고서
	옷깃 적도록 운 것 후회한다네.
隴鳥入籠左右啄	농 땅의 앵무새는 새장에 들어가니
	좌우에 먹을 것인데
終日思歸碧山岑	종일 푸른 멧부리로 돌아갈 것 생각한다네.
一生能幾開口笑	일생에 몇 번이나 환하게 웃을까
何忍更遣百慮侵	어찌 차마 몰려드는 온갖 걱정을
	내치겠는가.
忽投雄篇寫逸興	문득 훌륭한 시를 보내어
	빼어난 흥취를 쏟아냈는데
仰占乾文動奎參	우러러 하늘을 보니
	서쪽 하늘 규성과 삼성이 움직이는구나.
自陳使酒嘗罵坐	술주정에 좌중의 사람을 꾸짖는다고
	스스로 말하니
惜予不與朋合簪[17]	애석하도다! 벗들의 모임에

---

17 **[교감기]** '合'은 전본에는 '盍'으로 되어 있으며, 주의 문장 안에도 또한 '盍'으로
되어 있다. 살펴보건대 『주역·예괘』에서는 '盍'으로 되어 있다. 왕필의 주에서

나는 참여하지 못함이여.

君才蜀錦三千丈	그대 재주는 촉의 비단 삼천 길과 같으니
要在刀尺成衣衾	모름지기 칼과 자로 옷을 만들어야 하네.
南朝例有風流癖	남조에는 으레 풍류의 벽이 있고
楚地俗多詞賦淫	초 땅 풍속에는 사부에 빠짐이 많다네.
屈原離騷豈不好	굴원의 『이소』가 어찌 좋지 않으랴
只今漂骨滄江潯	다만 지금도 창강의 강물에 뼈가 떠다닌다네.
正令夷甫開三窟	이보가 세 개의 굴을 팠듯이
獵以我道皆成禽	나의 도로써 사냥하면 모두 사로잡을 수 있네.
溫恭忠厚神所勞	온공하고 충후하면 신령도 도울 것인데
於魚得計豈厭深	물고기에서 계책을 얻는다면
	어찌 깊은 곳을 싫어하리.
丈夫身在要勉力	장부는 모름지기 힘써 노력해야 하니
豈有吾子終陸沈	어찌 우리 그대 끝내 잠겨 있으리오.
鄙人相士蓋多矣	비천한 내가 많은 선비를 살펴보았으니
勿作蔡澤笑噤吟	채택이 비웃으며 입을 다문 것처럼
	하지 마시오.

【주석】

張侯堂堂身八尺 : 증자가 "당당하구나! 자장이여. 그렇지만 함께 인

는 "盍은 합함[合]이다"라고 했다.

을 실천하기는 어렵다"라고 했다. 한나라 장창은 키가 팔 척이 되었다.

曾子曰, 堂堂乎張也. 漢張蒼長八尺餘.

老大無機如漢陰 : 『장자』에서 "자공이 한수 남쪽을 지나다가 한 노인이 마침 밭일을 하고 있는 것을 보았다. 굴을 뚫고 우물에 들어가 항아리를 안아 내다가는 밭에 물을 주고 있었다. 자공이 "여기에 기계가 있습니다. 나무에 구멍을 뚫어 기계를 만들고 뒤쪽은 무겁게 앞쪽은 가볍게 하면 흐르듯이 물을 떠낼 수 있습니다. 그 기계 이름은 두레박이라고 합니다. 해보실 의향이 있습니까"라 하자, 밭일을 하던 자가 "내들으니, 기계란 것은 반드시 기계에 의한 일이 생겨나고 그런 일이 생기면 반드시 기계에 사로잡히는 마음이 생겨나오. 내가 두레박을 모르는 것이 아니오. 부끄러워서 하지 않는 것이요'"라고 했다. 두보의 「등주장적한양登舟將適漢陽」에서 "녹문은 여기에서 갈 것이니, 한음의 기심은 영원히 멈추리라"라고 했다.

莊子曰, 子貢過漢陰, 見一丈人, 方將爲圃畦, 鑿隧而入井, 抱甕而出灌. 子貢曰, 有械於此. 鑿木爲機, 後重前輕, 挈水若抽, 其名爲槹. 夫子不欲乎. 爲圃者曰, 吾聞有機械者, 必有機事, 有機事者, 必有機心, 吾非不知, 羞而不爲也. 杜詩, 鹿門自此往, 永息漢陰機.

猛摩虎牙取吞噬 : 『법언』에서 "모초란 자는 비록 변설을 비록 잘 하였지만 호랑이 이빨을 건드린 것이다"라고 했다. 이 말을 한 것은 아마도

그러한 일이 있었을 것이다.

法言云, 茅焦雖辨, 摩虎牙矣. 此語必有謂.

自歎日月不照臨：『시경·패풍邶風』에서 "해와 달이시여, 지상을 비추어 주시니"라고 했다.

詩國風云, 日居月諸, 照臨下土.

策名日已汗軒冕：『좌전』에서 "이름을 책策에 써 임금 앞에 신하 노릇할 것을 선서宣誓하였다"라고 했다. 『장자·선성繕性』에서 "수레를 타고면류관을 쓰고 다니는 높은 벼슬아치가 됨을 말하는 것이 아니다"라고했다.

左傳, 策名委質. 軒冕, 見上.

逃去未必焚山林：채옹의 『금조』에서 "개자추는 「용사지가」를 지어노래하며 숨어지냈다. 문공이 그를 찾았으나 기꺼이 나오지 않았다.이에 숲에 불을 지르니 개자추는 나무를 껴안고 죽었다"라고 했다.『위지』에서 "태조가 완우의 이름을 듣고 그를 불렀으나 응하지 않고산속으로 달아나 숨었다. 태조가 사람을 시켜 산에 불을 지른 뒤에 그를 얻었다"라고 했다.

琴操曰, 介子推作龍蛇之歌而隱. 文公求之, 不肯出. 乃燔木, 子推抱木而死. 魏志, 太祖聞阮瑀名, 辟之, 不應, 逃入山中. 太祖使人焚山得之.

我評君才甚高妙 孤竹截管空桑琴 : 『한서 · 율력지』에서 "황제가 영륜을 시켜서 대하의 서쪽인 곤륜의 음지쪽으로부터 해곡 가운데에서 자란 것으로서 구멍의 두께가 고른 대나무를 취하여 두 마디의 사이를 잘라 불어서 황종의 궁을 만들었다"라고 했다. 『주례』에서 "고죽의 관악기와 운화의 금슬, 운문의 춤을 동짓날 땅위의 원구단에서 연주한다"라고 했다. 또한 "손죽의 관악기에 공상의 금슬과 함지의 춤을 하짓날 못 가운데의 모난 언덕에서 연주한다"라고 했다. 두보의 「조향태묘부」에서 "공상과 고죽의 귀한 악기 많네"라고 했다. 이백의 「명당부」에서 "고죽의 관악기가 교대로 연주하면, 공림 금슬이 화답하여 울리네"라고 했다.

漢律曆志, 黃帝使泠綸,[18] 自大夏之西, 崑崙之陰, 取竹之解谷生, 其竅厚均者, 斷兩節間而吹之, 以爲黃鍾之宮. 周禮曰, 孤竹之管, 雲和之琴瑟, 雲門之舞. 又曰, 孫竹之管,[19] 空桑之琴瑟, 咸池之舞. 杜子美朝享太廟賦,[20] 空桑孤竹貴之多. 李太白明堂賦, 孤竹代奏, 空林和鳴.

18　[교감기] '泠綸'은 원래 '伶倫'으로 되어 있었는데, 전본에는 '泠綸'으로 되어 있다. 살펴보건대 『한서 · 율력지』에 '泠綸'으로 되어 있으니, 이에 의거하여 바로잡는다.

19　[교감기] '孫竹'은 원래 '孤竹'으로 되어 있었는데, 지금 전본을 따르고 아울러 『주례 · 대사악(大司樂)』에 의거하여 고친다.

20　[교감기] '朝享太廟賦'는 원래 잘못 '朝獻太淸宮賦'로 되어 있었는데, 지금 전본을 따르고 아울러 『두시상주』 24권에 의거하여 바로잡는다. 또한 살펴보니 영원본에는 이 조목의 주가 없다.

四十未曾成老翁 : 『문선』에 실린 위문제의 「여오질서」에서 "이미 늙어버린 노인이 되었는데, 다만 머리만 희지 않을 뿐이다"라고 했다. 두보의 「군부견간소혜君不見簡蘇傒」에서 "장부의 일은 관 두껑 덮어야 결정되는데, 그대 다행이도 아직 노인이 되지 않았으니"라고 했다.

文選魏文帝與吳質書曰, 已老成翁, 但未白頭耳. 老杜詩, 丈夫蓋棺事始定, 公今幸未成老翁.

紫髥垂頤鬱森森 : 『헌제춘추』에서 "장료가 오나라의 항복한 사람에게 묻기를 "지난번 붉은 수염의 장군은 누가인가"라 하자, 항복한 사람이 "그 사람은 손회계입니다"라 대답하였다"라고 했다.

獻帝春秋曰, 張遼問吳降人, 向有紫髥將軍是誰, 降人答曰, 是孫會稽.

眉宇之間見風雅 : 『문선』에 실린 매승의 「칠발」에서 "양기가 눈썹 사이에 나타나는데 점점 심해져서 올라온다"라고 했다. 두보의 「팔애시八哀詩·증태자태사여양군왕진贈太子太師汝陽郡王璡」에서 "아름다운 눈썹에 참으로 천재로다"라고 했다. 육기의 「변망론」에서 "풍아로는 제갈근, 장승, 보척이 명성을 떨쳐 나라를 빛냈다"라고 했다. 두보의 「증비부소랑중贈比部蕭郎中」에서 "문장은 후배의 탄성을 자아내고 운치는 고고孤高한 새처럼 높네"라고 했다.

文選枚叔七發云, 陽氣見於眉宇之間, 侵淫而上. 杜詩, 眉宇眞天人. 陸士衡辨亡論, 風雅則諸葛瑾張承步隲, 以聲名光國.[21] 杜詩, 詞華傾後輩, 風雅藹孤鶱.

藍田烟霧生球琳 : 이상은의 「금슬錦瑟」에서 "남전에 날이 따뜻하면 옥에서 안개가 인다"라고 했다. 『사공도집』에서 "시가의 정경은 남전에 햇빛이 따뜻해지자 미옥美玉에 안개가 일어나 멀리서 바라볼 수는 있지만 눈앞에서는 볼 수 없는 것과 같다"라고 했다. 『서경 · 우공』에서 "그 공물은 구슬로 만든 경磬과 옥돌이었다"라고 했다.

李商隱詩, 藍田日暖玉生煙. 司空圖集云, 詩家之景, 如藍田日暖, 良玉生煙. 禹貢云, 厥貢惟球琳瑯玕.

胸中磈磊政須酒 : 『세설신어』에서 "왕손이 왕침에게 묻기를 "완적의 주량은 사마상여와 비교하여 어떤가"라 묻자 왕침이 "완적의 가슴에는 커다란 돌무더기가 있기 때문에 모름지기 술로 씻어내야 한다""라고 했다.

見上.[22]

東海可攬北斗斟 : 『시경 · 소아 · 곡풍』에서 "북쪽에는 국자모양의 북두성이 있어도, 술과 국을 뜨지 못하네"라고 했다. 『초사 · 구가』에서

---

21 [교감기] '辨亡論'은 원래 '辨士論'으로 되어 있었는데, 육기의 문장을 고찰해보니 이런 편명이 없다. 지금 전본과 건륭본을 따르고 아울러 『문선』 53권 「변망론(辨亡論)」에 의거하여 바로잡는다. 또한 영원본에는 이 조목의 주가 없다.

22 [교감기] '見上'은 영원본에는 "世說 阮籍胸中磈磊 故須澆之"로 되어 있다.

"저 북두성을 당겨와 계수 담근 술을 따르네"라고 했다.

詩, 維北有斗, 不可以挹酒漿. 楚辭九歌云, 援彼北斗兮酌桂漿.

古人已悲銅雀上 不聞向時淸吹音 : 『문선』에 실린 육기의 「조위무제문」에서 "내가 죽거든, 나의 첩여와 기녀들이 모두 동작대에 올라가게 하고 월초와 15일이면 문득 휘장을 향해 춤을 추게 하라"라고 했다. 『문선』에 실린 사조의 「동작대」에서 "나무 울창한 서쪽 무덤에서, 누가 노래와 음악 소리 듣는가"라고 했다. 포조의 「행로난」에서 "측백 대들보 동작대의 잔치 보지 않고, 어찌 옛날 맑은 노래 들을 수 있는가"라고 했다. 동작대는 상주에 있는데, 상주는 위와 이웃하는 지역이다. 위의 대명부大名府를 보기 위해 지었다.

文選弔魏武帝文曰, 吾婕妤妓人, 皆著銅雀臺. 月朝十五日, 輒向帳作技. 文選謝朓銅雀臺詩云, 鬱鬱西陵樹, 詎聞歌吹聲. 鮑明遠行路難云, 不見柏梁銅雀上, 寧聞古時淸吹音. 銅雀臺, 在相州. 相, 魏鄰境也, 可見大名作.

百年毀譽付誰定 取醉自可結舌瘖 : '취취取醉'는 위에 보인다. 『진서·단작전』에서 "직언을 받아주지 않음을 알고서 모두 입을 닫고 혀를 묶었다"라고 했다.

取醉, 見上.[23] 晋段灼傳云, 知直言之不用, 皆杜口結舌.

---

23 [교감기] '取醉見上'은 영원본에는 "두보시에서 '배를 타고 취하는 것은 어려운 일이 아니네'라고 하였으며, 한유의 시에서 '세 잔에 취하니 다시 논하지 말라'라

使公繫腰印如斗：『진서・주의전』에서 "주의가 좌우를 둘러보면서 "올해 그 반란자들을 모두 죽여 없애고 말 만하게 큰 황금 인장을 취하여 팔뚝에 차고 다닐 것이다"'라고 했다.

晋周顗傳, 顧左右曰, 今年殺諸賊奴, 取金印, 如斗大, 繫肘.

駟馬高蓋驅駸駸：『한서・우정국전』에서 "문려를 조금 높고 크게 만들어 네 말이 말이 끄는 높은 일산 수레가 드나들게 하라"라고 했다. 『시경・사모四牡』에서 "다급히 달려가네"라고 했다.

漢于定國傳, 少高大門閭, 令容駟馬高蓋車. 詩, 載驟駸駸.

親朋改觀婢僕敬 成都男子寧異今：맹교의 「송한유送韓愈」에서 "친한 벗도 이전 바라보던 태도 바꾸고, 어린 종도 새로 경의를 표하네"라고 했다. 『한서・소망지전』에서 "소육은 소망지의 아들이다. 그가 옥사를 담당하는 관청에 갔다가 자기 마음대로 관청에서 나오니 관리가 소육을 붙잡았다. 이에 칼을 꺼내면서 "소육은 무릉의 대장부다. 어찌 옥사 담당 관청에 가겠는가"'라고 했다.

孟郊詩云, 親朋改舊觀, 僮僕生新敬. 漢蕭望之傳, 蕭育杜陵男子, 何詣曹也.

又言屋底甚懸罄：『좌전』에서 "집에 재산이 없어서 달아 놓은 종과 같다"라고 했다.

하였다[杜詩 乘舟取醉非難事 退之詩 三盃取醉不復論]"라고 했다.

懸磬見上.

兒婚女嫁取千金：『후한서』에서 "상장의 자는 자평으로 자녀들의 혼
사를 마치자 마침내 마음 내키는 대로 오악의 명산을 유람하였다"라고
했다.

後漢向長傳, 男女娶嫁.

古來聖賢多不飽：두보의 「금수행錦樹行」에서 "예로부터 성현들은 대
부분 운명이 기박했다네"라고 했다.

杜詩, 自古聖賢多薄命.

誰能獨無父母心：『맹자』에서 "사내가 태어나면 그를 위하여 아내가
있기를 원하며, 딸이 태어나면 그를 위하여 남편이 있기를 원하는 것
은 부모의 마음이어서, 사람마다 모두 이러한 마음을 가지고 있다"라
고 했다. 백거이의 「장한가長恨歌」에서 "마침내 천하의 부모들 마음으
로, 아들을 중히 여기지 않고 딸을 중히 여기게 하였네"라고 했다.

孟子, 父母之心, 人皆有之. 白樂天詩, 遂令天下父母心, 不重生男重生女.

衆雛墮地各有命 强爲百草憂春霖：불서에서 "조생왕자가 어느 날 땅에
떨어졌는데 문득 보통 사람보다 뛰어났다"라고 했다. 휴혁 부현傅玄의
「예장행豫章行」에서 "남자는 집안의 주인이 되니, 태어나면서 위풍이

있네"라고 했다. 『전집 · 서증유청노』의 대략적인 의미는 다음과 같다. 즉 "남녀가 혼인하여 아이가 태어나면 스스로 의식을 고르게 받는다. 지금 종일 눈썹을 찌푸린 것은 온갖 풀들이 봄날 장마에 잘못될까 걱정하기 때문이다"

佛書云, 朝生王子, 一日墮地, 便勝凡人. 傳休突樂府云, 男兒當門户, 墮地自生神. 前集書贈俞清老其畧云, 男女婚嫁, 渠儂墮地, 自有衣食分齊, 今蹙眉終日者, 正爲百草憂春雨耳.

艾封人子暗目睫 與王同牀悔沾襟 : 애봉인의 딸은 위에 보인다. 『사기』에서 "제나라 사신이 월에 도착하여 "다행스럽게도 월나라가 아직 망하지 않았군요. 저는 눈이 보는 것처럼 지혜를 쓰는 것을 귀하게 여기지 않습니다. 눈은 아주 작을 터럭은 보는데 자신의 속눈썹은 보지 못합니다""라고 했다.

艾封人子, 見上.[24] 史記, 齊使者至越曰, 幸也, 越之不亡也. 吾不貴其用智之如目, 見毫毛而不見其睫也.

隴鳥入籠左右啄 : 『문선』에 실린 장화張華의 「초료부」에서 "앵무새는

24　[교감기] '艾封人子見上'은 영원본에는 "장자에서 '여희는 애 땅 봉인의 딸이었다. 처음 진나라로 끌려 갔을 때는 옷깃이 흠뻑 젖도록 울었다. 이윽고 궁중으로 들어가 화려한 침대에서 왕을 모시면서 맛있는 음식을 먹게 된 뒤로는 처음 울었던 것을 후회하였다[莊子曰 麗之姬 艾封人子也 晉國之始得之也 涕泣沾襟. 及其至於王所, 與王同筐床, 食芻豢, 而後悔其泣也]"라고 했다.

지혜로워 새장에 들어가고"라고 했다. 예형禰衡이 지은 「앵무부」에서 "농산隴山에서 우인을 명하여"라고 했다. 『남방이물지』에서 "광주, 관주, 뇌주, 나주 등에서는 앵무새가 많다. 다만 조금 작아서 농산의 앵무새에 미치지 못한다"라고 했다. 두보의 「진주견칙목秦州見勅目」에서 "농땅 풍속은 앵무새를 홀대하나, 우리들 정은 형제 같구나"라고 했다.

文選鸚鵡賦, 鸚鵡慧而入籠. 鸚鵡賦, 命虞人於隴坻. 南方異物志, 廣管雷羅等州, 多鸚鵡, 但稍小, 不及隴山者. 杜詩, 隴俗輕鸚鵡, 原情類鶺鴒.

終日思歸碧山岑 : 한유의 「성남연구城南聯句」에서 "먼 멧부리가 조금 푸르게 솟았고"라고 했다.

韓詩, 遙岑出寸碧.

一生能幾開口笑 : 『장자 · 도척전』에서 "일생을 통해 입을 크게 벌리고 웃을 수 있는 날은 한 달 가운데 4~5일에 불과하다"라고 했다. 백거이의 「희우지유객喜友至留客」에서 "사람이 살면서 크게 웃는 것이, 백년에 모두 몇 번이나 될까"라고 했다.

莊子盜跖篇, 其中開口而笑者, 一月之中, 不過四五日而已矣. 樂天詩, 人生開口笑, 百年都幾廻.

何忍更遣百慮侵 : 『주역 · 계사전繫辭傳』에서 "세상의 일을 보면 귀결점은 같은데 가는 길이 다르고, 모두 하나로 돌아가는데 생각은 가지

각색이다"라고 했다. 두보의 「강촌羌村」에서 "온갖 근심으로 마음 태운
다"라고 했다.

易云, 一致而百慮. 杜詩, 撫事煎百慮.

忽投雄篇寫逸興 仰占乾文動奎參 : 『서단』에서 "창힐이 우러러 별자리
의 둥글고 굽은 형세를 보며, 굽어 거북이 무늬와 새 발자국 자취의 형
상을 살펴 여러 아름다움을 두루 모아 합해 글자를 만들었다"라고 했
다. 『효경원신계』에서 "규성은 문장을 담당한다"라고 했는데, 자세한
것은 「화답신노」에 보인다. 규성, 누성, 위성, 묘성, 필성, 자성, 삼성
등은 서방의 일곱 별이다. 그러므로 그렇게 말한 것이다.

書斷曰, 蒼頡仰觀奎星圓曲之勢, 合而爲字. 孝經援神契云, 奎主文章. 詳
見和答莘老詩註. 奎婁胃昴畢觜參, 參與奎皆西方七宿, 故云.

自陳使酒嘗罵坐 : 『한서』에서 "계포는 주사를 부리면 상대하기 어려
웠으며, 관부는 좌중을 꾸짖으며 불경죄를 저질렀다"라고 했다.

漢書, 季布使酒難近, 灌夫罵坐不敬.

惜予不與朋合簪 : 『주역·예괘』 구사에서 "의심하지 않으면 벗들이
모여든다"라고 했다. 두보의 「두위댁수세杜位宅守歲」에서 "비녀 꽂은 하
인에 마구간 말 시끄럽고"라고 했다.

易豫九四, 朋盍簪. 杜詩, 盍簪喧櫪馬.

君才蜀錦三千丈 要在刀尺成衣衾 : 『문선』에 실린 곽태기의 「답부함答傳咸」에서 "옷 만드느라 칼과 자를 잡느라, 나를 멀리하기를 문득 버리듯 하네"라고 했다.

文選郭泰機詩, 衣工秉刀尺, 棄我忽若遺.

南朝例有風流癖 楚地俗多詞賦淫 : 『진서』의 "두예는 『좌전』을 좋아하는 癖癖이 있고 황보시는 『서경』에 지나치게 빠졌다"는 의미를 사용하였으니, 즉 지나치게 탐미한 것을 이른다. 『전한서·조충국등전』찬에서 "지금의 가요에 강개한 풍류가 아직도 남아 있다"라고 했다. 혜강의 「금부」에서 또한 "체제와 풍류를 서로 따르지 않음이 없다"라고 했다. 심약이 지은 『송서·사령운전』의 논에서 "아랫사람들이 따라 배우기를 마치 바람이 흩어지듯 물이 흐르는 듯하였다"라고 했다. 풍류의 뜻은 본래 이와 같았으니, 강좌의 여러 사람들만 다만 그렇게 쓴 것이 아니다. 『남사·사회전』에서 "당시 사혼의 풍류는 강좌에서 제일이었다"라고 했다. 『남사·장융전』에서 "장융이 장서를 곡하기를 "우리 형의 풍류가 이제 다했구려""라고 했다. 이로 미뤄보면 당시에 숭상하던 것을 유속이 부채질한 것을 볼 수 있으니, 그러므로 풍류벽이라 하였다. 사부는 모두 굴원과 송옥을 본받아 초사라고 호칭하였으니, 그러므로 사부음이라 하였다. 『법언』에서 "시인의 부는 화려하나 그 원칙을 잃지 않았지만, 사인의 부는 화려하나 지나치다"라고 했으니, 대개 문사의 화려함을 말하는데, 이 시에서의 의미와는 같지 않다.

用晉書杜預左傳癖皇甫謐書淫之義，言妶惑也．漢趙充國等贊曰，今之詞謠，²⁵ 慷慨風流猶存耳．嵇康琴賦，體制風流，莫不相襲．沈約宋書謝靈運傳論云，在下祖習，如風之散，如水之流．風流之意，本自如此耳，而江左諸人，非獨然也．南史謝晦傳，時謝混風流，爲江左第一．張融傳云，阿兄風流頓盡．以此推之，可見當時好尙，流俗相扇，故曰風流癖也．詞賦皆祖屈宋，號爲楚辭，故曰詞賦淫．法言云，詞人之賦麗以淫．盖言其文詞靡麗，與此義不同．

屈原離騷豈不好 只今漂骨滄江潯：굴원은「회사부」를 지었는데, 이에 돌을 가슴에 품고 드디어 멱라강에 투신하여 죽었다. 이 내용은『사기·굴원전』에 보인다.

屈原作懷沙之賦，於是懷石，遂自投汨羅以死．見史記本傳．

正令夷甫開三窟：『진서·왕연전』에서 "왕연의 자는 이보로 비록 재상에 있었지만 자신의 안전을 기하는 계책을 만들었다. 이에 아우 왕징을 형주자사로 삼고 족제인 왕돈을 청주자사로 삼고서 이르기를 "그대 두 사람이 밖에 있고 내가 여기에 있으면 세 개의 굴이 될 것이다"'라고 했다.

晉王衍傳，衍字夷甫，雖居宰輔，而爲自全之計．乃以弟澄爲荊州，族弟敦

---

25 **[교감기]** '詞謠'는 전본에는 '歌謠'로 되어 있다. 살펴보건대 통행본『한서』69권에도 또한 '歌謠'로 되어 있으니, 사용(史容)의 주는 아마도 달리 근거한 바가 있는 듯하다. 또한 영원본에는 이 조의 주가 없으며 아울러 이 아래 풍류에 대한 제가의 주석에 대한 문장도 없다.

爲靑州, 謂曰, 卿二人在外, 而吾留此, 足爲三窟矣.

獵以我道皆成禽 : 양웅의 『법언』에서 "덕을 사냥하여 덕을 얻는다"라고 했다. 『전집·봉화문잠奉和文潛』에서 "어찌하면 천하의 그물을 얻어, 도로써 많은 지혜를 거둘까"라고 했다. 『문선』에 실린 평자 장형의 「사현부」에서 "오경을 엮어서 그물을 만들고 유가와 묵가를 몰아 사로잡네"라고 했는데, 이 뜻을 취하였다.

揚子云, 獵德而得德. 前集有詩云, 安得八絲置, 以道獵衆智. 文選張平子思玄賦, 結典籍以爲罟兮, 驅儒墨以爲禽. 取此意也.

溫恭忠厚神所勞 : 『시경·한록旱麓』에서 "화락하고 평이한 군자는 신이 돕는 바이다"라고 했다.

詩, 豈弟君子, 神所勞矣.

於魚得計豈厭深 : 『장자』에서 "진인眞人은 개미처럼 양고기를 따르는 지혜를 쓰지 않고 물고기가 물을 잊은 것과 같은 삶을 보낸다"라고 했다. 또한 "물고기와 자라는 깊은 곳을 싫어하지 않는다. 이처럼 자신의 몸과 생명을 온전히 지키는 사람은 그의 몸을 숨길 때 깊고 먼 것을 싫어하지 않는다"라고 했다.

魚得計, 見莊子.[26] 又云, 魚鱉不厭深.

---

26 [교감기] '見莊子'는 영원본에는 "莊子云 於蟻棄智 於魚得計"로 되어 있다.

丈夫身在要勉力 : 한유의 「부독서성남符讀書城南」에서 "학문은 몸에 간직하여, 몸에만 있으면 사용하고 남음이 있다"라고 했다.

退之詩, 學問藏之身, 身在則有餘.

豈有吾子終陸沈 : 『장자』에서 "바야흐로 세상과 멀리 떨어진 채 사는데 마음 또한 세속과 함께 사는 것을 달갑게 여기지 않으니, 이는 땅속에 잠기어 있듯이 숨어 지내는 사람이다"라고 했다.

莊子云, 方且與世違, 而不屑與之俱, 是陸沈者也.

鄙人相士蓋多矣 : 『한서·고조기』에서 "신이 젊어서 사람 관상 보기를 좋아하여 많은 사람의 관상을 보았지만 계상만한 이는 없었습니다"라고 했다.

漢高祖紀, 臣少好相人, 相人多矣, 無如季相.

勿作蔡澤笑嚅吟 : 양웅의 「해조부」에서 "채택이 비록 입을 다물었지만 당거의 말에 비웃었네"라고 했다. '嚅'의 음은 '巨'와 '錦'의 반절법이요, '吟'의 음은 '魚'와 '錦'의 반절법이다. 살펴보건대 『사기·채택전』에서 "채택이 당거를 찾아가 관상을 봐 달라고 하면서 "내가 듣건대 선생이 이태의 관상을 보면서 "백일 안에 정권을 잡을 것이다"라고 했다는데, 그런 일이 있습니까"라 물었다. 당거가 그를 꼼꼼하게 살펴보고 웃으면서 "선생은 들창코에 어깨는 목보다 낮고 이마는 툭 뛰어

나오고 콧대는 내려앉고 다리는 활처럼 휘었군요. 내 들으니 성인은 관상을 봐도 모른다고 하였는데, 아마도 선생을 두고 한 말인 듯하오"'"라고 했다.

楊雄解嘲云, 蔡澤雖噤吟而笑唐擧. 噤, 音巨錦反. 吟, 魚錦反. 按史記蔡澤傳, 澤從唐擧相曰, 吾聞先生相李兌曰, 百日之內, 持國秉政, 有之乎. 唐擧熟視而笑曰, 先生曷鼻, 巨肩, 魋顏, 蹙齃, 膝攣. 吾聞聖人不相, 殆先生乎.

5. 제와 노 등 여러 지방을 유람하러 가는 장 사하를 전송하다

送張沙河遊齊魯諸邦

張侯去沙河	장후가 사하로 떠난 뒤에
三食鄴下麥	업하의 보리를 삼 년이나 먹었네.
筆力望晁董	필력은 조착과 동중서와 나란한데
頗遭俗眼白[27]	자못 속세의 무시를 당하였네.
平生學經綸	평생 경륜을 배워
胸中負奇畫	흉중에는 기이한 계책이 가득하네.
未論功活人	사람 살리는 공은 논할 것도 없는데
飽飯不常得	배불리 먹는 것도 드문 일이네.
妻寒尙賓敬	아내는 가난해도 여전히 손님처럼 공경하며
兒餓猶筆墨	아이는 굶주려도 오히려 글씨를 쓰네.
側聞共伯城	듣건대, 공백성은
魚稻頗宜客	생선과 벼로 손님을 잘 대접한다네.
又持塵生甑	먼지 피어나는 솥을 지니고
欲往立四壁	가서 사방 벽을 세우려 한다네.
平生貸米家	평생 쌀을 빌리는 집이라
十輩來簿責	열 사람 찾아와 장부 들이대며 힐난하네.
囊無孔方兄	주머니에 엽전 한 푼 없으니

---

27 [교감기] '遭'는 전본에는 '遭'로 되어 있다.

面有在陳色	얼굴에 주린 기색 만연하네.
守株伺投兎	그루터기 지켜 부딪치는 토끼 엿보는데
歲晚將何獲	세모에 장차 어디에서 얻을까.
廣道無人行	넓은 길에는 지나다니는 사람도 없고
春風轉沙石	봄바람은 모래와 돌을 날리네.
栖栖馬如狗	개처럼 마른 말로 떠돌면서
去謁東侯伯	사람을 찾아다니는 동쪽의 주백후라네.
布衣未可量	베옷이라 신분 짐작하기 어려운데
蒼髥身八尺	검푸른 수염에 키가 팔 척이네.
魚乾要斗水	말라가는 물고기 약간의 물이 필요하니
土困易爲德	곤궁한 선비는 쉽게 감사함을 느끼네.
譬之擧大木	비유하면 큰 나무 들 때
人借一臂力	한 사람의 팔 힘이라도 빌려야 하네.
諸公感意氣	제공이 그의 의기에 감동하였으니
豈待故相識	어찌 이전부터 알고 지낼 필요가 있는가.
吾窮乏祖餞	나는 곤궁하여 전별연도 못하는데
折柳當馬策	버들 꺾어 주니 마땅히 말채찍으로 삼으시오.

【주석】

張侯去沙河 三食鄴下麥 : 사하는 형주에 속하고, 업은 지금의 상주이
다. 두보의 「증왕시어설贈王侍御契」에서 "밤에 칠성교에서 한 번 이별한

뒤, 벌써 세 번 북두자리 옮긴 봄이로구나"라고 한 시어의 의미를 사용
하였다.

沙河属邢州. 鄴, 今相州也. 用老杜一别星橋夜三移斗柄春之意.

筆力望晁董 : 조착과 동중서이다.

錯與仲舒.

頗遭俗眼白 :『진서・완적전阮籍傳』에서 "완적은 자기 눈을 청안靑眼과
백안白眼으로 곧잘 만들면서 예속禮俗에 물든 선비를 보면 백안으로 대
했다"라고 했다.

晉阮籍傳, 能爲靑白眼, 見禮俗之士, 以白眼對之.

平生學經綸 胸中負奇畫 未論功活人 : 후한의 장사태수 중경 장기는『남
양활인서』를 지었다.

後漢長沙太守張機仲景, 有南陽活人書.

飽飯不常得 : 두보의「병후과왕의음病後過王倚飮」에서 "다만 남은 인생
배불리 먹여주시고"라고 했다.

杜老, 但使殘年飽喫飯.

妻寒尙賓敬 :『좌전』에서 "처음에 구계가 사신이 되어 기 지방을 지

나는데 기결이 김을 매고 그의 처가 들밥을 내왔는데 공경하여 서로
대하기를 손님과 같이 하는 것을 보았다"라고 했다.

左傳, 初, 曰季使, 過冀, 見冀缺耨, 其妻饁之, 敬相待如賓.

兒餓猶筆墨 側聞共伯城 : 공성현은 위주에 속한다.

共城縣, 属衛州.

魚稻頗宜客 又持塵生甑 : 『후한서』에서 "범단의 자는 사운으로 내무의
수령이 되었는데, 거처하는 곳은 초라하였다. 때로 식량이 끊겨 곤궁하
게 거처하였지만 태연자약하였다. 마을에서 노래하기를 "시루 속에 먼
지 쌓인 범사운이요, 솥 안에 물고기가 사는 범내무로다""라고 했다.

後漢范丹字史雲, 閭里歌之曰, 甑中生塵范史雲, 釜中生魚范萊蕪.

欲往立四壁 : 『한서 · 사마상여전』에서 "집에는 다만 사방 네 벽만이
휑하니 서 있었다"라고 했다.

四壁見上.

平生貸米家 十輩來簿責 : 『한서 · 누경전妻敬傳』에서 "사신 열 명이 돌
아왔다"라고 했다. 『한서 · 주아부전』에서 "형리가 장부에 기록하며 주
아부를 문책하자, 주아부는 대답하지 않았다"라고 했다.

漢妻敬傳, 使者十輩來. 周亞夫傳, 吏簿責亞夫.

囊無孔方兄 : 진나라 노포의 「전신론」에서 "사람들은 그를 친하게 여겨 형처럼 대하며 공방孔方이라고 부른다"라고 했다.

晉魯褒錢神論曰, 親愛如兄, 字曰孔方.

面有在陳色 :『논어』에서 "진나라에 있을 때에 양식이 떨어지니, 종자從者들이 병들어 일어나지 못하였다"라고 했다.

論語, 在陳絶糧.

守株伺投兎 :『한비자』에서 "송나라 사람이 밭을 갈고 있었다. 밭에 나무 그루터기가 있어서 토끼가 달려와 부딪혀 목이 부러져 죽었다. 이에 밭가는 것을 그만두고 그루터기만 지키면서 다시 토끼 잡을 것을 기대하니, 송나라 사람들의 웃음거리가 되었다"라고 했다.

韓非子曰, 宋人有耕者, 田中有株, 兎走觸折頭而死. 因釋耕守株, 冀復得兎, 爲宋國笑.

歲晚將何獲 廣道無人行 春風轉沙石 栖栖馬如狗 :『논어 · 헌문』에서 "미생묘가 공자에게 말하기를 "구는 어찌하여 이리도 연연하는가. 말재주를 부리는 것이 아닌가""라고 했다.『후한서 · 진번전』에서 "진류의 주진의 자는 백후이다. 삼부의 노래에 "수레는 닭의 둥지 같고 말은 개와 같은데, 바람처럼 용맹하게 악을 미워하는 주백후라네""라고 했다.

論語第十四, 微生畝謂孔子曰, 丘何爲是栖栖者與. 後漢陳蕃傳, 陳留朱震字伯厚, 三府諺曰, 車如雞栖馬如狗, 疾惡如風朱伯厚.

去謁東侯伯 布衣未可量 蒼髯身八尺 魚乾要斗水 : 『장자』에서 "장주가 집이 가난하여 감하후에게 곡식을 빌리러 갔다. 감하후가 "나는 머지 않아 세금을 거둬들일 텐데 그러면 선생께 삼백금을 빌려드리죠. 그거면 될 테요"라 하였다. 이에 장주가 말하기를 "제가 어제 이리로 올 때 도중에 부르는 자가 있었습니다. 돌아보니 수레바퀴 자국에 붕어가 있더군요. 제가 그 붕어에게 물으니, 붕어가 대답하기를 "나는 동해의 소신小臣이요. 그대가 약간의 물로도 나를 살릴 수 있을 거요"라 하였습니다. 내가 "내가 이제 남쪽의 오월의 왕에게로 가는데 촉강의 물을 밀어보내서 너를 맞게 해주지. 그럼 되겠나"라 했더니, 붕어는 불끈 성을 내며 "나는 지금 한 말이나 한 되의 물만 얻으면 살아날 수 있소. 그런데 당신이 그렇게 말하니 차라리 건어물전에서 가서 나를 찾는 게 나을 거요"라고 하였습니다""라고 했다.

得斗升之水然活矣. 見上注.

土困易爲德 : 『맹자·공손추公孫丑』에서 "굶주린 자에게는 먹게 하기 쉽고, 목마른 자에게는 마시게 하기 쉽다"라고 했다. 『사기·평원군전』에서 "사람들은 위기와 고난에 처해 있을 때 더 쉽게 감사하게 됩니다"라고 했다.

孟子云, 飢者易爲食, 渴者易爲飮. 史記平原君傳, 士方其危苦之時, 易德耳.

譬之擧大木 人借一臂力:『여씨춘추』에서 "지금 큰 나무를 들어 올리는데 앞에서 어영차하고 소리치면 뒤에서 응하게 됩니다. 이것은 큰 나무를 드는 것에는 좋은 것이니, 어찌 정과 위의 음악이 필요 없겠습니까. 그러나 어영차라는 소리만 못합니다"라고 했다. 『회남자』에서 "큰 나무를 들 때 앞에서 영차라고 하면 뒤에서도 영차라고 호응합니다"라고 했다. 이하의 내용은 『여씨춘추』와 같다. 『장자』에서 "내가 평생토록 너와 팔을 끼고 지낸다 해도 결국은 서로를 잃게 될 것이다"라고 했는데, 이 글자를 따왔다.

呂氏春秋云, 今擧大木者, 前呼輿謣, 後亦應之. 此其於擧大木者善矣, 豈無鄭衛之音哉. 然不若此其宜也. 淮南子曰, 擧大木者, 前呼邪許, 後亦應之. 餘同呂覽. 莊子曰, 吾終身與汝交一臂而失之. 此摘其字.

諸公感意氣 : 포조의 「대치조비代雉朝飛」에서 "의기가 서로 투합하니 죽음인들 두렵겠느냐"라고 했다.
鮑明遠詩, 意氣相傾死何有.

豈待故相識 吾窮乏祖餞 折柳當馬策:『좌전·문공 13년』에서 "이 때 요조가 사회士會에게 채찍을 주었다"라고 했는데, 주에서 "책策은 말채찍이다. 헤어질 때 말채찍을 주고 아울러 자신의 채찍을 들어 보여 정情을 표한 것이다"라고 했다. 이 시는 대개 장 사하가 유람을 떠나게 되

었는데, 산곡이 시를 먼저 보내면서 여러 사람들이 힘을 합쳐 도와줄 것을 바란 것으로, 의기가 서로 투합하면 반드시 오래전부터 알고 지낼 필요가 없다는 말이다.

左傳文十三年, 繞朝贈之以策. 注, 策, 馬撾. 此詩盖以張沙河往作游土, 山谷以詩先焉, 庶幾諸人合力資之, 意氣相感, 不必舊相識也.

6. 장 사하의 「초음招飲」에 화답하다

和張沙河招飲

張侯耕稼不逢年	장후는 농사지어 풍년을 만나지 못하니
過午未炊兒女煎	한낮이 넘도록 밥을 짓지 못해
	아녀자는 애가 타네.
腹裏雖盈五車讀	배 안에 비록 다섯 수레의 책이
	들어 있다 해도
囊中能有幾錢穿	주머니 안에는 몇 푼이나 들어있는가.
況聞縕素尙黃葛	더구나 헌 솜옷에 노란 갈옷 겹쳐 입었으니
可怕雪花鋪白氈	흰 천을 펼친 듯한 눈송이가 두렵네.
誰料丹徒布衣得	누가 짐작했으랴, 단도의 포의가 되었는데
今朝忽有酒如川	오늘 아침에 문득 많은 술을 얻었음을.

【주석】

張侯耕稼不逢年 : 『사기·영행전』에서 "속언에 "힘써 농사짓는 것이 풍년을 만나는 것만 못 하고, 착하게 벼슬을 사는 것이 군주에게 잘 보이는 것 만 못하다"'라고 했다.

史記佞幸傳, 諺曰, 力田不如逢年, 善仕不如遇合.

過午未炊兒女煎 : 한유의 「수최십육酬崔十六」에서 "때로 아침밥을 먹지

못하는데, 쌀을 얻어오면 이미 저녁이네. 담장 너머에서 떠들썩한 소리 들리니, 여러 사람의 입이 대단히 시끄럽네"라고 했다.

退之詩, 有時未朝餐, 得米日已晏. 隔墻聞讙呼, 衆口極鵝雁.

腹裏雖盈五車讀 : 두보의 「백학사모옥柏學士茅屋」에서 "남아는 모름지기 다섯 수레의 책을 읽어야하네"라고 했다.

杜詩, 男兒須讀五車書.

囊中能有幾錢穿 : 『한서·조일전』에서 "진나라 객이 있었는데, 그를 위해 조일이 시를 지어주었다. "학문이 뱃속에 가득하여도, 주머니 속 동전 한 닢만 못하네. 아첨꾼은 총애 받아 북당으로 올라가고, 강직한 이는 초라하게 문간에 기대섰네""라고 했다. 두보의 「공낭空囊」에서 "주머니 비면 부끄러울까, 동전 한 닢 남겨 두었네"라고 했다.

後漢趙壹傳, 爲詩曰, 文籍雖滿腹, 不如一囊錢. 杜詩, 囊空恐羞澀, 留得一錢看.

況聞緗素尙黃葛 可怕雪花鋪白氈 : 이백의 「북풍행」에서 "연산의 눈송이는 방석만 하여"라고 했다. 두보의 「절구만흥絶句漫興」에서 "오솔길에 흩뿌려진 버들솜은 흰 천을 펼친 듯"이라고 했다.

太白, 北風行云, 燕山雪花大如席. 老杜詩, 糝徑楊花鋪白氈.

誰料丹徒布衣得 : 『진서·제갈장민전』에서 "제갈장민이 절도사가 되어 단도에 주둔해 있었는데 벌을 받고 평민으로 전락할 처지가 되었다. 이에 "오늘 단도의 베옷 입는 평민이 되고자 한들 어찌 그럴 수가 있겠는가""라고 했다.

晉諸葛長民傳, 今日欲爲丹徒布衣, 豈可得耶.

今朝忽有酒如川 : 『좌전·소공 12년』에서 "진과 제의 임금이 잔치를 하다가 투호가 벌어졌다. 중행목자가 "술이 회수만큼 많습니다"라 하자, 제나라 임금이 "술이 면수만큼 많다""라고 했다. 두보의 「성서피범주城西陂泛舟」에서 "작은 배들 노를 젓지 않는다면, 많은 술동에 어찌 술을 채울까"라고 했다. '川'은 달리 '泉'으로 된 본도 있다.

左氏昭十二年, 穆子曰, 有酒如淮. 齊侯曰, 有酒如澠. 杜詩, 不有小舟能盪槳, 百壺那得酒如川. 一作泉.

7. 요민과 함께 영원묘를 유람하였는데, 요헌신이 술을 장만하였다. 마馬와 릉陵자를 써서 시를 지었다

同堯民游靈源廟廖獻臣置酒用馬陵二字賦詩[28]

첫 번째 수其一

靈源廟前木	영원묘 앞의 나무는
我昔見拱把	내가 옛날에 한 줌 정도일 때 보았지.
七年身屢到	칠년 동안 여러 차례 왔었는데
欝欝蔭簷瓦	울창하여 처마에 그늘이 졌네.
春風響馬銜	봄바람이 말의 재갈을 울리는데
竝轡客蕭灑	나란히 말 모는 객은 쓸쓸하구나.
更願少君賢[29]	어진 소윤에게 원하노니
置酒意傾寫	술을 마련하여 따라주시기를.
齋堂有佳處	재당에 아름다운 곳 있으니
花柳輕婑姹	꽃과 버들이 가볍게 하늘거리네.
蓮塘想舊葉	연꽃 연못에서 이전 꽃을 떠올리고
稻畦識枯苴	논둑에서 마른 거름을 알아보네.
開關撫洪河	문을 열고 드넓은 황하를 바라보노라면

28　[교감기] 영원본에는 '廟'자가 없다. '廖'는 원래 '寥'로 되어 있었는데, 영원본과 고본, 전본과 건륭본에 의거하여 고쳤다. 또한 전본에는 '賦詩' 아래에 '二首' 두 글자가 있다.

29　[교감기] '少君'은 영원본과 고본, 전본과 건륭본에는 모두 '少尹'으로 되어 있다.

黃流極天瀉	누런 물결이 하늘 끝에서 쏟아지네.
憶昔武皇來	기억하건대, 옛날 무제 이후로
繫璧沉白馬	백마에 옥을 매달아 제물로 던졌네.
從官親土石	몸소 흙과 돌을 시종신부터
襁負至鰥寡	홀아비, 과부까지 강보에 지었네.
空餘瓠子詩	부질없이 둑 터진 호자시를 남겼는데
哀怨逼騷雅	애달프고 원망스럽기는
	『이소』나『시경』에 가깝네.
白圭自聖禹	백규가 스스로 우임금보다 낫다 하였는데
今誰定眞假	지금 누가 참이고 거짓인가.
晁子發讜言	조자가 아름다운 말 풀어내니
聖功諒難亞	성인의 공은 참으로 버금가기 어렵네.
排河著地中	황하를 밀쳐 땅 가운데로 흐르게 하니
勢必千里下	물살의 기세는 반드시 천리까지 흐르리라.
移民就寬閑	백성을 넓고 한가한 곳으로 옮기니
何地不耕稼	어느 곳인들 농사짓지 못하랴.
此論似太高	이 논의 지나치게 고상한 듯하여
吾亦茫取舍	나 또한 취사를 정할 수 없네.
有器可深川	강물을 깊게 팔 인재 기계 있지만
吾未之學也	나는 그것을 배우지 못하였네.

【주석】

靈源廟前木 我昔見拱把 : 『외집』에서 빼버린 시에 「회영원묘하지정」
이란 시가 있는데, 그 시에서 "버들 둑방에 말을 묶어두고 술상을 차려
위성을 바라보네"라고 했다. 위魏는 즉 북경이다. 『맹자』에서 "한두 줌
굵기의 오동이나 가래나무"라고 했는데, 주에서 "공拱은 두 손을 합친
것이며 파把는 한 손으로 잡는 것이다"라고 했다.

外集刪去詩中, 有會靈源廟下池亭詩云, 繫馬著柳堤, 置酒臨魏城. 魏卽北
京也. 孟子曰, 拱把之桐梓. 注云, 拱, 合兩手也. 把, 以一手把之也.

七年身屢到 齾齾蔭簷瓦 : 한유의 「성남연구城南聯句」에서 "붉은 대추는
처마에서 말리고"라고 했다.

退之聯句云, 紅皺曬簷瓦.

春風響馬銜 : 『문선·해부』에서 "죄를 지어 맹서를 저버리거나 기도
를 잘못하면, 해동海童은 길을 가로막고 마함馬銜은 지름길을 막아설 것
이네"라고 했는데, 이 시를 차용하여 말 입의 재갈을 말한다.

文選海賦云, 海童邀路, 馬銜當蹊. 此借用, 以言馬口銜勒也.

竝轡客蕭灑 更願少君賢 置酒意傾寫 齋堂有佳處 花柳輕婭姹 : 『준전
집』에 실린 화응의 「강성자江城子」에서 "소녀는 정을 머금어 아리따운
데 말을 하지 않네"라고 했다.

樽前集和凝詞云, 姹姹含情嬌不語.

蓮塘想舊葉 稻畦識枯苴：『장자』에서 "도道의 진수를 가지고 내 몸을 기르고, 도의 나머지를 가지고 국가를 다스리고, 그 쓸모없는 찌꺼기를 가지고 천하를 다스린다"라고 했다. 『석문』에서 "토저는 두엄이다"라고 했다.

莊子曰, 其土苴以治天下. 釋文云, 土苴如糞草也.

開關撫洪河 黃流極天瀉 憶昔武皇來 繫璧沉白馬 從官親土石 褽負至鰥寡 空餘瓠子詩 哀怨逼騷雅：효무제 원광 연간에 황하가 호자에서 터져서 동남쪽의 드넓은 들판으로 흘러들었다. 후에 무제가 병졸 수만 명을 동원하여 호자를 막고 황하를 트도록 하였다. 이에 무제武帝가 만리사의 신령에게 기도한 뒤에 돌아와서 황하가 터진 곳에 임하여 백마와 벽옥을 수신에게 제물로 바쳤다. 그리고 여러 신하들과 시종신 그리고 장군 이하 모든 백성들이 나무를 지고 터진 황하에 메웠다. 상이 이윽고 터진 황하에 임하여 일이 성공하지 못한 것을 안타까워하면서 노래를 불렀다. "호자가 터졌으니 장차 어찌하란 말인가"

漢溝洫志云, 孝武元光中, 河決於瓠子, 東南注鉅野. 發卒數萬人, 塞瓠子決河. 於是上以用事萬里沙, 還, 自臨決河, 沉白馬玉璧, 令群臣從官自將軍以下, 皆負薪寘決河. 上旣臨河決, 悼功之不成, 廼作歌曰, 瓠子決兮將奈何. 云云.

白圭自聖禹 今誰定眞假 : 『맹자·고자』에서 "백규가 "제丹가 물을 다스림이 우임금보다 낫습니다"라고 하자, 맹자가 "그대는 지나치다. 우임금이 물을 다스림은 물의 길을 따른 것이다. 이 때문에 우임금은 사해를 물을 받는 계곡으로 삼으셨는데, 지금 그대는 이웃나라를 계곡으로 삼았도다""라고 했다. 한유의 「추회秋悔」에서 "옛 소리는 오래전 파묻혀 사라져, 음의 참과 거짓을 볼 수가 없네"라고 했다.

孟子云, 白圭曰, 丹之治水也, 愈於禹. 孟子曰, 子過矣. 禹之治水云云. 退之詩, 古聲久埋滅, 無由見眞濫.

晁子發讜言 : 반고의 「동도부東都賦」에서 "곧은 말과 광대한 말"이라고 했는데, 이선李善의 주注에서 "'당讜'은 아름다운 말이다. 음은 '당黨'이다"라고 했다. 『한서·서전』에서 "황상이 "내가 오랫동안 반백班伯을 보지 못하다가 오늘 다시 훌륭한 말을 듣는구나""라고 했는데, 주에서 "당언은 좋은 말이다"라고 했다.

文選東都賦, 讜言弘說. 註, 美言也. 音黨. 漢書叙傳, 上曰, 吾久不見班生, 今日復聞讜言. 注, 善言也.

聖功諒難亞 排河著地中 勢必千里下 移民就寬閑 何地不耕稼 此論似太高 : 『한서·장석지전』에서 "천자가 장석지에게 "쉬우면서 너무 고상한 논의는 하지 말고 대책을 내놓으라""라고 했다.

張釋之傳, 卑之無甚高論.

吾亦茫取舍 有器可深川 吾未之學也 : 『논어』에서 "군대에 관한 일은 아직 배우지 못하였습니다"라고 했다. 『한서·구혁지』에서 "가양이 아뢰어 말하기를 "황하를 다스림에는 상, 중, 하 세 가지 계책이 있습니다. 지금 상책을 실행하려면, 기주의 백성 가운데 강물과 부딪치는 자들을 이주시키고, 여양과 차해정을 터트려서 황하를 흘러가게 하여 바다로 들어가게 하여야 합니다. 황하는 서쪽으로 태산에 가깝고 동쪽으로 금제에 가까우니, 물살이 멀리까지 범람하지는 못하고 한 달 정도면 잠잠해질 것입니다. 지금 황하 주변 10여 개 군이 제방을 고치면 해마다 비용이 수만 전이 들어갈 것인데도, 황하가 크게 터진다면 죽는 사람은 헤아릴 수 없을 것입니다. 만일 두어 해 황하를 다스리는 비용을 내서 이주를 시킨 백성들의 생업을 만들어주어야 합니다. 또한 한 나라는 사방으로 만 리를 다스리는데 어찌 황하의 강물과 아주 작은 땅을 다투겠습니까. 이 공이 한 번 이뤄지면 황하는 안정될 것이며 백성들은 편안할 것이니, 천년동안 근심이 없을 것입니다. 그러므로 이를 상책이라 합니다""라고 했다. 『서경·우공』에서 "산을 따라 하천을 준설하였다"라고 했는데, 주에서 "그 물결을 깊이 팠다"라고 했다. 이 말은 대개 당시의 일을 가리킨 것이다. 『실록』을 살펴보고 기타 다른 책으로 참고해보면, 그 요지는 다음과 같다. "원풍 원년에 지제고 웅본이 분사서경이 되어 대명부를 다스렸다. 문언박이 죄에서 풀려나 돌아와 이공의를 추천하고 철룡과를 만들 것을 요청하였다. 내시령 황회신이 그것으로는 미진하다고 여겨 다시 준천파를 만들고서 우임금이 강

물을 준설하던 것이라고 하였다. 당시 왕안석이 승상이었는데, 그의 말을 믿고 준천사를 설치하여 도수감승 범자연에게 그 일을 다스리게 하였다. 이윽고 범자연이 공을 아뢰었으나 상을 내리지 않았다. 이에 말하기를 "물살의 기세를 소통시켜서 모두 이전의 길로 돌아가게 하니 백성들의 밭 수만 평이 다시 물위로 나왔습니다"라 하였다. 조정에서 대명부에 인물을 추천하게 하니, 문언박이 "소신이 이익에 현혹되어 속이는 죄를 저질렀습니다"라고 하였다. 조서의 원본을 널리 돌리면서 문언박이 사실대로 보고하지 않았다고 견강부회하여 연좌시켜서 귀양을 보냈다"

論語, 軍旅之事, 未之學也. 溝洫志云, 賈讓奏言, 治河有上中下策. 今行上策, 徙冀州之民當水衝者, 決黎陽遮害亭, 放河入海. 河西薄太山, 東薄金堤, 勢不能遠泛濫, 朞月自定. 今瀕河十郡治堤, 歲費且萬萬, 及其大決, 所殘無數. 如出數年治河之費, 以業所徙之民. 且以大漢方制萬里, 豈其與水爭咫尺之地哉. 此功一立, 河定民安, 千載無患, 故謂之上策. 禹貢, 隨山濬川. 註, 謂深其流. 此語蓋指時事. 按實錄, 且參以諸書, 其大要云, 元豊元年, 知制誥熊本分司西京, 判大名府. 文彥博放罪初選人李公義, 請爲鐵龍瓜. 內侍黃懷信以爲未盡, 更作濬川杷, 謂禹所用濬川者也. 時王安石爲相, 信其說, 乃置濬川司, 以都水監丞范子淵制之. 旣而子淵奏功未賞, 乃言疏導水勢, 悉歸故道, 出民田數萬頃. 朝廷下大名府保奏, 文彥博言, 小臣興利誣罔. 詔本行視, 坐附會彥博, 報不以實, 故謫.

두 번째 수 其二

洪河壯觀游	드넓은 황하 누대에서 바라보니 장대한데
太府佳友朋	태묘에 아름다운 벗과 함께하네.
春色挽我出	봄 경치는 나를 잡아당겨 나오게 하고
東風如引繩	동풍은 줄을 잡아당긴 듯하네.
昏昏版築氣	어둑한데도 널빤지를 쌓고 있으니
王事始繁興	왕의 토목 사업이 막 시작되었네.
大堤如連山	긴 제방은 산이 이어진 듯하고
小堤如岡陵	작은 제방은 멧부리 솟은 듯하네.
增卑更培薄	낮은 곳 올리고 엷은 곳 두텁게 만드는데
萬杵何登登	수많은 사람들 영차영차 달구질하네.
憶昨河失道	기억하건대, 옛날 황하가 물길을 잃었을 때
平原魚可罾	평원에서 물고기를 그물질할 수 있었지.
田萊人未復	밭은 잡초로 덮여 사람이 돌아오지 않아
瘡大國方懲	손상이 크니 나라가 바야흐로 반성하네.
忽念耒耜閑	문득 생각건대, 보습과 쟁기 한가로우니
爲民保邱塍	백성을 위해 전토를 보호하네.
百縣伐鼛出	많은 고을에서 큰 북을 내어
夜半廢曲肱	한밤중에도 잠을 자지 않네.
吾儕愧祿廩	우리들 녹봉 받는 게 부끄러운데
游衍事鞍乘	노닐어 보려 안장 올려 말을 타네.

晁子漢公孫	조자는 한나라 공자의 후손으로
新去司馬丞	새로 사마승이 되었네.
出幹大農部	외직으로 나와 대농부를 맡으니
才術見嗟稱	능력을 펼쳐 칭송을 받네.
我坐廣文舍	나는 광문처럼 가난한 집에 앉아
七年讀書燈	칠년을 등불 밝혀 책을 읽었네.
結髮入塲屋	머리를 묶고 과거장에 들어갔으니
肯謂河難憑	어찌 황하 건너기 어렵다고 이르랴.
爾來觸事短	이후로 건드린 일마다 실패하니
癡甚霜前蠅	심한 어리석음은 서리 앞의 쇠파리 같네.
世味極淡薄	세상일에 대단히 무관심하니
不了人愛憎	사람을 사랑하거나 미워하지 않네.
惟得一卮酒	다만 한 잔의 술을 얻으면
尚能別淄澠	오히려 좋은지 나쁜지 구별한다네.
所以對樽俎	술동이를 마주하면
未曾問斗升[30]	일찍이 주량을 묻지 않았네.
酌我良已多	나에게 정말 많이 따라준다면
狂言恐侵陵	광언으로 모욕할지 두렵긴 하네.
暮雲吞落日	저물녘 구름은 지는 해를 삼키고
歸鳥求其朋[31]	돌아가는 새는 벗을 찾네.

---

30 [교감기] '問'은 고본과 전본, 그리고 건륭본에는 모두 '聞'으로 되어 있다.

冷官僕馬瘦　　한직이라 타는 말이 파리한데

及門鼓騰騰　　문에 이르니 북소리 둥둥 울리네.

【주석】

洪河壯觀游 : '관유觀游'는 앞에 보인다.

觀游見上.[32]

太府佳友朋 春色挽我出 東風如引繩 : 한유의 「장중승전후서」에서 "줄
을 맞잡고 잡아당기면 반드시 끊어지는 곳이 있다"라고 했다.

退之張中丞傳後叙云, 引繩而絶之, 其絶必有處.

昏昏版築氣 : 한유의 「제임롱사題臨瀧寺」에서 "바다 기운 어둑하고 물
은 하늘을 치네"라고 했다. 『맹자』에서 "부열은 토목 일을 하다가 등용
되었다"라고 했다.

退之詩, 海氣昏昏水拍天. 孟子曰, 傳說擧於版築之間.

31　[교감기] '歸鳥' 구 아래에 고본에는 자주(自注)가 있으니 "다시 전운을 썼다[復
　　用前韻]'이라 하였다.

32　[교감기] '觀游見上'은 영원본에서 "유자후의 「천설」에는 "담장과 성곽과 누대와
　　관유를 쌓았다"고 했으며, 또한 「곽탁타전」에서 "장안의 부호한 사람들이 정원
　　을 만들어 감상하며 노는 자들"이라 하였고, 또한 「영주신당기」에서 "이에 건물
　　을 지어 유람하는 장소로 삼았다[柳子厚天說云 築爲牆垣城郭臺榭觀游 又郭橐駝
　　傳云 長安豪富人爲遊觀 又永州新堂記云 乃作棟宇 以爲觀遊]"'라고 했다.

王事始繁興 大堤如連山 : 한유의 「송이상서送李尙書」에서 "기다란 제방
에 꽃은 활짝 피었네"라고 했다.

退之詩, 花艷大堤倡.

小堤如岡陵 :『시경·천보天保』에서 "저 산등성이와 같이 저 봉우리와
같이"라고 했다.

詩, 如岡如陵.

增卑更培薄 : 가양이 또 이르기를 "만약 옛날 제방을 수리하여 낮은
곳을 올리고 얇은 곳을 두텁게 만든다면 수고와 비용이 끝이 없을 것
이니, 이것이 가장 하책입니다"라고 했다.

賈讓又云, 若乃繕完故堤, 增卑培薄, 勞費無已, 此最下策也.

萬杵何登登 :『시경·면緜』에서 "영차영차 성을 쌓네"라고 했다.

詩, 築之登登.

憶昨河失道 :『전한서·구혁지』에서 "왕횡이 말하기를 "구하의 지역
은 이미 바닷물에 의해 차츰 잠겼습니다""라고 했다.『주보』에서 "정
왕 3년에 황하가 옮겨갔으니 지금 황하의 물길은 우가 뚫었던 물길이
아니다"라고 했다.

前漢溝洫志, 王橫言, 九河之地, 已爲海所漸. 周譜云, 定王三年河徙, 則今所行, 非禹之所穿也.

平原魚可罾 :『한서・진승전』에서 "비단에 붉은 글씨로 '진승왕'이라고 쓰고서, 어떤 사람이 그물로 잡아온 물고기 뱃속에 집어넣었다"라고 했다. 한유의 「추회秋懷」에서 "교룡이 있으면 날이 추워 그물질 할 만하네"라고 했다.

漢陳勝傳, 置人所罾魚腹中. 退之詩, 有蛟寒可罾.

田萊人未復 :『시경・초자』의 모씨 서에서 "정사가 번거롭고 부역이 무거워 밭에 잡초가 자라 황폐해졌다"라고 했는데, 주에서 "밭이 묵어서 풀이 나는 것을 '래萊'라고 한다"라고 했다.

詩楚茨序云, 田萊多荒. 注云, 田廢生草曰萊.

瘝大國方懲 忽念耒耜閑 爲民保邱壟 百縣伐鼛出 :『주례』에서 "북치는 사람이 있는데, 고고는 부역을 시행할 때 친다"라고 했다.

周禮, 鼓人以鼛鼓鼓役事.

夜半廢曲肱 :『논어』에서 "팔을 굽혀 베개로 삼는다"라고 했다.

論語, 曲肱而枕之.

吾儕愧祿廩 游衍事鞍乘 :『시경・판板』에서 "하늘은 훤히 아시는지라

그대가 노닐 적에도 살펴보시느니라"라고 했다. 현휘 사조의 「화복무창등손권고성和伏武昌登孫權故城」에서 "행역 나가는데 만약 기약 있다면, 악저에서 함께 노닐어 볼 텐데"라고 했다.

游衍見上.[33]

晁子漢公孫　新去司馬丞　出幹大農部 : 『한서·식화지』에서 "상홍양이 대농부승 수십 명을 두어 군국을 부로 나눠 맡을 것을 요청하였다"라고 했다.

漢食貨志, 桑弘羊請置大農部丞數十人, 分部主郡國.

才術見嗟稱 : 포조의 「백두음」에서 "주 유왕幽王은 나날이 유혹에 빠지고, 한 성제成帝 탓하는 소리 높아갔네"라고 했다.

鮑明遠白頭吟云, 周王日淪惑, 漢帝益嗟稱.

我坐廣文舍　七年讀書燈　結髮入場屋 : 『한서·이광전』에서 "이광이 "신이 머리를 질끈 묶고서 흉노와 싸웠습니다""라고 했다.

漢李廣傳, 廣曰, 臣結髮而與匈奴戰.

肯謂河難憑 : 『논어』에서 "맨 손으로 호랑이에 덤비고 맨 몸으로 황

33　[교감기] '游衍見上'은 영원본에는 "詩 昊天曰旦 及爾游衍"으로 되어 있다. 살펴보건대 『시경·판(板)』에 보인다.

하를 건넌다"라고 했다.

論語, 暴虎憑河.

爾來觸事短 : 한유의 「최소부섭이양崔少府攝伊陽」에서 "건드린 일마다 변론하기 어려워 괴롭고"라고 했다. 또한 「악양루별두사직岳陽樓別竇司直」에서 "건드린 일마다 비방을 받고"라고 했다.

韓詩, 觸事苦難辨. 又云, 觸事得讒謗.

癡甚霜前蠅 : 한유의 「송후참모부하중막送候參謀赴河中幕」에서 "어리석음은 겨울철 쇠파리 같고"라고 했다.

退之詩, 癡如遇寒蠅.

世味極淡薄 : 한유의 「시상示爽」 시에서 "나는 나이 들면서 세상사 관심 없어져"라고 했다.

退之詩, 我老世味薄.

不了人愛憎 惟得一巵酒 尙能別淄澠 : 『회남자』에서 "치수와 민수가 합하여도 역아가 맛을 보고서 안다"라고 했다. 『열자』에서도 똑같이 말하였다. 『수경주』에서 "치수는 태산의 내무현 원산에서 발원하고 민수는 영구성 동쪽에서 발원한다. 세상에서 한주수가 시수로 들어간다고 이른다"라고 했다.

淮南子曰, 淄澠之水合, 易牙嘗而知之. 列子亦云. 水經曰, 淄水出泰山萊
蕪縣原山, 澠水出營邱城東, 世謂之漢湊水, 入于時水.

所以對樽俎 未曾問斗升 : 두보의 「조전부니음遭田父泥飲」에서 "아직 취
했는지 물어보네"라고 했다.
杜詩, 仍嗔問斗升.

酌我良已多 狂言恐侵陵 : 『한서 · 개관요전』에서 "평은후 허백이 새로
지은 집에 들어가게 되자 승상을 비롯한 어사, 장군, 중이천석 등이 모
두 축하를 해줬는데 관요는 그러지 않았다. 허백이 그를 초청하자 허
백의 집으로 갔다. 허백이 술을 따라주며 말하기를 "개 대인이 늦게 오
셨으니 가득 채워 드시오"라 하자, 관요가 "내게 술을 많이 주지 마시
오. 내가 술을 마시면 미치광이가 된다오"라 하였다. 그 말을 듣고 승
상 위후가 말하기를 "차공은 술에 취하지 않았을 때에도 미치광이 같
은데 하필 술 때문이겠소"라고 했다. 『예기 · 경해』에서 "천자를 배반
하고 이웃나라를 침략하는 나쁜 일이 발생한다"라고 했다. 『한서 · 이
광전』에서 "이광은 세 아들을 두었는데, 이당호, 이초, 이감으로 모두
낭이 되었다. 이감의 아들 이우는 시중인 귀인과 술을 마시다가 그를
깔보았는데 귀인이 감히 대응하지 못하였다"라고 했다.
漢蓋寬饒傳, 許伯入第, 丞相御史將軍中二千石皆賀, 寬饒不行. 許伯請之,
乃往. 許伯自酌曰, 蓋君後至. 寬饒曰, 無多酌我, 我酒酒狂. 丞相魏侯笑曰,

次公醒而狂, 何必酒也. 禮記經解. 倍畔侵凌之敗起矣. 漢李廣傳, 廣三子, 曰
當戶椒敢. 敢男禹, 與侍中貴人飮, 侵陵之, 莫敢應.

暮雲吞落日 歸鳥求其朋 : 『시경·벌목』에서 "새가 아름답게 우는 것
은, 그 벗을 찾는 소리로다"라고 했다.

小雅伐木云, 嚶其鳴矣, 求其友聲.

冷官僕馬瘦 及門鼓騰騰 : 두보의 「취시가醉時歌」에서 "광문선생만 홀로
한직閒職에 있네"라고 했다. 「증장복야贈張僕射」에서 "북이 둥둥 울리자
붉은 깃발이 올라갔다"라고 했다.

杜詩, 廣文先生官獨冷. 退之詩, 擊鼓騰騰樹赤旗.

8. 「팔음가」를 지어 조요민에게 주다

八音歌贈晁堯民

이전에 오랫동안 요민과 출처의 이치에 대해 논하였는데 끝내지 못하였다. 그러므로 끝에서 말한 것이다. ○『시원유격』에서 "진나라의 심형이 이 체를 만들었다"라고 했다. 『진소유집』의 「여황노직간」에서 "이단숙이 이곳을 지나다가 「두야시」, 「팔음」, 「이십팔사가」 등의 작품에 모두 화운하였다. 지금 그 부본副本을 기록하여 올린다"라고 했으니, 이 시와 「두야정」은 앞뒤로 지은 것을 알 수 있다.

往長與堯民論出處之致, 未竟, 故終言之.[34] ○ 詩苑類格云, 陳沈炯爲此體. 秦少游集中與黃魯直簡云, 李端叔過此, 斗野詩八音二十八舍歌皆和了, 今錄其副, 寄上. 可見此詩與斗野亭詩, 相先後作.[35]

金生寒沙中	금은 차가운 백사장에서 나는데
見別會有時	때때로 오롯이 드러나네.
石上千年柏	바위 위의 천년 잣나무
材高用苦遲	재주가 높아도 쓰임은 괴롭게도 더디네.
絲亂猶可理	실은 어지러워도 오히려 정리하는데

---

34 [교감기] '往'은 원래 '注'로 되어 있었는데, 고본과 전본, 그리고 건륭본에 의거하여 고쳤다. 또한 영원본엔는 이 조목의 자주(自注)가 빠졌다.

35 [교감기] '相先後作'은 영원본에는 "동시에 지어졌다. 「두야시」는 경신년에 화답하였으니 이 권에 보인다[同時作 斗野詩庚申年和 見此卷]'으로 되어 있다.

心亂不可治	마음이 어지러우면 다스릴 수 없네.
竹齋聞履聲	대나무 집에서 신발 끄는 소리 들으니
廼是故人來	이는 바로 벗이 찾아오는 것이리라.
匏苦只多葉	쓰디쓴 박은 다만 잎이 많은데
水深難爲涉	물이 깊어 건널 수가 없네.
土牀不安席	흙 침상에 편안히 앉지 못하고
象牀臥燁燁³⁶	빛나는 상아 침상에 누웠네.
革與井同功	혁괘와 정괘는 공효가 같으니
守道非關怯	법도 지킴은 무서워서가 아니네.
木直常先伐	나무가 곧으면 항상 먼저 베어지는데
樗櫟萬世葉	가죽, 상수리나무는 만 대토록 잎이 무성하네.

【주석】

金生寒沙中 見別會有時 : 도연명의 「음주」에서 "맑은 바람이 건듯 불어오니, 쑥대 속에서 오롯이 드러나네"라고 했다.

淵明詠蘭云, 淸風脫然至, 見別蕭艾中.

石上千年柏 : 한유의 「초양지부招揚之罘」에서 "잣나무가 두 바위 사이

---

36 [교감기] '燁燁'은 전본에는 '煜煜'으로 되어 있다. 대개 청나라는 강희제의 이름을 기휘하였기에 글자를 고친 것이다. 이 아래에 다시 나오면 교정한 내용을 드러내지 않는다.

에서 자라면, 만년이 지나도 끝내 크지 않네"라고 했다.

退之詩, 柏生兩石間, 萬歲終不大.

材高用苦遲 : 두보의 「고백행古柏行」에서 "예전부터 재주가 높으면 등용되기 어려웠나니"라고 했다.

杜詩, 古來材高難爲用.

絲亂猶可理 : 두보의 「형남병마사태상경조공대식도가荊南兵馬使太常卿趙公大食刀歌」에서 "그대 얻으매 헝클어진 실을 그대와 함께 다스리리라"라고 했다.

杜詩, 得君亂絲爲君理.

心亂不可治 竹齋聞履聲 : 『한서 · 정숭전』에서, "(한 나라 정숭이 상서복야尙書僕射로 발탁된 뒤에 아무도 못하는 말을 감히 직간하곤 하였는데,) 그가 가죽신발을 끌고 오는 소리를 들을 때마다, 애제는 웃으며 "정상서의 신발 소리임을 내가 알겠다""라고 했다.

漢鄭崇傳, 我識鄭尙書履聲.

疝是故人來 : 당 이익의 「죽창문풍」 시에서 "문 열자 바람이 대나무를 흔들어, 옛 친구가 온 것인가 했네"라고 했다.

古詩, 開門風動竹, 疑是故人來.

匏苦只多葉 水深難爲涉 : 『시경·패풍』에서 "박에 쓴 잎이 있거늘 건너는 곳에 깊은 물턱이 있도다. 물이 깊으면 옷을 벗어 가지고 건너고 물이 얕으면 옷을 걷고 건너야 한다"라고 했다.

北國風, 匏有苦葉, 濟有深涉. 深則厲, 淺則揭.

土牀不安席 象牀卧燁燁 : 『전국책』에서 "맹상군이 초에 이르자, 초에서 상아 상을 바쳤다"라고 했다.

戰國策, 孟嘗君至楚, 楚獻象牀.

革與井同功 : 『주역』에서 정괘와 혁괘의 두 괘는 서로 연달아 있는데, 정괘는 고치지 않는 것을 말하고 혁괘는 고쳐서 마땅한 것을 말한다. 비록 다른 것 같지만 실로 그 공효는 같다.

井革二卦相連, 井言不改, 革言革而當. 雖若異, 而實同功.

守道非關怯 : 두보의 「핍측행偪側行」에서 "걸을 힘이 없어서도 아니네"라고 했다. 또한 「사회寫懷」에서 "일부러 안배한 것도 아니라네"라고 했다. 『좌전』에서 "법칙을 지키는 것이 관리의 직책을 지키는 것보다 못하다"라고 했다.

非關, 見上. 左傳, 守道不如守官.

木直常先伐 : 『장자·산목』에서 "곧은 나무는 먼저 벌목되고 단 우물

은 먼저 말라 버리오. 그대는 자기 지식을 꾸며서 어리석은 사람을 놀라게 하고 스스로의 행실을 닦아 남의 잘못된 행동을 돋보이게 하며 눈부시게 마치 해나 달을 들고 가기라도 하듯 자랑했을 것이오. 그러므로 재난을 면할 수 없소"라고 했다. 이백의 「고풍古風」에서 "곧은 나무는 먼저 베일까 저어하고, 향기로운 난초는 자신이 타는 것을 슬퍼하네"라고 했다.

莊子山木篇, 直木先伐, 甘井先竭. 子其飾知以驚愚, 修身以明汚, 昭昭乎如揭日月而行, 故不免也. 李白詩, 直木忌先伐, 芬蘭哀自焚.

樗櫟萬世葉 : 『장자·소요유』에서 "혜자가 장자에게 말하기를, "나에게 큰 나무가 있는데 남들이 가죽나무라고 부른다네. 그 줄기는 울퉁불퉁 옹이가 많아 목재로 쓰기에 맞지 않고 작은 가지들도 오글오글하여 쓸모가 없으므로 길가에 있어도 장인匠人이 거들떠보지도 않는다오'"라고 했다. 또한 「인간세」에서 "장석이 제나라로 가다가 곡원에 이르러 신사神社의 상징으로 심은 상수리나무를 보았다. 그 크기는 수천 마리의 소를 가릴 정도였으며, 굵기는 재어보니 백 아름이나 되었고, 높이는 산을 내려다볼 정도였으며, 여든 자쯤 되는 데서 가지가 나와 있었는데 배를 만들 수 있을 정도의 것도 수십 개나 되었다. 옆에서 구경하는 사람이 시장처럼 많았으나 장석은 돌아보지 않더니 마침내 그곳을 떠나면서 발걸음을 멈추지 않았다. (…중략…) 말하기를 "쓸모 없는 나무이다. 이것으로 배를 만들면 가라앉고 널을 짜면 곧 썩을 것

이며, 기물을 만들면 곧 망가지고 문을 만들면 진이 흐를 것이며, 기둥을 만들면 좀이 생길 것이다. 이것은 재목이 되지 못하는 나무이다. 아무 소용도 없기 때문에 이처럼 오래 살 수 있었던 것이다'"라 했다. 안연년의 「곡수」에서 "창업하여 후대에 전하여, 참으로 만대로서 한량限量을 삼았다"라고 했다. 유종원의 「하황태자전」에서 "만대에 근본이 튼튼하다"라고 했는데, 엽葉은 세대이다.

樗櫟, 見上. 顔延年曲水詩序, 固萬葉而爲量也. 柳子厚賀皇太子牋, 萬葉固本. 葉, 世也.

9. 다시 「팔음가」를 지어 조요민에게 주다

八音歌贈晁堯民

金荷酌美酒	금하엽으로 좋은 술을 따르니
夫子莫留殘	선생은 술을 남기지 마시오.
石有補天材	돌은 하늘을 때우는 재료가 되고
虎豹守九關	호랑이, 표범은 천상의 궁문을 지키네.
絲窠將柳花	거미줄에 버들 꽃이 걸렸다가
入戶撲衣冠	문으로 날아들어 의관에 스치네.
竹風搖永日	대에 바람 불어 종일 흔들리니
思與子盤桓	그대와 노닐어 볼까 생각하네.
匏瓜豈無匹	포과성이 어찌 짝이 없으랴
自古同心難	예부터 마음을 함께 하기란 어렵네.
革急而韋緩	급한 성격 고치려 느슨한 가죽을 차니
只在揉化間	다만 마음을 부드럽게 함에 달렸네.
木桃終報汝	복숭아로 그대에게 보답하리니
藥石理予顔	약으로 나의 얼굴을 고쳐주시오.

【주석】

金荷酌美酒 : "이적지는 술잔이 아홉 개가 있었으니, 그중에 만권하와 금초엽이 있었다"라는 말은 『봉원기』에 보인다. 구양수의 「당승휘

공주수흔唐崇徽公主水痕」에서 "쓸쓸한 두 갈래 살쩍은 서리 맞은 풀과 같은데, 찰랑찰랑 가득찬 금권하로다"라고 했다. 산곡이 융주에 있을 때 지은 장단구에서, "함께 금하엽을 기울이네"라고 했으며, 그 서에서 "금하엽으로 손님에게 술잔을 따른다"라고 했다.

李適之有酒器九品, 有幔卷荷金蕉葉, 出逢原記.[37] 歐公詩, 蕭條兩鬢霜後草, 潋艷十分金卷荷. 山谷在戎州作長短句云, 共倒金荷. 其序云, 以金荷葉酊客.

夫子莫留殘 : 유신의 「무미낭舞媚娘」에서 "술을 마시는데 어찌 남길 수 있으랴"라고 했다.

庾信詩, 飲酒那得留殘.

石有補天材 : 『열자』에서 "천지도 또한 사물이다. 사물에 부족한 바가 있기에 옛날에 여와가 오색의 돌을 제련하여 그 구멍 난 곳을 메웠다"라고 했다.

列子, 天地亦物也, 物有不足, 故女媧鍊五色石, 以補其缺.

虎豹守九關 : 『초사・초혼招魂』에서 "호랑이와 표범이 천제天帝의 궁궐 문을 지키면서 아래에서 올라오려는 사람들을 물어 해친다"라고 했다.

---

37 [교감기] '李適之'부터 '逢原記'까지 당나라 풍지(馮贄)의 『운선잡기(雲仙雜記)』 권2의 「주기구품(酒器九品)」에 보인다. '幔'은 원래 '慢'으로 되어 있었으며, '蕉'는 원래 '焦'로 되어 있었는데, 모두 『운선잡기』에 의거하여 고쳤다.

楚詞招魂云, 虎豹九關, 啄害下人些.

絲窠將柳花 : 한유의 「성남연구城南聯句」에서 "거미줄 걷어내도 다시 생겨나네"라고 했다.

退之聯句云, 絲窠掃還成.

入戶撲衣冠 竹風搖永日 思與子盤桓 : 도연명의 「귀거래사」에서 "외로 이 선 소나무 어루만지며 그 주위를 거니네"라고 했다.

歸去來辭, 撫孤松而盤桓.

匏瓜豈無匹 : 『문선』에 실린 조식의 「낙신부」에서 "포과성[38]이 짝 없음을 탄식하고, 견우성이 홀로 처함을 읊조리네"라고 했는데, 주에서 "『사기』에서 '저杵와 구臼 네 성은 위수危宿의 남쪽에 있다. 포과성은 청 흑색의 별이 그 곁을 지키면 물고기와 소금의 값이 오른다. 견우성은 희생을 주관하고 그 북쪽은 직녀성이다'"라고 했다. 완우의 「지욕부」 에서 "포과성이 짝 없음을 마음 아파하고, 직녀성이 홀로 부지런함을 슬퍼하네"라고 했다. 둘 다 "짝이 없다"는 말을 하였는데, 이 말의 의미 를 처음 사용한 것은 무엇인지 자세하지 않다.

洛神賦, 歎匏瓜之無匹, 詠牽牛之獨處. 注云, 史記曰, 四星在危南, 匏瓜, 牽牛爲犧牲, 其北織女. 阮瑀止欲賦曰, 傷匏瓜之無匹, 悲織女之獨勤. 俱有此

---

38 포과성 : 직녀가 던진 베틀과 북이 변하여 별이 되었다고 한다.

言, 然無匹之義, 未詳其始.

自古同心難 : 『주역 · 계사전』에서 "마음을 하나로 한 말은 그 향기가
난초와 같다"라고 했다.

易繫詞, 同心之言, 其臭如蘭.

革急而韋緩 : 『한비자』에서 "섬문표는 자신의 급한 성미를 알아 부드
러운 가죽을 차고 다니면서 스스로 마음을 다스렸다"라고 했는데, 혁革
은 가죽이 딱딱하지 않은 것이다.

韓非子云, 西門豹之性急, 故佩韋以緩己, 革乃皮之未熟者也.

只在揉化間 : '揉'의 음은 '而'와 '九'의 반절법이다. 『고공기』에 보인다.

揉, 而九反. 又音柔, 見考工記.

木桃終報汝 藥石理予顔 : 『시경 · 위풍』에서 "나에게 복숭아를 던져 주
었는데, 보옥으로 보답하였네"라고 했다. ○ 원래 '토土'자 운 한 연이
빠졌었는데, 살펴보니 별본의 '自古同心難' 아래에 한 연에서 "흙은 단
단하여 도의 그릇이 아니니, 요컨대 그대 코끝의 백토를 깎아낼 정도
가 되어야 하네"라고 했으니, 그렇다면 비로소 팔음이 갖춰진다.

衛國風, 投我以木桃, 報之以瓊瑤. ○ 原闕土字韻一聯, 按別本,[39] 自古同

---

39 [교감기] '按'은 원래 '抽'로 되어 있었는데, 지금 전본과 건륭본을 따른다.

心難下一聯云, 土硬非道器, 要君斸鼻端. 始足八音.

10. 사후가 5월 16일 전원을 구경하고 이어서 이언심을 애도한 시에 차운하다【원주에서 "지난해 5월 13일 언심과 함께 서교에서 노닐었다"라고 했다】

次韻師厚五月十六日視田 悼李彦深【元註云, 去年五月十三日,[40] 與之遊西郊】

南雁傳尺素	남쪽 기러기가 편지를 전해주러
飛來臥龍城	와룡성으로 날아왔네.
頗知高臥久	자못 알겠네, 오랫동안 포의로 지내다가
忽作田野行	문득 들판으로 여행 떠난 것을.
湛湛陂水滿	출렁이는 호수의 물은 가득하고
欣欣原草榮	생기 넘치는 들판의 풀은 무성하네.
日華麗山川	햇빛에 산천은 아름답고
秀色奪目精	아름다운 경치는 눈빛을 앗아가네.
對酒不滿懷	술을 대하니 회포가 풀리고
攬物有餘淸	나무를 잡으니 비 갠 청량함이 있네.
念昔讀書客	생각건대, 옛날엔 책 읽는 객이었는데
遠人遺世情	사람 멀리하여 세상일 잊어버렸네.
南畝道觀餉	남쪽 밭둑길에서 밥 내오는 것 보고
西郊留勸耕	서쪽 교외에 나가 밭 가는 것 권하네.
共遊如昨日	함께 노닌 것이 어제 같은데

40　[교감기] 고본과 전본, 그리고 건륭본에는 '去年' 앞에 '彦深' 두 글자가 있다.

笑語絶平生	웃고 말하는 것 평생 끊겼네.
此事今已矣[41]	이 일 지금은 끝나버렸으니
賓筵無老成[42]	손님 잔치에 노성한 이 없구나.
猶倚謝安石	오히려 사안석에 의지하고 있으니
深心撫嫠惸	깊은 마음으로 과부를 어루만져주네.[43]

【주석】

南雁傳尺素 : 『문선·고시』에서 "손이 멀리서 와서 나에게 두 마리 잉어를 주네. 아이 불러 잉어를 삶게 하니, 뱃속에 한 자의 흰 편지가 있네. 무릎을 꿇고 흰 편지를 읽으니, 편지의 내용이 어떠한가. 먼저 오랫동안 그리웠다고 말하고, 다음으로 오래 이별하였다고 말하네"라고 했다.

尺素見上.

飛來臥龍城 : 와룡주는 응당 남양에 있다. 사사후는 남양 사람으로, 남양은 지금의 등주이다. 언심도 남양 사람으로 같은 마을 출신이다.

---

41 [교감기] '此事'는 고본과 전본, 그리고 건륭본에는 '此土'로 되어 있다.

42 [교감기] '無老成'은 영원본과 고본에는 '老無成'으로 되어 있다. 고본의 원교에서 "달리 '無老成'으로 된 본도 있다"라고 했다.

43 사안석에 (…중략…) 어루만져주네 : 안석은 사안(謝安)의 자(字)이다. 그의 조카는 사도온(謝道韞)으로 그녀는 왕응지(王凝之)에게 시집갔다. 왕응지는 손은(孫恩)에게 죽음을 당하여 과부가 되었다. 아마도 사사후의 조카딸의 남편, 즉 이언심이 죽은 것 같아 이렇게 말한 것으로 보인다.

이에 와룡주가 남양에 있음을 알 수 있다.

臥龍洲, 當在南陽, 謝師厚, 南陽人, 今鄧州也. 彦深, 亦南陽人, 同鄉里. 可見臥龍洲之爲南陽也.

頗知高臥久 忽作田野行 湛湛陂水滿 欣欣原草榮 : 도연명의 「귀거래사」 에서 "물오른 나무들은 무성하게 자라고, 샘물은 졸졸 끊임없이 솟아 서 흘러간다"라고 했다.

歸去來辭, 木欣欣以向榮, 泉涓涓而始流.

日華麗山川 : 두보의 「절구絕句」에서 "더딘 해에 강산은 곱고"라고 했다.

杜詩, 遲日江山麗.

秀色奪目精 : 송옥의 「고당부」에서 "검은 나무 겨울에도 꽃이 피어 환하게 빛나서 사람의 눈빛을 빼앗네"라고 했다. 송옥의 「신녀부」에서 "자세히 보면 사람의 눈빛을 빼앗아가네"라고 했다.

高唐賦, 煌煌熒熒, 奪人目精. 神女賦, 詳而視之, 奪人目精.

對酒不滿懷 攬物有餘淸 : 『문선』에 실린 육기의 「의명월하교교擬明月何 皎皎」에서 "북당 아래에서 편히 잠을 자니, 밝은 달이 창문으로 들어오 네. 비추던 빛은 남아 환하지만, 움켜쥐려 하여도 손에 잡히지 않네"라 고 했다. 『문선』에 실린 사령운의 「유남정遊南亭」에서 "빽빽한 숲은 비

온 뒤의 청량함을 머금었네"라고 했다.

文選陸士衡詩, 安寢北堂上, 明月入我牖. 照之有餘暉, 攬之不盈手. 謝靈運詩, 密林含餘清.

念昔讀書客 遠人遺世情 南畝道觀餉 西郊留勸耕 共遊如昨日 笑語絶平生 此事今已矣 賓筵無老成 : 『시경·소아』에서 "손님이 처음 자리에 나갈 때는, 좌우가 질서 정연하거늘"이라고 했다. 한유의 「제배태상문祭裵太常文」에서 "한 섬의 저축한 식량도 항상 자신에게는 쓰지 않고, 사방 한 길의 음식을 손님 잔치에 성대하게 차렸다"라고 했다.

詩, 賓之初筵, 左右秩秩. 退之祭文, 飯石之儲, 常空於私室. 方丈之食, 每盛於賓筵.

猶倚謝安石 深心撫嫠惸 : 안석 사인謝安으로 사후를 비유하였다. 리嫠는 남편이 없는 사람이다. 『좌전』에서 "과부가 자신이 짜는 길쌈은 걱정하지 않고 주나라 망할까 걱정한다"라고 했으며, 또한 "과부가 어찌 해가 되리오. 죽은 남편이 액운을 지고 갔다"라고 했으며, 또한 "그녀는 과부가 되었다"라고 했다. 『운서』에서 "경惸은 근심하다"라고 했다.

以安石比師厚. 嫠, 謂無夫也. 左傳, 嫠不恤其緯, 嫠也何害. 已爲嫠婦. 韻書, 惸, 憂也.

11. 조보지와 요정일이 주고 답한 시에 차운하다

次韻晁補之廖正一贈答詩

살펴보건대 『조무구집』에서 "과거에 급제하고 동쪽으로 돌아가 장차 부임할 때 시를 지어 이성계에게 보내면서 놀렸다"라고 했다. 또한 "다시 앞의 시의 운자를 써서 명략에게 답하고 아울러 노직에게 보냈다"라고 했다. 살펴보건대 『등과기』에서 "기미년 원풍 2년에 조보지와 요정일이 함께 과거에 합격하였다. 조는 자가 무구이고 요는 자가 명략이다"라고 했다. 『무구집』에는 또한 건제체[44]의 시인 「답노직교수」가 있는데, 당시 산곡은 북경에 교수로 있었다.

按晁无咎集云, 及第東歸, 將赴, 調寄李成季. 又云, 復用前韻答明略, 并呈魯直. 按登科記, 己未元豊二年, 晁補之廖正一同榜. 晁字無咎, 廖字明略. 无咎集中, 又有建除體詩答魯直教授, 時教授北京也.

---

44 건제체 : 남조(南朝) 송(宋)나라의 시인 포조(鮑照)가 제창한 시체의 하나이다. 옛날에 술수가(術數家)들이 천문(天文)의 십이진(十二辰) 즉 자(子), 축(丑), 인(寅), 묘(卯), 진(辰), 사(巳), 오(午), 미(未), 신(申), 유(酉), 술(戌), 해(亥)를 인사상(人事上)의 건(建), 제(除), 만(滿), 평(平), 정(定), 집(執), 파(破), 위(危), 성(成), 수(收), 개(開), 폐(閉)에 나누어 상징하여, 즉 인(寅)은 건(建)에, 묘(卯)는 제(除)에, 진(辰)은 만(滿)에, 사(巳)는 평(平)에, 오(午)는 정(定)에, 미(未)는 집(執)에, 신(申)은 파(破)에, 유(酉)는 위(危)에, 술(戌)은 성(成)에, 해(亥)는 수(收)에 각각 해당시켜 천상(天象)을 가지고 인사(人事)의 길흉화복(吉凶禍福)을 점쳤던 데서, 포조가 일찍이 24구의 건제시를 지으면서 첫 구절의 첫 글자에 건, 제 등의 글자를 차례로 놓았던 데서 온 말이다. 예를 들면 "建旗出燉煌 西討屬國羌 除去徒與騎 戰車羅萬箱 滿山又塡谷 投鞍合營牆 平原亘千里 旗鼓轉相望"이다.

晁子抱材耕谷口	조자는 재주를 가지고 곡구에서 농사짓는데
世有高賢踐台斗	세상의 높은 현인은 재상에 오르네.
頃隨計吏西入關	이전에 상계리를 따라
	서쪽으로 동관에 들어오니
關夫數日傳車還	관문 관리가 날을 꼽으며
	수레가 돌아오기 기다렸네.
封侯半屬妄校尉	자신의 교위 가운데 반절은
	제후로 봉해졌는데
射虎猛將猶行間	호랑이라고 쏜 맹장은
	여전히 대오 가운데 있네.
無因自致靑雲上	청운 위로 스스로 올라갈 연줄이 없지만
浪說諸公見嗟賞	제공들이 감탄하였다고 부질없이 말하네.
驥伏鹽車不稱情	천리마는 소금 수레를 끌어
	실정에 맞지 않는데
輕裘肥馬凰鳳城	봉황성에는 가벼운 갓옷과
	살진 말로 가득하네.
歸來作詩謝同列	돌아가며 시를 지어 동료들에게 주니
句與桃李爭春榮	구절은 도리와 봄날 꽃의 화려함을 다투네.
十年山林廖居士	산림에서 십 년 지낸 요거사는
今隨詔書稱擧子	지금 조서를 따르니 거자라고 칭하네.
文章宏麗學西京	문장은 굉려하여 서경을 배우고

新有詩聲似侯喜	시의 명성은 후희신과 비슷하네.
君不見古來良爲知音難	그대는 보지 못하였나,
	예부터 참으로 지음은 어려우니
絶玄不爲時人彈	거문고 줄을 끊어
	당대 사람을 위해 연주하지 않는 것을.
已喜瓊枝在我側	아름다운 꽃가지 내 옆에 있어 이미 기쁜데
更恨桂樹無由攀	계수나무 올라갈 수 없어 더욱 아쉽네.
千里風期初不隔	천리의 소식은 애초부터 끊어지지 않았지만
獨憐形迹滯河山	다만 자취가 산하에 막힌 것이 안타깝네.

【주석】

晁子抱材耕谷口 : 양웅의 『법언』에서 "곡구의 정자진이 암석 아래에서 밭을 갈았지만 이름은 장안에 떨쳤다"라고 했다.

見上.

世有高賢踐台斗 : 두보의 「송중표질왕례送重表侄王砅」에서 "정관 초에 이르러, 상서가 재상의 자리에 올랐네"라고 했다.

杜詩, 及乎貞觀初, 尚書踐台斗.

頉隨計吏西入關 : 『한서·주매신전』에서 "주매신이 군현의 회계 장부를 관리하는 상계리를 따르는 병졸이 되어 옷과 음식을 싣는 중거를

인솔하고서 장안에 이르렀다"라고 했다.

漢朱買臣傳, 買臣隨上計吏爲卒, 將重車至長安.[45]

關夫數日傳車還 : 『한서・종군전』에서 "처음에 종군이 박사博士의 제
자로 선발되어 제남에서 장안으로 가기 위해 동관潼關을 걸어서 들어갔
다. 관문을 지키는 관리가 종군에게 명주 조각을 주면서 "돌아올 적에
부신으로 삼으라"고 하였다. 그러자 종군이 "대장부가 서쪽으로 장안
에 들어가면서는 다시 돌아와 부신을 맞춰 보는 일은 없을 것이다"'라
고 했다. 한유의 「억작행憶昨行」에서 "손가락으로 날을 헤아리면서 어
린 아이를 그리네"라고 했는데, '수일數日'이란 글자는 본래 『좌전』의
"나가서는 며칠 만에 돌아오니"라는 말에서 나왔다.

漢終軍傳, 初, 軍從濟南, 當詣博士,[46] 步入關, 關吏予軍繻. 曰, 爲復傳. 軍
曰, 大丈夫西遊, 終不復傳還. 退之詩, 屈指數日憐嬰孩. 字本出左傳行則數日
而反.

封侯半屬妄校尉 射虎猛將猶行間 : 『한서・이광전』에서 "이광이 점성
가인 왕삭과 이야기를 하면서 "한나라가 흉노를 정벌하기 시작한 이후
로 나는 그 중심에 있지 않은 적이 없었습니다. 그러나 나의 부하로 교

45　[교감기] '漢朱買臣傳'에서 원래 편명인 '朱買臣傳'이 빠져 있었는데, 지금 『한
　　서』에 의거하여 보충하였다.
46　[교감기] '詣'는 원래 '請'으로 되어 있었다. 『한서』의 원문에는 '詣'로 되어 있으
　　며, 전본과 건륭본에도 '詣'로 되어 있기에 지금 그에 의거하여 고친다.

위 이하 가운데 그 재능이 중간에도 미치지 못하지만 전투 중에 세운 공으로 제후가 된 자가 수십 명이 되는데, 나는 끝내 봉읍을 받을 조그마한 공훈도 없습니다. 어째서 그런 것입니까'"라고 했다. 또한 "이광이 사냥을 나갔는데 풀숲의 바위를 보고서 호랑이라 여겨 활을 쏘았다. 화살은 바위에 뚫고 들어갔는데, 가서 보니 바위였다"라고 했다. 두보의 「증사공왕사례」에서 "군중에서 아직 재주 드러내기 전에, 견융이 크게 날뛰었네"라고 했다. '행간行間'이란 글자는 본래 『한서·오왕비전』에서 나왔으니, 즉 "여러 빈객들은 모두 장수, 교위, 행간후, 사마 등이 되었다"라고 했다. 이에 대해 안사고는 "대오 사이에 있으면서 혹은 상황을 살피기도 하고 혹은 참모를 맡기도 한다"라고 했다. 『한서·오왕비전』에서 또한 "주구란 자가 왕에게 유세하기를 "신이 무능하여 대오 사이에서 직무를 맡지 못하였습니다'"라고 했다.

李廣傳, 廣與王朔語曰, 自漢擊匈奴, 廣未嘗不在其中, 而妄校尉以下, 材能不及中, 以軍功取侯者數十人. 廣不爲後人, 然終無尺寸功以得封邑, 何也. 廣出獵, 見草中石, 以爲虎而射之, 中石没矢, 視之石也. 老杜贈司工王思禮云, 未甚拔行間, 犬戎大充斥. 字本出漢吳王濞傳, 諸賓客皆得爲將校尉行間侯司馬. 師古曰, 在行伍間, 或爲侯或爲司馬也. 濞傳, 又曰, 周丘者說王曰,[47] 臣以無能, 不得待罪行間.

---

47 [교감기] '周丘'는 원래 '周立'으로 되어 있었는데, 『한서·오왕유비전』에 의거하여 바로잡았다.

無因自致靑雲上 : 『사기·범수전』에서 "수가가 말하기를 "그대범숙가 스스로 청운 위에 오를 것을 생각지도 못하였습니다""라고 했다. 사령운의 「억구원憶舊園」에서 "청운 위에 몸을 맡기고서"라고 했다.

史記范雎傳, 須賈曰, 不意君能自致於靑雲之上. 謝靈運詩, 託身靑雲上.

浪說諸公見嗟賞 : 문잠 장뢰張耒가 지은 조무구의 묘지墓誌에서 "나이 13살에 왕안국을 상주의 학관에서 뵈었다. 안국은 명성을 천하에 떨쳤는데, 한 번 공을 보자 대단히 기특하게 여겼다. 공이 항주의 신성에 조부를 따라갔다가 「칠술」을 지었다. 지금 단명전학사 소식 공이 항주의 통판으로 있는데, 그의 「칠술」을 읽고 탄식하면서 "나는 이제 붓을 꺾겠다"라고 하고 자신의 무구의 명성에 미치지 못한다고 하였다. 이로 말미암아 그의 명성은 더욱 높아졌다"라고 했다.

張文潛誌无咎之墓云, 年十三, 從王安國於常州學官. 安國名重天下, 一見公, 大奇之. 公從皇考於杭之新城, 作七述. 今端明蘇公軾通判杭州, 讀之嘆曰, 吾可以閣筆矣. 延譽, 公如不及, 由此名籍甚.

驥伏鹽車不稱情 : 가의의 「조굴원부」에서 "준마가 뒤 귀를 떨어뜨리고 소금 수레를 끄네"라고 했다.

賈誼弔屈原賦曰, 驥垂兩耳, 服鹽車兮.

輕裘肥馬凰鳳城 : 『논어』에서 "공서적은 제나라로 갈 때에 살진 말을

타고, 가벼운 갖옷을 입었다. 나는 들으니, 군자는 궁박한 사람을 구해 주는 것이요, 여유가 있는 사람을 더 도와주지는 않는다고 하였다"라고 했다. 봉황성은 변경을 가리킨다. 두보의 「송담이판관」에서 "머리 샌 날에 그대를 전송하니, 단봉성을 길이 그리워하리라"라고 했는데, 조언재의 주에서 "장안의 황제의 성을 가리킨 것이다"라고 했다. 몽득 유우석의 시에서 "남산에 장맛비가 개니, 봄이 봉황성으로 들어오네"라고 했는데, 이는 장안을 가리킨다. 건중정국 초기에 진무기는 관에 있으면서 「화사공정우행봉매화」를 지었는데, 그 시에서 "봄이 봉황성으로 들어옴을 알겠네"라고 했으니, 황제의 성을 가리키는 것을 알 수 있다. 대개 두 사람이 바야흐로 과거에 합격하여 고향으로 돌아가려고 하였다. 임안에 비록 봉황산이 있어서 청헌 조변趙抃이 「항주팔영杭州八詠」에서 "늙어 다시 봉황성을 지키네"라고 하였지만, 그러나 이 구에서 말하는 내용과는 거리가 멀다. 『전집』에 실린 시에서도 장안을 빌려서 변경을 말하였다.

裘馬見論語. 鳳凰城, 謂汴京也. 杜甫送覃二判官, 餞爾白頭日, 永懷丹鳳城. 趙彦材注, 指言長安帝城也. 劉夢得詩, 南山宿雨晴, 春入鳳凰城. 此言長安也. 建中靖國初, 陳無己在舘中, 和謝公定雨行逢賣花云, 得知春入鳳凰城. 可見指帝城矣. 盖兩人方賜第歸來也. 臨安雖有鳳凰山, 趙淸獻詩云, 老來重守鳳凰城. 然與此不相涉. 前集詩亦借長安以言汴京.

歸來作詩謝同列 句與桃李爭春榮 : 후한 양수의 편지에서 "봄날 꽃처럼

빛난다"라고 했다. 조식의 「여오계중서與吳季重書」에서 "봄날 꽃처럼 빛 나고, 맑은 바람처럼 온화하다"라고 했다.

後漢楊修書, 華若春榮. 曹子建書, 燁若春榮, 穆若清風.

十年山林廖居士 今隨詔書稱擧子 文章宏麗學西京 新有詩聲似侯喜 : 한유 의 「석정연구」의 서문에서 "교서랑 후희신이 시를 잘 짓는다는 명성이 있었다"라고 했다.

退之石鼎聯句序云, 侯喜新有能詩聲.

君不見古來良爲知音難 絶玄不爲時人彈 : 『후한서·경단전』에서 "어찌 두 군에서 참으로 나를 위해 이렇게 올 줄을 생각이나 하였겠소"라고 했는데, '양위良爲'라는 말은 여기서 따왔다. 『여씨춘추』에서 "종자기 가 죽자 백아는 거문고 줄을 끊어버렸으니, 세상에 자신의 음을 알아 주는 이가 없기 때문이다"라고 했다.

後漢景丹傳, 何意二郡良爲我來. 此摘其字. 絶絃, 見上.

已喜瓊枝在我側 : 『이소』에서 "아름다운 꽃가지 꺾어 패물로 삼았네" 라고 했다. 『진서·위개전』에서 "주옥이 곁에 있으니 내 모습이 너무 때묻은 것 느끼네"라고 했다.

楚詞, 折瓊枝以繼佩. 晉衛玠傳, 珠玉在側, 覺我形穢.

更恨桂樹無由攀 : 회남소산 유안劉安의 「초은사招隱土」에서 "암벽 그윽한 곳에 계수나무 군락 지어 자라는데, 휘어지고 얽어서 가지가 서로 엉켰네"라고 했으며, 또한 "또한 "계수나무 가지 부여잡고 애로라지 오래 머무르네"라고 했다.

淮南小山云, 桂樹叢生兮山之幽, 偃蹇連蜷兮枝相繞, 攀援桂枝兮聊淹留.

千里風期初不隔 : 낙빈왕의 「여정장군서與程將軍書」에서 "관원의 임무에 얽매어 소식을 보내기가 어렵다"라고 했다. 두보의 「추일기부秋日夔府」에서 "바람은 끝끝내 파도를 잠재우길 바라고"라고 했다.

駱賓王書, 官守牽纏, 風期有限. 杜詩, 風期終破浪.

獨憐形迹滯河山 : 도잠의 「답방참군答龐參軍」에서 "정은 만 리 너머로 통하지만, 자취는 강산에 막혀 있네"라고 했다.

陶潛詩, 情通萬里外, 形迹滯江山.

12. 앞의 시에 다시 차운하여 요명략에게 올리다

再次韻呈廖明略

吾觀三江五湖口	내가 보건대 삼강과 오호의 입구는
湯湯誰能議升斗	넘실대니 누가 얕은 물이라고 하리오.
物誠有之士則然	사물도 참으로 이러하니
	선비도 또한 그러한데
晚得廖子喜往還	만년에 요자를 만나 즐겁게 오고가네.
學如雲夢吞八九子	학문은 운몽택을 여덟, 아홉 개는
	삼킨 듯 넓고
文若壯士開黃間	문장은 쇠뇌를 당기는 장사처럼 기운차네.
十年呻吟江湖上	강호에서 십 년 동안 공부하며
靑楓白鷗付心賞	푸른 단풍, 흰 갈매기 완상하였네.
未減北郭漢先生	한나라 북곽 선생에 뒤지지 않으니
五府交書不到城	다섯 관청의 문서가 성에 이르지 않았네.
相者擧肥驥空老	관상쟁이 살진 말만 가리니
	준마는 부질없이 늙어가고
山中無人桂自榮	산중에 사람 없어 계수나무 홀로 꽃을 피우네.
君旣不能如鍾世美	그대 이미 종세미처럼
甌函上書動天子	상자에 소장 올려 천자를 감동시키지 못하네.
且向華陰郡下作參軍	또한 화음군에서 참군이 되니

要令公怒令公喜	모름지기 공을 노하게 만들거나
	기쁘게 만들기도 하네.
君不見晁家樂府可管絃	그대는 보지 못하였나,
	조가의 악부는 연주할 만한데
惜無傾城爲一彈	애석하게도 한 번 연주할 만한 미녀가 없네.
從軍補椽百僚底	종군하여 참군參軍에 보임되니
	많은 관료의 아래인데
九關虎豹何由攀	하늘의 관문은 호표가 지키니 어찌 올라가랴.
男兒身健事未定	남아의 몸이 건강하다면 일은
	아직 결정되지 않았으니
且莫著書藏名山	장차 책을 지어 명산에 보관되어질 것이네.

【주석】

吾觀三江五湖口 : 『주례·직방씨』에서 "양주에 시내로는 세 강이 있고, 담수호로는 다섯 호수가 있다"라고 했다. 곽박의 「강부」의 주에서 "장강은 오호로 흘러 들어가서 삼강으로 흘러나온다"라고 했다.

周禮職方氏, 揚州其川三江, 其浸五湖. 江賦注, 江水注入五湖, 灌于三江.

湯湯誰能議升斗 : 『시경·요전』에서 "넘실넘실 홍수가 바야흐로 터졌다"라고 했다. 『장자·외물』에서 "붕어가 대답하기를 "그대가 약간의 물로도 나를 살릴 수 있을 거요""라고 했다.

堯典, 湯湯洪水方割. 莊子外物篇, 鮒魚對曰, 君豈有升斗之水而活我哉.

物誠有之士則然 : 사마상여의 「간렵서」에서 "사람도 참으로 이러한 자가 있는데, 금수도 또한 그러할 것입니다"라고 했다.

司馬相如諫獵書曰, 人誠有之, 獸亦宜然.

晚得廖子喜往還 學如雲夢吞八九子 : 사마상여의 「자허부」에서 "운몽[48] 과 같은 것 여덟 개나 아홉 개쯤 삼켜도, 그 가슴속에서는 결코 겨자씨 만큼도 걸릴 것이 없습니다"라고 했다.

子虛賦, 吞若雲夢者八九.

文若壯士開黃間 : 『한서·이광전』에서 "스스로 대황으로 그 비장을 쏘았다"라고 했는데, 주에서 "황黃은 견노肩弩[49]이다. 황견은 황간이다. 대황은 견노 중에 큰 것이다"라고 했다.

李廣傳, 自以大黃射其裨將. 注, 黃, 肩弩也, 黃肩, 卽黃間, 大黃, 其大者也.

十年呻吟江湖上 : 『장자·잡편·열어구』에서 "정나라 완이 구씨라는 지역에서 열심히 책을 읽어 삼년이 지나 선비가 되었다"라고 했다.

莊子雜篇列御冠, 鄭人緩也, 呻吟裘氏之地.

---

48 운몽 : 초(楚)나라 대택(大澤)의 이름으로 사방이 9백 리나 된다고 한다.
49 견노 : 연달아 세 발을 쏘는 활이다.

산곡외시집주(山谷外集詩注)

靑楓白鷗付心賞:『문선』에 실린 포조의 「백두음白頭吟」에서 "진심어린 사랑도 채 믿기 어렵네"라고 했다. 현휘 사조의 「경로야발京路夜發」에서 "사람 그리움에 완상하는 마음도 사라지네"라고 했다.

選詩, 心賞猶難恃. 又云, 懷人去心賞.

未減北郭漢先生 五府交書不到城 : 원주에서 "한나라 여남의 요부이다"라고 했다. 살펴보건대『후한서·요부전』에서 "주군의 공부에서 그를 불렀지만 모두 응하지 않았다. 당시 사람들이 북곽선생이라 불렀다"라고 했다.

元註云, 漢汝南廖扶. 按本傳, 州郡公府辟召, 皆不應. 時人號爲北郭先生.

相者擧肥驥空老 : 송옥의 「구변」에서 "오늘날 말을 가려내는 자는 살진 말을 고른다"라고 했다. 『사기·골계전』에서 "말을 살핌은 비쩍 마른 데서 놓치게 되고 선비를 알아봄은 가난함에서 놓친다"라고 했다.

宋玉九辨云, 今之相者兮擧肥. 史記滑稽傳, 諺曰相馬失之瘦, 相士失之貧.

山中無人桂自榮 :『초사』에서 "아름답도다, 계수나무의 겨울에 핀 꽃이여"라고 했다. 회남왕 유안의 「초은부」에서 "암벽 그윽한 곳에 계수나무 군락 지어 자라는데"라고 했다.

楚辭, 麗桂樹之冬榮. 淮南王招隱詞, 桂樹叢兮山之幽.

君既不能如鍾世美 甌函上書動天子 : 살펴보건대『실록』에서 "원풍 원년 11월 을유일에 태학생 종세미가 시교서랑이 되었다. 육주군사추관 태학정이 종세미가 내사생으로 소장을 올렸는데 임금의 뜻에 맞았기 때문에 임명한 것이다"라고 했다. 또 살펴보건대『속통감장편』에서 "어떤 이가 종세미의 글을 인쇄하여 판매하였다. 주상이 세미가 논한 것에 비답을 내렸는데, 그 안에는 경제와 오랑캐 등에 대한 것은 널리 전파되면 좋지 않은 것이 있었기에 개봉부로 하여금 판매를 금지시키게 하였다"라고 했다. 또 살펴보건대『구조통략』에서 "원풍 2년이다. 이전에 태학생 선성의 종세미가 벽옹도를 올리려고 하였다. 마침 잠시 집에 다녀오게 되었는데, 이윽고 돌아와 보니 신학이 이미 완성되었다. 이에 다시 소장을 올려 학교에 대해 논하였다"라고 했다. 또한 "이전에 이부二府의 대신이 그의 정사를 살펴보니, 그 덕이 매우 높으며 도덕이 후학의 사표가 될 만하였다. 그 누가 제거, 태학과 같겠는가. 지금 이에 그를 임명하였다. 그가 산림에 은거하여 기용되지 않으니 참으로 애석하다"라고 했다. 세미가 말한 대신은 왕안석을 가리킨다. 그 후에 세미를 발탁하여 중서습학공사로 삼았다. 또한 살펴보건대『당사시말』에서 "건중정국 원년1101 9월 을미일에 중서성에 조서를 내려 바로 앞 시기 원부 3년1101에 소장을 올린 신료의 성명을 자세히 갖춰 올리라고 하였는데, 상중하 세 등급 가운데 최상 등급의 정상正上에 여섯 명이 뽑았다. 종세미가 그 중에서도 첫 번째를 차지하였다"라고 했다. 또한 경자일에 중서성에서 원부 3년 선덕랑제거 복건로상평 종세

미의 응조상서를 검사하고서 "마땅히 희녕과 원풍 연간의 소성철종의 정사를 회복하여 천재지변을 없애야 하니, 종세미에게 간의대부를 추증할 수 있으며 그의 아들에게는 교사재랑을 하사할 수 있습니다"라고 했다. "종세미를 어찌 말할 만한가"라고 한 산곡의 시는 장난삼아 한 말이니, 참으로 한 번 웃을 만하다. 그러나 당시 권력을 잡은 자들이 사람을 등용하고 내쫓는 것은 실로 나라의 흥망과 연관되니 기록하지 않을 수 없다. 여러 책에서 기록한 내용은 시말이 모두 자세하지 않으니 그러므로 여기에 자세히 열거한다. 살펴보건대 당 측천무후 수공 3년 3월에 구리를 주조하여 상자를 만들어 묘당에 두게 하고서 천하에서 올린 소장을 받아 두었다. 한유의 「증당구贈唐衢」에서 "상자를 아침에 내어놓아 백성의 옳은 말을 받아들였네"라고 했다.

按實錄, 元豊元年十一月乙酉, 太學生鍾世美爲試校書郎. 陸州軍事推官太學正, 以內舍生上書稱旨故也. 又按續通鑑長編云, 或刻世美書印賣, 上批世美所論, 有經制四夷等事, 傳播非便, 令開封府禁之. 又按九朝通畧云, 元豊二年, 先是太學生宣城鍾世美, 欲上辟雍圖. 會得假歸寧, 旣還, 而新學已成. 因再上書論學校云云. 又言, 前二府大臣, 見於政事, 其德彌邵而道義足爲後學之師者. 孰若以提擧太學, 今乃使之. 退託於山林無用之地, 良爲可惜. 世美所謂大臣, 盖指王安石也. 其後擢世美爲中書習學公事. 又按黨事始末云, 建中靖國元年九月乙未, 詔中書省開具元符三年臣僚姓名, 正上六人, 鍾世美爲首. 又云, 庚子, 中書省檢會元符三年宣德郎提擧福建路常平鍾世美, 應詔上書, 言當復熙寧元豊紹聖政事, 以銷天變, 可贈諫議大夫, 與一子郊社齋郎. 鍾世美何足言, 山谷詩, 蓋戲語也. 正堪一笑耳. 而當時用事者之所升黜, 實係國之興替, 不可不記也. 群書所記始末皆不詳, 故具列於此. 按唐武后垂拱三年三月, 鑄銅爲甌, 置之朝堂, 以受天下表疏. 退之詩, 甌函朝出開明光.

且向華陰郡下作參軍 要令公怒令公喜 : 『진서·치초전』에서 "환온이 치초를 불러 연掾, 참군으로 삼았다. 당시에 왕순은 환온의 주부로 있었는데, 모두 환온이 소중하게 여겼다. 이에 부중에서 "수염 많은 참군, 키 작은 주부, 공을 기쁘게도 하고 화내게도 한다네"라 하였는데, 치초는 수염이 많고 왕순이 키가 작았기 때문이다"라고 했다.

晉郗超傳, 桓溫辟爲掾, 時王珣爲溫主簿, 皆爲溫所重. 府中語曰, 髥參軍, 短主簿, 能令公喜, 能令公怒. 超髥珣短故也.

君不見晁家樂府可管絃 : 『전집·증고자면贈高子勉』에서 "조자의 아정한 노래는 묘당에서 최고네"라고 했는데, 자주에서 "무구의 악부는 지금 제일이다"라고 했다.

前集詩云, 晁子廟中雅歌, 自注云, 无咎樂府, 於今第一.

惜無傾城爲一彈 : 『한서·이부인전』에서 "이연년이 노래를 부르기를 "북방에 미녀가 있는데, 절세가인으로 둘도 없네. 한 번 웃으면 온 성이 기울고, 두 번 웃으면 온 나라가 기울어지네""라고 했다.

漢李夫人傳, 歌曰, 北方有佳人, 絕世而獨立. 一顧傾人城, 再顧傾人國.

從軍補椽百僚底 : 두보의 「기적명부박제寄狄明府博濟」에서 "재주가 있으나 운명이 기박하여 백관의 아래에 있네"라고 했다.

老杜詩, 有材無命百僚底.

九關虎豹何由攀 : 『초사·초혼招魂』에서 "호랑이와 표범이 천제天帝의 궁궐 문을 지키면서 아래에서 올라오려는 사람들을 물어 해친다"라고 했다.

見上.

男兒身健事未定 且莫著書藏名山 : 두보의 「송고서기送高書記」에서 "대장부 공명을 이루는 건, 나이 들었을 때지요"라고 했다. 또한 「군부견간소혜君不見簡蘇傒」에서 "장부의 일은 관 두껑 덮어야 결정되는데"라고 했다. 백거이의 「동우인심간화同友人尋澗花」에서 "장차 내년이 오면, 몸이 건강할지 모르겠네"라고 했다. 사마천의 「보임안서報任安書」에서 "이 책을 명산에 감추었다가 전할 만한 사람에게 전해주시오"라고 했다.

杜詩, 男兒功名遂, 亦在老大時. 又云, 丈夫蓋棺事始定. 白樂天詩, 且到來歲期, 不知身健否. 司馬遷書云, 著書藏之名山, 傳之其人.

13. 명략에게 급히 답하는데 마침 요민이 오기에 명략을 만나 보기로 약속하였다. 그러므로 작품 말미에 언급하였다

走答明略適堯民來相約奉謁故篇末及之

君不見生不願爲牛後	그대는 보지 못하였나,
	살아서 소의 꼬리가 되기보다는
寧爲雞口	차라리 닭의 주둥이가 되라는 것을.
吾聞向來得道人	내 들으니, 이전부터 도를 깨우친 사람은
終古不忒如維斗	북두성처럼 항상 어긋나지 않는다네.
希價咸陽諸少年	함양에서 값을 구하는 많은 소년들은
可推令往挽令還	밀쳐서 가게하고 당겨서 오게 할 수 있네.
俗學風波能自拔	속학의 물결에서 능히 벗어나니
我識廖侯眉宇間	나는 요후의 얼굴 보고 어떤 사람인지 알았네.
省庭無人與爭長	중서성에서 재주를 다툴 사람 없는데
主司得之如受賞	책임관이 얻었으니 상을 받을 것일세.
東家一笑市盡傾	동쪽 집 미녀 한 번 웃으면
	온 저자가 바라보는데
略無下蔡與陽城	명략은 하채와 양성처럼 미혹되지 않네.
生珠之水砂礫潤	구슬이 나오는 강물은 모래가 빛이 나고
生玉之山草木榮	옥이 나오는 산은 초목이 아름답네.
觀君詞章亦如此	그대의 문장을 보면 또한 이와 같으며

諒知躬行有如子	참으로 몸소 행함이 그대에게 있음을 알겠네.
更約探囊閱舊文	주머니를 더듬어 옛날 문장을 보내준다 약속하니
蛛絲燈花助我喜	거미줄과 등불의 불똥처럼 나의 기쁨을 돕는구나.
賢樂堂前竹影斑	현락당 앞에 대나무 그림자는 얼룩덜룩한데
好鳥自語莫令彈[50]	어여쁜 새가 지저귀니 탄환 쏘지 말라.
北鄰著作相勞苦	북쪽 이웃의 저작랑과 서로 고생하는데
整駕謁子邀同攀	멍에 갖춰서 그대 찾아갈 때 함께 가려네.
應煩下榻煮茶藥	걸상 내려서 차와 약을 끓이느라 번거롭겠지만
坐待月輪銜屋山	지붕 위로 떠오르는 둥근 달을 기다려 보려네.

【주석】

君不見生不願爲牛後 寧爲雞口 : 『전국책』에서 "소진이 한왕에게 유세하기를 "속세의 말에 "차라리 닭의 입이 될지언정 소의 꼬리는 되지 말라"는 말이 있습니다. 지금 서쪽으로 두 팔을 모으고 진을 섬긴다면 어찌 소꼬리와 다르겠습니까""라고 했다.

戰國策, 蘇秦說韓王云, 鄙語曰, 寧爲雞口, 不爲牛後. 今西面交臂而事秦, 何異於牛後乎.

---

50 [교감기] '令彈'은 고본에는 '吟蟬'으로 되어 있다.

吾聞向來得道人 終古不忒如維斗 :『주례·고공기』에서 "바퀴가 너무 낮으면 말에게는 항상 비탈을 오르는 것 같다"라고 했는데, 주에서 "종고終古는 항상이라는 뜻과 같다"라고 했다.『장자』에서 "북두성이 도를 얻어서 영원히 어긋나지 않는다"라고 했다.

考工記云, 則於馬終古登阤也. 注云, 終古, 猶言常也. 莊子云, 維斗得之, 終古不忒.

希價咸陽諸少年 :『사기·여불위전』에서 "여불위가『여씨춘추』를 지어 함양의 저자거리에 펼쳐놓고 그 위에 천금을 매달았다. 그리고 한 글자라도 더하거나 뺄 수 있는 자가 있으면 천금을 주겠다고 하였다"라고 했다.

史記呂不韋傳, 不韋著呂氏春秋, 布咸陽市門, 縣千金其上, 有能增損一字者, 與千金.

可推令往挽令還 : 특이하구나! 급암이여, 다른 사람이 불러 유혹해도 가지 않을 것이며, 내쫓아도 가지 않을 것이다.[51]『관자서』에서 "백성들은 왕에게 복종하여 그들은 밀면 가고 당기면 온다"라고 했다. 등유가 임기를 마치고 고을을 떠나게 되자 오 땅 사람들이 노래하기를 "등후는 끌어당겨도 오지 않고, 사령은 떠밀어도 가지 않네"라고 했다.

異乎汲黯, 招之不來, 麾之不去也. 管子書云, 推之而往, 引之而來. 鄧攸去

---

51 특이하구나 (…중략…) 것이다 :『사기』에 보이는 말이다.

郡, 吳人歌曰, 鄧侯挽不來, 謝令推不去.

俗學風波能自拔 : 『장자』에서 "속학으로 그 원초적인 상태로 돌아가기를 바라고"라고 했다.

莊子云, 俗學以求復其初.

我識廖侯眉宇間 : 『당서 · 원덕수전』에서 "자지의 얼굴을 보면 사람으로 하여금 명리의 마음이 다 사라지게 한다"라고 했다. 『장자』에서 "노자가 남영주에게 이르기를 "나는 그대의 두 눈썹 사이를 보고 자네가 어떤 사람인지 알아보았다""라고 했다.

唐元德秀傳, 見紫芝眉宇, 使人名利之心都盡. 莊子云, 老子謂南榮趎曰, 吾見汝眉睫之間, 吾因以得汝矣.

省庭無人與爭長 : 『좌전 · 은공 11년』에서 "등후와 설후가 와서 조회하고서 누가 어른인지 다투었다"라고 했다. 두보의 「증전판관양구贈田九判官梁邱」에서 "진류 땅 완우와 누가 뛰어남을 다툴까"라고 했다.

左傳隱十一年. 滕侯薛侯來朝, 爭長. 杜詩, 陳留阮瑀誰爭長.

主司得之如受賞 : 이백의 「송인부선시」에서 "양소부는 뛰어난 재주지녀, 시험관이 귀한 보배를 얻었네"라고 했다. 「소하전」에서 "주상이 "어진 이를 추천하면 최고의 상을 받는다고 들었다""라고 했다.

太白送人赴選詩云, 夫子有盛材, 主司得球琳. 蕭何傳, 進賢受上賞.

東家一笑市盡傾 略無下蔡與陽城 : 『문선』에 실린 송옥의 「등도자호색
부登徒子好色賦」에서 "송옥이 이르기를 "신의 마을에서 가장 어여쁜 이는
저의 집 동쪽에 사는 여자입니다. 그녀가 빙그레 한 번 웃으면 양성의
귀인들이 술렁대고 하채의 왕손들이 정신을 잃습니다""라고 했다. 『한
서·이부인전』에서 "이연년이 노래를 부르기를 "북방에 미녀가 있는
데, 절세가인으로 둘도 없네. 한 번 웃으면 온 성이 기울고, 두 번 웃으
면 온 나라가 기울어지네""라고 했다. 『한서·사마상여전』에서 "모든
사람들이 사마상여의 풍채를 보고 탄복하였다"라고 했다. 완적의 「영
회」에서 "하채의 성을 기울만큼 미혹시키네"라고 했다.

文選宋玉賦, 宋玉云, 臣里之美者, 莫若臣東家之子, 嫣然一笑, 惑陽城, 迷
下蔡. 傾城, 見上. 漢司馬相如傳, 一坐盡傾. 阮嗣宗詠懷詩, 傾城迷下蔡.

生珠之水砂礫潤 生玉之山草木榮 : 『순자』에서 "옥이 산에 있으면 나무
가 윤택하고, 연못에 구슬이 나면 기슭이 마르지 않는다"라고 했다. 육
기의 「문부文賦」에서 "돌 속에 옥이 감추어져 있어 산에서 빛이 나고,
물이 구슬을 품어 시내가 곱네"라고 했다.

荀子曰, 玉在山而木潤, 淵生珠而崖不枯. 陸機文賦云, 石韞玉而山輝, 水
懷珠而川媚.

觀君詞章亦如此 諒知躬行有如子 : 『논어』에서 "도를 몸소 행하는 군자
는 내가 아직 그 정도가 되지 못하였다"라고 했다.

論語, 躬行君子則吾未之有得

更約探囊閱舊文 : 『장자』에서 "상자를 열고 주머니를 더듬는 도적을
방비한다"라고 했다.

莊子云, 肤篋探囊.

蛛絲燈花助我喜 : 『서경잡기』에서 "거미가 줄을 치면 온갖 일이 잘 된
다"라고 했다. 두보의 「독작성시獨酌成詩」에서 "등불의 불똥이 어찌 그
리 반가운가"[52]라고 했다. 한유의 「등화」에서 "다시 번거롭게 기쁜 일
을 가지고, 와서 주인옹에게 알리네"라고 했다. 노동의 「억금아산침산
인憶金鵝山沈山人」에서 "한 조각 새 차의 향기 코를 찌르니, 그대 빨리 와
서 나의 기쁨을 돋구어주게"라고 했다.

西京雜記, 蜘蛛集而百事喜. 杜詩, 燈花何太喜. 退之燈花詩, 更煩將喜事,
來報主人翁. 盧仝詩, 一片新茶破鼻香, 請君速來助我喜.

賢樂堂前竹影斑 好鳥自語莫令彈 : 한유의 「죽경」에서 "먼지가 없으니
쓸지 않고, 새가 있는데 쏘지 말라"라고 했다.

---

52 등불의 (…중략…) 반가운가 : 눈꺼풀이 파르르 떨리면 술과 음식을 얻게 되고,
    등불의 불똥이 생기면 돈을 얻게 된다고 한다.

退之竹逕詩, 無塵從不掃, 有鳥莫令彈.

北鄰著作相勞苦 : 『한서·장이전』에서 "함께 고생한 것이 평생의 즐거움이었다"라고 했다.

漢張耳傳, 勞苦如平生歡.

整駕謁子邀同攀 : 『한서·왕식전』에서 "「여구가」를 노래하였다"라고 했는데, 주에서 "사라져버린 『시경』의 편명이다. 객이 떠나려하면 부른다. 그 가사는 "검은 말이 길에 있는데, 말몰이꾼이 멍에를 정돈하네""라고 했다.

漢王式傳, 歌驪駒. 注云, 逸詩篇名. 客欲去, 歌之. 其詞曰, 驪駒在路, 僕夫整駕.

應煩下榻煮茶藥 : 『문선』에 실린 휴문休文 심약沈約의 「수사선성조酬謝宣城朓」에서 "손님 오면 먼지 낀 걸상 내리네"라고 했다. 왕발의 「등왕각서」에서 "서치에게 진번이 걸상을 내려주다"라고 했다. 『후한서·서치전徐穉傳』에서 "태수 진번陳蕃은 손님이나 길손을 응대하지 않았는데, 오직 서치가 오면 특별이 하나의 걸상을 설치하고 서치가 가면 걸어두었다"라고 했다.

文選沈休文詩, 賓至下塵榻. 王勃滕王閣序云, 徐穉下陳蕃之榻. 事見後漢徐穉傳.

坐待月輪銜屋山 : 한유의 「기노동寄盧仝」에서 "매양 지붕 대마루 타고 앉아 아래를 엿보기에, 온 집안이 놀라 달아나다 발목을 삐곤 한다지" 라고 했다.

退之詩, 每騎屋山下窺瞰.

14. 명략에게 답하고 아울러 무구에게 보내다

答明畧并寄無咎

可以忘憂惟有酒	근심 잊을 수 있는 것은 오직 술뿐이라
淸聖濁賢皆可口	청주와 탁주 모두 입맛에 맞네.
前日過君飮不多	전날 그대 찾아가 많이 마시지 못했는데
明日解醒無五斗	다음날 해장에 다섯 말 술도 없었네.
古木淸陰丹井欄	고목의 청량한 그늘은
	붉은 우물 난간에 드리우고
夜來凉月屋頭還	밤이 오니 시원한 달 지붕 위로 돌아오네.
論文撥置形骸外	글을 지으며 외형적인 것은 모두 버려두니
得意相忘樽俎間	마음에 만족하다가 술동이 사이에서
	잊어버리네.
氷壺不可與夏蟲饗	얼음물은 여름벌레와 함께 먹을 수 없고
秋月不可與俗士賞	가을 달은 속세 선비와 감상할 수 없네.
已得樽前兩友生	이미 술동이 앞에 두 벗을 만났는데
更思一士濟陽城	다시 제양성의 한 선비 생각하네.
雖無四至九卿之規畫	비록 네 번 구경에 오를 계책은 없지만
猶有千秋萬歲之眞榮	오히려 천추만세 뒤에도 참 영광을 누리리라.
空名未食太倉米[53]	허울만 있는 자리라 태창의 쌀을

---

53 [교감기] '米'는 원래 잘못 '來'로 되어 있었는데, 영원본과 고본, 전본과 건륭본에

	먹지 못하는데
今作斑衣老萊子	지금 색동옷 입은 노래자가 되었네.
卿家嗣宗望爾來	그대 집안 완적은 그대가 오기를 바라니
不獨我聞足音喜	나만 발소리 듣고 기뻐할 게 아니라네.
西風索寞葉初乾[54]	서풍이 쓸쓸하게 불어 잎이 막 시드는데
長鋏歸來亦罷彈	장검차고 돌아가니 타향에서
	검 노래 부를 일 없네.
窮巷蓬蒿深一尺[55]	가난한 마을에 쑥대가 한 길이나 자랐는데
朱門廉陛高難攀	붉은 대문의 계단은 높아 오르기 어렵네.
吾儕相逢置是事	우리들 만나면 이런 일은 제쳐두고
百世之下仰高山	백대 후에 높은 산 우러러 볼 일 논하세.

【주석】

可以忘憂惟有酒 : 『한서·동방삭전』에서 "근심을 없애는 것으로는 술만 한 것이 없다"라고 했다. 『진서·고영전』에서 "일찍이 술을 마셔 불그레하여 "오직 술이라야 근심을 잊을 수 있다. 그러나 병이 나는 것은 어찌할 수 없다""라고 했다.

漢東方朔傳, 銷憂者, 莫如酒. 晋顧榮傳, 嘗縱酒酣暢曰, 惟酒可以忘憂, 但

의거하여 바로잡는다.

54 [교감기] '初'는 영원본에는 '新'으로 되어 있다.
55 [교감기] '一尺'은 영원본에는 '一丈'으로 되어 있다.

無如作病何耳.

淸聖濁賢皆可口 : 『삼국지·서막전』에서 "평소에 술꾼들이 청주를 성인이라 하고 탁주를 현인이라 합니다"라고 했다. 『장자』에서 "삼황오제의 예의禮義와 법도法度를 열매에 비유하자면 아가위나무, 배나무, 귤나무, 유자나무의 열매와 같을 것이다. 그 나무들의 열매의 맛은 서로 다르더라도 사람의 입맛에 맞는다는 점에서는 모두 같다. 그러므로 예의와 법도라고 하는 것은 시대에 따라 변하는 것이다"라고 했다.

三國徐邈傳, 平時醉客, 謂酒淸者爲聖人, 濁者爲賢人. 莊子云, 其猶柤梨橘柚耶, 其味相反, 而皆可於口.

前日過君飮不多 明日解酲無五斗 : 『진서·유령전』에서 "한 번 마시면 한 섬이요, 해장할 때 다섯 말이다"라고 했다.

晋劉伶傳, 一飮一石, 五斗解酲.

古木淸陰丹井欄 : 이백의 「장상사長相思」에서 "가을 귀뚜라미 우물 난간에서 울고"라고 했다.

太白詩, 絡緯秋啼金井欄.

夜來凉月屋頭還 論文撥置形骸外 : 도연명이 「환구거還舊居」에서 "부질없는 생각일랑 내버려두고, 에오라지 한 잔 술을 들이켜야지"라고 했

다. 『장자』에서 "신도가는 형벌로 다리가 잘린 자인데, 정자산과 함께 백혼무인에게 배웠다. 신도가가 "지금 자네와 나는 정신적으로 사귀고 있는데, 내게서 외형적인 것을 찾다니 어찌 잘못된 것이 아니겠는가"" 라고 했다. 두보의 「상종행相從行」에서 "세상만사 모두 세속 너머에 부쳐두며"라고 했다.

淵明詩, 撥置且莫念, 一觴聊可揮. 莊子云, 申屠嘉, 兀者也, 而與鄭子産同師於伯昏無人. 申屠嘉曰, 今子與我遊於形骸之內, 而子索我於形骸之外, 不亦過乎. 杜詩相從行, 萬事盡付形骸外.

得意相忘樽俎間 氷壺不可與夏蟲饗：『장자·추수편』에서 "여름 벌레와는 얼음에 대해 말할 수 없으니 이는 계절에 구애받기 때문이다"라고 했다.

莊子秋水篇, 夏蟲不可以語於氷者, 篤於時也.

秋月不可與俗士賞 已得樽前兩友生 更思一士濟陽城 雖無四至九卿之規畫：『한서·급암전』에서 "급암의 누이의 아들 사마안은 법을 잘 알아 적용을 잘하여 관리 생활을 잘하였다. 벼슬은 네 번이나 구경의 대열에 올랐다"라고 했다.

汲黯傳, 黯姊子司馬安, 巧善宦,[56] 四至九卿.

56　[교감기] '姊'는 원래 '娣'로 되어 있었으며 '宦'은 원래 '官'으로 되어 있었는데, 지금 영원본과 전본을 따르고 아울러 『한서』 50권 「급암전」에 의거하여 바로잡

猶有千秋萬歲之眞榮 : 도연명의 「의만가사擬挽歌辭」에서 "천년 만년 뒤에, 그 누가 나의 영화나 모욕을 알리오"라고 했다. 두보의 「몽이백夢李白」에서 "천추만세에 이름 남긴다 해도, 죽은 뒤엔 적막하기만 한 것을"이라고 했다.

淵明挽詩, 千秋萬歲後, 誰知榮與辱. 杜詩, 千秋萬歲名, 寂寞身後事.

空名未食太倉米 : 『사기·평준서』에서 "태창의 곡식이 차고 넘쳐서"라고 했다.

史記平準書, 太倉之粟陳陳.

今作斑衣老萊子 : 『열녀전』에서 "노래자老萊子가 양친을 봉양하는데, 나이가 일흔 살에도 어린아이 모습을 절로 즐기며 오색이 색동옷을 입었었다"라고 했다.

斑衣, 見上.

卿家嗣宗望爾來 不獨我聞足音喜 : 진나라 완적의 자는 사종이다. 산곡은 완적으로 요민에 비유하였으니, 대개 요민은 무구의 숙부 항렬로 완적과 완함의 관계와 같다. 그러므로 그의 시에서 "이미 술동이 앞에 두 벗을 만났는데, 다시 제양성에 있는 한 선비를 생각하네"라고 했으니, 두 벗은 요민과 명략을 이른다. 또한 한 선비인 무구는 당시 제주는다.

에 있었으니, 제주는 그가 거처하던 곳으로 제양군이라 불린다. 『장자』에서 "혼자 빈 골짜기에 도망쳐 살 적에 저벅저벅 발소리만 들려도 반가울 것이다"라고 했다.

晉阮籍, 字嗣宗. 以況堯民, 堯民蓋無咎諸父行, 如嗣宗之於阮咸也. 故其詩云, 已得樽前兩友生, 更思一士濟陽城. 兩生謂堯民明略, 而無咎時在濟州, 濟州其所居也, 號濟陽郡. 足音跫然, 見上.

西風索寞葉初乾 : 한유의 「추회」에서 "서릿바람 오동나무에 들이치니, 뭇 잎새들 나무에 말라붙었네"라고 했다.

退之秋懷詩, 霜風侵梧桐, 衆葉著樹乾.

長鋏歸來亦罷彈 : 『사기 · 맹상군전』에서 "풍환은 기둥에 기대어 칼을 튕기면서 노래를 불렀다. "장검아, 돌아가자. 밥을 먹자니 고기가 없구나""라고 했다.

史記孟嘗君傳, 馮驩彈其劍而歌曰, 長鋏歸來乎, 食無魚.

窮巷蓬蒿深一尺 : 왕포의 「성주득현신송聖主得賢臣頌」에서 "가난한 마을에서 태어나 쑥대로 이은 지붕 아래에서 자랐습니다"라고 했다. 『삼보결록』의 주에서 "장중울은 평릉 사람으로 거처는 쑥이 사람 키보다 높았다"라고 했다. 도연명의 「영빈시詠貧士」에서 "중울은 가난한 삶을 좋아하여, 집을 빙둘러 쑥이 자랐네"라고 했다.

王褒賢臣頌, 生於窮巷之中, 長於蓬茨之下. 蓬蒿繞宅, 見上.

朱門廉陛高難攀 : 『한서·가의전』에서 "계단이 아홉 등급 이상이 되어 전당殿堂의 모서리가 땅과 멀면 당이 높으며, 계단에 층계가 없어서 전당의 모서리가 땅에 가까우면 당이 낮다"라고 했다.

賈誼傳, 故陛九級上, 廉遠地, 則堂高, 陛亡級, 廉近地, 則堂卑.

吾儕相逢置是事 百世之下仰高山 : 『시경·거할車舝』에서 "저 높은 산봉우리 우러러보네"라고 했다. 이백의 「증맹호연」에서 "높은 산과 같으니 어찌 우러러 보리, 그저 맑은 향기를 존경하고 사모할 뿐이라네"라고 했다.

詩云, 高山仰止. 李白贈孟浩然詩, 高山安可仰, 徒此揖淸芬.

15. 다시 차운하여 명략에게 올리고 아울러 무구에게 보내다

再次韻呈明略并寄無咎

夏雲凉生土囊口	시원한 여름 구름이 골짜기 입구에서 나오고
周鼎湯盤見科斗	주의 솥과 탕의 대야에서 과두 글씨를 보네.
淸風古氣滿眼前	맑고 고아한 풍격이 눈앞에 가득하니
乃是戶曹報章還	이것이 호조에 있으면서 답장한 시라네.
只今書生無此語	지금의 서생은 이런 말을 쓰지 못하니
已在貞元元和間	이전 정원, 원화 연간에 있었네.
一夫鄂鄂獨無望	한 사람도 부정함은 다만 볼 수 없으며
千夫唯唯皆論賞	천 사람이 모두 상을 논해야 한다고 인정하네.
野人泣血漫相明	들사람이 피눈물 흘리고 나서야
	옥인지 밝혔는데
參軍拄笏看雲氣	참군이 수판으로 턱 괴고 구름을 바라보는데
和氏之璧無連城	화씨의 구슬이지만 연성의 값을 받지 못하네.
此中安知枯與榮	그러함에서 하찮게 여김과
	영화롭게 여김을 어찌 알랴.
我夢浮天波萬里	나는 꿈속에 하늘처럼 드넓은
	만 리 바다 떠가는데
扁舟去作鴟夷子	작은 배로 떠나는 치이자피가 되었네.
兩士風流對酒樽	풍류 넘치는 두 선비와 술동이를 마주하니

四無人聲鳥語喜	사방에 인기척 없고 새는 즐겁게 지저귀네.
夢回擾擾仍世間	꿈에서 깨니 시끄러운데 바로 인간 세상이라
心如傷弓怯虛彈	마음은 활에 다쳐
	활시위 소리에도 떨어지는 것 같네.
不堪市井逐乾沒	시정잡배 이익에 골몰함을 견딜 수 없으니
且願朋舊相追攀	붕우들과 서로 좇으며 어울리길 바라네.
寄聲小掾篤行李	낮은 참군에게 안부 전하라고
	나그네에게 신신당부하는데
落日東面空雲山	해가 지는 동쪽에 구름 낀 산은 고요하네.

【주석】

夏雲凉生土囊口 : 도연명의 「사시四時」에서 "여름 구름은 기이한 봉우리에 많도다"라고 했다. 송옥의 「풍부」에서 "바람은 골짜기 입구에서 매우 거세지네"라고 했다.

陶潛詩, 夏雲多奇峯. 宋玉風賦, 盛怒於土囊之口.

周鼎湯盤見科斗 : 『예기』에 탕임금의 반명盤銘[57]이 있고 위나라 공회의 정명鼎銘[58]이 있다. 『좌전』에 정고보의 정명鼎銘[59]이 있다. 『상서』의

---

[57] 탕임금의 반명(盤銘) : "날마다 새롭고 또 날로 새롭다"라고 하였다.
[58] 공회의 정명 : "6월 정해(丁亥)일에 공이 태묘에 이르러 체제를 지내셨는데, 공이 말씀하기를 "숙구(叔舅)여! 너의 선조 장숙(莊叔)이 성공(成公)을 보좌하였는데, 성공이 마침내 한수(漢水)의 북쪽으로 피난하면서 장숙에게 따르도록 명

서문에서 "모두 과두문자이다"라고 했다. 한유의 「구루산岣嶁山」에서 "글자는 푸르고 돌은 붉어 형태와 모양이 기이하네. 올챙이가 몸을 말고 부추가 거꾸로 풀어헤친 듯"이라고 했다.

禮記, 有湯之盤銘, 衛孔悝之鼎銘. 左傳, 有正考父鼎銘. 尚書序云, 皆科斗文字. 韓詩, 字靑石赤形摹奇, 科斗拳身薤葉垂.

淸風古氣滿眼前 乃是戶曹報章還 只今書生無此語 已在貞元元和間 :『신당서·한유열전』찬에서 "정원, 원화 연간에 한유는 드디어 육경의 문장으로 유자들의 앞에 서서 주창하였다"라고 했다. 진종이 왕단에게 "양억의 문장은 정원, 원화 연간의 풍격이 있다"라고 했다.

韓愈贊, 貞元元和間, 愈遂以六經之文, 爲諸儒倡. 眞宗謂王旦曰, 楊億文章有貞元元和風格.

一夫鄂鄂獨無望 千夫唯唯皆論賞 :『사기·상앙전』에서 "조량이 "천 마리 양의 갓옷 한 마리 여우의 겨드랑이 털 갓옷보다 못하다. 천명의 아부하는 소리가 한 명의 곧은 말만 못하다""라고 했다.『사기·조세가』에서 "주사가 죽자 조 간자가 말하기를 "내가 듣기에 양 가죽 천 장

하셨으며 후에 성공이 주나라 도읍에서 깊은 궁실로 나아가셨는데, 장숙이 성공을 위해 분주하여 싫어함이 없었다.""
59 정고보의 정명 : "대부 때에는 고개를 수그리고, 하경(下卿) 때에는 등을 구부리고, 상경(上卿) 때에는 몸을 굽히고서, 길 한복판을 피해 담장을 따라 빨리 걸어간다면, 아무도 나를 감히 업신여기지 못하리라. 나는 여기에 미음을 끓여 먹고 여기에 죽을 끓여 먹어 내 입에 풀칠하면서 살아가리라."

이 여우 겨드랑이 털가죽만 못하다고 하더라. 대부들과 조회할 때 그 저 네, 네 하는 소리만 들리고 주사의 바른 말이 들리지 않으니 이게 걱정이다"'라고 했다.

商鞅傳, 趙良曰, 千羊之皮, 不如一狐之腋. 千人之諾諾, 不如一士之諤諤. 趙世家, 簡子曰, 吾聞千羊之皮, 不如一狐之腋. 諸大夫朝, 徒聞唯唯, 不聞周 舍之鄂鄂, 是以憂也.

野人泣血漫相明 和氏之璧無連城 : 『한비자』에서 "초楚나라 사람 변화卞 和가 초산에서 옥박玉璞을 얻어 여왕厲王에게 받쳤다. 여왕은 옥 다듬는 사람에게 시켜 살펴보게 했는데 "돌이다"라고 했다. 이에 여왕은 변화 가 자신을 속였다고 생각하고서 변화의 오른쪽 발꿈치를 베어버렸다. 무왕武王이 즉위함에 미쳐 또 옥박을 받쳤다. 무왕이 다시 옥을 다듬는 사람에게 살펴보게 했는데 "돌이다"라고 했다. 이에 무왕은 변화의 왼 쪽 발꿈치를 베어버렸다. 문왕文王이 즉위함에 미쳐, 변화는 그 옥박을 안고 초산에서 곡을 하며 사흘 낮밤을 울었는데, 눈물이 다하고 이어 피가 흘렀다. 이에 문왕이 옥을 다듬는 사람을 시켜 그 옥박을 다듬게 하여 보옥寶玉을 얻었는데, 그 이름이 '화씨벽和氏璧'이다"라고 했다. 『문 선』에 실린 위문제의 「여종대리송옥결서」에서 "값은 만금을 넘고 귀 함은 연성의 화씨벽보다 무겁다"라고 했다. '연성連城'은 화씨벽을 이 른다. 전국시대 때 조趙나라 혜문왕惠文王이 소장하고 있었는데, 진秦 나 라 소왕昭王이 15개의 성성城과 맞바꾸자고 청한 데에서 유래된 이름이

다. 한유의 「현재유회縣齋有懷」에서 "스스로 연성의 값어치라고 자부하였네"라고 했다.

和氏之璧, 見上注. 連城, 見藺相如傳. 魏文帝與鍾大理書, 不損連城之價. 韓詩, 自許連城價.

參軍拄笏看雲氣: 『진서·왕휘지전』에서 "왕휘지가 환충의 기병참군이 되었다. 환충이 일찍이 "그대가 부府에 있은 지 오래되었으니, 요즘에는 의당 사무를 잘 알아서 처리하겠지"라 하자, 수판으로 턱을 괴고는 엉뚱하게 "서산의 이른 아침에 상쾌한 기운을 불러옵니다""라고 했다.

晉王徽之傳, 爲車騎桓沖騎兵參軍. 沖謂曰, 卿在府日久, 比當相料理. 徽之高視, 以手板拄頰云, 西山朝來, 致有爽氣耳.

此中安知枯與榮 我夢浮天波萬里: 목화의 「해부」에서 "하늘에 떠서 끝이 없다"라고 했다.

木華海賦, 浮天無岸.

扁舟去作鴟夷子: 『사기』에서 "범려가 배를 타고 바다로 떠가면서 자신을 치이자피라고 하였다"라고 했다.

史記, 范蠡浮海, 自謂鴟夷子皮.

兩土風流對酒樽 四無人聲鳥語喜: 한유의 「이상조履霜操」에서 "사방에

사람 소리 없노니, 뉘가 어린아이와 말을 할까"라고 했다.

退之履霜操云, 四無人聲, 誰與兒語.

夢回擾擾仍世間 心如傷弓怯虛彈：『전국책』에서 "기러기가 동쪽에서 날아오자, 경영[60]이 활시위만 당겨서 떨어뜨렸다. 이에 위왕이 "활쏘기가 이러한 경지까지 이르렀소"라 하였다. 경영이 "느리게 날고 울음소리가 처량했으니, 느리게 나는 것은 상처가 아프기 때문이고, 우는 것이 처량한 것은 무리를 잃었기 때문입니다. 그러므로 활시위 당기는 소리만 듣고도 떨어진 것입니다""라고 했다.

戰國策曰, 有鴈從東方來, 更贏虛發而雁下. 魏王曰, 射可至此乎. 更贏曰, 其飛徐, 其鳴悲. 飛徐者, 故瘡痛也. 鳴悲者, 失群也. 故聞絃音而下.

不堪市井逐乾沒：『사기・혹리열전酷吏列傳・장탕전張湯傳』에서 "처음 낮은 관리가 되어서는 법으로 저촉된 물건은 몰수하여 몰래 취하였다"라고 했다.

乾沒, 見張湯傳.

且願朋舊相追攀 寄聲小掾篤行李 落日東面空雲山：『한서・조광한전』에서 "계상의 정장이 나에게 안부를 전하라고 했는데, 어찌 전하지 않는가"라고 했다. 포조의 「대문유차마객행代門有車馬客行」에서 "원컨대 그대

---

60 경영 : 전국시대 활의 명수이다.

나그네에게 잘 대해주시길"이라고 했다.

趙廣漢傳云, 亭長寄聲謝我. 鮑照詩, 願爾篤行李.

16. 다시 명략에게 답하다. 2수

再答明略. 二首

첫 번째 수其一

挾策讀書計糊口	책을 끼고 다니며 읽으며 입에 풀칠하는
故人南箕與北斗	벗과는 기성과 북두성처럼 떨어져 있네.
江南江北萬重山	강남과 강북은 산이 만 겹으로 먼데
千里寄書聲不還	천리서 보낸 편지에 아직 답장하지 못했네.
當時朱絃寫心曲	그 당시 붉은 거문고로 나의 마음 쏟아내니
果在高山深水間[61]	과연 높은 산과 흐르는 강을 연주하였네.
枯桐滿腹生蛛網	말라버린 오동나무 속에는 거미줄이 가득하니
忍向時人覓淸賞	어찌 사람들 향해 감상하라고 하랴.
廖侯文字得我驚	요후의 문장은 나를 놀라게 하니
五嶽縱橫守嚴城	오악이 종횡으로 엄한 성을 지키네.
萬夫之下不稱屈	만부의 아래에서 굽히지 않으니
定知名滿四海非眞榮	참으로 알겠네, 이름이 사해에 가득함이
	참다운 영광이 아님을.
富如春秋已如此[62]	이처럼 아직 나이가 젊으니
他日卜鄰長兒子	훗날 큰 아들놈과 이웃하겠지.

---

61 [교감기] '深水'는 고본에는 '流水'로 되어 있다.
62 [교감기] 영원본과 고본, 전본과 건륭본에는 '如'가 '於'로 '也'가 '已'로 되어 있다.

一邱各自有林泉	한 언덕에 각자 임천을 지니고 있으니
扶將白頭親燕喜	늙은 몸 부축받고 잔치하며 즐거워할 것이네.
秋風日暮衣裳單	가을바람에 홑옷 뿐인데 해는 지고
深巷落葉已如彈	깊은 골목에 탄환처럼 잎은 지네.
數來會面復能幾	자주 와서 만날 날이 얼마나 되려나
六龍去人不可攀	육룡이 사람을 떠나면 붙잡을 수 없다네.
短歌溷公更一和	짧은 노래로 화답해 달라고
	공을 힘들게 하는데
聊乞淮南作小山	에오라지 회남왕 소산처럼 지어주기 바라네.

【주석】

挾策讀書計糊口 : 『장자・변무』에서 "노비와 계집종 두 사람에게 양을 기르게 하였는데, 둘 다 양을 잃어버렸다. 노비에게 "무엇을 하고 있었느냐" 물으니, "책상을 끼고 책을 읽고 있었습니다"라 대답했다. 계집종에게 "무엇을 하고 있었느냐" 물으니, "주사위 놀이를 하고 있었습니다"라 대답했다. 두 사람이 하는 일은 서로 달랐지만, 양을 잃어버린 것은 마찬가지이다"라고 했다. 『좌전』에서 "과인은 아우가 있는데 우해하지 못하고 사방에서 기식寄食하게 하였다"라고 했다.

莊子, 問臧奚事, 則挾策讀書. 左傳, 使餬其口於四方.

故人南箕與北斗 : 『시경・소아・곡풍』에서 "남쪽에는 키 모양의 기성

이 있어도, 키질 한 번도 못하네. 북쪽에는 국자모양의 북두성이 있어
도, 술과 국을 뜨지 못하네"라고 했다. 여기서는 서로 떨어져 있는 것
을 말한다.

　詩, 維南有箕, 維北有斗. 言離別.

江南江北萬重山 : 『문선』에 실린 사령운의 「등강중고서登江中孤嶼」에서
"강남 물리도록 두루 돌아보았는데, 강북을 돌아보지 못하였다네"라
고 했다.

　文選謝靈運詩, 江南倦歷覽, 江北曠周旋.

千里寄書聲不還 當時朱絃寫心曲 果在高山深水間 : 『예기』에서 "청묘를
노래할 때의 큰 거문고는 붉은 연사를 드린 줄에다 밑에 구멍을 드문
드문 뚫는다"라고 했다. 『문선』에 실린 포조의 「백두음白頭吟」에서 "곧
기는 붉은 실로 꼰 먹줄 같고"라고 했다. 『시경·진풍秦風』에서 "나의
마음을 어지럽히네"라고 했다. 『공자가어』에서 "백아伯牙가 높은 산에
뜻을 두고 거문고를 타면, 그의 친구인 종자기鍾子期가 "좋구나, 마치 높
은 산처럼 우뚝하구나"라 했다. 잠시 후에, 백아가 흐르는 물에 뜻을
두고 거문고를 타면, 종자기가 "좋구나, 흐르는 물처럼 넘실거리는구
나"라 했다. 그런데 종자기가 죽자, 백아는 타던 거문고 줄을 끊어버리
고 죽을 때까지 다시 거문고를 타지 않았다고 한다"라고 했다.

　禮記, 淸廟之瑟, 朱絃而疏越. 文選詩, 直如朱絲絃. 國風, 亂我心曲. 高山流水, 見上.

枯桐滿腹生蛛網 : 백거이의 「동남행東南行」에서 "책상에는 귀뚜라미 울고, 거문고 갑에는 거미가 줄을 치네"라고 했다.

白樂天詩, 書牀鳴蟋蟀, 琴匣網蜘蛛.

忍向時人覓淸賞 : 산곡의 율시인 「홍범제청벽洪範題廳壁」에서 "문득 당시 사람을 향해 감상해보라고 하네"라고 했다.

山谷律詩有云, 忽向時人覓賞音.

廖侯文字得我驚 五嶽縱橫守嚴城 : 이백의 「강상음江上吟」에서 "흥에 겨워 붓을 드니 오악이 요동치고"라고 했다. 피일휴의 「칠애七愛」에서 "오악이 칼날 같은 문장이 되고"라고 했다.

李白詩, 氣酣落筆搖五嶽. 皮日休詩, 五嶽爲詞鋒.

萬夫之下不稱屈 : 『한서·소하전』에서 "한 사람의 아래에 굽히지만 만승의 위에 펼친다"라고 했는데, 여기서 그 글자를 차용하였다. 백거이의 「화집현유학사和集賢劉學士」에게 "잠시 춘전에 머물러 많이 굴욕을 당하네"라고 했다.

蕭何傳, 夫能屈於一人之下, 而信於萬乘之上. 此借使其字. 白樂天詩, 暫留春殿多稱屈.

定知名滿四海非眞榮 富如春秋已如此 : 조고가 진 이세에게 유세하기를 "폐하는 춘추가 젊습니다"라고 했다. 『한서·조참전』에서 "도혜왕은 나이가 젊었다"라고 했다. 『한서·고오왕전』에서 "황제는 나이가 젊습니다"라고 했다.

趙高說秦二世曰, 陛下富於春秋. 曹參傳, 悼惠王富於春秋. 高五王傳, 皇帝春秋富.

他日卜鄰長兒子 : 두보의 「봉증위좌승奉贈韋左丞」에서 "왕한도 이웃되길 원했지요"라고 했다.

杜詩, 王翰願卜鄰.

一邱各自有林泉 扶將白頭親燕喜 : 『전한서·효경왕황후전孝景王皇后傳』에서 "딸이 책상 아래로 도망쳐 숨으니, 데리고 나와 절을 하게 했다"라고 했다. 『악부』의 「목란가木蘭歌」에서 "아비 어미 딸자식 온다는 소리 듣고, 서로 부여잡고 성문에 나와 있네"라고 했다. 『시경』에서 "연희燕喜'를 일컬은 것은 두 개인데, 산곡이 인용한 것은 대개 「노송」의 "노후가 잔치하여 즐거워하시니, 훌륭한 아내와 장수한 어머니가 계시도다"라는 것이다.

扶將, 見上. 詩稱燕喜者再. 山谷所引, 蓋魯頌所謂魯侯燕喜, 令妻壽母也.

秋風日暮衣裳單 : 백거이의 「별사제후월야別舍弟後月夜」에서 "어찌 아

우를 걱정하지 않으리, 홑옷에 파리한 말을 타고 떠났으니"라고 했다.

樂天詩, 如何爲不念, 馬瘦衣裳單.

深巷落葉已如彈 數來會面復能幾 六龍去人不可攀 :『문선』에 실린 곽박의 「유선시」에서 "여섯 용이 끄는 수레 어찌 멈출 수 있나, 사시의 운행은 거듭 바뀌어 가네"라고 했는데, 주에서 "육룡은 해가 타는 수레이다"라고 했으며, 이선은 "『초사』에서 "홍몽을 관통하여 동으로 가서, 여섯 용이 끄는 수레를 부상에 묶어 놓네""라고 했는데, 왕일은 "부상에 고삐를 묶어 해를 머물게 하였다"라고 했다. 조식의 「여오계중서」에서 "여섯 용의 머리를 억누르고 희화의 말고삐를 잡아채고 싶었다"라고 했다. 이백의 「단가행」에서 "나는 여섯 용의 고삐를 잡아, 수레를 돌려 부상에 매어놓고"라고 했다.

文選郭景純遊仙詩, 六龍安可頓, 運流有代謝. 注曰, 六龍, 日駕也. 李善曰, 楚辭云, 貫鴻濛以東碣兮, 維六龍於扶桑. 王逸曰, 結轡於扶桑以留日. 曹子建與吳季重書云, 思抑六龍之首, 頓羲和之轡. 李白短歌行, 吾欲攬六龍, 回車掛扶桑.

短歌瀡公更一和 聊乞淮南作小山 :『초사』에 유안이 지은 「초은사」가 한 수가 있는데, 왕일의 주에서 "회남왕 소산이 지은 것이다"라고 했다.

楚辭有劉安招隱士一首, 王逸注云, 淮南小山之所作也.

두 번째 수其二

廖侯言如不出口	요후는 말할 때 입에서 내지 못할 듯한데
銓量古今膽如斗	고금을 비평할 때는 장대하게 논하였네.
度越崔張與二班[63]	최원, 장형 및 반표, 반고보다 탁월하니
古風蕭蕭筆追還	쇄락灑落한 고풍을 붓으로 따르네.
前日辭家來射策	이전에 집을 떠나 과거 보러 왔는데
聲名藉甚諸公間	명성이 제공 사이에 자자하였네.
華陰白雲鎖千嶂	흰 구름이 화음의 수많은 봉우리에 덮였는데
勝日一談誰能賞	좋은 날 한 바탕 이야기에
	누가 칭상하지 않으랴.
君不見曩時子産識然明	그대는 보지 못하였나,
	옛날에 연명을 알아보던 자산인데
知音轛轛閉佳城[64]	그 지음이 답답한 무덤에 덮여 있는 것을.
勿以匣中之明月	문득 상자 안의 명월주로
計較糞上之朝榮	거름 위의 하루 버섯과 비교하네.
我去丘園十年矣	내가 동산을 떠난 지가 십 년이 지났는데
種桑可蠶犢生子	뽕나무 심어 누에 기르고
	송아지 자라 새끼를 낳았네.

---

63 [교감기] '二班'은 우녀래는 '一班'으로 되어 있었는데, 영원본과 건륭본에 의거
   하여 바로잡는다.
64 [교감기] '閉'는 고본에는 '開'으로 되어 있다.

使年七十今中半	나이 일흔에 지금 딱 반이 되었으니
安能朝四暮三浪憂喜	어찌 조삼모사에 부질없이 근심하거나
	기뻐하리오.
據席談經只強顏	자리에 앉아 경전을 담론하면
	다만 억지로 하며
不安時論取譏彈[65]	사람들이 내 글에 비난하면 마음 편치 않네.
愛君草木同臭味	그대의 초목이 나의 향기와
	맛이 같음을 좋아하니
頗似瓜葛相依攀	자못 오이와 칡넝쿨이
	서로 얽어지는 것과 같구나.
我有仙方煮白石	나에게 흰 돌 굽는 신선방술이 있으니
何時期君藍田山	언제면 그대와 남전산에서 만날까.

【주석】

廖侯言如不出口 : 『예기·단궁』에서 "조문자는 그 마음이 겸손하여 옷을 이기지 못할 듯하고 말이 어눌하여 마치 입에서 내지 못할 것 같았다"라고 했다. 한의 장석지가 "강후와 동양후 두 사람은 일에 대해 입에서 발설하지 않는다"라고 했다.

禮檀弓云, 趙文子, 其中退然, 如不勝衣. 其言呐呐然, 如不出諸其口. 漢張釋之曰, 絳侯東陽侯, 此兩人言事曾不能出口.

---

65 [교감기] '不安'은 건륭본에는 '不守'로 되어 있다.

銓量古今膽如斗 :『장자』에서 "천박한 재주로 지껄이기 좋아하는 무리"이라고 했다.『음의』에서 "'銓'의 음은 '七'과 '全'의 반절법으로, 사람을 헤아린다는 의미이다"라고 했다.『촉지』에서 "강유는 담낭이 한 말 그릇만큼 컸다"라고 했다.

莊子, 銓才諷說之士. 音義云, 銓, 七全切, 銓, 量人也. 蜀志, 姜維膽大如斗.

度越崔張與二班 : '최장崔張'은 최원과 장형을 이르고, '이반二班'은 반표와 반고를 이른다.『한서 · 양웅전』찬에서 "다른 사람들보다 탁월하였다"라고 했다.

崔張, 謂崔瑗張衡. 二班, 謂彪與固也. 揚雄贊云, 則必度越諸子矣.

古風蕭蕭筆追還 前日辭家來射策 : 한유의 「단경가」에서 "태학의 유생들 동쪽 노나라 나그네로, 스무 살에 집 떠나 과거 보러 왔다네"라고 했다.

退之短檠歌, 太學儒生東魯客, 二十辭家來射策.

聲名藉甚諸公間 :『한서 · 육가전』에서 "육가는 한나라 조정의 공경들과 교유하며 명성이 자자해졌다"라고 했다.『한서 · 조조전』에서 "후에 등공의 아들 장이 제공 사이에 유명해졌다"라고 했다.

陸賈傳, 聲名藉甚. 晁錯傳, 後鄧公其子章, 顯諸公間.

華陰白雲鎖千嶂 勝日一談誰能賞 : 『진서·위개전』에서 "날씨가 좋은 날에 벗들이 모여서 한마디 말을 청하여 말을 하면 모두 탄식하지 않는 자가 없었으니 오묘한 이치에 들었다고 하였다"라고 했다.

晉衛玠傳, 遇有勝日, 親友時請一言, 無不咨嗟, 以爲入微.

君不見囊時子産識然明 : 『좌전·양공 25년』에서 "진나라 정정이 죽자 자산이 비로소 연명을 알아보았다"라고 했는데, 주에서 "전해에 연명이 정정이 곧 죽을 것이라고 하였다"라고 했다.

左傳襄二十五年. 晉程鄭卒, 子産始知然明. 注, 前年然明謂程鄭將死.

知音欝欝閉佳城 : 『서경잡기』에서 "등공의 수레가 동도의 문에 이르자 말이 앞으로 나아가지 않고 발로 땅을 찼다. 등공이 그곳을 파게 하니 석곽이 나왔다. 그곳에 글자가 적혀 있었으니 "답답한 가성에서 삼천 년 만에 해를 보니, 슬프게도 등공이 이 속에 묻히리라""라고 했다.

西京雜記, 滕公駕至東都門, 馬以足跑地, 得石槨, 銘曰, 佳城欝欝, 三千年見白曰, 吁嗟滕公居此室.

勿以匣中之明月 計較糞上之朝榮 : 『한서·추양전』에서 "명월주와 야광벽"이라고 했다. '조영朝英'은 조균[66]을 이른다. 『장자음의』에서 "조

---

66 조균(朝菌) : 음습한 퇴비 위에 아침에 생겨났다가 햇빛을 보면 말라 버리는 버섯을 말한다.

균은 날씨가 흐리면 거름 위에 생기는데 해를 보면 곧바로 죽는다"라고 했다. 『문선·악부』에 실린 석숭石崇의 「왕명군사」에서 "예전에는 상자 안 보석이었는데, 지금은 거름 위 곰팡이가 되었네"라고 했다.

漢鄒陽傳, 明月之珠, 夜光之璧. 朝榮, 謂朝菌也. 莊子音義云, 朝菌, 天陰生糞上, 見日則死. 文選樂府, 王明君辭, 昔爲匣中玉, 今爲糞上英.

我去丘園十年矣 種桑可蠶犢生子· 使年七十今中半 : 산곡은 23살이던 치평 정미년에 진사 과거에 합격하였는데, 희녕 정사년이면 칠십의 반이 된다. 한산자의 「시삼백삼수詩三百三首」에서 "암소 한 마리만 길러도, 다섯 마리 송아지를 낳네. 송아지가 다시 새끼를 낳으면, 그 수가 늘어가 끝이 없으리라"라고 했다.

山谷年二十三, 治平丁未擢進士第, 至熙寧丁巳, 七十將半矣. 寒山子詩, 養得三牸牛, 生得五犢子. 犢子又生兒, 積數無窮已.

安能朝四暮三浪憂喜 : 『장자』에서 "저공이 도토리를 주면서 "아침에 세 개 저녁에 네 개씩 주겠다"고 하니 뭇 원숭이들이 화를 내었다. "그렇다면 아침에 네 개 저녁에 세 개 주겠다"고 하니 뭇 원숭이들이 좋아하였다"라고 했다.

莊子, 狙公賦芧曰, 朝三而暮四, 衆狙皆怒. 曰然則朝四而暮三, 衆狙皆悅.

據席談經只強顔 不安時論取譏彈 : 『문선』에 실린 조식의 「여양덕조서」

에서 "내가 일찍이 다른 사람의 비평을 좋아하여, 문장에 좋지 못한 것이 있으면 곧바로 고쳤다"라고 했다.

文選曹子建與楊德祖書, 僕嘗好人譏彈, 其文有不善者, 應時改定.

愛君草木同臭味 頗似瓜葛相依攀 : 『좌전 · 양공 8년』에서 "계무자가 "지금 초목에 비유하자면, 저희 임금은 진나라 임금에 있어서, 진나라 임금이 초목이라면 그 향기와 열매의 맛에 해당합니다""라고 했다. 또한 「양공 22년」에서 "정나라에서 공손교를 보내 대답하기를 "우리나라가 진나라와 가까우니 초목에 비유하자면 우린 정나라는 진나라의 향기와 맛에 해당합니다""라고 했다. 『진서 · 왕열전王悅傳』에서 "왕열은 왕도王導의 아들이다. 왕도와 왕열이 함께 바둑을 두었는데 왕도가 수를 무르려고 했다. (왕열이 물려주지 않자) 왕도가 웃으며 "서로 사이가 과갈瓜葛[67]인데, 어찌 이렇게까지 하느냐"라 했다"라고 했다.

左傳襄八年, 季武子曰, 今譬於草木, 寡君在君, 君之臭味也. 又二十二年, 鄭公孫僑對曰, 謂我敝邑, 邇在晉國, 譬諸草木, 吾臭味也. 瓜葛見上注.

我有仙方煮白石 何時期君藍田山 : 『신선전』에서 "백석선생은 항상 흰 돌을 구워서 식량으로 삼았다"라고 했다. 위응물의 「기도사寄道士」에서

---

67   과갈(瓜葛) : 외와 칡이란 뜻으로, 모두 넝쿨이 있어서 서로 얽히는 식물이다. 보통 친인척 관계를 말할 때 쓰는 표현이다. 여기에서는 아버지와 아들이라는 의미이다.

"골짜기에서 땔나무 묶어서, 돌아와 흰 돌을 굽겠지"라고 했다. 두보의 「거의행去矣行」에서 "주머니 속 옥 먹는 법 아직 시험하지 않았지만, 내일 아침에는 남전산으로 들어가려네"라고 했다. 『후위서後魏書 · 이선전』에서, "이예가 장안에 거주할 때, 고인의 옥을 먹는 법을 부러워하였다. 이에 남전을 찾아가 땅을 파서 둥그런 옥과 잡다한 옥 등 크고 작은 100여 개의 옥을 얻었다. 이예는 70개를 망치로 가루를 내어 날마다 복용하였다"라고 했다.

神仙傳, 白石先生常煮白石爲糧. 韋應物詩, 澗底束荊薪, 歸來煮白石. 杜詩云, 未試囊中餐玉法, 明朝且入藍田山. 李預居長安, 每羨古人餐玉之法, 躬往藍田攻掘, 得若環璧雜器形者百餘, 椎爲屑, 日服食之. 見魏書李先傳後.

17. 무구와 염자상이 거문고를 가지고 마을로 들어가서 지은 시에 차운하다

次韻无咎閻子常攜琴入村[68]

土寒餓	선비가 춥고 굶주림은
古猶今	옛날이나 지금이나 마찬가지니
向來亦有子桑琴	이전에 또한 거문고 타던 자상도 그러했네.
倚楹嘯歌非寓淫[69]	기둥에 기대 쓸쓸히 노래함은
	음란함을 부친 것이 아니니
伯牙山高水深深	백아가 산이 높고 물이 깊음을 연주하면
萬世丘壟一知音[70]	만대에 산림에서 지음 한 사람이었네.
閻君七絃抱幽獨	염군의 칠현금은 고독함을 품고 있으니
晁子爲之梁父吟	조자가 그를 위해 「양보음」을 읊조리네.
天寒絡緯悲向壁	날이 쌀쌀해 귀뚜라미 벽을 향해 슬피 울고
秋高風露聲入林	가을 하늘 높아 이슬 바람 소리 숲에 들어오네.

---

68 [교감기] 이 시는 따로 송 소희본(紹熙本)『파문수창집(坡門酬唱集)』 23권에 보이는데, 표제에 동파가 차운하였다고 하였다. 청나라 풍응류(馮應榴)의 『소문충공시합주(蘇文忠公詩合注)』 50권에 이 시가 수록되어 「타집호현시(他集互見詩)」 부분에 들어 있다.

69 [교감기] '倚楹'은 고본에는 '倚檻'으로 되어 있다.

70 [교감기] 영원본의 이 구 아래에 있는 주에서 "즉 전편의 "만대 후에 자야를 기약함을 의심하지 않네[卽前篇 不疑萬歲期子野]"라고 했다. 살펴보건대 전편은 바로 「차운공저작조행(次韻孔著作早行)」을 가리킨다"라고 했다.

冷絲枯木拂朱網	차가운 거미줄 친 고목에 붉은 줄 튕기니
十指乃能寫人心	열 손가락으로 사람 마음을 쏟아내네.
村村繫鼓如鳴鼉	마을마다 북을 메다니 영타가 우는 듯하고
豆田見角穀成螺	콩밭에 껍질을 보며 곡식에도 껍질이 달렸네.
歲豊寒士亦把酒	풍년드니 가난한 선비도 술잔을 잡으며
滿眼飣餖梨棗多	눈에 가득 배와 대추 많이도 쌓아 놓았네.
晁家公子屢經過	조가의 공자가 자주 이곳에 와서
笑談與世殊曰科	담소하니 세상과는 다른 부류라네.
文章落落映晁董	문장은 웅장하여 조착, 동중서에 비견되고
詩句往往妙陰何	시구는 이따금 음갱, 하손처럼 오묘하네.
閻夫子勿謂知人難	염부자는 사람 알기 어렵다고 말하지 말라
使琴抑怨久不和	거문고 연주하며 원망을 억제하니
	오래 조화롭지 않네.
明光晝開九門肅⁷¹	명광전이 낮에 열리고 아홉 문이 엄숙하니
不令高才牛下歌	고아한 인재를 소 꼴 먹이며
	노래 부르지 않게 하리.

【주석】

士寒餓, 古猶今 : 『열자』에서 "사람의 감정이 좋아하고 미워하는 것
은 옛날이나 지금이나 같고, 사지가 편안하거나 불편하게 느끼는 것은

71　[교감기] '晝'는 전본에는 '畫'으로 되어 있다.

옛날이나 지금이나 같고, 세상일에 괴롭거나 즐겁게 느끼는 것은 옛날이나 지금이나 같고, 세상이 변하고 바꾸며 다스려지고 어지러운 것은 옛날이나 지금이나 같다"라고 했다.

列子曰, 五情好惡, 古猶今也. 四體安危, 古猶今也. 世事苦樂, 古猶今也. 變易治亂, 古猶今也.

向來亦有子桑琴:『장자』에서 "자여子輿와 자상子桑의 벗인데, 열흘 동안 연이어 장맛비가 내리자, 자여가 말하기를 "자상이 굶어서 병이 났겠구나"라 하고 밥을 싸 가지고 가서 먹이려 하였다. 자상의 문 앞에 이르자 노래를 부르는 듯 곡을 하는 듯 한 목소리로 거문고를 연주하면서 "아버지인가, 어머니인가. 하늘인가, 사람인가"라며 목소리가 힘겹게 들렸다"라고 했다.

莊子云, 子輿與子桑友, 淋雨十日. 子輿曰, 子桑殆病矣. 裹飯而往食之. 至子桑之門, 則若歌若哭, 鼓琴曰, 父耶母耶, 天乎人乎. 有不任其聲.

倚楹嘯歌非寓淫:『열녀전』에서 "노나라 칠실의 여인이 기둥에 기대어 한숨을 쉬었다. 이웃의 아낙이 "그대 시집가고 싶은가"라 하자, 여인이 "나는 노 임금이 늙었는데 태자가 어린 것이 걱정스럽다"'라고 했다.

列女傳曰, 魯漆室女倚柱而嘯, 隣人婦曰, 子欲嫁乎. 女曰, 吾憂魯君老而太子少也.

伯牙山高水深深 : 『공자가어』에서 "백아伯牙가 높은 산에 뜻을 두고 거문고를 타면, 그의 친구인 종자기鍾子期가 "좋구나, 마치 높은 산처럼 우뚝하구나"라 했다. 잠시 후에, 백아가 흐르는 물에 뜻을 두고 거문고를 타면, 종자기가 "좋구나, 흐르는 물처럼 넘실거리는구나"라 했다. 그런데 종자기가 죽자, 백아는 타던 거문고 줄을 끊어버리고 죽을 때까지 다시 거문고를 타지 않았다고 한다"라고 했다.

見上.

萬世丘壟一知音 闇君七絃抱幽獨 : 도잠의 「연우독음連雨獨飮」에서 "돌아보니 나 이 고독을 품고 애써 살아온 지 40년이네"라고 했다.

抱獨, 見上注.

晁子爲之梁父吟 : 「양보음」에서 "걸어서 제나라 도성 문을 나오니, 저 멀리 탕음 마을 보이네. 마을 안에 세 개의 무덤, 줄줄이 서로 비슷비슷하네. 이것이 누구의 묘냐고 물으니, 전강과 고야씨의 무덤이라 하네. 힘은 남산을 밀칠 만하고, 문장은 지유地維[72]를 끊을 만하네. 하루 아침에 참언에 당해, 두 복숭아로 세 선비가 죽고 말았네.[73] 누가 이런

---

72 지유(地維) : 땅을 얽어매어 버티어 받들고 있다는 상상의 밧줄이다.
73 두 복숭아로 (…중략…) 말았네 : 제나라 경공(景公)에게 용사가 있었으니, 진개강(陳開彊)과 고야자(顧冶子)와 공손첩(公孫捷) 세 사람이었다. 안영(晏嬰)이 말하기를 "대왕은 복숭아 세 개를 따서 그 중에 하나는 직접 드시고 나머지는 세 용사로 하여금 각각 功을 말하게 하여 높은 자에게 하나씩 주소서" 하였다. 이에 진개강과 고야자가 먹었는데 공손첩이 부끄러워 스스로 목을 찔러 죽자, 진개강

계획을 꾸몄나, 바로 제나라 정승 안영이라네"라고 했다. 일찍이 보건 대, 산곡이 이 시를 짓고 또한 발문을 쓰면서 "『삼국지』의 저자인 진수 가 제갈무후가 밭두둑에서 몸소 농사지으면서 「양보음」을 즐겨 부른 것은 서술하였는데, 그 시의 내용이 이미 제갈량의 의도를 다 드러내 지 못하였으며 또한 이 시를 싣지 않았다. 이는 생략을 좋아하여 벌어 진 실수이다. 내가 보건대 무후의 이 시는, 조조가 나라를 마음대로 하 면서 양수, 공융, 순욱 등을 죽인 것을 보고 이 시를 지어 때때로 객을 위해 노래 불러준 것이다. 그러므로 그렇게 노래한 것이다"라고 했다. 두보의 「등원외신정登員外新亭」에서 "가난한 이의 흥취 막지 않으니, 「양보음」도 부를 수 있네"라고 했다. 이백의 「유별왕사마留別王司馬」에 서 "나 또한 남양 사람이라, 때로 「양보음」을 부르네"라고 했다.

梁父吟云, 步出城東門, 遙望蕩陰里. 里中有三墳, 纍纍正相似. 問是誰家 墳, 田疆古冶氏. 力能排南山, 文可絶地紀. 一朝被讒言, 二桃殺三士. 誰能爲 此謀, 國相齊晏子. 嘗見山谷寫此詩, 且跋云, 陳壽叙武侯躬耕隴畝, 好爲梁父 吟, 語勢旣不盡其意謂,[74] 又失載此詩. 此蓋好簡之過. 余觀武侯此詩, 乃以曹 公專國, 殺楊修孔融荀彧耳. 旣作此詩, 時時爲客歌之, 故云爾乎. 杜詩, 不阻 蓬蓽興, 得兼梁父吟. 李太白詩, 予亦南陽子, 時爲梁父吟.

과 고야자는 부끄러운 마음을 품고 또한 따라서 목을 찔러 죽었다.

74　[교감기] 영원본에는 '謂'자 없고 한 칸을 비어 놓았다. 살펴보건대 '謂'자는 뜻이 통하지 않으니, 원래 주에 아마도 오자가 있는 듯하다.

天寒絡緯悲向壁 : 이백의 「장상사長相思」에서 "가을 귀뚜라미 우물 난간에서 울고, 살풋 내리는 서리에 대자리 차갑네"라고 했다. 이 구에서 실솔이 벽에 붙어 있는 것을 말한다. 실솔은 달리 낙위라고 하는데, 『적곡자잡록炙轂子雜錄』에서 "낙위는 베짱이[莎雞]이다"라고 했다.

李白詩, 絡緯秋啼金井欄, 微霜凄凄簟色寒. 謂蟋蟀居壁也. 蟋蟀, 一名絡緯, 見炙轂子雜錄.

秋高風露聲入林 : 한유의 「단경가短檠歌」에서 "바람과 이슬 기운 들어오니 가을 집 썰렁하네"라고 했다.

韓退之詩, 風露氣入秋堂凉

冷絲枯木拂朱網 : 이 권 앞의 「재답명략再答明略」에서 "말라버린 오동나무 속에는 거미줄이 가득하니[枯桐滿腹生蛛網]"라고 했다.

見上.

十指乃能寫人心 村村繫鼓如鳴鼉 : 이사의 「간축객서諫逐客書」에서 "푸른 봉새 깃털로 만든 깃발을 세우고, 영타로 만든 북을 세운다"라고 했다. 사마상여의 「상림부」에서 "푸른 봉새의 깃발을 세우고, 영타의 북을 세우네"라고 했다.

李斯書云, 建翠鳳之旗, 樹靈鼉之鼓. 上林賦, 建翠華之旗, 樹靈鼉之鼓.

豆田見角穀成螺 : 표민 허언국許彥國의 시에서 "밭두둑의 붉은 콩은 반쯤 껍질을 드리우고"라고 했다. 『진서·석숭전』과 「위관전」에서 모두 "밥이 땅에 떨어졌는데 모두 소라로 변했다"라고 했는데, 이것을 차용하여 곡식이 껍질이 맺혔음을 말한다.

許表民詩, 畦中紅豆半垂角. 晉石崇及衛瓘傳, 皆言飯化爲螺, 此借用, 以言穀成殼也.

歲豊寒士亦把酒 滿眼飣飯梨棗多 : 한유의 「희후희지喜侯喜至」에서 "생선과 채소가 포개져 있음을 보니"라고 했다.

退之詩, 飣飯魚菜瞻.

晁家公子屢經過 笑談與世殊臼科 : 한유의 「석고가」에서 "나를 위해 측량하여 구덩이를 파냈네"라고 했다.

退之石鼓歌, 爲我度量掘臼科.

文章落落映晁董 : 좌사의 「영사」에서 "좌절한 가난한 마을의 선비"라고 했다. 두보의 「원사군용릉」의 서문에서 "지금 도적이 아직 사라지지 않았는데 백성의 질고를 아는 사람은 원결 등 십여 명에 불과하다. 그들은 웅대한 도량으로 천하에 흩어져 방백이 되었다"라고 했다. 조는 조착이며, 동은 동중서이다.

左太冲詠史, 落落窮巷士. 杜甫元使君舂陵序, 得結輩十數公, 落落然參錯天下. 晁, 晁錯. 董, 董仲舒.

詩句往往妙陰何 : 음하陰何는 음갱과 하손을 이른다. 두보의 「해민解
悶」에서 "음갱과 하손의 고민했던 심사를 다시 깨닫네"라고 했다.

陰鏗何遜也. 杜詩, 頗學陰何苦用心.

閤夫子勿謂知人難 使琴抑怨久不和 明光畫開九門肅 : 한 무제 태초 4년
에 명광궁을 지었다. 안사고는 "『삼보황도』에서 "궁은 도성 안에 있
다""라고 했다. 두보의 「송이교서送李校書」에서 "너의 아버지는 명광전
에서 글을 지으면"라고 했다.

漢武帝太初四年, 起明光宮. 師古曰, 三輔黃圖云, 在城中. 老杜詩, 汝翁草
明光.

不令高才牛下歌 : 「금조」에서 "영척이 수레에서 소에게 먹이를 주다
가 소 뿔을 두드리고 상조로 노래를 불렀다. "남산은 빛나고 흰 돌은
깨끗하네. 태어나서 선양하던 요순시대를 만나지 못했네. 짧은 베 홑
옷으로 겨우 정강이만 가리는데, 길고 긴 밤 언제가고 아침이 오려나"
이에 제환공이 듣고 그를 재상으로 등용하였다"라고 했다.

琴操曰, 甯戚飯牛車下, 叩牛角而商歌曰, 南山粲, 白石爛. 生不逢堯與舜
禪. 短布單衣適至骬, 長夜漫漫何時旦. 齊桓公聞之, 擧以爲相.

18. 붕우를 맺는 시를 지었는데, 포조의 건제체[75]를 본받아 조무구에게 드리다

定交詩二首效鮑明遠體呈晁無

건, 제, 만, 평, 정, 집, 파, 위, 성, 수, 개, 폐 등 열두 글자를 매 구의 앞에 놓는다. ○ 건제체로 지은 「팔음가」와 「이십팔수가」는 모두 북경에서 교수로 있을 때 지은 것으로, 이미 앞의 주에 보인다. 이숙의『시원류격』에서 "포조가 12운의 이 체를 만들었다"라고 했다.

以建除滿平定執破危成收開閉十二字, 冠爲句首. ○ 建除體入音歌二十八宿歌, 皆北京教授時作, 已見前注. 李淑詩苑類格云, 鮑照爲此體十二韻.

---

75 건제체 : 남조(南朝) 송(宋)나라의 시인 포조(鮑照)가 제창한 시체의 하나이다. 옛날에 술수가(術數家)들이 천문(天文)의 십이진(十二辰) 즉 자(子), 축(丑), 인(寅), 묘(卯), 진(辰), 사(巳), 오(午), 미(未), 신(申), 유(酉), 술(戌), 해(亥)를 인사상(人事上)의 건(建), 제(除), 만(滿), 평(平), 정(定), 집(執), 파(破), 위(危), 성(成), 수(收), 개(開), 폐(閉)에 나누어 상징하여, 즉 인(寅)은 건(建)에, 묘(卯)는 제(除)에, 진(辰)은 만(滿)에, 사(巳)는 평(平)에, 오(午)는 정(定)에, 미(未)는 집(執)에, 신(申)은 파(破)에, 유(酉)는 위(危)에, 술(戌)은 성(成)에, 해(亥)는 수(收)에 각각 해당시켜 천상(天象)을 가지고 인사(人事)의 길흉화복(吉凶禍福)을 점쳤던 데서, 포조가 일찍이 24구의 건제시를 지으면서 첫 구절의 첫 글자에 건, 제 등의 글자를 차례로 놓았던 데서 온 말이다. 예를 들면 "建旗出燉煌 西討屬國羌 除去徒與騎 戰車羅萬箱 滿山又塡谷 投鞍合營牆 平原亘千里 旗鼓轉相望"이다.

첫 번째 수其一

建酉金爲政	팔월은 금의 살기가 힘을 부리니
搖落草木衰	초목의 잎이 져서 시들하네.
除瓜隴畝淨	밭두둑에서 오이를 남김없이 따도
邵平無米炊	소평은 쌀밥을 지어 먹지 못하네.
滿家色藜藿	온 집안이 콩만 먹는 기색이니
詩書不賙飢	시서로는 굶주림을 면할 수 없네.
平生晁公子	평소 이름 듣던 조공자를
正用此時來	참으로 이런 때 찾아왔네.
定交無一物	친교를 맺으며 작은 선물도 없는데
秋月以爲期	가을 달로 기약하네.
執持荆山璧	형산의 구슬을 가지고 와서
要我雕琢之	나에게 다듬어주길 부탁하네.
破斧不能柯	도끼가 부서져 도끼 자루 될 수 없으니
況乃玉無疵	더구나 옥에 결점이 없음에랴.
危冠論百揆	높다란 관에 정사를 논하며
備樂奏四時	음악을 갖추고 사철 연주하네.
成功彼有命	공을 이룸은 운명에 달렸고
用舍君自知	쓰고 버림은 임금이 스스로 아네.
收身渺江湖	몸을 거둬 강호에 숨어
歲晚白鳥嬉	만년에 갈매기와 즐겁게 노니네.

開徑蒲葦中	부들과 갈대 사이로 샛길 만들고
倚鋤望君歸	괭이에 기대어 그대 오길 기다리네.
閉塞乃非道	두문불출은 도리가 아니니
不才當爾爲	재주 없는 나도 마땅히 이렇게 한다네.

【주석】

建酉金爲政 : 팔월을 이른다. 『좌전』에서 "오늘의 이 일은 나의 생각이오"라고 했다.

謂八月. 左傳云, 今日之事我爲政.

搖落草木衰 : 송옥宋玉의 「구변九辯」에서 싸늘한 바람에 풀과 나무 온통 시들어 버렸도다"라고 했다.

宋玉九辨, 蕭瑟兮草木搖落而變衰.

除瓜隴畝淨 邵平無米炊 : 『한서·소하전』에서 "소평이란 자는 옛날 진나라의 동릉후였다. 진나라가 무너진 뒤 포의로 지냈는데, 가난하여 장안성 동쪽에서 오이를 심었다. 오이가 맛있어서 세상에서 동릉의 오이라고 칭하였다"라고 했다.

見上.

滿家色藜藋 : 『춘추외전』에서 "처음에 부자를 볼 때는 채소만 드신

것처럼 누렇게 안색이 떴는데, 지금은 고기를 드신 것처럼 안색에 윤기가 흐릅니다"라고 했다.

春秋外傳云, 始見夫子有菜色, 今有芻豢之色.

詩書不瞯飢 平生晁公子 正用此時來 :『후한서·정현전劉玄傳』에서 "한부인韓夫人이 "황제께서 바야흐로 나를 마주하고 술을 마시고 있는데, 바로 이때에 일을 가지고 오다니""라고 했다.

後漢劉玄傳, 正用此時持事來乎.

定交無一物 秋月以爲期 :『시경·맹편氓篇』에서 "원컨대 그대는 노하지 말지어다. 가을로 기약하리라"라고 했다.

詩氓, 將子無怒, 秋以爲期.

執持荊山璧 : 즉 화씨벽을 이른다.

卽和氏之玉.

要我雕琢之破斧不能柯 :『시경·빈풍』에「파부」와「벌가」두 편의 시가 있다.

邠風, 有破斧伐柯二詩.

況乃玉無疵 危冠論百揆 :『서경·순전』에서 "모든 관직을 총괄하게 하

니, 모든 관직이 질서정연했다"라고 했다.

舜典, 納于百揆, 百揆時叙.

備樂奏四時 成功彼有命 用舍君自知 收身渺江湖 : 한유의 「남내조하南內
朝賀」에서 "몸을 거둬 관동으로 돌아가니, 죽거나 헤메지 않을 것이라
약속하네"라고 했다.

退之詩, 收身歸關東, 期不到死迷.

歲晚白鳥嬉 : 『열자』에서 "바닷가에 사는 사람 중에 갈매기를 좋아하
는 사람이 있었는데, 아침이면 바닷가에 가서, 갈매기를 따르며 노닐
었다"라고 했다.

列子, 海上有人從鷗鳥游.

開徑蒲葦中 : 강엄의 「의연명시」에서 "샛길을 열어 이로운 벗이 오기
를 바라고"라고 했다.

江淹擬淵明詩, 開徑望三益.

倚鉏望君歸 閉塞乃非道 不才當爾爲 : 『예기·월령』에서 "천지기운이
막혀서 겨울이 된다"라고 했다. 시의 의미는 깊이 들어앉아 사람의 방
문을 거절하고 나오지 않는 것은 도리가 아니다. 반대로 나처럼 재주
가 없어도 마땅히 이처럼 사람을 방문해야 함을 말하고 있다. 『문

선』에 실린 중선 왕찬의 「영사詠史」에서 "애석하다! 텅 비게 되었으니"
라고 했다.

月令, 閉塞而成冬. 詩意謂深閉固拒而不出, 非道也. 顧我不才, 自當如此
耳. 文選王仲宣詩, 惜哉空爾爲.

두 번째 수其二

建鼓求亡子	북을 두드리며 잃어버린 아들을 찾으니
原非入耳歌	원래 귀에 들어오는 노래가 아니네.
除去綠綺塵	녹기의 먼지를 털어내니
水深山峨峨	깊은 물과 높은 산을 연주하네.
滿堂悅秦聲	당에 가득한 이들 진나라 음악 좋아하는데
君獨用此何	그대는 홀로 이를 연주하니 어째서인가.
平分感秋節	고른 사계절에 가을에 감회 깊은데
空闊湛金波	금빛 물결 드넓은 강가에 일렁이네.
定夜百蟲息	고요한 밤에는 온갖 벌레도 쉬는데
高論聽懸河	고상한 의논은 은하수에 물 쏟듯 하네.
執攬北斗柄	북두 자루를 꽉 쥐고서
斟酌四時和	사계절의 온화함을 퍼서 따르네.
破屋仰見星	무너진 지붕은 우러르면 별이 보이지만
得子喜且多	그대 만나 기쁘고 좋구나.

危柱無安弦	기러기발 줄은 느슨함이 없고 팽팽하며
野水自盈科	들판 강물은 구덩이를 채우네.
成道在禮樂	도를 이룸은 예악에 달려 있으며
成山在丘阿	산을 이룸은 언덕에 달려 있네.
收此桑榆景	이 상유의 빛을 거두어서
相從寄琢磨	서로 좇으며 절차탁마 바라네.
開懷溟海闊	흉금을 아득한 바다처럼 터놓으니
百怪出蛟鼉	교룡과 악어 등 온갖 괴이함이 나오네.
閉藏願自愛	원컨대 스스로를 아껴서 감추었으면
驚人取譴訶	사람을 놀래킨다면 비난만 받을 것이니.

【주석】

建鼓求亡子 : 『장자·천도』에서 "또한 어찌 인의를 애써 들고 나와 북을 치고 다니면서 잃어버린 자식을 찾듯이 하십니까"라고 했다. 「천운」에서 "또 어찌하여 억지로 애쓰면서 마치 큰 북을 짊어지고 북소리를 울려대면서 집 나간 자식을 찾는 것처럼 소동을 벌이십니까"라고 했다.

莊子天道篇, 又何偈偈乎揭仁義, 若擊鼓而求亡子焉. 天運篇, 又奚傑然若負建鼓而求亡子者耶.

原非入耳歌 : 이릉의 「답소무서」에서 "좌우의 사람들은 저의 이러한

모습을 보고서 듣기 거북한 좋은 말로 와서 권면합니다"라고 했다. 한
유의 「추회」에서 "밤이 깊도록 사뭇 귓전을 울리네"라고 했다.

李陵答蘇武書云, 左右之人見陵如此, 以爲不入耳之歡. 退之秋懷詩, 夜半
偏入耳.

除去綠綺塵 : 부현의 「금부」의 서문에서 "채옹은 녹기금을 지녔는데
천하의 명기이다"라고 했다.

綠綺琴, 見放言注.

水深山峨峨 :『공자가어』에서 "백아伯牙가 높은 산에 뜻을 두고 거문
고를 타면, 그의 친구인 종자기鍾子期가 "좋구나, 마치 높은 산처럼 우뚝
하구나"라 했다. 잠시 후에, 백아가 흐르는 물에 뜻을 두고 거문고를
타면, 종자기가 "좋구나, 흐르는 물처럼 넘실거리는구나"라 했다. 그런
데 종자기가 죽자, 백아는 타던 거문고 줄을 끊어버리고 죽을 때까지
다시 거문고를 타지 않았다고 한다"라고 했다.

伯牙鍾期事, 見上.

滿堂悅秦聲 :『사기』에서 "이사의 「상진황축객서上秦皇逐客書」에서 "항
아리와 질장구를 두드리고 쟁을 타고 넓적다리를 치면서 오오하고 노
래하여 귀와 눈을 유쾌하게 하는 것은 참으로 진 나라의 음악입니다""
라고 했다.『한서·양운전』에서 「보손회종서」에서 "집이 본래 진나라

여서 진나라의 음악을 연주할 줄 아니, 하늘을 바라보고 질 장군을 두드려 오오하고 소리내어 노래를 부릅니다"라고 했다.

史記, 李斯上書曰, 擊甕叩缶, 彈箏搏髀, 而歌呼嗚嗚者, 眞秦之聲也. 漢楊惲傳, 報孫會宗書曰, 家本秦也, 能爲秦聲. 仰天拊缶而呼嗚嗚.

君獨用此何 平分感秋節 : 송옥의 「구변」에서 "하늘이 고르게 사계절 나누었는데, 쌀쌀한 가을을 유독 슬퍼하네"라고 했다.

宋玉九辯云, 皇天平分四時兮, 竊獨悲此凛秋.

空闊湛金波 : 『한서·예악지』에서 "「교사가郊祀歌」에서 "달빛이 금물 결처럼 일렁거리네""라고 했다. 사조의 「잠사하도暫使下都」에서 "금빛 물결이 지작[76]처럼 아름답네"라고 했다.

漢禮樂志, 歌詞云, 月穆穆以金波. 謝朓詩, 金波麗鳷鵲.

定夜百蟲息 高論聽懸河 : 『진서·곽상전』에서 "왕상이 매번 이르기를 "곽상의 말을 들으면 마치 은하수에서 물이 쏟아지는 것 같아 끝없이 퍼붓지만 멈추지 않는다""라고 했다. 한유의 「석고가」에서 "은하수를 매단 것과 같은 입을 빌리고 싶네"라고 했다.

晉郭象傳, 王衍云, 聽象語, 如懸河瀉水, 注而不竭. 韓文公石鼓歌, 願借辨口如懸河.

---

76   지작(鳷鵲) : 전설 속의 새.

執攬北斗柄 斟酌四時和 : 『한서·천문지』에서 "북두성은 사시를 가리킨다"라고 했다.

漢天文志, 北斗建四時.

破屋仰見星 : 『신선동봉전』에서 "매우 가물어 현령이 동군을 보고 비를 내려달라고 요청하였다. 동군이 "비를 내리는 것은 쉽다. 가난한 집은 지붕이 없어서 모두 하늘을 보는데 어찌하면 좋겠는가"라 하자, 현령이 "다만 비가 내려달라고 빌기만 해주시오. 마땅히 지붕을 올리도록 하겠소"라고 하고는 대나무를 운반하여 지붕을 올렸다. 지붕이 완성되자 이 날 밤 큰비가 내렸다"라고 했다.

神仙董奉傳, 大旱, 縣令見董君求雨. 君曰, 雨易耳, 貧家屋皆見天, 如何. 令曰, 但祈雨, 當爲架屋. 乃運竹木起屋, 屋成, 是夜大雨.

得子喜且多 危柱無安弦 : 유종원의 「하간부전河間婦傳」에서 "마음이 불안하여 마치 기러기발 위의 팽팽한 줄과 같았다"라고 했다.

柳子厚文云, 心怦怦若危柱之弦.

野水自盈科 : "시냇물은 구덩이를 채운 뒤에 나아간다"는 말은 『맹자』에 보인다.

盈科而後進, 見孟子.

成道在禮樂 成山在丘阿 収此桑楡景 : 『한서·풍이전』에서 "동우에서
는 잃었지만 상유에서 거두었다"[77]라고 했다. 『동관기』에서 "상유에서
거두었다"라고 했다.

後漢憑異傳, 失之東隅, 収之桑楡. 東觀記, 収之桑楡.

相從寄琢磨 : 『시경·기욱淇奧』에서 "깎고 다듬은 듯하고 또 쪼고 간
듯하도다"라고 했다.

詩云, 如切如磋, 如琢如磨.

開懷溟海闊 百怪出蛟鼉 : 두보의 「송고문학送顧文學」에서 "교룡과 악어
는 병의 빌미가 되기 좋으니"라고 했다.

杜詩, 蛟鼉好爲祟.

閉藏願自愛 : 『예기·월령』에서 "대궐문을 바르고 감옥을 튼튼하게
쌓는 것은 천지의 폐장을 돕는 것이다"라고 했다.

月令云, 以助天地之閉藏.

驚人取譏訶 : 제나라 위왕威王에게 왕위에 올라 연회로 날을 보내자,
순우곤淳于髡이 풍간한 내용이다. 즉 순우곤이 "나라 안에 큰 새가 있는
데, 왕의 뜰에 멈추어 있으면서 삼 년이 지나도록 날지도 않고 울지도

---

77 동우 (…중략…) 거두었다 : 동우는 해가 뜨는 곳을 상유는 해가 지는 곳을 말한다.

않고 있습니다. 이 새가 무슨 새인지를 모르겠습니다"라고 하자, 왕이
대답하기를 "이 새는 날지 않으면 그만이지만 한 번 날았다 하면 하늘
높이 날아오르고, 울지 않으면 그만이지만 한 번 울었다 하면 사람들
을 놀라게 할 것이다"라고 했다. 이 내용이 『사기 · 골계열전』에 보인
다. 『한서 · 설선전』에서 "아주 자잘한 것까지 꾸짖었다"라고 했다.

　一鳴驚人, 見史記. 譴訶及細微, 見漢薛宣傳.

19. 무구에게 「팔음가」를 주다

贈無咎八音歌[78]

金馬避世客	금마문에서 세상의 손님을 피하며
談諧玩漢朝	해학하며 한나라 조정에서 즐기네.
石門抱關人	석문의 문지기는
長往閉寂寥	세속에서 떠나 고요하게 문을 닫아걸었네.
絲蟲日夜織	거미는 밤낮으로 줄을 치는데
勞苦則以食	고생하면서 벌레 잡아먹네.
竹生罹斧斤	대나무는 도끼를 맞나니
高林乃其賊	높이 자라면 바로 잘라진다네.
匏樽酌吾子	술동이 술 우리 그대에게 따라주니
雖陋意不淺	비록 비루하나 마음은 얕지 않네.
土德貴重遲	땅의 덕은 무겁고 더딘 것이 귀하고
水德貴深遠	물의 덕은 깊고 멀리 가는 것이 귀하네.
革能談鯤鵬	하극은 곤과 붕을 말했으니
晚乃得莊周	뒤늦게 장주가 다시 언급했다네.
木雁兩不居	나무와 거위는 둘 다는 살지 못하니
相期無待遊	서로 만나 노닐 기약이 없구나.

---

78   [교감기] 영원본과 고본에는 제목에 '八音歌' 세 글자가 없다.

【주석】

金馬避世客 談諧玩漢朝: 『사기·골계전』에서 "저선생이 "동방 생의 이름은 삭이다. 술이 얼큰해지면 땅을 두드리면서 "세속에 묻혀 살며, 금마문 안에서 세상을 피한다"라고 노래하였다""라고 했다. 『한서·동방삭전』찬에서 "대응하는 해학이 마치 광대 같았다"라고 했으며, 또한 "숨어 지내며 세상을 오시傲視하였다"라고 했다.

史記滑稽傳, 褚先生曰, 東方生名朔. 酒酣, 據地歌曰, 陸沈於俗, 避世金馬門. 漢書朔贊云, 應諧似優. 又云, 依隱玩世.

石門抱關人 長往閟寂寥: 『논어·헌문』에서 "자로가 석문石門에서 유숙하였는데, 성문을 지키는 문지기가 묻기를 "어디에서 왔는가?"라고 하자 자로가 "공 씨孔氏에게서 왔소"라고 대답하니 그는 "바로 불가한 줄 알면서도 하는 자 말인가""라고 했는데, 그 주에서 "신문晨門은 문지기이다"라고 했다. 『한서·소망지전』에서 "소망지가 소원小苑의 동문후東門候를 맡았다. 왕중옹王仲翁이 소망지를 보고서 "어찌 녹록하게 굴려고 하지 않고 거꾸로 문지기 따위가 되었단 말인가"라고 하자, 소망지가 "각자 자기 신념을 따를 뿐이오"라고 말했다"라고 했다. 『한서·일민전』에서 "세상에서 멀리 떠나 숨는 자취는 다르지 않다"라고 했다. 두보의 「원도단가元都壇歌」에서 "그대 참으로 속세 떠나 신선 되려 하니"라고 했다.

論語憲問篇, 子路宿於石門. 晨門曰, 奚自. 子路曰, 自孔氏. 曰, 是知其不可而爲之者與. 注云, 晨門, 闇人. 蕭望之傳, 不肯碌碌, 反抱關爲. 後漢逸民傳, 長往之軌未殊. 杜詩, 知君此計成長往.

絲蟲日夜織 勞苦則以食 :『부자』에서 "공자 중이가 대택가에서 노닐다가 거미가 그물을 쳐서 벌레를 잡아먹는 것을 보았다. 구범을 돌아보면서 "이 벌레는 지혜가 박하나 오히려 그 지혜를 쓸 줄 안다""라고 했다.

符子曰, 公子重耳游於大澤之中, 見蜘蛛布網, 曳繩執多而食之. 顧舅犯曰, 此虫也, 德薄矣, 而猶役其智.

竹生欋斧斤 高林乃其賊 匏樽酌吾子 雖陋意不淺 土德貴重遲 水德貴深遠 革能談鯤鵬 晚乃得莊周 :『열자・탕문』에서 말한 내용은 은나라 탕왕이 하극에게 물어본 것인데, 대개 그 말들이 전부 괴이하다.『장자・소요유』에서 "탕이 극에게 물은 것도 이와 같다. 척박한 당의 북쪽에 깊고 심원한 바다가 있는데, 바로 천지라고 한다. 그곳에 물고기가 사는데, 그 넓이가 수천 리인데 그 이름이 곤이다. 새가 있는데 그 이름이 붕으로, 등은 태산과 같으며 날개는 하늘에 드리운 구름과 같다"라고 했다. 시의 의미는 먼저 하극의 말이 있은 다음에 장주의 곤과 붕의 논의가 있다는 것이다. 극棘은 곧 하극이다.

列子湯問篇, 言殷湯問於夏革, 大槩皆語怪也. 莊子首篇云, 湯之問棘也是已. 窮髮之北有冥海者, 天池也. 有魚焉, 其廣數千里, 其名爲鯤. 有鳥焉, 其名爲鵬. 背若太山, 翼若垂天之雲. 詩意謂先有夏革之言而後, 莊周有鯤鵬之論. 棘卽革也.

木雁兩不居 相期無待遊 : 『장자・산목山木』에서 "산중의 나무가 쓸모가 없어 천수天壽를 누렸고, 주인의 거위는 쓸모가 없어서 죽었습니다"라고 했다. 『장자・소요유』에서 "열자가 바람을 타니 시원하니 좋았다. 이것은 비록 걷는 것을 면했지만 여전히 의지한 것이 있다. 만약 천지의 올바름을 타고 자연의 변화를 부리면서 무궁無窮한 곳에서 노닌다면, 그것은 또 어디에 기대는 바가 있겠는가"라고 했다.

莊子曰, 山中之木, 以不材得終其天年. 主人之雁, 以不材死. 莊子逍遥篇, 列子御風而行, 冷然善也. 此雖免乎行, 猶有所待者也. 若夫乘天地之正, 而御六氣之和, 彼且烏乎待哉.

20. 「이십팔수가」를 지어 무구에게 이별하며 주다

二十八宿歌贈別無咎

『시원류격』에서는 「이십팔수가」는 말하지 않았는데, 누가 이 체를 만들었는가. 아마도 산곡에서 시작된 것이 아닐까.

類格不言二十八宿, 誰爲此體. 得非始於山谷耶.

虎剝文章犀解角	호랑이는 문양을 벗기고
	물소는 뿔을 잘라내니
食未下咽奇禍作	음식이 목구멍에 내려가지 않았는데
	재앙이 일어나네.
藥材根氐㩲斸掘	뿌리 휘감은 약재는 끊어지거나 파내지고
蜜蟲奪房抱飢渴	꿀벌은 꿀을 빼앗겨 기갈든 사람에게
	안겨지네.
有心無心材慧死	의도하든 안하든 재주 있고
	지혜로우면 죽음을 당하니
人言不如見曳尾	사람 말은 꼬리 끄는 거북을
	실제로 보는 것만 못하네.
衛平哆口無南箕	위평은 남쪽 기성보다 입이 길어
	말이 많은데
斗柄指日江使噫	북두 자루는 해를 가리켜

장강 사신이 탄식하네.

狐腋牛衣同一燠　　여우 겨드랑이 갓옷과 소 덕석은

　　　　　　　　　똑같이 따뜻한데

高丘無女甘獨宿　　고구에 여인이 없어 기꺼이 홀로 잠드네.

虛名挽人受實禍　　헛된 명성이 사람을 불러와 재앙을 받고

累碁旣危安處我　　바둑돌 포기 이미 위태로운데

　　　　　　　　　나는 편안하게 처하고 있네.

室中凝塵散髮坐　　방안에 먼지 쌓여 머리 풀어헤치고 앉으니

四壁轟轟見天下　　사방 벽은 우뚝하여 천하를 보네.

奎蹄曲隈取脂澤　　이는 발굽 모서리에서 기름을 취하며

婁豬艾猳彼何擇　　씨돼지와 수퇘지 중 저는 무엇을 고를 것인가.

傾腸倒胃得相知　　속내를 다 보여 서로를 잘 안다고 하지만

貫日食昴然不疑　　해를 꿰뚫고 묘성을 침식함에

　　　　　　　　　의심하지 않는다고 하겠는가.

古來畢命黃金臺　　예부터 황금대에서 명을 완수하였는데

佩君一言等觜觿　　그대 한마디 말을 지님이 자휴귀와 같네.

月沒參橫惜相違　　달이 지고 삼성이 기울어

　　　　　　　　　서로 멀어짐이 애석한데

秋風金井梧桐落　　가을바람 부는 금정에 오동잎이 지네.

故人過半在鬼錄　　벗들이 반이 넘게 귀신의 명부에 올랐는데

柳枝贈君當馬策　　버들가지 그대에게 주니 말채찍으로 삼게나.

歲晏星回觀盛德　세모에 별이 한 바퀴 돌매 성대한 덕을 보며

張弓射雉武且力　활을 당겨 꿩을 잡음에 무용이 힘차네.

白鷗之翼沒江波　흰 갈매기는 날개 펴고

　　　　　　　　강 물결에 자맥질 하는데

抽琴去軫君謂何　거문고에서 기러기발 뽑아내고

　　　　　　　　그대 무어라고 할 것인가.

【주석】

虎剝文章犀解角 : 『문자』에서 "호랑이와 표범의 문양 때문에 화살을 맞고, 원숭이들은 민첩함으로 까불다가 잡힌다"라고 했다. 물소의 뿔도 문양이 있다. 『전국책』에서 "장의가 초왕에게 유세하기를 "코뿔소의 뿔을 진나라에 바친다고 들었습니다""라고 했다.

文子曰, 虎豹之文來射, 猨狄之捷來格. 犀亦有文. 戰國策, 張儀說楚云, 獻雞駭之犀.

食末下尤奇禍作 : 『한서·누경전』에서 "사람과 싸울 때 그의 목을 누르고 그의 등을 치지 않는다면 이길 수 없습니다"라고 했는데, 주에서 "尤은 목구멍으로, 음은 '剛'이다"라고 했다.

婁敬傳, 與人鬪, 不搤其尤, 拊其背. 注, 尤, 喉嚨也, 音剛.

藥材根氏罹斸掘 : 『한서·추양전』에서 "뿌리와 가지가 구불구불 휘어

진 나무도 만승 천자의 그릇이 될 수 있다"라고 했다.

蟠木根柢, 見鄒陽傳.

蜜蟲奪房抱飢渴 有心無心材慧死 人言不如見曳尾：『장자·추수』에서 "초
나라에 신령스런 거북이 있다는데, 죽은 지 이미 삼천 년이나 되었다고
합니다. 왕이 수건을 싸서 함속에 넣어 보관한다고 하는데, 이 거북은
죽어서 뼈를 남기고서 귀하게 된 것보다는 차라리 살아서 진흙탕에서
꼬리를 끄는 것이 낫지 않겠습니까"라고 했다.

莊子秋水篇, 楚有神龜, 死已三千歲矣, 王巾笥而藏之. 此龜者, 寧其死爲
留骨而貴乎, 寧其生而曳尾于塗中乎.

衛平哆口無南箕 斗柄指日江使噫：『사기·귀책전』에서 "장강의 신이
신귀를 황하의 신에게 사자로 보냈다. 신귀가 천양에 이르렀을 때 어
부 예저라는 자가 그를 잡았다. 신귀가 송 원왕의 꿈속에 나타나서 "나
는 장강의 신의 사자가 되었는데, 예저가 나를 잡았습니다"라 하였다.
이에 원왕이 박사 위평을 불러서 물으니, 위평이 "남풍이 새로 불어올
때면 장강의 사신이 먼저 황하의 신에게 오는데, 북두성의 손잡이가
태양을 가리키니 장강의 사자가 억류되어 있습니다'"라고 했다. 한유
의 「삼성행三星行」에서 "내가 태어난 날, 달이 남두성을 지나가고 있었
네. 우성은 그 뿔을 자랑하고, 기성은 입을 벌리고 있었네"라고 했다.
이 구는 위평이 기성처럼 입을 크게 벌리고 이야기함을 말한다. 『시경

·소아·항백』에서 "약간 벌어지고 조금 더 벌어지다, 남쪽 기성을 이루었네"라고 했는데, 주에서 "哆는 큰 모양으로, 음은 '昌'과 '者'의 반절법이다.

史記龜策傳, 江使神龜於河, 至於泉陽, 漁者豫且得之. 龜見夢於宋元王曰, 我爲江使而, 豫且得我. 元王召博士衛平而問之, 平曰, 南風新至, 江使先來, 斗柄指日, 使者當囚. 退之詩, 我生之辰, 月宿南斗. 牛奮其角, 箕張其口. 言衛平張口如箕也. 小雅巷伯, 哆兮侈兮, 成是南箕. 注, 哆, 大貌, 昌者反.

狐腋牛衣同一燠 :『사기·조세가』에서 "양 가죽 천 장이 여우 겨드랑이 털가죽만 못하다"라고 했다. 『한서·왕장전』에서 "질병이 났으나 이불이 없어서 소의 덕석 속에 누워 있었다"라고 했다.

趙世家, 簡子曰, 千羊之皮, 不如一狐之腋. 漢王章傳, 疾病無被, 臥牛衣中.

高丘無女甘獨宿 :『이소경』에서 "홀연히 뒤돌아보며 눈물을 흘림이여, 고구에 여인 없음이 못내 슬프도다"라고 했다.

離騷經, 忽反顧以流涕兮, 哀高丘之無女.

虛名挽人受實禍 累棊旣危安處我 : 순식이 말하기를 "저는 능히 열두 개의 바둑알을 포개고 그 위에 아홉 개의 계란을 올려놓을 수 있습니다"라고 하니, 진 평공이 "위태롭도다"라고 하였다. 이는 조비의 「위도부」의 주에 보인다.

荀息累十二某子, 加九卵于上. 晉平公曰, 危哉. 見魏都賦注.[79]

室中凝塵散髮坐 : 당의 양관은 방석에 가득 먼지가 내려앉아도 개의
치 않고 공부에 열중하였다. 『문선』에 실린 장화張華의 「답하소答何劭」
에서 "짙은 구름 아래 머리를 풀어헤치고"라고 했는데, 주에서 인용한
종회의 「유영부」에서 "비녀를 뽑아 머리를 풀어헤치고"라고 했다.

唐楊綰凝塵滿席. 文選張茂先詩云, 散髮重陰下, 注引鍾會遺榮賦云, 散髮
抽簪.

四壁蟲蟲見天下　奎蹄曲隈取脂澤 : 『장자·서무귀』에서 "유수에 속하
는 사람이 있다. 유수에 속하는 사람들은 돼지의 몸에 기생하는 이와
같다. 발굽 모서리나 사타구니 사이, 젖통 사이나 넓적다리 사이를 안
락한 방이나 편안한 장소라고 여긴다"라고 했다.

莊子徐無鬼篇, 有濡需者, 豕蝨也. 奎蹄曲隈, 乳間股脚, 以自爲安室利處.

婁豬艾豭彼何擇 : 『좌전』에서 "이미 너희 씨돼지가 안정되었으니, 어
찌 우리 수퇘지를 돌려보내지 않는가"라고 했다.

---

79 [교감기] '注'은 원래 잘못 '詩'로 되어 있었는데, 전본에 의거하여 고쳤다. 살펴보
건대『문선』6권의 「위도부」에서 "그러나 바둑알을 쌓은 뒤에 계란을 올려놓은
것이 아니니[顧非累卵於疊棋]"라고 했는데, 이선의 주에서 "손식이 "바둑알을 아
래에 깔고 그 위에 계란 아홉 개를 포개놓을 수 있습니다"라고 하니, 이에 영공이
"위태롭구나"[孫息以棋子置下 加九鷄子於其上 靈公曰危哉]"라고 했다. 이것이 사
용(史容)이 주를 냈던 대본(臺本)이다. 내용이『설원(說苑)』에 보인다.

左傳, 旣定爾婁豬, 盍歸吾艾豭.

傾腸倒胃得相知 貫日食昴然不疑 : 『한서 · 추양전』에서 "추양이 옥중에서 양왕에게 올린 글에서 "옛날에 형가는 연나라 태자 단의 의리를 존모하였는데, 흰 무지개가 해를 뚫자 태자는 성공하지 못할까 두려워하였습니다. 위 선생이 진나라를 위해 장평의 계책을 세울 때 태백성이 묘성을 삼키자 소왕이 의심하였습니다""라고 했다. 이백의 「남분서회南奔書懷」에서 "태백성이 밤에 묘성을 침식하고, 긴 무지개가 해 가운데를 꿰뚫었네"라고 했다.

漢鄒陽書, 昔荆軻慕燕丹之義, 白虹貫日, 太子畏之. 衛先生爲秦畫長平之策, 太白食昴, 昭王疑之. 李太白詩, 太白夜食昴, 長虹日中貫.

古來畢命黃金臺 : 조식의 「구자시求自試表」에서 "능력을 헤아려 벼슬을 받는 자는 명령을 완수하는 신하입니다"라고 했다. 『문선』에 실린 포조의 「방가행」에서 "장차 황금대를 세우려하네"라고 했는데, 주에서 "『상곡군도경』에서 "황금대는 역수 동남쪽 18리쯤에 있다. 연나라 소왕이 대의 위에 천금을 두고서 천하의 선비들을 맞아들였다""라고 했다. 두보의 「만청晚晴」에서 "괴이하지 않네, 시절에 미처 젊은 소년들이, 눈썹을 휘날리며 황금대에서 의리를 맺는 것이"라고 했다. 이백의 「기상오왕寄上吳王」에서 "술로 황금대를 쓸고, 청운 위에서 불러 맞이하네"라고 했다.

曹子建表云, 量能而受爵者, 畢命之臣也. 文選放歌行, 將起金黃臺. 注云, 上谷郡圖經曰, 黃金臺, 易水東南十八里, 燕昭王置千金於臺上, 以延天下之士. 杜詩, 未怪及時年少子, 揚眉結義黃金臺. 李白詩, 洒掃黃金臺, 招邀靑雲上.

佩君一言等觜觿:『이아』에서 "두 번째는 '영귀'라고 하니, 지금의 자휴귀이다"라고 했다.

爾雅, 二曰靈龜, 注, 卽今觜觿龜也.

月沒參橫惜相違 : 유종원의 『용성록』에서 "개황 연간에 조사웅이 나부산에서 노닐었다. 날씨가 춥고 해가 저물 때 소나무 숲 사이 주막에서 쉬고 있었는데, 어떤 여자가 연하게 화장을 하고서 흰 옷을 입고 나와 조사웅을 맞이하였다. 함께 술을 마시고 취해서 잠이 들었는데, 문득 찬바람이 몰려옴에 잠이 깼다. 일어나 둘러보니 큰 매화나무 아래에 달빛은 지고 삼성도 기울어 있어서 다만 서글픔만 밀려왔다"라고 했다.

柳子厚龍城錄, 開皇中, 趙師雄遷羅浮. 天寒日暮, 憩於松間酒肆. 見一女子, 淡妝素服, 出迓師雄, 與共飮. 醉, 寢, 但覺風寒相襲. 起視, 乃在大梅花樹下, 月落參橫. 但惆悵而已.

秋風金井梧桐落 : 이백의 「증별사인贈別舍人」에서 "오동잎이 금정에 떨어지는데, 한 이파리 은상에 날아드네"라고 했다. 또한 「효고效古」에서

"금정가 오동나무 두 그루"라고 했다.

太白詩, 梧桐落金井, 一葉飛銀牀. 又曰, 金井雙梧桐.

故人過半在鬼錄 : 『문선』에 실린 위문제의 「여오질서與吳質書」에서 "서간徐幹, 진림陳琳, 응창應瑒, 유정劉楨이, 일시에 모두 타계하였다. 그들의 이름을 보면, 이미 귀신의 명부가 되었다"라고 했다.

文選魏文帝書, 徐陳應劉, 一時俱逝. 觀其姓名, 已爲鬼錄.

柳枝贈君當馬策 : 『좌전·문공 13년』에서 "이 때 요조가 사회士會에게 채찍을 주었다"라고 했는데, 주에서 "책策은 말채찍이다. 헤어질 때 말채찍을 주고 아울러 자신의 채찍을 들어 보여 정情을 표한 것이다"라고 했다.

見上.

歲晏星回觀盛德 : 『예기·월령』에서 "28수는 하늘을 돌아 원래 자리로 돌아가고, 새해가 다시 시작된다"라고 했다.

月令, 星回於天, 歲且更始.

張弓射雉武且力 : 『진서·육운전』에서 "순은의 자는 명학이다. 육운陸雲과 장화의 집에서 만나게 되었다. 육운이 손을 들고서 "나는 구름 속의 육사룡이요"라고 하자, 순은이 "나는 태양 아래 순학명이네"라고

하였다. 육운이 다시 "이미 청운을 열어 흰꿩을 보았는데, 어찌 그대의
활을 당겨 너의 화살을 먹이지 않소"라 하자, 순은이 "본래 힘찬 구름
속 용인줄 알았는데, 바로 산과 들판의 사슴이구먼. 짐승이 미약한데
강한 활이라 이 때문에 쏘기를 주저하오"라 응대하니 장화가 크게 웃
었다"라고 했다.

晉陸雲傳, 苟隱字鳴鶴, 與雲會張華坐, 抗手曰, 雲間陸士龍. 苟曰, 日下苟
鳴鶴. 雲又曰, 旣聞靑雲覩白雉, 何不張爾弓, 挾爾矢. 隱曰, 本謂是雲龍騤騤,
乃是山鹿野麋. 獸微弩强, 是以發遲. 華大笑.

白鷗之翼沒江波 : 두보의 「봉증위좌승奉贈韋左丞」에서 "흰 갈매기 너른
바다에 자맥질하는데"라고 했다.

杜詩, 白鷺沒浩蕩.

抽琴去軫君謂何 : 『한시외전』에서 "공자가 남쪽에서 유세를 하다가
초楚 땅을 지나던 중에, 아곡阿谷이라는 마을에 이르렀을 때 한 처녀가
옥으로 몸을 두른 채 빨래를 하고 있었다. 이에 공자는 거문고를 꺼내
기러기발을 제거하고 이를 자공에게 주면서 "말을 잘 건네서, 저 여인
이 하는 말을 살펴보아라"라 했다"라고 했다.

韓詩外傳, 孔子南遊, 有處子佩瑱而浣者. 孔子抽琴去其軫, 以授子貢曰,
善爲之詞. 云云.